上古神话演义

第二卷
五星出东方

钟毓龙 著

中国国际广播出版社

目录

第 一 回　麒麟之情形　五星坠地　尹寿说天文　羿与逢蒙较射 / 1

第 二 回　尧访许由于箕山及沛泽　长淮水怪　三江之形势　文身风俗之情形 / 10

第 三 回　各方奇异之风俗　帝尧见许由　黄帝问道于广成子　胎息之法 / 17

第 四 回　帝尧游黟山　黟山之风景 / 24

第 五 回　黟山之风景　帝尧遇金道华　兰之可贵 / 32

第 六 回　缙云山黄帝修道　大姥山老母成仙　迷信之谬　海神救人之情形　洪厓仙人漏泄天机 / 41

第 七 回　三苗狐功设计害帝尧　帝尧严责三苗 / 50

第 八 回　自由恋爱男女同川而浴　帝尧君臣中蛊　瘴气之情形 / 57

第 九 回　养蛊之情形　苗民跳月之情形　苗民夫妇之情形 / 65

第 十 回　盘瓠子孙之状况　人化异物　帝尧师事善卷　帝尧灭西夏国　尧杀长子　尧见四子 / 74

第十一回　羿射十日　羿与姮娥相见　渠搜国来朝 / 83

第十二回　洪水来源之理想　黄河成因之理想　黄河命名之理想 / 92

1

第十三回　共工受命治河　尧让天下于许由　偓佺以松子遗尧　獬豸出现　皋陶得喑疾　稷为尧使西见王母 / 100

第十四回　冯夷服水仙得仙　羿射河伯　中左目　羿猎得大兔　逢蒙杀羿 / 108

第十五回　青鸟使迎迓大司农　西王母性喜摴蒱　神仙与世人不同之情形　东王公之历史 / 117

第十六回　昆仑山希有大鸟　昆仑山风景　西王母瑶池燕客 / 126

第十七回　大司农归平阳　帝尧与南蛮战于丹水之浦　骧兜三苗降服 / 135

第十八回　帝让天下于巢父　尧以许由为九州长　巢父洗耳许由作歌　焦侥国来朝　短小人　焦侥国情形 / 144

第十九回　海人献冰蚕茧　员峤山风景　尧教子朱围棋 / 152

第二十回　尧比神农　华封三祝　柏成子高论劫数 / 160

第二十一回　帝尧开凿尧门山　张果老为尧侍中　蛮蛮鸟出现 / 168

第二十二回　帝尧训大夏讨渠搜　帝尧缔交狐不谐　尧到西海　贯月槎见神仙 / 176

第二十三回　彭祖祈年　帝尧北巡守　獂鸎之状况　赤将子舆仙去　帝尧师尹蒲子　康衢老人击壤　帝尧让位于子州支父 / 184

第二十四回　舜生于诸冯　舜不得于亲　务成子教舜 / 194

第二十五回　仓颉佉卢梵三人造字　舜小杖则受大杖则走　舜兄得狂疾 / 203

第二十六回　务成跗论诸弟子品格　舜初耕历山　舜教其弟象　舜被逐出门 / 211

第二十七回　秦不虚东不訾赠舜行　舜耕第二历山　舜交灵甫　舜二次被逐 / 220

目录

第二十八回　舜订交方回　治目疾之法　舜师尹寿　舜师蒲衣子 / 229

第二十九回　舜耕第三历山象耕鸟耘　舜耕第四历山第五历山　雒陶伯阳万里访舜　舜耕第六历山 / 238

第 三 十 回　舜三次被逐　作什器于寿邱　舜交续牙　舜四次被逐　学琴于纪后　舜友石户之农 / 248

第三十一回　舜耕第七历山　以德化人　舜遇赜敳　舜贩于顿邱　迁于负夏　师事许由　交北人无择 / 256

第三十二回　历山成都舜号都君　号泣于旻天而作歌　三足乌集庭　渔雷泽交皋陶　元恺大会集 / 265

第三十三回　帝子朱慢游是好　夸父臣帝子朱　罔水行舟 / 273

第三十四回　帝尧使大司农放子朱于丹渊　迁都太原　伊献献图　水逆行之理想　共工免职　四岳举鲧 / 281

第三十五回　石纽村神禹坼背生　鲧受命治水　窃帝之息壤 / 289

第三十六回　禹师墨如　禹师郁华子　禹受学于西王国　鲧作九仞之城 / 298

第三十七回　舜以陶器化东夷　仰延论瑟　舜耕第八历山　渔于濩泽　陶于河滨　舜与禹相遇 / 307

第三十八回　帝尧一日遇十瑞　祇支国贡重明鸟　帝尧梦长人与之论治　四岳举舜 / 315

第三十九回　舜渔雷泽　耕第九历山　梦击鼓　得玉版受历数　梦眉与发齐　帝尧相攸　舜不告而娶 / 323

第 四 十 回　帝尧降二女于汭汭　舜率二女归觐父母 / 331

第一回

麒麟之情形　五星坠地
尹寿说天文　羿与逢蒙较射

自此之后，帝尧于勤政之暇，常往来于藐姑射山、王屋山两处。到藐姑射山，希冀遇到被衣等四子，但是始终遇不到。有一次，遇到许由，因为不认识他，当面被他骗过，帝尧不胜怅怅。一日，正从藐姑射山回来，路上忽见无数百姓纷纷向东而去，帝尧忙问何事。那些百姓道："今日听说，东郊来了两只异兽，所以我们跑去看。"帝尧忙问道："不会害人么？"百姓道："听见说不会害人。"正说着，只见大司徒已率领几个虞人从平阳而来，迎着帝尧，奏道："昨日东郊虞人来报说，那边来了两只异兽，状似麒麟，但不知究竟是不是。臣等从来没有见过，不敢决定，所以特来奏闻。"帝尧听了一想道："此事只有请教赤将先生。他从前在高祖皇考的时候，应该见过的。"大司徒道："这两日他正在家里合百草花丸，有多日未曾出来，所以不曾见他。"帝尧道："且先去问问他吧。"说着，一齐回到平阳，就宣召赤将子舆入朝，告诉他有这样一种异兽，叫他前去辨认。赤将子舆道："真个是麒麟，很容易辨认的。牡者为麒，牝者为麟。身体像麇，脚像马，尾像牛，颜色正黄，蹄是圆的，头上生一只角，角端有肉。它叫起来的声音，合于乐律中黄钟大吕之音。牡的鸣声，仿佛是'游圣'二字。牝的鸣声，仿佛是'归昌'二字。夏天叫起来，又像个'扶幼'二字。冬天叫起来，又像个'养绥'二字。它走起路来，行步中规，折旋中矩。它的游行，必先择土，翔而后处；不履生虫，不折生草；不群居，不旅行。它的性灵，又很机敏；不犯陷阱，不罹罘网；真正是个灵异之兽。它的寿又非常之长，最少一千岁，多则三千岁，上应岁星之精，下为毛虫之长。它的出来，必须盛德之世，大约有六个条件：第一个是王者至仁，不刳胎，不割卵。第二个是王者德及幽隐，不肖者斥退，贤人在位。第三个是王者明于兴衰，武而仁，仁而有虑。第四个是王者动则有义，静则有容。第五个是王者之政，好生恶杀，德至鸟兽，恩及羽虫。第六个是王者视明礼修。六个条件有一个，它才肯出来。如今圣天子在位七年，六个条件，可谓已经兼而有之。据野人想起来，一定是麒麟无疑了。"帝尧听了，非常谦逊。赤将子舆道："且待野人前往一观，如何？野人在轩辕帝时代，看得熟极了。如果是它，可以一望而知。"帝尧道："朕亦同去，以广见识。"于是大众随侍帝尧，到东郊之中，果见两只野兽，与赤将子舆所说的一般无二。赤将子舆一见，就说道："这个不是麒麟是什么！"那时麒麟正在丛林之中，伏着休息。旁边观看的百姓不知其数，它亦不恐不惊。看见帝尧等到了，它就慢慢地立起来。一只叫的声音，的确是"游圣"二字；一只叫的声音，的确是"归昌"二字；仿佛欢迎帝尧的模样。大家知道的确是麒麟了，齐向帝尧称颂。后来百姓知道，尤其欢跃，大家三呼万岁，声震原野。但是，帝尧仍是谦让未遑，与群臣回平阳而去。自此之后，那一对麒麟就在东西南北四处郊薮之中来往游息，不再去了。这是后话不提。

有一次，帝尧又到王屋山访尹寿。这日正是十一月朔日。尹寿向帝尧道："帝来得正好。鄙人仰观天象，今夜有一奇事，于后世很有影响。请帝夜间到对面山上，鄙人追陪，共同观看，亦很有趣味的。"帝尧忙问何事。尹寿道："五星之精，今夜下降，不可不前往一看。"帝尧听了不解，但亦不再问。到了晚间，帝尧和尹寿带了侍卫，径到对面山上。那时星斗满天，山径昏黑，咫尺不辨。侍卫等烧炬，在前引导。帝尧正在壮年，尹寿亦老而弥健，曲曲登跻，毫不吃力。直到山巅，已是酉初光景，就在一块大石上坐定。尹寿用手指着东方的一颗大星，向帝尧说道："这颗就是土星。从前野人遇到一个真仙，曾经在各星中游行过的。据他说，这颗土星美丽无比。星的外面有光环三道，分内中外三层。每层的距离不过几千尺。它的全径约四十八万里，它的体质极薄如纱，可以从外面望见里面。走到土星上一看，更稀奇了，但见那光环如长虹三道，横亘天空，下垂天际；还有十个月亮，或上或下，终夜不绝；岂不是美丽之至么！"说着，又指西南一颗大星，向帝尧道："这颗是木星，又名岁星。它的外面，亦有环带数条，不过多是灰色的，当中阔，两头狭；当中的颜色，有时赭，有时白；形象位置，常常在那里变动，不知是何缘故。它的外面，有八个月亮，亦是或上或下，终夜不绝,非常美丽。"又向南面指着一颗星,向帝尧道:"这颗是火星。它的上面一切与我们地上无异。不过所有河川,都是由人工开凿而成。最小的川,阔约四十五里。大的阔至一百八十里。最短的川,长约七八百里。长的川,在一万里以上的很多。川的流行,多经过湖泊;或则无数大川,统统会归到一个大湖中去。它的星面上天气,比较我们地上为冷。一到冬初,各川各湖,无不冰冻;直到春深,方渐渐融解。据那真仙说,火星内所居的人,能力异常广大。或者将来能够设法,使我们地面上的人与他们通信或往来,都未可知呢。它有两个月亮,比我们地面上多一个。"又指着正西面一颗星,向帝尧道:"这颗是金星。天明之前在东方,叫作启明星;日落之后在西方,叫作长庚星;只有这两个时候可见,其余多在日间,若遇着日食的时候,亦可以见之。它亦有两个月亮。"又指着西北面一颗星道:"这颗是水星,最难得看见。只有冬天一二日中,太阳未出之先,或落山之后,可以见之。假使这一二日中,适遇阴雨,就不能见。所以有些研究天文的人,一生一世见不到水星的都有。今日恰恰能够遇到,真是难得之机会也。"正说到此,忽听见西方嗤的一声。急回头看时,只见一道光芒,仿佛一大火球,从金星中分出来,直向下界坠去。接着西南方,又是嗤的一声,一道光芒,一个火球,从木星中分出来,向下界坠去。接着西北方,又是嗤的一声,一道光芒,一个火球,从水星中分出来,向下界坠去。过了些时,火星、土星中,又同时嗤嗤两声,两道光芒,两个火球,向下界坠去。帝尧这时,看得非常奇异,便问尹寿道:"这种现象,是从来所罕见的。究竟主何灾祥,请老师示知。"尹寿道:"鄙人昨日已占过一卦。这种现象,与现世并无关系;与二千年之后,大有关系。"帝尧道:"怎样的关系,老师知道么?"尹寿道:"据卦象上看起来,土星之精,坠下去,在谷城山下,化为一块黄石。二千年后,化为一老人,以兵书教授一个俊杰之士,做王者之师。后来这个俊杰之士,大功告成,退而求仙,求访老人于谷城山下,果然得到这块黄石,就造起祠堂来岁时祭祀。又历若干年,俊杰之士得道仙去,其家人葬其衣冠,并这块黄石亦附葬在内。近旁居人常看见这个坟上黄气上冲,高约数丈。又隔了若干年,这个坟为盗贼所发掘,不见俊杰之尸,并这块黄石亦失所在,从此黄气没有了。这土星坠地之精,才告结束。木星之精,坠于荆山,化为一块稀世的美玉;侧面看起来,其色碧,正面看起来,其色白。有一个人得到了它,拿去献给国君。国君以为是假的,刖去那人的一足,以正其欺君之罪。后来国君死了,新君即位,那人又拿这块玉去贡献。新君又说他是假的,又将那人的足刖去。后来新君死了,又换一个新君,那人再要去献,又不敢去献,抱了这块玉在旷野之中哭了三日。新君知道了,叫那人拿了玉去剖开来,果然是稀世之珍,于是才重赏那个献玉之人。后来国君拿这块玉,转献之于天子。天子就用它做成一个传国的宝玺,世世相承,代代相传。直到千年之后,有一个天子被其臣下所逼,携了这宝玺,登楼自焚,这木星坠地之精方才消散。火星之精,坠于南海之中,化为一颗大珠,径约尺余,时时出现海上,光照数百里,红气亘天。后世的人,因将那个地方取名为珠池,或称珠厓。它的气候最长,可历四五千年而不衰,卦上竟看不到它的结果。金星之精,坠于终南山圭峰之西,化为一块白石,状如美玉,时常有紫气笼罩其上。三千年后,有一个天子,要想雕塑一个神像,苦于没有好材料。一日夜间,梦见一个神人向他说,教他掘取紫气底下的这块大石来做材料。天子醒了,依着梦中的话,饬人去掘,果然得到,就雕琢成一个二尺多高的神像,又雕琢了几个高约六尺多的人像。隔了几百年,这许多雕像渐次毁坏,那金星坠地之精方才消灭。水星之精,坠在西北一个柳谷之中,化为一块黑石,广一丈余,高约三尺。二千五百年之后,渐有文采,但是还不甚分明。又过了多年,忽如雷震,声闻数百里。这块黑石居然自己能立起来,化为一块白石,上面有牛、马、仙人等等形状,又有玉环、玉玦和文字的形迹。大概那时,必定应着一个真主降生的祥瑞。但是,究竟如何,卦上亦看不出。这五项,就是与后世有关系的事情了。"帝尧道:"老师虽如此说,弟子终究有点疑心。何以不先不后,在这个时候,五星之精都会一齐下降呢?"尹寿道:"天上陨星,本来是常有的。一年之中,不知道有多多少少,但是与世界上或后世的关系甚微,而且大半陨在海洋及丛山之中,所以不大有人去注意它。这次五星之精,却与后世很有关系。今日帝又适来,所以特地邀帝一看。帝尽可放心,于现在时世,是一无关系的。"帝尧又问道:"适才老师说,曾经遇到游行过星辰的人，和他谈过。究竟星上是如何情形？弟子从前曾听人说：天上七日，世上千年。这句话未知可信么？"尹寿道："这句话可信不可信，不敢说。不过星辰上的日子和年份，亦是长短不同。据鄙人所闻，大约水星上面的日子，比地面上长一点，它以十二个时辰零为一日；至于它的年份，却比地面上短得多了。现在帝所新测准的年份，是三百六十六日为一年，水星上的一年，却只有八十八日，岂不是短得多么！金星上面的一日，只有十一个半时辰多一点，比地面上为短。它的一年，只有二百十余日，亦比地球上短。至于火星的一日，比地面上稍为长一点。它的一年，有七百八十日，比地面上长一倍了。至于木星，日子极短，只有五个时辰光景，便是一日，但是它的年份很长，约有我们地面上十二年，方才是它的一年。至于土星上的一日，亦不过五个时辰多一点，但是它的年份更长，地面上二十九年光景才算它一年，岂不是长极么！此外还有许多星，它们的一年，等于地面上八十四年，等于地面上一百六十四年，等于地面上三百多年的，统统都有。当初亦曾经听那个真仙说过，所谓'天上七日，世上千年'的话，或者是以一年通计，或者的确有这样一个境界，却不敢妄对了。"二人一路说，一路下山。过了几日，帝尧又归平阳而去。

　　光阴荏苒，这一年已是帝尧在位十一年的冬天了。帝尧一日，忽想起自从五年东巡之后，还没有出巡过。依照天的大数，十二年为一周。天子上法天象，以后应该每到十二年巡守一次才是。从前巡守的是东方，此刻听说平安无事，尚可以不去；只有南方，地湿天热，民性狡诈。自从三苗在那里立国之后，听说暴虐无道得很，万不可以不去看看，以便劝导惩罚。想到此处，主意决定，次日视朝，遂向群臣说知。司衡羿首先说道："帝驾南巡，老臣极端赞成。要知道南方，自从驩兜、三苗父子盘据以来，肆行暴虐，实行他贼民、蛊民、愚民的种种方法，百姓真是困苦极了。帝这回跑去，正可以给他们一个警戒。不过老臣之意，以为应该带了几千兵去，一则可以使他们震慑，二则倘使他们竟敢不听号令，就可以乘此剪灭了他，省得将来再劳师动众。"帝尧摇摇头道："带了兵去巡守，太骇人听闻了。德不足以服人，凭仗武力，自己想想亦未免惭愧，而且反使诸侯怀疑，亦觉不妥。"羿道："帝切不可大意。当初先帝南巡的时候，老臣亦是苦劝带兵的。后来因为熊泉地方的乱事，先帝以民命为重，半路上遣老臣前去讨伐，未能扈从，以致为房、吴二逆所困，几遭不测。先帝爱女，因此失身于盘瓠。前车不远，这是帝所知道的。况且现在这三苗雄据南方，久有不臣之志，岂可轻身冒险。古人说：'千金之子，坐不垂堂。'何况是天下之主，还请慎重为是。"说罢稽首。当下群臣听了司衡之言，知道的确是个实事，大家都赞成带兵。帝尧才问羿道："那么带多少兵呢？"司衡羿道："带五千兵去。"帝尧道："太多太多。"羿道："至少三千人。"帝尧道："还太多。劳民伤财，朕是不忍的。"羿道："三千人不能再少了。老臣知道，南方之民，欺善而畏威。若有兵威震慑，就使有奸谋异志，亦不敢动，此所谓'兵法攻心'。倘若兵带得少了，虽则亦可不受危险，然而焦头烂额，何苦来！"帝尧见他如此说，方才答应。和仲道："据臣愚见，王者之道，固然应该耀德不观兵，但是兵戎究竟是国家要政之一。自前数年田猎讲武之后，久已不治兵了。虽则司衡平时训练极勤，士气极盛，但是没有烈烈轰轰的举动，外面看起来，是看不出的。既然看不出，他们难免有轻视朝廷之心。可否于明年正月间，明令治兵一次，比较技艺，检阅车马，庶几使四方诸侯知道朝廷军容之盛、士马之精，自然有所畏而不敢发生异心。就使那三苗之国，难保没有奸细在这里窥探虚实，亦可以使他知所警惧。古人兵法，有所谓'先声而后实'者，就是这个方法。未知帝意何如？"帝尧道："这策可行。本来治兵是国家应有之事，并不算什么。"于是决定日期，在明岁正月下旬举行，一切由司衡羿和逢蒙去预备。

到了那时，各种都已预备好了。选一块平原旷野之地，在最高处造了一座校阅台，请帝尧和各大臣居处。第一、二、三三日，检阅车马。共有车一万余乘，马四万余匹，车皆坚致完整，马皆高大肥壮。第四、五日检阅武器。刀矛戈戟弓箭之属，不可胜计，大约可分配数十万人之用。十余年来司衡羿苦心经营，修整添备。这个成绩，亦真可观了。第六、七日考查阵法。原来古时阵法起于黄帝时候的风后。他著有《握奇经》一书，虽则寥寥数百字，但是后世兵家都崇奉他。所以当日所布的阵法，亦不外乎天地风云、龙虎鸟蛇、四正四奇这几种。不过教练得非常纯熟，步伐整齐，进退坐作，一

7

丝不乱，而且变化错综得非常神妙，如此而已。第八、九、十三日，比较射箭，亦是个个精熟，箭箭中的。大家无不称赞司衡的功绩。逢蒙在旁听了，心中着实难过，暗想："这种全是我的劳绩，现在统统归功于羿，给我平日教练的功绩一概抹煞，未免可恶。正应了孔壬那日的话，羿一日不死，我一日不得出头了。"想到此处，闷闷不乐。且说治兵之事，至此正要结束，只见羲叔向帝尧提议道："臣等向来听说司衡和逢蒙的射法，都是千秋绝技，但从来未见他们射过。现在趁此较射的时候，可否请帝命他师徒二人，比较一回，以尽余兴？臣等亦可以增广眼界。"大众听了，无不赞成。于是羿与逢蒙，各携弓箭，来到广场中，比起射来。第一次比远。在五百步之外，立一箭垛，垛上画一鹄鸟，鸟的两眼，用红色涂着，以射中两目者为胜。（后世目的两字，就是指此而言。）羿连射三箭，都穿过鹄眼，细看只有一孔，并无第二个。逢蒙连射三箭，也是如此。众人无不喝彩。第二次比力。拿了十块铜板，都是厚约一寸，放在五十步远的地方。羿一箭过去，十块铜板一齐穿通。逢蒙亦是如此。众人看了，无不咋舌。第三次比巧。相去百步之远，立一根方木，方木上放一个鸡卵，卵上又放一块细石。羿一箭过去，小石不知何往，但是鸡卵丝毫未动。逢蒙一箭也是如此。众人看了，佩服之极，拥着他师徒二人，称颂不止，把个逢蒙乐得来口都合不拢。忽然远远来了一群人字式的鸿雁。逢蒙立即取出三支箭来，指着鸿雁，向众人说道："我要射左边一行第一、二、三只的头。"说着，那三支箭如连珠一般地上去，那三只鸿雁，一只只连翻掉下来。早有兵士飞跑过去，拿来一看，果然都中在头部。大家无不赞美逢蒙的射法，以为独一无二。原来逢蒙这种射法，不是羿所传授，是得之于从前的师傅甘蝇，后来又苦心研练，才能有此，就叫作连珠箭。今朝有意卖弄，以博众人称赞。哪知老将羿见了，顿觉技痒，不禁起来说道："果然是好射，可谓青出于蓝了。老夫亦来射射，如射不着，请诸位不要见笑。"众人见那鸿雁时，已与从前大不同了。从前是整齐的，现在失了三只，惊恐之余，东逃西窜，无复队伍，而且那飞行亦较从前为速。只见老将也搭着三箭，一齐向上射去，一东，一西，一南，同时并发，三只鸿雁亦同时掉下来。兵士跑去取来，亦都是中在头部。众人喝彩之声，恍如春雷一般，都说道："究竟是老将，手段更是高妙。"这一句，真把逢蒙惭愧得无地缝可钻，恨不得立刻将羿杀死，因为他有意胜过我，要压我的头；又恨他秘密藏着他的本领，不肯尽传授我。正在忿恨的时候，老将羿是天性爽直的人，以为这种比较，不过玩玩的事情，丝毫不曾介意；便是众人，亦不曾留心；只有帝尧，看见逢蒙的面色，已经有几分觉察了，忙用好话，将逢蒙着实称赞了一回，随即论功行赏。逢蒙平日教练之功，赏赐亦特别优渥。那治兵之事，就算结束了。

第二回

尧访许由于箕山及沛泽　长淮水怪

三江之形势　文身风俗之情形

治兵之后，帝尧就商议南巡。大司农、大司徒等留守，老将羿及羲叔随行。赤将子舆道："野人放荡惯了，这几年拘束在这里，实在闷得很，请随帝同行。"帝尧允许。逢蒙亦请同去。羿道："外面之事，有老夫足以了之。都城重要，这个责任非汝不可，汝宜在此。"逢蒙听了，很是不快，但亦不敢违拗。到了动身的那一天，正妃散宜氏和帝子考监明一同送帝出宫。原来帝尧依着帝喾的成法，即位之后，不立皇后。散宜氏就是正妃，此外还有三个妃子，以上应后妃四星。那考监明就是次妃所生。散宜氏及三妃、四妃，此时均尚无所出。考监明今年已八岁了，生得非常聪明活泼，不过身体单弱些。但是，帝尧眼看见阏伯、实沈两弟兄，不友不恭到如此地步；又想到帝挚，本来是先帝元子，亦会如此荒淫，一半固由于气质之偏，一半亦由于失教所致，所以对于考监明，很注意于教育他。在去年七岁的时候，已经请了名人做他的师傅，有时退朝之后，还要查考他的功课。这次将要远行，少不得切实再训勉他一番，并限定他几种功课，等巡守归来必定要细细查问的。考监明一一答应，帝尧才出宫与群臣一齐上道，直向南方而行。到了洛水，早有好几路诸侯前来迎接，玄元亦在其内。这次却是骧兜同来，孔壬不到，大约是怕见司衡羿的缘故。帝尧看玄元益发长大了，应对一切，着实中礼，人亦沉静，不免大大奖勉了一番。

一日，到了中岳嵩山，大会诸侯，考计政绩，有的行赏，有的惩罚，但是惩罚的很是少数。礼毕之后，帝尧与各诸侯随意闲谈，问起草野之中，有无隐逸的贤士。伊邑侯道："臣听说箕山之下（现在河南登封市东南三十里），颍水之阳，有一个贤士，姓许名由，极是有道德的。"帝尧道："那么汝何不任用他呢？"伊邑侯道："臣亦极想请他出来做官，辅佐政治。一则他近几年来，总是游历在外，不曾归来，遇他不到。二则据他的朋友严僖说，他决不肯做官,就是请他,亦无益的。"帝尧道:"许由这人,朕亦久闻其名,苦于寻他不到,不知道他究在何处?"伊邑侯道:"据他的朋友严僖说,他所常去的地方,共有八处:一处在帝都相近的藐姑射山上;一处在太行山上(现在山西左权县东南七十里有箕山,相传许由隐处);一处在大陆泽西南面的一座什么山上(现在河北行唐县西北五十里有箕山,相传许由隐处),臣记不清了;一处在山海东面的中条山上(现在山西平陆县东北九十里有箕山,相传许由隐处);一处在泰山之南、沂水相近的一座山上(现在山东莒县西有箕山,相传许由隐处);一处在徐州沛泽之中(现在江苏沛县一带);一处在黟山东麓(现在浙江昌化西北有箕山,相传许由隐处);一处在渐水旁边一座虎林山(现在浙江杭州)。前几天臣刚与严僖谈起,据说这许由去年已到沛泽去了,不知确否。"帝尧听了,沉吟了一会儿,说道:"那么朕暂不南行,先到沛泽去吧。"当下就转辕而东,一面饬大队军士一直向南,在彭蠡北岸等候。

帝尧等经过商邱,商邱侯阏伯置酒接风。帝尧问起他火正之事。阏伯将历来研究的木头搬了出来,一一试验给帝尧等观看,成绩甚佳。帝尧大为称赞,奖勉了他一番。原来古时取火之法,甚为艰难,所以特设火正一官,以为百姓的指导。他那取火的方法,是钻木取火;而各种木头,又因季候而不同。春天应该用榆树、柳树的木头,夏天应该用枣树、杏树的木头,夏季应该用桑树、柘树的木头,秋天应该用柞树、楢树的木头,冬天应该用槐树、檀树的木头。这种取火的木头,名字叫燧,是上古燧人氏第一个发明的。他的取火,是用钻子来钻。至于钻子钻了,如何就能得到火,又何以四季及夏季,木头都需改过,是否季候换了,木头就失其效力,这种方法及理由,现在早已失传,无人知道了。但是,当时靠它做炊爨活命之源,必定确实有一种道理。商邱侯阏伯做了火正之后,能够如此精细详考,并且能够将取火方法画图立说,分送民间,这亦可谓克尽厥职了。闲话不提。

过了两日,帝尧等就向沛泽而来。原来那沛泽,是个茫茫大泽,附近多是些渔户,亦有业农的人。四处一问,不见有许由踪迹。向南面绕过沛泽,就是彭城之地(现在江苏省徐州)。那面有些山,却不甚高。细细打听,果然有一个姓许的，是阳城人，在此地住过几时，可是现在已到江南去了。帝尧因又寻访不到，不胜怅怅，只得径向南方行去。向东南一望，只见白云茫茫，千里无际，原来此地已近海滨了。到得淮水南岸，早有阴国侯（现在安徽省定远县有阴陵城，即古阴国）前来迎接。帝尧问起地方情形，阴侯道："十数年前大风作乱，沿海的岛夷亦起来为患，敝国颇受蹂躏。近来早已安静了，年谷丰熟，百姓亦尚率教。不过此地逼近淮水，前年以来，淮水时常泛滥。臣与邻近诸国，尽力捍御，终无效果。去岁来了一个骑鸾鸟的仙人，臣等请他设法消弭这个水患。他说，淮水之中有一个妖怪，修炼将成，早晚就要出来。这种水患，就是那妖怪在里面作祟，没有方法可治的。臣等苦苦请他降伏妖怪，他说这是天意，不能挽回。此刻他修炼尚未成功，所以虽则为患，尚不算厉害；将来着实要厉害呢！淮水上下，千里之内，恐怕民不得安居。直待五十年之后，始有大圣人出来，降伏那妖怪，水患方可平息。此刻正在萌芽的时候，'降怪治水'这四个字，远谈不到呢！臣等又问他：'天心仁爱，为什么忽然如此残暴起来，纵令妖怪荼毒生灵？况且当今圣天子在上，似乎不应该有这个大灾。莫非沿淮水一带的百姓，都有伤天害理之处，足以上干天怒，所以特遣这个妖怪来降罚的么？'那仙人道：'不然不然，这种叫作劫数，是天地的一个大变，隔多少时间，总要有一次，与人事毫无关系。这种劫数，有大有小，时间有长有短。此次不幸，适值遇到既长且大的劫数，不但淮水上下，千里之内，要受一种大害，恐怕全世界都要受害呢。不过全世界的受害，别有原因，与这淮水中之妖怪无关系罢了。'臣等听了，恐慌之至。恰好今日圣主驾临，未识有何良策，可以防御？"帝尧听了这番话，颇不相信，就向阴侯道："这骑鸾的仙人是什么人？何以汝等如此相信他？不要是个有左道邪术的匪类妖言惑众么？"阴侯道："不是不是，这个仙人，叫作洪崖先生，向来住在彭蠡湖（现在江西鄱阳湖）南面，的确有道术的，人人皆知。不然，臣等虽愚，何至于轻信妖言。"老将羿道："洪崖仙人，老臣从前在西王母处仿佛曾经见过的，长长的身材，五绺长须，面孔微红，像个薄醉的样子，果然骑的是一只青鸾。假使是他，的确是上界神仙呢。"阴侯忙道："老将军说得不差。洪崖仙人的状貌，果然是如此的。"赤将子舆在旁听了,哈哈大笑道:"帝知道这洪厓仙人是谁?"帝尧道:"朕不知道。"赤将子舆道:"他就是黄帝轩辕氏时代的伶伦呢。当初黄帝叫他作乐律,他于是就跑到大夏(现在新疆)的西面,阮隃的阴面,嶰溪谷里,选了几枝大竹,劈断了,每管三寸九分长,吹起来,作为黄钟之宫,就是律吕之根源。后来又叫他和荣媛两个人铸了十二口钟,以和五音。他自己又特别制造出一种乐器,就是现在所用的磬。这个人多才多艺呢。"帝尧道:"原来就是伶伦先生么!他的登仙,是否和先高祖皇考同时的?"赤将子舆道:"他的成仙,着实早呢。他在轩辕氏时代,名目虽是个臣子,实在亦是轩辕帝所交游各神仙中的一个,不过是个很滑稽、很圆通、不自高声价而欢喜游戏人间的一个仙人,所以肯屈居于臣下了。帝知道他此刻约有多少岁?"帝尧道:"朕不知道。"赤将子舆道:"他在黄帝时,已经有二千几百岁,此刻足足有三千岁了。"帝尧道:"如此看来,洪厓先生真正是仙人了。仙人有预知将来的道力,既然仙人说天意如此,劫运难挽,我们人类又有什么方法可想呢?我们人类能力所能够尽的,不过是修缮堤防,积聚粮食,或者迁移人民,使他们居于高阜之上,如此而已。汝可与邻近诸国商量,竭力去做吧。人虽不能胜天,或者亦可以补救于万一。"阴侯听了,稽首受命。帝尧随即与阴侯沿淮水两岸,察看了一回。但见长流滚滚,有时白浪滔天,声势非常汹涌,但亦看不出有什么妖怪的痕迹,只得罢了。

过了两日,帝尧到了长江口。原来当时的长江,与现在形势不同。现在江苏省的苏、松、常、镇、太、通、海、淮、扬各归府属,以及浙江省的嘉、湖、杭三归府属,在上古时候都是大海,并无土地。到帝尧的时候,苏、常、镇、淮、扬及嘉、湖等处,已有沙洲渐渐地堆起。这种沙洲,纯是由淮水、长江两大川上流各高山中所冲刷下来的泥沙,随水堆积而成,在地理学上,叫作冲积层平原。但是当时还未与大陆相连,不过散布于江淮之口,大海之边,无数的岛屿,星罗棋布,到处相望罢了。所以当时长江出口,分作三条:一条叫北江,是长江的正干。它出海的海口,在现在扬州、镇江之间。一条叫中江,从安徽芜湖县(今安徽芜湖市)分出,直冲江苏高淳县(现南京高淳区)、溧阳县(今溧阳市)、宜兴县(今宜兴市),穿过太湖,再经过吴江县（今苏州市吴江区）、青浦县（今上海青浦区）、嘉定县（今上海嘉定区）等处入海。一条叫南江，从安徽贵池县（今安徽池州市贵池区）分出，经过青阳县（今池州市青阳县）、泾县（今宣城市泾县）、宁国县（今宣城代管的宁国市）、广德县（今宣城市广德县），到浙江的安吉县（今湖州市安吉县）、吴兴县（今湖州市吴兴区）入海。照这种形势看起来，就是江苏省的江宁、安徽省的太平、宁国、广德等处，亦是在长江之口，不过同现在的崇明岛一般。那时太湖，虽则已经包围在无数沙洲之中，形成一个湖泊的形势，但是港汊纷歧，或大或小，处处通海；而长江的中支，又直接穿过去，那江身尤为开阔。所以海中的波潮日夕打到太湖之中，湖水的震荡非常之厉害。因此那时候，还不叫它太湖，叫它作震泽。这是当时长江下游一带的形势了。

且说帝尧到了长江口，但见那些岛夷的情形与中国大不相同。那边天气炎热，这时又是初夏，所以他们个个都是赤身露体，便是女子也是如此，仅仅下身围着一块布，遮掩遮掩，或者在腰间系一根带，用一块布从后面绕过胯下，在前面脐下系住，仿佛和婴孩所用的尿布一般。所有男子，大概如此，再看他们的头发，都剪得很短，蓬蓬松松，披披离离，真是一个野蛮样子。再看他们的身体，更加奇了，有的在腿上，有的在臂上，有的在足上，有的在身上、背上，有的在脸上，都是花纹。那花纹的式样，有花卉，有葫芦，有鸟兽，种种不同，而且男女老少，亦人人不同。帝尧向羲叔道："朕久闻扬州之南，有'断发文身'之俗，今朝方才看到。但不知道他们这种文身是什么意思？"羲叔道："臣曾经考询过，据说，他们的文身有两种意思：一种是求美观，大约越是野蛮人越喜欢花彩，可是他们又没有制造锦绣的能力，而天气炎热，就使有了锦绣，亦不适用，但是终日裸体相对，也觉得很不雅观，所以想出这个方法来，就在现成的肉体上，施以文彩，亦可谓恶要好看了。第二种意思，是为厌胜。大约南方之人，迷信极深。水居者常防有蛟龙之患，山居者常防有狼虎之伤，以为文身之后，此种灾难才可以免；就使钻入波涛之中，独处山谷之内，亦可以有恃无恐了。所以他们文身的式样，个个不同，因为他们各人之所谓避忌，亦各各不同的缘故。比如有些人，据相面的人说，是怕虎的，那么他的身上就应该刺成如何一种花纹，才可免于虎患；有些人，据相面的说，是怕水的，那么他的身上就应该刺成如何一种的花纹，才可免于水患。"帝尧道："他们这一种厌胜，果有效验么？"羲叔道："并不见得。臣在南方多年，对于那种文身之俗，颇加考察。曾经看见一个人，刺了一种避水患的花纹，自以为可以入水而不濡，哪知后来竟溺死了。又有一个塾师，待生徒非常严厉。有一生徒的父亲，以理想制成一种花纹，刺在他儿子身上，以为可以受塾师之鞭扑而不会痛了。哪知后来受责起来，仍旧是很痛的。此外刺避虎患的花纹，而仍旧为豺虎所伤；刺避蛟龙的花纹，而仍旧为大鱼所吞噬的，尤不计其数。可见全是假造及迷信了。"帝尧道："那么他们应该觉悟。"羲叔道："大凡迷信极深，变成习惯之后，要他觉悟，非常烦难。明明他的厌胜不灵，但是他决不肯说厌胜不灵，必定说别有缘故，或者说触犯了什么神祇了，或者说他本人犯了什么大罪恶了。如此种种，即使百端晓谕，舌敝唇焦，亦决不会觉悟的。"大家听了，不觉都叹息了一回，即到客馆中暂时休息。

第三回

各方奇异之风俗　帝尧见许由
黄帝问道于广成子　胎息之法

晚餐之后,帝尧君臣闲谈,又谈起日间所见文身的岛民。老将羿道:"一个人欢喜美观,亦是常情。但是刻画肌肤受尽痛苦,以求美观,殊出情理之外。"羲叔道:"世间这种不合情理之事,多得很呢。某听见有一处地方的人,将女子的两足从小就用布巾缠起来,使它尖而且小,不过三寸光景,走起路来,袅袅婷婷,以为美观。但是这些女子,从此都是弱不禁风,成为废物;而且缠的时候,须将足骨折断,成为弓形,非常痛苦。然而那些做父母的,并非没有爱女之心,终究不肯不下这个辣手。虽则看见他们的爱女宛转呼号,仍有所不顾;而且越是爱女心切,越想缠得它小,以求美观,岂非怪事么!还有一处,它的风俗以扁头为美。子女生出,就用重的物件压在他头上。年龄渐大,压的物件亦渐渐加重,所以到得大了,那张脸竟如'西'字,岂非奇怪么!还有一处,风俗以长颈为美观。子女一生落地,就用一个箍儿束在他颈上。年龄越大,箍儿也逐渐加长。因此他们的脰颈竟有长到一二尺的,以为美观,岂非亦是怪事么!还有一处,以腰细为美观。所有女子,从小都用细带紧束她的腰部。长大之后,前面两个乳峰突出,后面臀部耸起,以为美观。腰最细的女人,周围不足一尺,仿佛蜜蜂、蚂蚁,岂不是亦是奇怪么!平心想起来,文身固然没有什么美观,就是小足细腰,亦有什么美观呢?至于扁头长颈,不但不能说美,并且觉得可丑,然而他们竟不惜牺牲其子女,孜孜然而为之,反以为天下之至美者无过于是,这真是不可解之事了。"帝尧道:"大概人的性情,最怕是狃于习惯。一成习惯之后,再没有什么好丑善恶之分。大家如此的,就是好而善;大家不如此的,就是丑而恶。好丑善恶,以习惯而分,极不容易改变。朕看起来,这种文身之风俗,再过五千年,恐怕还不能革除净尽,亦是一定之理呢。"(现在日本、缅甸、南洋群岛以及新西兰等处,文身之俗仍是盛行。至于中国五代时候的郭雀儿,近日上海的"花党"，亦不能不说他是文身的遗风。闲话不提。）帝尧又问羲叔道："汝在南方多年，知道他们的文身是用什么东西刺的？"羲叔道："用针头，蘸了墨水刺的。刺了之后，血和墨水混合，终身不会消灭了。初刺的时候，痛苦非常，远望过去，仿佛裹了一块粉紫色的手巾一般。所以无论怎样强壮的人，决不能一日刺毕，少则一年以上，多则三四年亦有。大约他们看得这种文身是极重要的典礼，无论男女，到得成童的时候，就要刺了。刺花纹的人，叫作雕文之人，是一种专门行业，有高手，有低手。高手能知道人的灾害避忌，创造种种式样的花纹以为厌胜，而且能减少针刺的痛苦，他的身价也特别高。低手不过依样葫芦而已。刺完之后，才算得是一个成人，仿佛和中国男子的二十而冠、女子的十五而笄一般，亦算是他们的礼节了。"帝尧听了，叹息一回，说道："天下之大，万民之众，风俗习惯，竟有这许多的不同，可见一道同风，移风易俗，真是极不容易之事呢。"

次日，帝尧等渡过北江，一路南行，又过了中江，路上所见的一切人民，情形都与以前无异。一日，刚到南江边，只见对面一座大岛上，两个山峰，都笼罩着一阵赤云，如烟如火。但细看起来，又似乎不是云，一阵一阵都从下面上腾，仿佛和火烟一般。大众看了不解，忙找了土人来问。土人道："这座山叫作浮玉之山（现在浙江省天目山），从前并没有什么赤云的，自从圣天子即位的那年起，才冒出这一种赤云来，终年不断，非常之好看。后来有人前往调查，才知道它的山下有一个深穴，穴中的水色其赤若火，那水蒸气上腾，就变成赤云了。"（说到此处，在下又有一种臆想。原来天目山上，东西各有一个大池，如人之目，后人所以取名叫作天目。按照地理学上讲起来，山上有湖泊的，大半是火山喷火口的遗迹。那么，这两座天目山，在古时当然是个活火山。帝尧的时候有这种现象，或者那时正在喷发，因为古代的人，不知道有这种原理，以为是应着帝尧火德之运，作为祥瑞，因而有此传说，亦未可知。还有一层，山名浮玉，可见四面有水，而且必不甚高峻。当时长江之南江，系从天目、黄山两大山脉之间流出，照现在地势看起来，决无可能之理。但是南江故道，在历史上历历可考。因此，足见天目山在当时不过为长江之一岛，且不甚高，后来因为它是火山的缘故，土地不绝地升高，所以山势大变。南江故道，既然逐渐涸绝隔断，而浙西一带土地亦逐渐高出水面，那浮玉山亦渐变为现在崔嵬突兀的天目山。这都是在下的理想，究竟是不是，须待博雅君子的教正了。闲话不提。）

且说帝尧君臣，听了那土人一番话，大家亦莫名其妙。雇好了船只，正要渡江，只见前面江中，一只小船载着三四个人，开到岸边。帝尧觉得里面一个瘦瘦的人，非常面善，因为他是穿衣着履的中原人，不是断发裸体的岛夷，所以特别注意，不知在何处曾经见过的。正在想时，早有一个侍卫走来，向帝尧说道："这个人，就是那年在藐姑射山遇着的那个人呢。"帝尧一听，恍然大悟，知道就是许由了。正是：

踏破铁鞋无觅处，得来全不费工夫。

当下看他上岸之后，就迎上前去，向他施礼，说道："许先生，难得在此地相遇，真是天缘。"许由出其不意，还想要推托，不肯承认。羲叔上前说道："主上为寻访先生的缘故，由箕山到沛泽，由沛泽又到这里，还想渡江而南。一片至诚之心，亦可谓无以复加。先生若推托，未免绝人已甚，使千古好贤之君主失望了。"许由听到此句，方才向帝尧拱手答礼道："承圣驾屡次枉访，鄙人自问，一无才德，只好逃遁，不敢相见。现在又承千里相访，尤觉不安之至。"帝尧刚要答言，老将羿道："此处非聚谈之地，就请许先生到船中坐坐吧。"当下不由分说，就拥着帝尧、许由，到雇定的大船中坐定。帝尧就和许由倾谈起来。起初都是些虚套泛话，后来许由想要观察帝尧的志趣，便问道："帝此刻已经贵为天子，坐在华堂之上，向着两个魏阙，享受人君的荣耀，自问生平，于志愿亦可谓得偿了。"帝尧道："不是如此。余坐在华堂之上，觉得森然而松生于栋。余立于棂扉之内，觉得霖然而云生于牖。虽面双阙，无异乎崔嵬之冠蓬莱。虽背墉郭，无异乎回峦之萦昆仑。余安知其所以安荣哉？"许由听了这话，知道帝尧志趣不凡，的确是个圣主，亦倾心地陈述。两个人足足谈了大半日，方才停歇。帝尧佩服之极，因此就拜许由为师。在船中留宿两日，许由告辞。帝尧尚要再留，许由道："圣上自须南巡，鄙人亦有俗事待理，且待将来到冀州再见吧。"于是订了后期，许由上岸，仍旧徒步芒鞋，飘然而去。

　　当下羲叔就向帝尧道："如今虎林山可以不去了，一径到三苗国去吧。"帝尧道："是。"赤将子舆道："前面离黟山不远（现在叫黄山，在安徽省歙县）。这座黟山，是当初黄帝与群臣在此修炼成仙的地方。便是野人，亦曾在此随侍多年。那山上仙草灵药，随地皆是；并且有生汞，可以炼丹；有玉浆，可以解渴；真是一个仙灵之府。野人自从攀龙不成之后，隐居匿迹，时常到此来居住，多则十余年，少则六七年，所有百草花丸，大半在此山上采制的。现在帝既到此，不可不瞻仰瞻仰祖宗的遗迹，而且可以扩一扩眼界。"帝尧听了，亦以为然，随即渡过南江，一径向黟山而来。到了山下，山路愈走愈仄。帝尧君臣多舍了车子，徒步而上。赤将子舆是熟游之地，一路走，一路指点。大约黟山大小山峰，不可胜计。最大的有三十六个，内中一个天都峰，尤为高峻，从下面望上去，高约四千仞光景。众人跟着赤将子舆，都向此方而行。须臾之间，忽闻砰訇之声，远望前面，只见山顶一道瀑布，层折而下，大小共总有九叠，上如银汉接天，下如渴龙赴海，真正可说是天下之奇观。到了一处，有一块大石，大家就在石上少息，赏玩那瀑布的奇景。远远望见四面的山容，半阴半暗，云雾都从脚下而出，如絮如绵，氤氲不已，方才知道此身已经走入云中了。赤将子舆道："天将下雨，此地不可久留，上面有房屋，可以栖宿。"大众听了，急急上行，果见有房屋不少，原来是黄帝那时留下的。虽则年岁已久，但是常常有人修葺，所以并不颓败，现在还有几个百姓居住在里面。帝尧到房屋居中的这一间一看，只见当中还供着黄帝骑龙升天的一个遗像，慌忙率同群臣行礼。赤将子舆道："从山下到山顶，非走三五日不能到。所以当初轩辕帝在此修道之时，特地预备这许多房屋，以便上下的时候，可以住宿，上面还有好几处呢。"到得次日，天果下雨，不能上行。向外面一望，满山云雾，迷漫四野，所有山峰，一个都不能看见。但见云中瀑布，高下错落，或长竟数丈，或短不盈尺，如银潮雪海，骇目惊心，不可逼视。次日天仍下雨，接续数日，不能行路。帝尧与群臣，除观望山景之外，不过相聚闲谈。

一日晚间,天已放晴,君臣数人偶然谈到黄帝到此山来修炼的历史。赤将子舆道:"当初黄帝虽有志于仙道,但是未得其诀。后来听人说,有一个广成子,住在崆峒山上(现在甘肃省平凉市),是个真正的神仙,黄帝于是亲自去访问他,他将至道之精告诉了黄帝,黄帝恍然大悟,以后渐渐地修炼,才得道成仙。当时黄帝又有两个臣子,一个叫容成子,一个叫浮邱子。容成子是专门用内功的,他所讲究的是胎息之法。浮邱子从前住在荆州南部衡山之北(现在湖南省益阳市西南九十里有浮邱山,以浮邱子所住得名),后来跑到彭蠡湖南面一座华林山上(现在江西省奉新县西南),修炼了多年,后来又跑到南海海滨去苦心修炼(现在广东省城有浮邱山,相传浮邱子得道之地),方才成功。他做黄帝臣子的时候,早已得道了。他是专门用外功的,所讲究的是炼丹之法。容成子做黄帝的臣子,其时在先,所以胎息之法黄帝已经学习纯熟。浮邱子做黄帝的臣子,其时在后,他的功夫,黄帝还未了了。一日,黄帝问他道:'朕知汝是个神仙中人,深明求神仙的方法。现在朕想超过溟海、渤海,游玩蓬莱山,舍弃了妻子,跑到那边去,汝看应该用什么方法?'浮邱子道:'第一要能够选择圣贤做师傅,那么他的所学必定精奥。第二要能够选择名胜之地,栖息在那边,那么他的所学必定容易成功。现在帝要成仙,必须先炼金丹;要炼金丹,必须选一块山秀水正的地方,那么所炼的丹药才能灵验。依臣看起来,天下名山,只有黟山最为相宜。一则地据四方之中,云凝碧落,气冠诸山,天上群仙时常在那里游玩的,可以相见;二则山中灵泉奇药,四时皆春,若能够斋心洁己,晏安在那里,那么万病皆除,千祥俱集,必定能够登仙了。'黄帝听了这话,立刻叫大臣风后辅佐太子,代理政事。自己就同了浮邱子、容成子两个,来到此山,专心修炼。这就是黄帝来到此山的原因了。"老将羿在旁问道:"怎样叫作胎息法?"赤将子舆道:"胎息这两个字,就是不用口鼻呼吸,如人在胞胎中的时候一样,所以叫作胎息。"老将羿道:"不用口鼻呼吸,用什么呼吸呢?"赤将子舆道:"不是用别种器官替代呼吸,实在是不呼吸。"大众听了这话,都非常诧异,便问道:"不呼吸,岂不要窒死么?"赤将子舆道:"这是很不容易的。所以第一要师傅传授,第二要练习功深,不是自己所能够蛮做,亦不是一时半刻就能做到。"老将羿道："先生练习过么？"赤将子舆道："野人略略知道一点，大约初学起的时候，先从鼻管中吸入清气，到肺里藏闭起来，不使它呼出；然后在心中暗暗地数着一二三四五的数目，一直数去，数到一百二十，才从口中将那藏闭之气缓缓地呼出来；在那吸进去的时候，与那呼出来的时候，都不许自己耳朵中听见有出入之声，总要使它入多出少。最好用一片鸿毛放在鼻口之间，呼出气来，鸿毛不动，才算合法；吸进去也是如此；又渐渐增加数的数目，从一百二十可以增加到一千；增加到一千，那么就有许多时候可以不呼吸，岂不是和不呼吸一样么！能够如此，可以返老还童、长生不死了。这个就是胎息方法的大略。但是还有一个条件，胎息的时候，要在生气之时，勿在死气之时。从子时到巳时，叫作生气。午时到亥时，叫作死气。死气的时候，学胎息亦无益。所以，俗语有一句叫作'仙人服六气'，所谓六气者，并不是有六种气可服，不过说有六个时辰的气是可以服罢了。胎息这个方法练习成功之后，不但可以却病长生，而且还有许多用处。用了这股气去吹水，水就为之逆流；用了这股气去嘘火，火就会得熄灭；用了这股气去吹虎狼，虎狼就慑伏而不敢动；用了这股气去嘘蛇虺，蛇虺就盘屈而不能去。假使有人为兵刃所伤，吹一口气，血能立止；假使有人为毒虫所伤，即使没有看见这个受伤人，只要将自己的手一吹，男的吹左手，女的吹右手，那么受伤的人虽远在一百里以外，亦能立刻痊愈，岂不是用处甚多么！"众人听他说得如此神异，无不稀奇之极，很有人想立刻就学学看。老将羿刚想再问，这时晚膳已经陈列，大家才打断言谈，各自就餐。

第四回

帝尧游黟山　黟山之风景

晚餐毕后，大家又聚拢来闲谈。羲叔问赤将子舆道："容成子到底是个什么人？世间传说他著了一部书，叫作《容成阴道》，总共有二十六册，专门讲究采阴补阳，采了妇女的阴水，来补益他自己的阳水，名叫容成御女术，不知道究竟有没有这一回事？"赤将子舆道："野人在当时，并没有听见他有这种方术。后来他随黄帝升仙去了，与世长辞，更不会再有这一部书流传于人间。想来是后世左道邪魔的方士造出来，假托他的名字的。讲到容成子这个人，很是敦厚而睿智。他起先在东海边一个岛上（现在浙江省永嘉县东面有华盖山，相传是容成子修炼之地），服食三黄，就是雌黄、雄黄、黄金三种，专心修炼。后来黄帝知道了，请他出山。他就做了两件大事：一件是盖天，象周天之形，可以考察天文，利用不少。一件是调历，岁纪甲寅，日纪甲子，所有时节因之而定，利用亦不少。这两件之外，他又发明一种测定东西南北方向之术。辨别方向，本来有指南针可用。但是指南针所向，不必一定是正南正北，往往略有所偏。所以容成子又发明一个法术，用一根长木，竖起来，做一个表，拿一根索系在上面，再拿了这根索绕着表画地成一规形，以考察太阳之影子。假使太阳向中，影子渐短，候西北隅影子初初入规的地方，就给它记起来。假使太阳过中，影子渐长，候东北隅影子初初出规的地方，再给它记起来。这两个记起来的地方，就是正东正西；拿这两个折半起来以指着表，就是正南正北。他这个方法是在梁州地方发明。所以现在梁州人用这个方法，还叫他是容成术。至于采阴补阳的容成术，淫秽无理已极，岂是可以长生之道！即使确有效验，求仙的人亦决不应该去做的；即使做了，亦决不会成仙的。你看是不是？"羲叔道："某本来有点疑心，给先生一说，更觉明白了。可怜容成子冤枉受了多年，今日才始昭雪，先生亦可谓对得住老朋友了。"说到此处，帝尧问道："容成子的胎息，先生说过了。浮邱子的炼丹方法又如何呢？"赤将子舆用手指指山上道："所有药料都在这座山里。第一种是朱砂，就出在上面一个朱砂洞里。第二种是紫芝，生在山顶及溪边，大的长到五六尺，其大如箕，颜色紫碧相杂，香气如兰如桂，真正是个神物。第三种是红尤，其状和珊瑚一样。第四种是乳水，出在岩穴之中，长滴石髓；其状其色，都和乳相仿，所以叫作乳水，是炼丹必不可少之物。久服乳水，亦可以长生。第五种是汤泉，在中峰之巅，水味甘美，亦是炼丹煮石必不可少之物。天下世界汤泉很多，但是多含有硫磺质；只有此山所产，带朱砂质，所以可贵。此外如同黄连、人参种种名贵的药品，山中无不齐备。"正说到此，只听得外面侍卫人等一片呼喊之声。大家诧异，不知何故，急忙起身，出来一看，只见满山之中，大大小小都是灯火；忽高忽低，忽上忽下，忽东忽西，忽隐忽现，或则千百为群，或则只有两三点；漫山遍谷到处皆是，照得千丘万壑，几乎同白昼一般。隔了许久，方才渐渐消灭，大众无不诧异。赤将子舆道："这个叫作仙灯，是黟山三大奇景之一。灵山之灵，与他山不同，就在此处。"老将羿道："另外还有两种是什么？"赤将子舆道："一种叫作云海，一种叫作放光，将来都可以看见的，此时说也说不相像。"

　　次日天晴，大众徐步上山，走不多路，忽然有两只乌鸦迎面飞来，向着大众叫了几声，立刻回转飞去；隔了片时，又飞来叫几声，又飞回去。赤将子舆道："这一对叫作神鸦，是本山灵物之一。每有客来进山，它已知道，总先来迎接。它们每年孵小鸦几只，一到秋天它们就领了小鸦，各处峰头都去飞一转，然后送小鸦出山外去，从此不复再来，它们一对老鸦，总是住在这里，不知道有多少年了，岂不是神鸦么？"大众又走了许多路，只见遍山都是桃树，约在万株以上。赤将子舆道："这是黄帝所手植的，起初没有这许多，现在桃子桃孙，年年蕃衍，每到春天，万花齐放，真是锦绣世界。可惜现在来迟，已是绿叶成阴子满枝了。"过了桃林，赤将子舆指着前面一个山峰，说道："这个亦是黄帝的遗迹。"众人看时，只见山上两个石峰，如人对坐。一个朝南，后面围绕一山，俨如君主座后的黼扆。一个朝北，俯了头，非常恭肃，如同臣子朝见君主的样子。赤将子舆道："当初这山上有两块石头，黄帝和浮邱子常在这石上休息论道。后来仙去，这两块石头就化作双峰，朝南的就是黄帝，朝北的就是浮邱子，岂不是奇怪么！"正说时，只听得一阵音乐，大众听了，都向四处张望，说道："哪里作乐呢？"赤将子舆道："过去有一个山峰，壁立千仞，人不能到，上面常有仙人聚居。每当清风明月之夜，作起仙乐来，山下人时常听见，但总在夜间，日里是没有的。此刻所听见的，是音乐鸟的鸣声，不是有人奏乐。"帝尧道："音乐鸟这名字很好听，从来没有见过。"赤将子舆道："音乐鸟，一名叫作频伽鸟，亦叫作迦陵鸟。它在卵壳中已能发声，而且微妙，能压倒众鸟，大概亦是仙禽之类呢。"说着，四面一望，指着东面树上说道："这就是音乐鸟了。"大众细看，果见有十余只美丽之鸟，黄羽、黑眉、赤脊、翠尾，正在那里争鸣。其声非笙非笛，非竹非丝，引商刻羽，真如奏乐一般，和谐清脆，非常好听。忽然之间，又从峰上飞下数十只，一齐鸣起来，更觉悠扬入耳。那鸟飞的时候，翅尾之间带着一线白色，可算得五色都齐备了。羲叔道："某听见说，频伽鸟，一名叫共命鸟，两个身子共一个头，常住在西方极乐净土的，何以这个鸟并不如此？"赤将子舆道："野人习闻如是，究竟不知孰是孰非。或者那个共命鸟亦叫频伽，名字偶然相同，亦未可知。"帝尧问道："山中有猛兽么？"赤将子舆道："虎豹之类都有，但是从不害人，大家以为是已经仙人点化的缘故。另外有五种神兽极为特别。一种是猿，此山猴类本多，但有两只是神猿，一黑一白，都在数千岁以上，见了人往往作揖打拱。那只黑猿常常引着大批的猿到处觅食。那只白猿，不常看见，偶然看见，总是坐在竹兜里，由四只大猿抬着走；但是那看见的人，总可以遇到祥瑞或快意的事情。一种是天马，常常飞腾于最高各峰的顶上，有电光绕着它的四足，但亦是不常见的。一种是白鹿，往来各处，忽隐忽现。一种是青牛，其大如象，常出来吃草，遇见人立刻飞驰而去，倏忽之间，已不知去向。一种是紫豸，头像龙，身像麋，尾像牛，蹄像马，远望过去，俨然是一只麒麟，但的确不是麒麟。这五种都称为神兽。又有三种怪物：一种叫鮦鱼，四足，长尾而无鳞，声如婴儿，能够升到树木上，含着水去饵鸟，捕获了来做食品。缘木求鱼，竟可以得鱼，真是奇事了。它的脂膏可以点灯，久而不熄，现在山上居民往往用之。一种叫卢狳，很像穿山甲，但是没有鳞片。它最喜欢吃猿及蜂两种。每次要吃猿的时候,只须抗声一叫,大批群猿都闻声而至,环绕了它,跪在地上。它挑选几个肥猿,用木叶或砖石放在它头上,那肥猿就战战兢兢,捧了头,一动也不敢动,仿佛防恐木叶、砖石跌坠似的。挑选完毕之后,瘦的猿就纷纷四散,那肥猿就做了它的食料,岂不是怪物么!还有一种,叫作石斑鱼,只有雌的,没有雄的。到得春天,它与蛇交合而生子,所以这时候的石斑鱼不可吃,其余时候钓了来做鱼干,其味甚美,且能久而不饥,所以亦算怪物之一。"正说着,已走到一个洞口。赤将子舆道:"这个叫作驾鹤洞,从前浮邱子在这里控鹤的。"又指着西面一个峰头道:"这峰就叫浮邱峰,是从前浮邱子在这里修炼的,上面有浮邱导引坛,彩云灵禽时常拥护、翔集在上面。每到春天,音乐鸟一定日日到坛上来飞鸣一次,真是仙迹。"又指着一个峰头说道:"这个叫容成峰,是容成子栖息的地方,现在还有宝篆、丹篆藏在上面,但是人不能上去,所以无从证明。容成峰的下面,有一片平地,叫作容成台,是从前容成子登啸的地方。"又指着一个峰头说道:"这座叫作轩辕峰,当初黄帝采药就在此地,现在还有紫芝、玉菌之类生在山顶上。轩辕峰下面,过去几十步路,有一块仙石座,当初黄帝与浮邱、容成诸臣会息,常坐在这块石上。现在偶然去坐坐,常有异香从空中而来。假使在梅花开的时候,就闻到梅花香;在桂花开的时候,就闻到桂花香;在荷花开的时候,就闻到荷花香;但是左右前后,并没有梅花、桂花、荷花等,竟不知从何处飘来的。野人从前在此,历试历验,真是不可思议之事。"帝尧道:"轩辕峰离此地有多远?"赤将子舆道:"看着像近,但是有不少之路。"帝尧道:"且先到那边去望望。"于是大众直向轩辕峰而来,一路鸟道崇冈,非常难走。走到一个峰上,只见一块方石,上面纵横刻有数十道深线,都成方罫形;旁边又置有数百颗圆形的小石子,不知何用。赤将子舆道:"这个亦是黄帝的遗物。从前黄帝和容成、浮邱诸人,常常拿了这个东西来遣兴。两人对坐了,一个用白石子,一个用黑石子,在这方罫之上,你放一颗,我放一颗,差不多放到一半光景,只听他们说:你赢了几路了;或者说:你输了几路了。这个玩意儿名字叫作弈棋,大约是可以分胜负的。"帝尧道:"先生可懂么?"赤将子舆道:"当初野人在旁,亦曾细细观察,看见黑子怎样去围住那个白子,白

第四回

子又怎样去包住那个黑子,觉得亦很有道理;但是那道理非常深细,野人粗心浮气,实在有点不耐烦去研究它,所以不懂。"帝尧听了,将所布在那里的石子行列细细观看,揣摩了良久,又将石子统统移开,自己再一颗黑、一颗白地摆起来。赤将子舆在旁看了,说道:"原来帝是懂这个玩意儿的。"帝尧道:"朕不过研究研究,并没有懂。"赤将子舆道:"野人不相信。既然没有懂,为什么这个摆的方式,有点和当初黄帝他们相像呢?"原来帝尧是天纵之圣,敏悟异常;一经思索,已觉得有点头绪;而且知道此事是极有趣的,因而将石子一齐移开,又细细摆了一回。羲叔在旁说道:"天色不早,轩辕峰不能去了。此地无房屋,恐怕天黑了山路难行,不如且寻个宿处,明日再来如何?"帝尧一看,红日已衔西山,果然不早,不觉叹道:"朕一时贪弄这个玩物,把半日光阴竟消耗了。可见一个人对于戏玩的东西,是不可沾惹的。"当下由赤将子舆引路,曲曲折折,到了一处,和山顶已有点相近,果然看见许多房屋,亦是从前黄帝所留下的。其中虽无居人,却喜尚可住宿。那时已经暮色苍茫,侍卫早将预备的灯火、餐具、卧具等铺设好了。大家饱餐一顿。因日间跋涉疲劳,大家亦不多谈,各各归寝。帝尧在枕上,还是细细想那个弈棋之理,久而久之,恍然大悟,不觉得意道:"从前伏羲氏的时候,河中有龙马负图而出,上面点点,都是个加减数目,名字叫作河图。现在这个弈棋的道理,就是从河图数得来的,看着烦难,实在亦很容易懂呢。"想罢之后,就沉沉睡去。

到了次日,天尚未明,赤将子舆已经起来,邀了帝尧和老将羿、羲叔等跑到山顶上观看日出。但见西面诸山为霞气所映,峰峰都作赤色,美艳之至。向东一望,则红霞半天;歇了一回,红霞之中,又起了黑影一线,高高低低,如同远山一般;又歇了一回,忽然大放光明,如火之上焰,如金之发光;约有半个时辰光景,忽见一个太阳出来,其色雪白,如一面大镜,若隐若现,摇曳不定,而且既然上来,忽又下去,如此者三次。赤将子舆道:"这个太阳是假的呢。"众人听了,不甚相信。又过了一会儿,果然真的太阳方才上来,其色甚红,而且甚大,渐渐上升,颜色亦逐渐淡下去,轮廓亦逐渐小下去,久而久之,已和平时所见一样了。众人看了,无不叹为奇观,连说有趣有趣。帝尧问赤将子舆道："刚才那个白色的太阳，先生何以知道它是假的？"赤将子舆道："天地之中纯是大气所充塞。大气这项东西，能够有一种回光、折光之妙用。天体是圆的，太阳从地下上来，那个光芒先射到天空之中，天空中的大气受到这个光芒，立即反射到地面上来，所以那时太阳并未出地，霞光已经普照于大千世界，就是这个缘故。后来将近出地了，天空中的大气已将它的影子吸收了上来，所以它的颜色雪白，而且摇动升沉不定，这就可以知道是它的影子了。既是影子，岂非是假的么？比如盂底放一项物件，寻常是看不见的，注满了水，就可以看见。那个理由与此相仿，就是折光的缘故。"正在说时，只见树林中飞来一阵好鸟，毛色浅赤，个个乱叫。它的叫声好像"客到"二字。赤将子舆道："这种亦是音乐鸟之类。游人到此，它必先期而鸣，亦是奇怪的。还有一种鸟类，很像百舌，亦是几十只成一群。它的声音屡屡更变。有时候大声轰轰，仿佛车轮走过；有时候细声袅袅，仿佛洞箫抑扬，大概亦是音乐鸟之类。"帝尧等听了，亦不言语，只管贪看朝景，不住地四面张望。赤将子舆指着西面天尽处说道："这个青白色的，就是彭蠡湖西岸的敷浅原山。"（现在江西省庐山）又指着北面雪白的一线，说道："这就是大江。"帝尧正看得出神，忽然有无数白气，从远处山上涌出，渐移渐近；忽然自己所立的山面上亦蓬蓬勃勃，氤氤氲氲涌出白气来，如絮如绵，迷漫四塞。赤将子舆连连叫道："好极，好极！云海来了！云海来了！"帝尧再向四面一望，不要说大江、敷浅原不知到何处去，就是远近诸山，都一无所见；只有几个最高之峰，浮青凝绿，还矗立于茫茫白气之中，仿佛大海中的点点岛屿，忽而天风一卷，那一片云气奔腾舒展，如波涛之澎湃，直冲无数岛屿而去；忽而又复冲来，真是奇态诡状，瞬息万变。再看那些近前的山冈，则沉埋韬晦，若隐若现，仿佛长鲸、巨鲲、蛟龙、鼋鼍等，出没于惊涛骇浪之间。歇了好一会儿，忽然云开一线，日光下射，那个景象更加奇怪，或如瀑练，或如积雪，或如流银之泻地，或如振鹭之翔翥，或如海舶扬帆而出岛口，或如大蜃嘘气而为楼台宫阙；有时天边隐隐，露出一发之青天，仿佛如海外诸番之国人；立在峰顶，仿佛如坐了大船，乘风而坐在天上。真正是奇极了。又歇了好一会儿，云气才散，日光复来。帝尧道："所以叫作云海，真个如身在海中一般。"赤将子舆道："这个是此山独一无二之奇景，所以这山上的地方都以海字取名。在前面的许多山峰叫作前海；在后面的许多山峰，叫作后海；在东面的叫东海；在西面的叫西海；中间的叫中海。明明是山，却叫它作海，岂不是奇事么！"老将羿道："老夫年纪不算小，游历的地方不算少，从来不曾见过这种奇景。不到此地，几乎错过一生了。"羲叔道："我等寻常想想，只有仙人能够在云中来往，不想今朝，居然置身云外，真个难得了。仓颉氏造字，人在山上曰仙，想来真是有研究的。"赤将子舆道："岂但云在我们下面，就是雷电等亦在我们之下呢。野人从前住这里的时候，有一年夏天，在山上游玩，观望这个云海的景色，忽然看见云气之中，有一物窜来窜去，忽东忽西，竟猜不出是什么东西，颇以为怪。后来跑到山下，问那居民，知道刚才雷雨大作，才觉到那个在云中窜来窜去的东西就是雷霆呢。照此看来，岂不是雷霆亦在我们的下面么！最奇怪的，下面听到呼呼之声，甚为猛烈，上面竟一点声音没有，不知何故。或者仍旧是大气的缘故，下面浓厚，上面稀薄，因此声音传达不到，不知是不是？"帝尧道："云生于山，所以山总比云高。凡有高山，想来都是如此，不必一定只有此山有云海。或者此山高大，所以特别著名就是了。"大众又观望一回，才回到宿舍，进些饮食，再往轩辕峰而来。路过昨日的棋局，可怪那棋子，又照常布着在那里了。帝尧诧异道："朕昨日分明记得都移在旁边，正要想摆，并没有摆，就动身了。现在此局究竟是何人所摆？这山中并无多人，而且摆得又非常合法，这个真是奇事。"赤将子舆道："所以叫作仙棋石，是有神灵在这里呵护的。"众人听了，嗟叹不已。到了轩辕峰之后，路旁紫芝甚多，而且甚大。走到峰顶，有一间石室，室中有石几、石座各一。赤将子舆道："这就是黄帝当初在这里受胎息的地方。"帝尧到此，俯仰流连了好一会儿，方才下峰，回到宿舍。

第五回

黟山之风景　帝尧遇金道华
兰之可贵

且说帝尧与群臣等游玩黟山，流连多日。其时正在四五月之间，山下已有炎夏景象，但是山上仍不甚暖，早晚尤寒。山上开的花卉以木莲花为第一奇品。大的有十几围，高到二丈左右，花分九瓣，形如芙蕖，而颜色纯白，香气之远，可闻数里。它的叶子颇像枇杷，但光而不糙，秋冬不凋，亦是个常绿树。在四五月之交，正是盛开的时候，帝尧非常爱赏它。赤将子舆道："此花到八九月间结实，如菱而无角，色红且艳。"帝尧道："可惜朕不能久居于此，且待将来八九月间再来吧。"一日，帝尧等进到汤池。池长丈余，阔约一丈，深不过二尺，水清可以见底，底下都是淡红色的细沙。北面有一个冷泉，由石罅中流到池内。沸热的水，有了冷泉调剂，刚刚温冷适中，真是天生的浴室。赤将子舆向帝尧道："这是有名的汤池，帝何妨试试呢。"帝尧听了，果然解衣入浴。但见水面热气蒸腾，初下水的时候，不过微温，以后渐渐加热。脚下踏着的红沙甚为细腻，就拿来擦身，擦到后来，汗如雨下。浴完之后，觉得暖气沁入毛髓，许久不散。两只手中更是馨香扑鼻，仿佛兰花气味，不禁连声呼妙。赤将子舆道："这个沙叫作香沙，此地很多。那边峰上，还有一个香沙池，取了池水洗目，盲者可以复明；取了香沙，藏在衣袋里，香气可以终年不散，亦是异物。"老将羿和羲叔听了，都要入浴，于是一齐都洗过了。赤将子舆道："这个还是普通的汤池，人人洗浴，未免污秽了。黄帝炼丹煮石的汤池，在过去一个高峰的顶上，寻常人不能上去。从对面峰上望过去，但见热气上升，如蒸如沸而已。"

一日，赤将子舆又引帝尧等到一个峰顶上，只见上面有一石床，长八尺有半，阔约四尺余，仿佛是用玉琢成的。床上有碧色的石枕三个，下面又有三座紫石床。赤将子舆指着上面的床，说道："这是黄帝与浮邱、容成三人休息之所。"又指着下面的床，说道："这是从臣燕寝之所。野人当日，就是其中之一，在此间住了好几年呢。下面还有一个石室，深八十尺，阔有数丈，是其余从臣所住的。"帝尧道："当初高祖皇考升仙，就在此地么？"赤将子舆道："不是，还在过去一个峰上。那边峰上也有一个大石室，当初黄帝功行圆满的时候，有一日从山上得到一个珠函、一个玉壶。珠函之内，所藏的是珠履、霞衣之类，玉壶之内所盛的是琼浆、玉液之类。黄帝既然得到这两种物件，知道上升之期到了，即携归石室之中，与浮邱、容成二人先饮了玉液、琼浆，再将珠函中的霞衣披起来，宝冠戴起来，珠履着起来。须臾之间，有一条天龙从空飞下，前面有无数仙人拿着彩幢珠盖，为之引导；旁边又有无数仙人，各奏乐器，相与欢迎。那时，黄帝和容成公、浮邱公三人就骑在龙上，飘飘然从峰顶上升。那时野人不凑巧，刚在下面做一件事情，听见空中有管弦丝竹之声，急忙抬头一望，看见仙人天龙下来，知道是来迎接黄帝了，急忙赶上山去，不想偏偏没有福分，到得中途被石子一绊，跌了一跤。及至跑到山上，黄帝与群臣数十人早已在龙背上，离地数尺。当时有许多人和野人一样，赶不上，慌忙攀住龙须，但是龙须是不牢的东西，一经众人攀扯，纷纷连人都掉了下来，不得成仙，反而几乎跌死，可见成仙必须要有缘分、有福命的。所以野人从此以后，不要做官，亦不想成仙，但求长生而已。"说罢，叹息不已。帝尧道："朕听说高祖皇考的上升，是在荆山地方，何以又在此地呢？"赤将子舆道："这恐怕是后人传说之误吧。要知道铸鼎虽在荆山，上升确在此地。当时鼎成之后，就移到此地来炼丹，这都是野人所亲见的。如不相信，现在就有凭据。"说着，飞跑下去。隔了多时，手中拿着许多细草，又细又软，长约丈余，其色黑而微白，向帝尧说道："这是龙须草。当初野人等攀龙髯跌下之后，这些拔在手中之龙须，都弃在山中，后来尽化为草，滋生日蕃。现在山下居民，竟有采取了去织以为簟的，岂不是的确证据么？"帝尧听了，悠然若有遐想。老将羿在旁，问道："帝想学仙么？"帝尧道："朕何尝不作此想。不过当初高祖皇考的求仙，是在治定功成之后；就是皇考的求仙，亦是在治定功成之后。现在朕临驭天下，只有十二年，去'治定功成'这四字远而又远，何敢作此非分之事。朕的意思，总想访求一个大圣人出来，将这个天下让给了他，到那时，或者可以效法祖父，此刻哪里谈得到此呢。"大众听了，知道帝尧对于天下百姓，极负责任，决不肯舍弃政治而求神仙的，所以亦不言语。

一日，赤将子舆向帝尧道："今日须往黄帝炼丹处一看，可以见到许多遗物。"大众就跟了他走，走到一处，忽见赤将子舆向一个小石洞中钻了进去，转身出来，携着一个小石臼，向众人道："请大众尝尝。"众人一看，只见中间满满贮着流质，芳香扑鼻，竟不知是什么东西。大家都尝了一口，觉得甘香醇美，仿佛玉液。赤将子舆道："这个叫花酝，是山中猿类采了百花酝酿而成的。久饮之后，可以长生，并可以久视。野人适才看见地上有猿行之迹，里面又有一个小洞，知道必定有物藏在其内了。"羲叔戏说道："先生此番偷窃猿类所藏之酒，似乎不在理上。"赤将子舆也笑道："充类至义之尽的说起来，不是自己所有的东西，拿了它来，就是偷窃，这话固然不错。但要知道，人生如不用偷窃的手段，竟几乎不能做人。即如足下家里，就不免日日有这种偷盗的行为，而足下所吃所用的，亦不免有贼赃在内。习非成是，久已乎变为自然，足下何独怪野人呢？"羲叔听了不解，忙问道："某家里何尝有这种偷盗之事？某又何尝吃用过贼赃？请先生不要诬蔑人！"赤将子舆道："足下吃鸡卵吗？"羲叔道："吃的。"赤将子舆又道："足下用蜂蜜么？"羲叔道："用的。"赤将子舆道："那么这个卵、这个蜜，从哪里来？还不是从鸡、从蜂那里去偷盗来的贼赃么！"众人听了这话，一齐不服，嚷道："岂有此理！这个鸡、这个蜂，都是自己养的。自己养了鸡，取它的卵；养了蜂，取它的蜜；哪能算是偷盗呢？要知道养鸡养蜂，原为取卵取蜜起见。鸡和蜂尚且是自己的，何况乎卵与蜜！"赤将子舆笑道："那么野人还有一种行为，做给诸位看看，是偷盗不是偷盗。"说着，飞身跑到一个岩壁边的树下，两手将树一攀，两脚将树一踏，转瞬之间，已到树顶。众人看了，不胜诧异，都说道："不想这个老头子，有如此之轻捷！"再看他在一个石缝里，两手伸进去，不知弄什么。过了一会儿，只见他又翻身而下，手中用树叶裹着一种半流质，过来说道："请帝和诸位尝尝。"众人尝过了，都知道是蜂蜜，但觉得其味较寻常之蜜来得浓厚。赤将子舆道："这个叫石蜜，是野蜂所酿的。久服之后，能延年益寿。"羲叔道："先生何以知道这个里面有石蜜？"赤将

上古神话演义（第二卷） 五星出东方

子舆道："野人从前在此，住过几十年，就是以这些物件做粮食，无处不去搜寻过，所以能一望而知。但是请问足下，这种行为亦可算是偷盗么？"羲叔给他这一问，不免踌躇，勉强说："蜜是蜂酿的，蜂不是你养的，当然亦是窃盗。"赤将子舆道："那么地下生的仙草，可采么？山上出的丹砂，可采么？"羲叔道："那是无主之物，天所生产，原是供给人用的，不能算偷窃。"赤将子舆道："那么足下所持的理由自相矛盾了。请问足下，究竟偷盗二字，以什么为标准？倘使以是不是自己所有的为标准，那么就使它无主，我亦不应去取，因为总不是我的呀。倘使以有主无主为标准，卵是鸡生的，蜜是蜂酿的。不错呀，但是鸡和蜂又是哪里来的呢？最初之鸡，是从野雉收养而来；最初之蜂，是从野蜂收养而来。野鸡可以收养，野鸡之卵倒反不可以取食；野蜂可以收养，野蜂所酿之蜜，倒反不可以取食；这是什么理由？猿猴之类，我们无可利用，所以只好随它去；假使如牛马之有用，我们人类，亦当然收它来，供我们之用。猿类本身，尚且可以收来供用；猿类所酿的酒，倒反不可以取来供饮，这又是什么缘故？"羲叔听了，只能笑着，无言可对。帝尧道："古人有一句话，叫作'窃钩者诛，窃国者侯'，这是很不平的事情。同是一个人，我拿了你的物件，就是偷窃，就是攘夺；但是他一经做了天子或全国首领之后，就叫作富有四海，不但四海之内，所有物件，都算是他的，可以予取予求，就是四海中之人民，亦都算是他的臣子，可以任意生死，岂不是不平之极么？越是偷窃得大，越发无罪。人与人尚且如此，何况对于禽兽昆虫。现在世界，只有强权，并无公理，不知何年何月，才能矫正得转来呢？时候不早，我们走吧。"二人听了，也就不再辩驳。大众走到炼丹之处，只见一块平地，广可容数百人，俯临大壑，深不可测。赤将子舆道："此地又叫作晒药台，当初晒药，亦在这里。"边角之上，还剩着一座丹灶。到得下面，炼丹源、洗药溪、捣药之杵、舂药之臼，种种都还存在，想见当时修炼的精勤。旁边一个峰头，色红如火，还有丹霞隐隐流出。赤将子舆一一的指点，帝尧看了，不胜景仰。刚要下山，只见对面山谷中，忽然发出金光，五色灿烂，忽而如楼台殿阁，忽而如人物花鸟，忽而如蛟龙虎豹，忽而如甲胄干戈，足足有一个时辰之久，方才渐渐消灭。大众又看得奇极了。赤将子舆道："这个就叫作放光，是此山三大奇景之一。"帝尧道："看这个情形，大概是海市蜃楼之类。"赤将子舆道："当初野人亦如此想。后来不但日间看见，就是夜间月下也有得看见，似乎与海市蜃楼不同，究竟不知是什么缘故。"大众研究了一回，也都莫明其理，只索罢休。

这时帝尧住在山中，已有旬余，各处都已游遍，遂向群臣道："朕来此久了，巡守之事搁置，究竟不是道理，且俟将来有机会，再来重游吧。"赤将子舆道："野人天性喜欢游荡，既然劝帝到了这里，还要劝帝到一处。"帝尧忙问何处。赤将子舆道："离此地不远，有一座缙云山（现在浙江省缙云县东二十三里，一名仙都山，亦是当初黄帝炼丹的地方）。帝既然为瞻仰祖宗遗迹而来此，那么彼处亦是遗迹，何妨顺便一往瞻仰呢。好在路径不远，尚不至于有误巡守之期。"帝尧沉吟了一回，说道："那亦试得。"于是次日，大众就下黟山。临走的时候，各人都取了不少物件，赤将子舆取了百花洞边的百花。老将羿取了一种放光木，放在室中，夜间能放光的。羲叔取了两种：一种是五色石，这项石子椎碎之后，放在火中烧起来，能起五色光，是可玩的物件。一种是磁石，能够吸铁，是有用的物件。其余从人取的尤多。如龙须草、香沙、丹砂之类。香沙和放光木两种，取的人尤多。还有一种云雾草，既可以作饮料，又可以治目眚，取的人亦多。大众此番游玩多日，既得饱畅眼福，又得无数珍奇物件，归去可以夸耀家人、馈赠亲友，无不欢欣鼓舞。

下了黟山，顺着一条港水而下。那港水下流就是渐水（现在的钱塘江），流到南江里去的。赤将子舆道："前面有一座山，风景甚好。黄帝时候，名医桐君隐居在那里，此刻他的庐舍还存在呢。"（现在浙江省桐庐县桐君山，桐庐二字，就是由此而来）帝尧道："船过去经过么？"赤将子舆道："不经过了。此地另有一条横江，我们是转弯去的。"隔了一日，舟进横江，只见两岸山色，非常之秀丽。帝尧看了，不觉心喜，就上岸步行。走到一处，桑树成林，稻田盈野，这时正是五月中旬，农夫工作正忙。帝尧看了，甚为惬意。尤其可怪的，此地人民都是穿衣着裳，并无裸体文身之陋状，心中不觉暗暗称奇。又走了一程，忽见田野旁边有一所广大的园圃，竹篱围绕，茅亭两三，内中仿佛甚为精雅。帝尧看了，遂信步跬进去望望，只见里面所种的，都是兰花蕙草之类。正是不解,早有守门的狗狂吠起来,惊动了里面的主人,出来问道:"诸位光降,有何见教?"帝尧看他,竹冠草履,气宇不俗,正要回答,早有侍卫上前,告诉他是天子。那人听了,慌忙行礼道:"小民不知帝驾来到,有失迎迓,死罪死罪。不嫌污秽,请里面坐坐。"帝尧亦不推辞,就和赤将子舆、老将羿、羲叔一同入内。那人先到草堂中布好了席,然后再出来敦请。帝尧等进去坐定,那人又请教了羲叔等姓名,方才在下面陪坐。帝尧等此时,但觉一阵幽香,沁入心脾。四面一望,只见室中到处都放着兰花,便问那人姓氏。那人道:"小民姓金,名道华,是此地人,生平足迹,未出里门。久想到帝都观光,终苦无缘。难得今朝仰接天子之光,真幸运极了。"帝尧道:"汝向来以何为业?"金道华道:"小民务农为业。"帝尧道:"汝一定读过书。"金道华道:"小民虽读过书,但僻在蛮夷,书籍甚少,读的不多,不过识几个字罢了。"帝尧道:"汝种这许多兰草,是什么意思?"金道华道:"小民生性,确爱此草,所以多种。"帝尧道:"兰草亦是寻常之草,有何可爱?"金道华道:"小民的意思,觉得兰草可爱之处有三种:一种是高致。凡是花卉,都是种在平原,众人易于瞩目之处,争妍竞美。独有兰花,偏喜生在深谷之中,或者幽岩之上,仿佛不愿人见,亦不求见人,足有隐君子之风。这种高致,岂不可爱!一种是幽德。凡是花卉,如桃、李、梅、杏、牡丹、菡萏之类,或以颜色悦世,或以浓香动人。独有兰花,颜色越淡越妙,香气极幽极微;而看过去别有风趣,闻着了无不倾心;不屑媚人,而人自钦倒;比如君子之道,暗然日彰。这种幽德,岂不可爱!还有一种是劲节。凡有花卉,无论草本木本,在那风和日丽之中,无不炫奇斗艳,仿佛都有一切不惧的模样;一到隆冬,霜飘雪压,那草本的固然连枝干都不存在,就是那木本的,亦大半红叶萧萧,只剩了一丛光干。昔日繁华,而今安在?岂不可叹!独有兰花,明明是个草本,但是任你严寒奇冷,那几条翠叶依旧飘扬飞舞,一无更改。植物之中,和它一样的能有几个?这种劲节,岂不可爱!小民常怪古人,说起劲节来,不是推松,就是推柏。有的拿了松树和梅、竹两种来并称,说是'岁寒三友'。不知道松梅等都是木本的,岁寒不凋,有什么稀奇!兰是草本的,岁寒不凋,倒反没有人赞它,真是令人气忿不平。小民的见解如此，未知圣天子以为如何？"众人听了这番议论，都说："极是极是。兰草这项东西，从古没有人称道过，得足下这番提倡，恐怕将来还有人称它是王者香或国香呢。"金道华道："果然如此，小民的意思亦不以为然。因为兰之可爱，并不全在乎香。况且它明明有隐君子之风，偏要说它是王者，未免背道而驰，拟不于伦了。"帝尧听了这话，暗暗佩服他的人品高尚，不愧为隐君子。当下又问他些兰草的种类和种法。金道华便起身进内，隔了一会儿，取出一厚册书来，献于帝尧道："这是小民所著，一切有关系于兰草的，俱在其中了。请帝赏收，加以鉴定，小民不胜荣幸。"帝尧接来一看，只见面上写着"兰谱"二字，随意翻了两页，但见前面所载的，都是兰之种类，足有几十种，并且有图附在上面。有一种叫风兰，它的图形系用竹篮挂在空中，下面有注云："风兰产于东南海边山阴之谷中（现在浙江温台两归属府），悬根而生。其花黄白，似兰而细，不用栽去。大棐者盛以竹篮，或束以妇人头发，悬于见天不见日之处，朝夕喋以清水，冬夏长青，可称仙草。又能催生，妇人将产，悬于房中最妙。"又翻到中间，都是说种兰的方法和宜忌。翻到后面，都是关于兰的杂说，有一段云："凡蜂采百花，俱置翅股之间；唯兰花则拱背入房，以献于蜂王。小小物类，尚知兰之可贵如此。人有不爱兰者，吾不知其何心也！"正要再看下去，只听见老将羿问道："老夫一路来，看见所有居民都是文身裸体，此地却不如此，是什么缘故？"金道华道："此间本来是蛮夷之俗，断发文身的。自从先祖迁到此地之后，训诲子孙，切不可沾染这种风气。一则赤身露体，全无礼教。二则毁伤肌肤，有伤孝道。小民懔遵祖训，世世不敢违背；并且遇着有机会的时候，常将这种道理和邻居的人说说，哪知甚有效验，逐渐将这种陋俗改正了。现在乡僻之地，虽然还有存在，但也是少数。"帝尧问道："令祖是何人？"金道华道："小民是金提国之后。"帝尧恍然道："原来汝是贤者之后，怪不得有这样的气度学识，朕真失敬了。"当下又谈了一回，天色不早，帝尧等起身，金道华送至门外，行礼而别。

　　帝尧一路归舟，一路谈起金道华这个人，说他真是高士，真是隐者。羲叔道："臣看此人，甚有道德。帝何不举他一个官职，想来定有治绩的。"帝尧道："刚才朕亦如此想，但是听了他那番议论，恐怕他一定不肯受，所以亦不说。"羲叔道："受不受在他，举不举在帝。明日何妨饬人去和他商量呢。"帝尧点首称是。到了次日，就命羲叔前往，哪知到了他家一问，他家人说，金道华昨夜已经出门去了。问他到何处，答称不知。问他何时归来，答言不定。羲叔没法，只得怏怏而回，将此情形告知帝尧。帝尧点头叹息道："真是隐士，真是隐士。但是看到他昨日酬对及赠书的情形，贞不绝俗，尤为难得。"大家叹惜久之，于是君臣等仍上路前进。后来此地就叫作兰溪（现在浙江省兰溪市），以金道华种兰得名。不过在下有一句话要声明，这是在下想当然耳，并无证据。即如兰溪相近的金华县（现在浙江省金华市），据志书上所载，是因金星与婺星而得名。但是这个解释很是模糊，婺星竟未提及，华字亦无着落。据在下的推想，或者因金道华而得名，亦未可知。不过遍查各书，不得证据。金提国在何处，亦考不出。姑且写在此处，以俟博雅君子教之。

第六回

缙云山黄帝修道　大姥山老母成仙

迷信之谬　海神救人之情形　洪崖

仙人漏泄天机

且说帝尧君臣上路,一日,走过一山,山上有一座石城。赤将子舆道:"从前黄帝到缙云山去,总是经过此山的,所以后人筑起此城,做一个纪念,就叫它作天子山,亦叫石城山(现在浙江省金华市代管永康市南三十四里),对面就是缙云山了。"帝尧看这座山势,参差高下,仿佛如城堞的雉堞,无甚可观,亦不久留,即向缙云山前进。那缙云山孤石干云,高约三百丈。虽则没有黔山那样灵异,但是亦有一百零六个峰头,或如羊角,或如莲花,幽奇俊秀,颇惬心目;又有瀑布一道,日光照着,仿佛晴虹,风所吹过,有如细雨,尤觉可观。黄帝炼丹的地方,一切遗物,经赤将子舆一一指点,帝尧都见过了。据赤将子舆说,黄帝在此炼丹的时候,一日有非红非紫的一种祥云出现,名叫缙云,所以这座山就叫缙云山。帝尧立在最高峰上,向东南一望,只见一片茫茫,都是大海。原来这座缙云山,是紧贴海边的,海中群岛点点,如星之罗,如棋之布。赤将子舆指着说道:"这近前的岛屿,名字叫瓯(现在浙江温州一带,当时尚在海中);远处的岛屿,名字叫闽(现在福建省,当时亦在海中);瓯岛之中,有一个岛,就是容成子修炼之处;又有一个岛,上有方石,其形如柜,从前黄帝将玉版、金券、篆册等藏在里面,所以亦叫作玉柜山(现在浙江永嘉县西北八十里)。帝要过去望望么?"帝尧道:"不可,不可,越走越远了,且待将来有便再说吧,现在且到海边望望。"

于是君臣等即便下山,到得海边,只见停泊着无数船舶,又有无数百姓,扶老携幼,纷纷向海边而来,要上船去,手中各执着种种祭品,其中尤以妇女为多。帝尧看了不解,忙叫侍卫去打听。隔了些时,那些百姓老幼男女一齐走来。原来他们听见说圣天子在此,大家都想瞻仰瞻仰,兼且听听圣天子的言论,所以都跑来。行过礼之后,有一个百姓说道:"承圣天子下问,小民等是到仙姥岛上拜仙姥去的。"帝尧道："仙姥是什么人？"百姓道："是个老姥，住在岛上（现在福建省霞浦县东北大姥山），不知道有多少年了。她的年龄，亦不知道有多少岁。她是专门炼金丹的，那金丹有九转玄功，她也不知炼了多少年。前五年，忽然修炼成功，服了金丹，顿然白日飞升，成仙而去。岛上百姓就给她立了一座庙，并且将她的生日作为纪念日。到得这一日，无论远近各处的人都要去朝拜顶礼、烧些香料的。小民等此去，就是为此。"帝尧道："仙姥生日是几时？"百姓道："六月十九。"帝尧道："汝等去求些什么？是不是求仙？"百姓道："不是求仙。这位仙姥平日在世是很慈善的。无论哪一个对她有什么请求，凡是她所做得到的，无不答应，又最喜欢济人之急、救人之难，所以大家都给她上一个大慈大悲、救苦救难、广大灵感的徽号。小民等这番跑去，或是求财，或是求子，或是求寿，或是求福，或是求病愈，种种不一呢。"帝尧听了，不禁叹口气道："据朕看来，汝等此种念头未免弄错了。'天道福善而祸淫'这句话，古时候固然是有的。但是，必定行了善，天才降之以福；必定作了恶，天才降之以祸。假使并未行善，天就降之以福；并未作恶，天就降之以祸；那么天道不公不明，不成其为天了。汝等自己想想，曾经行过善事么？如果行过善事，即使不到那边去拜求仙姥，皇天自会赐汝等以福。汝等再想想看，曾经行过恶事么？如果没有做过恶事，即使不到那边去朝拜仙姥，皇天亦决不会罚汝等以祸。假使没有行过善事，那么赶快回去行善；假使已经做过恶事，那么赶快回去改过修行。要知道做了恶事，不行善事，徒然跑到仙姥那边去，磕几个头，烧些香料，祭她一祭，是无用的。仙姥究竟是什么样一个人，朕不知道。就算她已成了仙，是个神人，既然是神人，当然替天行道。福善祸淫，自有一个标准，决不会因汝等去朝拜了她，她不问善恶就赐汝等以福的道理，亦决不会因汝等不去朝拜她，她不问善恶，就降祸于汝等的道理；所以朕说汝等的念头未免弄错了。"那些百姓道："帝的话固然不错，但是小民等朝拜烧香，正是修行行善呀！"帝尧听了这话，觉得更不对，便说道："汝等这话又错了。朕且问汝等，怎样叫作善？怎样叫作恶？善恶二字，究竟是怎样解说的？"百姓听了，面面相觑，大家都答不出。帝尧道："朕告诉汝等，有益于人类的事情，叫作善。比如汝等刚才所说,那个仙姥最喜欢济人之急,救人之难,大慈大悲,广大灵感,那才叫作善。有益于少数的人,是小善;有益于多数的人,是大善;有益于极多数的人,是至善。善这个字,是从人类上面发生出来的。不从人类上面发生出来,无论如何都不能叫它是善。因为人类在世,是应该互相扶助、互相救济的;假使不互相扶助,不互相救济,那么汝等想想,还成个世界么?朕且问汝,汝等去朝拜仙姥,不要说仅仅磕几个头,即使将汝等之头一齐磕破,可谓至诚极了,然而于人类有何益处?不要说仅仅烧些香料,即使将天下世界所有的香料统统拿来烧去,亦可谓尽心极了,然而于人类有何益处?不但于人类没有益处,就是对仙姥亦没有益处。她已经成仙了,所有人世间一切关系早已脱离,而无所系恋。大家去朝拜她,于她有什么光荣?大家去供祭她,她又受不到实惠。大家去烧些香料,她又有什么用处?汝等想想看,岂不是无谓之至么?还有一层,人生在世,善是应该行的,并不是因为行了善可以得到福,才去行善的。恶是决不应该作的,并不是因为作了恶必定得祸,才不去作恶的。这个就叫作人之良心。假使因为可以得福,才去行善,那么这个行善之心就是假的,假的善就靠不住了。假使恐怕得祸的缘故,才不去作恶,那么这个不作恶之心亦是假的,假的就又靠不住了。要知道'福善祸淫'是上天的公理,是上天的权衡,并不是上天开了一个交易所,向人间做买卖,你拿了多少善来,我给你多少福,决没有这种事情。况且现在汝等拿了区区一点祭品、区区一点香料,跑过去向仙姥磕几个头,就算是行善,要向她求子得子,求财得财,求寿得寿,求福得福,就算上天果然开了一个交易所,亦决没有这样便宜的事情。汝等再仔细想想,以为何如?"那百姓道:"照帝这样讲来,确有至理。那么,仙姥山小民等就不去朝拜了。"帝尧道:"这又不然。崇拜她是一件事情,求她又是一件事情,不能连拢来说。譬如这个仙姥,是修炼到九转金丹、白日升仙的,又是大慈大悲救苦救难广大灵感的,那么汝等先自己想一想:我究竟崇拜她的哪一项?假使崇拜她的炼丹成仙,徒然朝拜朝拜,是无益的。最要紧的是自己亦学炼起来。神仙之事,虽说渺茫,但是她既可以因此成仙,汝等亦何尝不可以因此成仙呢!假使崇拜她的大慈大悲,那么尤其应该学她。救苦救难,本来是人类应该做的事情。我能够学她，就是她的同志，即使不去朝拜她，她未始不来扶助我、保佑我的。假使不去学她，仅仅敬重她、崇拜她，亦是无益。侥幸求福，更不必说了。所以朕说崇拜是一件事，求她又是一件事，还有学她又是一件事。遇到圣贤豪杰、英雄神仙，崇拜他是极应该的。崇拜他，可以得到一个做人的榜样；不过不去学他，终是枉然。汝等知道么？"那时，百姓男女老幼听了无不满意，齐声说："知道，知道。"帝尧道："仙姥生日，既然在六月十九，离现在还有一个月左右，汝等去得这样早，为什么？"百姓道："海船难行，全靠风力。风顺到得早，风逆到得迟。小民等深恐风逆，误了日期，所以不能不赶早一点。"帝尧向那些停泊的船一望，只见它们又高又大，上面矗立着无数桅杆，里面情形，不知如何。帝尧从未坐过海船，便想趁此看一看，遂向众百姓道："汝等上船吧。朕亦来看看海船的内容，见识见识。"

众人听了，欢迎之至，簇拥了帝尧君臣上船。只见船中分作无数舱位，约有几百个人可住，一切器用俱全。另有一舱，专储粮食淡水。另有一舱，专供炊爨。当中一舱，却供着一位女神，神前面放着一根雕刻精致的木棍。帝尧便问这是什么神祇？百姓答道："这位女神姓林，是前面闽海中一座岛上的人。据说，她在童年的时候已非常神异。她看见海上往来的船常有覆溺的危险，她便发心要去救，或是叫人去救，或是自己冒险去救。父母因她年幼禁止她，她的灵魂竟能于夜间飞越海上往来救人，岂不是神异么！后来她年岁大了，亦不嫁人，专在海边设法做这个救人的事业，几十年不倦。死了之后，有的人说是成仙了。大家感激她的恩惠，到处立庙崇拜。我们海船，要她保佑，所以益发崇奉她，差不多只只船上都供她的。"帝尧道："这位女神有这样大的志愿，有这样坚的毅力，有这样仁慈的心肠，真正可钦可佩。大家都供奉她，的确应该的。"又问道："这根木棍有什么用处？"百姓道："这个叫女神棍。我们航海有三种危险：一种是风，一种是浪，一种是蛟龙及大鱼、水怪等。飓风骤起，波浪掀天，危急万分的时候，人力无可施展，只有祷求女神之一法。女神往往前来救护，或则亲自现身，或则神兵维护。我们航海之人亲历目睹的不知道有多少。假如说大风大雨的夜里，天黑如墨,桅杆上忽然看见一点火光,就是神灯出现,女神前来保护,无论如何危险,决不会覆溺的。假使船中忽然发现一点火光,从下面升到桅杆上,陡然不见,这是女神不保佑,神灯他去,无论如何,这只船一定要覆溺的。以上两端,历试历验,丝毫不爽。所以飓风波浪作起患来,除出祷告女神、请求保佑之外,别无他法。至于蛟龙、大鱼、水怪为患,只要将这根女神棍向船舷连敲几下,那蛟龙、大鱼、水怪等就纷纷逃去,这也是很灵验的。"话未说完,旁边又有一个百姓,儳着说道:"我们海中还有一位水仙王,亦是很灵验的。我们的海船大而且重,寻常篙橹等类,一概用不着,所靠的是桅杆坚固,舵板结实,绳碇牢紧,这三项物件,乃是航海所必需的。假使大风倏起,大浪冲来,桅杆倾倒了,绳也断了,船底也裂了,这时候技力无所施,智巧无所用,只有叩求水仙王了。水仙王也一定来救的。"帝尧道:"怎样救呢?"百姓道:"到得那时,大家叩求水仙,崩角稽首,就披散了头发,一齐到船头上来,蹲在那里,用空手做出一种划船的模样,众人口中又装出种种钲鼓之声,那么船虽破裂,自然会立刻近岸。这个就叫作划水仙。"帝尧听了,有点不信,说道:"船既破裂,海水当然灌入,又无桅杆舵板,又在大浪飓风之中,空手划划,竟能达到彼岸,真是奇怪。"一个百姓道:"的确有此事。我前年渡海,刚到半中间,船身碎了,快要沉下去。大家没法,只得划水仙,几划之后,船忽浮起,直到那边岸旁,这是我亲身遇到之事。"又有一个百姓道:"我亦遇到过呢。我那年浮海,半路遇风,船底已破,水已浸到舱中了,船头亦要沉下去,舵亦断折,当时在惊涛骇浪之中,大家以为必无生理。后来有人倡议划水仙,一划之后,船就浮起,向前面直进,破浪穿风,在平日虽则挂十张帆,亦没有那样神速,顷刻之间,已在沙上搁住了。岂不是神灵呵护么!"又有一个百姓道:"我那年遇着的,比你们还要危险,还要奇怪。船一出口,就觉得风色不对,赶快祷求女神,请她保佑,果然得到顺风。但是,风太大了,舵板断了三次,风中忽有蝴蝶几千百个,绕着船飞舞,大家都知道是个不祥之兆。忽而又有几百只黑色的小鸟,飞集在船上,驱之不去,用手捉它,亦不去,反呷呷地向人乱叫,仿佛有话告诉人似的,大家知道更是不祥之兆。歇了一回,风势越大,看看船就要沉下去。

大家齐向女神求船的安全，占了一个卦，是个凶象，知道大难不能免了。再求一个卦，但求船上诸人得免于死，得到了一个吉兆，于是大家复有一线希望，尽力扯帆，向前行进，到得黄昏以后，果然达到一个小港，无不欢喜之至，感激女神不已。因为沙浅，天黑，港小，不能进去，人又疲乏，姑且在沙边下锚停泊，各自就寝。哪知一觉醒来，天已大亮，那根锚索不知如何断去，此刻船已飘在大洋中了，而且风更大，浪更猛。过了一会儿，船头破碎，就要下沉，大众至此，唯有待死。忽然有一个人倡议道：'我们划水仙。'众人赞成，立刻划起来，果然渐渐近岸。哪知刚要到岸的时候，又是一个大浪，全船皆碎，众人尽落于水中。幸喜大家都会泅水，都上了岸，没有一个人溺死。你想危险不危险！奇怪不奇怪呢！"众人你一言我一语，满船中乱纷纷，各谈他自己的经历，帝尧也不及细听。过了一会儿才静下去，帝尧问道："水仙王是什么人？"众人都道不知，大约是古时治水或忠臣烈士死于水的人。帝尧亦不再问，回身上岸，百姓一齐欢送不提。（现在离缙云山不远，也有一座大姥山，是否后来这些百姓因为浮海危险，朝拜不便，所以移到此地供奉，因而得名，不得而知。查无实据，不敢乱造。）

且说帝尧等从缙云山动身，向彭蠡大湖而行，不走原路，往西直走，到了一座山，叫作三天子鄣（现在浙江、江西两省间的怀玉山）。这座山亦很有名，高约三百丈，夜间光烛霄汉，世人都说是山中韫玉的缘故。当初黄帝亦曾到此游览。帝尧经过，却不再停留。一日，将到彭蠡湖相近，只听得空中有异鸟飞鸣之声，举头一看，却是一个仙人骑了一只青鸾，自西南翱翔而至。赤将子舆认得是洪厓仙人，高声大叫道："洪厓先生！洪厓先生！请少停一停，下来谈谈。"洪厓仙人听见了，就降下鸾驭，先过来与帝尧行礼道："原来是圣天子在此，幸遇，幸遇。"又向老将羿和赤将子舆拱手道："久违，久违。"羲叔在旁，亦行过了礼。赤将子舆和洪厓是老同事，极其相熟，就拍拍他的肩膀，说道："你真好自在呀！"洪厓仙人道："你何尝不自在么！"帝尧看洪厓仙人，白须鬖鬖，鬓发如银，却是满脸道气，暗想：赤将子舆说他有三千岁，真是看不出。但是，他能够骑鸾遨游，一定是个真仙无疑。遂和他说道："久仰老先生大名，现在此地相遇，真是生平大幸。不知道老先生自从先高祖皇考上升之后,一向究在何处?高祖皇考近日又在何处?何以不如老先生一样地降临人世,使某等子孙可以拜识?"洪厓仙人道:"贫道在令高祖的时候,虽曾做过几年官,但是后来早已不在朝廷了。一向萍踪浪迹,各处游玩,亦无一定的住所。后来游到此地,彭蠡湖边,一座洪厓山上,爱它风景清幽,就住了甚久,并在那里掘井炼丹(现在江西省南昌市西山有洪井、鸾冈,都是他的遗迹),有些道友就呼贫道为洪厓先生,其实贫道并非姓洪名厓呀。后来总常到那边去玩玩,便是此刻亦刚从那边来。至于令高祖,现在住在九重天中之无想无结无爱天上,是最高的这一重天,所以不轻易下来。如贫道等,不过卑微下贱之流,九重天上游玩游玩尚且难得,何况居住。所以只好仍在人世间混混了。"羲叔在旁问道:"某闻上界有三十三天,何以只有九重?"洪厓仙人道:"三十三天,是一种天的名字,并非有三十三重天。"羲叔道:"这三十三天,是否就是九重天中之一重?"洪厓先生道:"不是,不是。九重天是清虚超妙之天,三十三天是欲界十天中之第六天。凡人生在世,能够不杀不盗,死后就可以生在三十三天。可见生到三十三天,并非甚难之事。清虚超妙天,是正途直上。欲界十天,总名忉利天,不过旁门而已。"两人正在问答,帝尧是个圣君,听了这种说话,并无动心稀奇之意。他的心中,唯时时以百姓为意,见他们不谈了,就问洪厓仙人道:"前日某在淮水之阴,看见淮水为患。据阴侯说,老先生的意思,以为是天数,并且说将来还有极大极大的灾患,究竟不知有无其事,还请老先生明白见示。"洪厓仙人叹道:"的确有的,这个真是天意,无可如何。"帝尧听了,不免惊慌,忙问道:"老先生总有仙术可以挽救。"洪厓仙人摇摇头道:"实在无法挽救。但是圣天子不要着慌,经过五十年之后,自有大圣人出来挽救。"帝尧道:"是大圣人么?"洪厓仙人道:"虽则是大圣人,亦须神仙帮助。"帝尧道:"是哪一位神仙?"洪厓仙人道:"天机不能预泄。"帝尧苦苦追问,洪厓仙人说了三个字:"西王母。"帝尧听了,谨记在心。洪厓仙人问帝尧道:"圣天子此刻到何处去?"帝尧道:"某此番巡守,拟从三苗国再到交趾去。"洪厓仙人道:"三苗国可去,交趾去不得了。"帝尧忙问何故。洪厓仙人道:"交趾路远,往返勾留,约需两三年。贫道仰观天象,恐怕后年春夏之交,天有非常大变，为灾不小，这就是贫道所说几十年灾害的第一步。帝若远出，不在京师，殊非所宜，所以贫道劝帝不要到交趾去。"帝尧又惊问道："果如老先生所言，大灾骤来，那时某即使在京师，又怎样呢？"洪厓仙人道："请圣天子斋戒沐浴，虔诚地祷祀天地宗庙，再请这位老将帮忙就是了。"说着，用手指指羿。羿听了，顿时义形于色，说道："某果能消弭大灾，无不出力，虽死不辞。"洪厓仙人称赞道："真是英雄！真是英雄！"说毕，遂与众人告辞，又向赤将子舆说道："我们隔十年再见。"说完之后，跨上青鸾，扶摇而去。

第七回

三苗狐功设计害帝尧
帝尧严责三苗

第七回

　　话分两头，现在要说三苗国了。那三苗自从帝挚时候，到彭蠡、洞庭两大湖之间立起国来，依照狐功所定的三条政策去实行。先则严刑峻法，百姓都是重足而立，侧目而视，颇有不安之象。后来新道德一提倡，缓和了许多。那些青年男女，无不倾心醉倒，举国若狂。但是，那些中年以上的人依然是激烈反对，又有杌陧之势。最后巫先、巫凡两个大显其神通，医治疾病，固然屡有灵验；求福祛灾，亦似乎屡有效果。那南方人民的心理，经玄都九黎氏多少年的陶冶，本来迷信很深，虽则后来有历代圣帝感化教导，但是根柢萌芽，终有些潜伏在他们遗传的脑海之中。一经三苗、狐功的鼓舞，便如雨后春笋，万芽齐簇，一发而不可遏，而迷信最深的，尤其以下等社会的人为最多。下等社会的人总占全国人民的大多数。他们既靡然成风，则已可谓倾动全国了。所硁硁反对的，仍旧不外乎几个中年以上、知识阶级的顽固老朽。靠他们几个顽固老朽来反对，那个效力已经甚微，而且一年一年地少下去，所以自三苗立国五六年之后，竟把这些百姓收拾得贴贴服服，叫他们去赴汤蹈火，亦不敢不去。小人有才，煞是可怕！后来国基渐渐牢稳了，又商量向外面发展。左右邻近诸国的百姓都被他们所鼓动，渐渐地倾向三苗，受他们的号令。所以那时候，三苗国的势力，北面到云梦大泽，东至彭蠡，西面直越过洞庭湖而到沅水之西，南面亦到衡山之南，俨然是个大国了。那三苗、狐功仍旧日夜在那里想称霸中原的方法，平阳帝都亦有他的间谍探听朝廷之事。一日，得到信息说帝尧要南巡了；又说起治兵的时候，军容如何的盛，技术如何的精；又说起羿与逢蒙比射的神妙；末了又说起帝尧南巡，老将羿带了三千兵士扈从。狐功看到这一句，就说道："带了兵士扈从做什么？尧上次东巡，并不带兵的。这次为什么要带兵？若不是有疑我们的心思，就是有不利于我们的念头。好在只有区区三千兵，还不必怕他。"三苗道："我们选三万兵去打，一概杀死他，如何？"狐功道："不好，只能智取，不能力敌，且看将来情形再说。"过了几日，亳邑的驩兜亦有信来，说道："听说尧要南巡，带了兵来，其势不妙。现在与共工商酌，尧所依靠的，就是一个老不死的羿。到那时，最好先将羿弄死了，一切便都可以迎刃而解。但是如何弄死他的方法，可与狐功商量，想来他是个智囊，必定有妙计的。"三苗看了这信，又来请教狐功。狐功道："这个思想，正与小人不约而同。小人昨日已想得一法，等他们来了，可以叫他们一个个都死，请小主人放心。"三苗问道："是什么方法？"狐功附着三苗的耳朵叽叽咕咕，不知说了些什么，但见三苗连连点头，接着又拍掌大笑，连声称赞道："好计好计！果然不愧为智囊。尤妙在泯然看不出痕迹，这个计策真妙极了！"自此之后，三苗等将他的妙计安排妥当，专等帝尧等前来。

且说帝尧等自从会见过洪厓仙人之后，一路向彭蠡大泽而来。路上羲叔说道："从此地经过三苗国，经过鬼方国，再到交趾。路程虽远，但是少则六个月，至多一年，亦可以往还了。臣素来走惯，是知道的。洪厓仙人所说，天降大变，是在后年春夏之交。那么就始到交趾一转，亦尽来得及。何以力劝帝不要去，殊不可解。"帝尧道："或者恐朕有意外之延搁，或者须朕返都之后，可以有一种预备布置，均未可知。"老将羿道："或者是三苗变叛，须用兵征讨，因此延迟。但是三苗如果敢于变叛，老臣管教杀得他一个不剩。"赤将子舆道："现在亦毋庸去研究他。总而言之，洪厓仙人决不会造谣言。既然他这样说，我们总依他就是了。"帝尧听了，甚以为然。

一日，行到彭蠡东岸，与那三千个兵士会合，正要想渡过去，忽报三苗国有使者前来迎接。帝尧即命传见。那使者进见，行礼之后，就说道："小国留守臣苗民，听见圣天子驾到，先遣陪臣出境前来迎接，臣苗民随后就来。"帝尧慰劳了他几句。过了一会儿，果然三苗到了。朝见之礼已毕，帝尧问他道："汝父驩兜不常在国么？"三苗道："臣父因亳邑玄元侯处一切须要维持，所以不能到此地来。前数岁亦曾来住过几时，此刻已有多年不来了。"帝尧道："国内政治，现在都是归汝主持么？"三苗道："臣父命臣留守，一切政治都是禀承臣父意旨行之。父在，子不得自专，这是古礼，臣不敢违背，臣父亦不许臣违背。"帝尧听了，暗想：他的相貌，甚不是个善类，但是听他的话语，却尚守礼，或者是甘言相欺，亦未可知，倒不可以不防备。想罢，就问道："汝国在彭蠡之西，从此地前往，水程须要走多少日？陆行须要走多少日？"三苗道："陆行只要四日，水程须看风色。风顺就是一日，亦可达到；风逆却难说，有时须三四日，或四五日，多不能定。"帝尧道："水行安稳么？"三苗道："不甚安稳。因为彭蠡泽西岸，紧靠着敷浅原山（现在江西庐山），山虽甚低，但很吃风，风势从那面削过来很厉害，所以尝有覆舟之事，不如陆路稳当。"这两句话，却说得帝尧点头了。原来帝尧因所带兵士甚多，深恐航行不便，又恐怕三苗在彭蠡之中或有什么陷害的诡计，本来想从陆路过去的。所以经三苗一说，甚合帝心，于是就说道："既然如此，朕就走陆路吧。汝可先行，朕随后就来。"三苗唯唯答应，辞拜而出。随后就送上无数的食品来，有些专献与帝尧和群臣的，有些馈送侍从之人的，有些犒劳兵士的，色色周到。帝尧一概不收。那送来的人说道："敝国留守，法令甚严。假使圣天子不肯赏收，敝国留守必定说小人不能办事，或者说小人有冒犯圣天子之处，这次转去，大则性命不保，小则身体不全，务请圣天子矜怜小人，赏收了吧。况且敝国留守亦是一片恭敬之心，圣天子何必不赏收呢？"帝尧见他说到如此，无可奈何，只得说道："既然如此，暂且留下，将来朕见到汝留守时，再当面奉璧。"那人听了大惊道："圣天子果然如此，小人一定不得活了。敝国留守，性极暴烈，令出唯行。假使圣天子不收，他必恼羞成怒，对于圣天子决不敢发泄，终究必归罪于小人，小人一定死了，务乞圣天子始终成全小人，不要退还。"说罢，连连稽首。帝尧不得已，只得说道："既然如此，朕就不退还了。"那人大喜，拜谢而去。羲叔向帝尧道："照此情形看来，三苗这个人真太暴虐了，否则何至于此！"帝尧叹息道："朕向来出巡，不受诸侯贡献的，现在竟因此破例了。朕看且保存了它，不要动，待将来再作处分。"羲叔答应道是。

于是君臣等就向陆路而行，绕过彭蠡，已是三苗国境。哪知就发现了许多怪现状，有些没鼻子的，有些没耳朵的，有些没有脚腿的，有些脸上刺字的，差不多都看见了。只有被宫刑的人，无从看出，想来一定是有的。帝尧不住地叹息。又走了一程，只见路旁奇异古怪的祠庙亦不少，其中往往有人在那里祷祀，或则有巫觋在那里见神说鬼。帝尧看了，更是不乐。又走了一程，只见三苗上来迎接，后面跟着狐功。行礼之后，帝尧看那狐功，满脸叵测之相，话时带诈，笑里藏奸，实非善类，不觉厌恶之至。只听见三苗开言道："时已不早，前面备有行宫，圣天子及诸位风尘劳顿，且进去歇歇吧。"帝尧答应了，亦不言语，即往行宫而来。进了门，只见室中陈设非常华丽，而且式式俱到。过不多时，立刻就搬出许多筵席来，请帝尧和诸臣宴饮。帝尧道："朕各处巡守，向不受贡献。前日已为汝破例，今日又备如此之华屋，设如此之盛馔，朕心不安，请汝收去吧，朕等心领就是了。"狐功道："前日不腆之物，何足齿及，今日区区肴馔，亦不过略表微忱。圣驾远至，在寻常人尚须一尽宾主之诣，置酒接风，何况臣子对于君上呢！"帝尧道："朕已说过，一切皆由朕自行备办，汝等切勿再费心了。"帝尧说时，辞色严正。狐功知道拗不过，只得赔笑说道："既然如此，恭敬不如从命。"就率领从人，将所有肴馔均收拾而去。三苗却仍陪着帝尧，谈话片时，方才告归。

三苗去后，羲叔向帝尧道："三苗设备筵席，亦是人情之常，帝何以如此深深拒绝？"帝尧道："朕看苗民这个人，虽则性情凶恶，不过粗暴而已；狐功这人阴险刁狡，实在不可测度。这次看他们礼太重，言太甘，难保不有什么恶意存乎其间。朕看起来，总以远之为是，所以决计不受。"羲叔听了，半信半疑。次日，三苗又来谒见，路上并且随行。这一日所见的情形，与昨日所见大略相同，不过又多了些。到了行馆，帝尧正色向三苗道："朕在平阳，久听见说，汝在这里作种种暴虐之刑，那时还未深信。昨今两日所见，才知道真有此事，汝真太不仁了。汝要知道，天生万民，立之司牧，是要叫他治百姓的，不是叫他暴虐百姓的。百姓果有不好，应该以德去化他，应该以礼去教他，不应该动辄就拿了刑罚去残杀他。汝看那些百姓，或是缺耳，或是少鼻，或是无脚，来来往往，汝看了于心忍么？君主和父母一样，百姓和子女一样。子女不好，做父母的，或去其耳，或截其鼻，或断其足，世界上有这种忍心的父母么？朕切实告汝，以后切不可如此。"三苗道："这种理由，臣非不知。不过臣听见古圣人说：治乱国用重典。此地蛮夷错杂，又承玄都九黎之后，民性狡诈，非用重刑不能使之畏服，亦是不得已的缘故，请帝原谅。"帝尧道："汝这话不对。所谓乱国这句话，是在既乱之后，还是在将乱之先？还是在正乱之时？这三种须要辨清。如其在既乱之后，则已经平治，正应该抚绥他们，安辑他们，不应该再用重刑去压迫他们。如果在将乱之先，那么朕试问汝，何以知道将要乱呢？如果在正乱之时，汝之建国已经十余年之久了，还不能使国家平定，汝的政绩在哪里？这句话汝恐怕说不出吧。九黎败俗，蛮夷杂处，朕知道他是难治的。但是治国之道，应该从根本上着想，用道德教育去感化他，不应该严刑峻法地蛮干。况且九黎的风俗，最不好的是迷信鬼神。汝既然知道它不好，应该首先革除它，为什么朕昨今两日经过的地方，淫祠到处都是，人民迷信又非常之深呢？"三苗道："臣听见说圣人以神道设教而天下服，所以用这个方法。"帝尧道："汝这个话又不对。汝要知道，'神道设教'的'教'字，是怎样讲？教字的意思，是教人为善，教人不为恶，并非教人去祀神求福，祭鬼免祸。祀神求福，祭鬼免祸，与善恶二字有什么相干？没有相干，就不是教了。况且古圣人是用神道来设教，并非用神来设教。神道来设教，就是教人行善，教人不为恶。用神来设教，就是教人祀神求福，祭鬼免祸。汝现在一切木石牛蛇，都叫他们去祭拜，简直是借了鬼神的威势来恐吓愚民，哪里配说教！"三苗道："那么，圣人所作的种种祭祀之礼，为什么呢？"帝尧道："祭祀之礼，就是一个教字。分析起来，有三种意义：一种是不忘其本的意思。比如人人皆有祖宗，则人人都应该祭祀。不祭祀祖宗，就是忘本。忘本的人，他的心肠浇薄已极，与禽兽无异。第二种是崇尚有德的意思。比如现在有一个圣贤豪杰的人，我遇见他之后，必定要对他表示一种敬意，因为他可以做我们的模范，是有益于我们的。现在的圣贤豪杰，既然要对他表敬意，那么，以前的圣贤豪杰，当然也要对他表示敬意了。如何对他表示敬意？就是祭祀。况且对于圣贤豪杰表示敬意，一则固然是崇德，二则亦是教导的一种方法，给百姓看看，果然能够做圣贤豪杰，自可以受几千百年的尊崇，岂不是教导的意思么！第三种是报功的意思。比如第一个发明饮食的人，发明火化的人，始制衣服的人，始创房屋的人，以及削平大难的人，都是有功于我们人类，那么，我们应该发出一个良心,去感激他,谢谢他。如何感谢呢?亦就是祭祀了。至于天是覆我们的,地是载我们的,日月星辰是予我们以光明的,山川原隰是予我们以利用的,凡此种种,所以都要去祭祀它,并非是用了祭祀去求福免祸呀!祸福二字,与祭祀毫无关系。一个人倘若存了一个祭祀可以求福、祭祀可以免祸的念头,那么就将圣人制作祭祀的深意统统失去了。他的心中也并不知道怎样是善,怎样是恶,只知道如何是福,如何是祸,如何可以得福,如何可以免祸,如此而已。但是,假使人人都是如此,听命于天,而人力一点都不尽;孜孜为利,而善恶一切都不管;还成个世界么?"三苗听到此,亦无话可说,只得应道:"臣就去改它吧。"帝尧见他愿改,亦不再说。

过了几日,到了衡山,大会诸侯,举行黜陟之典,三苗当然是考了一个下下,也不必说。礼毕之后,诸侯将散,帝尧仍拟南行。三苗设宴,大飨帝尧君臣及各路诸侯。这个却是常有的礼节,帝尧不好推辞,然而颇有戒心。但见那席次有十几席,却是参伍错综的。三苗陪着帝尧,狐功陪着老将羿,其余有两个诸侯陪着羲叔和赤将子舆。帝尧君臣本来都想托故一点不尝的,深恐他酒肴之中或有什么恶意。忽见那三苗立起来,说道:"臣听见说,古礼臣侍君宴,所有的酒肴应该臣先尝之。现在某仿照这个典礼,每项先尝一尝,想来圣天子和诸位同僚不会说某无礼,拿吃过的东西给君上吃的。"说着,拿起酒壶,斟了满满一杯,自己先一饮而尽;然后再斟一杯,跪献帝尧;又拿起筷子,将所有的肴馔项项都尝过,然后就座。那边狐功亦站起来说道:"诸位公侯在此,狐功亦得参预末席,荣幸之至。但是狐功对于诸位公侯,亦在臣子之列,应该仿照敝主君之例,先将各项酒肴尝一尝,以表敬意。"大家听了,都推辞道:"没有这个道理。那是臣对于君的礼节。足下与吾辈,是个宾主,万万不敢当。"狐功道:"即使是宾主,亦不妨仿行。"说罢,也都先尝过了。饮宴之间,谈笑甚欢。帝尧总有一点疑心,吃的甚少。赤将子舆是素来不吃烟火食的。羲叔正在中暑以后,亦不多食。独有那老将羿,食量向来甚大,起初与狐功同席,心中很不舒服,本不愿吃;后来看见狐功一杯一杯地饮,大筷大筷地吃,料想无甚要紧,遂不觉多饮多食一点。酒阑席散,各自归寝。到了次日,大家安然无事,方始把心放下。

第八回

自由恋爱男女同川而浴

帝尧君臣中蛊 瘴气之情形

且说帝尧自从受了三苗燕飨之后,又延搁了几日,就向南方进发,要到百粤地方去观察一回。一日,溯湟水(现在湖南省桂阳县桂水)而上,只见无数青年男子围绕在一个溪边,不知做什么。走近一看,原来有六七个年轻女子,正在溪中洗浴,一面洗,一面与岸上的男子调笑。男子手中,都拿着许多裙带,一个一个分递给她们。帝尧叹道:"廉耻道丧,到这个地步,朕失教之罪也。"再看那些男子,头上都叠着红巾,有的二三层,有的十几层,有的约有几十层,高得不得了。帝尧看了不解,叫侍卫将那男子叫一个来问。那男子道:"这红巾是我情人所赠的。情人越多,那么红巾自然越多。我的红巾有八方,我的情人就有八个,何等体面呀!"说罢,颇有得意之色。帝尧听了,无话可说,叹气而已。便又问道:"此处妇女,赤身裸体在溪水中洗浴,任凭汝等男子在旁观看,不知怕羞耻么?"那男子诧异道:"有什么可耻之处?人的身体是天生成的,给人看看有什么可羞耻呢?况且美人的美,最贵重的,就是天然的曲线美。假使衣服装起来,脂粉涂起来,那就全是人为之美,不足贵重了。寻常我们遇到女子洗浴,不要说在旁边看看不打紧,即使走过去,周身摸她一摸,也不打紧,只要不触着她的两乳。假使触着她的两乳,她就要生气。因为全身皮肉都是天地生她、父母给她的;独有那两乳,是她自己生长的,所以不可触着它。但若是我们的情人,不要说触着她的两乳,就是抚摩她的两乳,亦不打紧。"帝尧听他夸夸而谈,毫无理性,不知道他是禽言还是狗吠。正要叫他走开,那老将羿早已气得暴跳了,斥骂那男子道:"你这种禽兽,不要再讲了,快滚开去吧!"那男子正说得兴高采烈,津津有味,忽然受了两句骂声,不知道是为什么缘故,只得怏怏走去。帝尧向羿道:"朕想不到南方风俗,竟弄到这个地步,真正如何是好?"说罢,忧心如焚,默然不语。

第八回

晚间，到了一个客馆。馆中有一老人，年岁约在七十上下，颇觉诚实。帝尧叫了他来，问问地方民情，偶然说到日间所见之事。那老者叹口气道："现在此地的风俗真是不堪问了。从前男女婚嫁都是确守伏羲氏的制度，必须有父母之命媒妁之言。自从北方那个三苗国创出一种稀奇古怪的论调来，以为婚姻是男女终身的大事，必须男女情投意合，才可以白头到老。如若听了那漠不相关的媒妁之言，将两个陌陌生生的男女，不管他情投不投，意合不合，硬仔仔合拢来，叫他们成为匹配，以至家庭不和、夫妻反目的事情常常有得发生。而既然做了夫妻之后，就有名分的关系，不能轻易离异。男子对于不贤之妻，如坐愁城，女子见了不良之夫，如入狴狱。这种都是婚姻制度不良、不自由的结果。所以他创出一个新制度来，凡有男女婚姻，必须自己亲自选择，做父母的绝对不得干涉，违者处罪。那媒妁二字，当然更用不着了。但是向来礼教所定，女子是深居闺中不到外面走动的，如何自己能选择呢？他又创出一个跳舞的方法来，每年定一个时候，择一块平旷的场所，凡是近地无妻无夫、未婚未嫁的男女，统统集合到这块地方来，相对谈心，由自己选择。假使谈得对了，继之以跳舞。跳舞到后来，男的背了女的，一对一对地出去，跑到深山之中、密树之内立刻野合，成为夫妻了。但是他的制度虽如此，大众还以为不便。因为平时没有见过面，忽然见了面，而且又是广众之中，男子有许多，女子也有许多，要他自己选择，甚觉为难。一则，有些脸嫩的男子骤然和女子交谈，总有点不好意思，女子方面尤其怕生怕羞；二则，人多了之后，这个是好的，那个亦是好的，弄得来左右为难，犹豫不定；或者我中意了他，他竟不中意我，更觉进退维谷；三则，即使一时之间男女都互相中意，成为夫妻了，但是'情投意合'四个字，仍旧说不到。因为情意两个字，是流动的，是有变迁的。况且他们之所谓中意，不过一时色欲上的中意。色欲之瘾一过，那个情意尤其变迁的容易，所以反目的夫妻格外加多。后来又想出一法，一个青年女子必须出外去结交许多男朋友，一个男子亦必须结交许多女朋友；结交既多，然后可以慢慢地留心，细细地选择。选择定了，再到那跳舞场中，举行那背负结婚的仪式。自从这个方法一行之后，许多青年男女乐不可支，出则携手同行，入则并肩而坐，有的时候，无论深夜白昼，两个人关在一间房中，也不知道他们在那里干什么。这个风气渐渐地传到这里来，一班青年男女简直如同吃了迷药一般。你啊是情人，他啊亦是情人。刚才圣天子看见女子当众洗浴，任人观看，恬不知耻，以为可怪么？其实他们的心理，岂但当众洗浴不以为可耻，就使叫他们和猪狗一样，白昼之中，街衢之上，当众交尾，亦恬不以为耻呢！他们的心里，以为男女之事，是天地自然之理，人类化生之始，至平常、至神圣的，有什么可耻呢？"帝尧问道："果有此事吗？"那老人道："这是小人过激之词，现在尚无此事。现在他们在跳舞场中出来，到外面去野合的时候，总在路旁插一根青的树枝，或在林外接一条巾带之类，作一个标记，使后来者看了，知道有人在内，就不进去，还算有一点羞耻之心。但是几年之中，风气之败坏已经到如此，那么再过几年，这一点羞耻之心，打破打破，亦很容易，岂不是将来要成猪狗世界么！小人不幸，活到七十多岁，看见这种事情，还不如早死为幸。"说罢，叹息不已。老将羿问道："他们这么一来，个个自己选择过，那么情必定投，意必定合，夫妻决没有反目之事了。"那老人道："何尝有这种事！离婚的事情，越加多了。"羿道："为什么缘故呢？"那老人道："从前的夫妇，所以能够维系的缘故，全是为名分关系，全是为礼教关系。夫虽不良，妻不能不隐忍；妻虽不贤，夫不能不含容；从那委曲求全、潜移默化之中，做出一个良好的家庭来。现在他们哪里是如此。今朝要好了，就是夫妻，明朝闹翻了，就变成路人。这一种还是爽直的。还有一种，正式夫妻明明在这里，暗中却各有各的情人。夫妻一伦糟到如此，还可以究诘么？"羲叔道："这个理由我不明白。女子呢，为了礼教所拘，要另外去偷汉子、觅情人，恐怕人知道，不能不暗中去来往；至于男子呢，尽可以去纳妾，三个五个，都是不妨的，何必亦要暗中去结识呢？"那老者道："这个有好几种缘故：一种是目的不同。纳妾的目的是为推广宗嗣起见；他们的目的，是为满足色欲起见。目的在推广宗嗣的人，三五个妾，自然尽够了；目的在满足色欲的人，以情人越多越好，决不能尽数都纳她到家里来。而且这种人，最是厌故喜新。寻常诱到了一个情人，几日之后已舍弃了，另换一个新者，这种是他们最得意之事。假使纳她在家里，那么决不能时换新鲜，反受到一种赡养束缚的苦，所以他们是不愿的。还有一种，是财力不及，不能养活，只好结识露水夫妻。而且有些是有夫之妇，其势不能纳作小妾，只好暗中苟合。还有一种，是家庭关系，为其妻所制服，不敢公然纳妾，只好在外暗养。还有一种更可笑，外面唱起大高调说道：一夫一妻，是世界之公道。女子不能有小夫而男子可以有小妻，是天下最不公平之事。所以他主张不可纳妾。"帝尧听到此处，就说道："这个理由不错呀！"那老者道："何尝是如此，他不过嘴里说吧。等到他色欲冲动起来的时候，外面的偷偷摸摸，真正不可再问。尤其可恶的，外面的情人勾结上了，要想正式弄到他家里来，而又碍于那个一夫一妻不可纳妾的高调，于是就想出方法，将那结发的正妻休弃了，宣告离婚，并且用种种话语来诬蔑那个发妻，说她如何不良，如何与我情不投意不合，作为一种离婚之理由。其实他们的结婚已经多少年，儿女已成行了。为另娶情人的缘故，忍心至此，岂不可叹！这种方式，一人创之于前，多人继之于后，一般厌故喜新的少年争相模仿。可怜这几年来，不知屈死了多少妇女了！据他们的理论，女子离婚之后亦可再嫁的，并非屈抑她。殊不知女子与男子不同，年龄过了，就没有人要，唯有孤苦到死而已。嘴里高唱尊重女权，男女平等，而实际上女子之穷而无告者越多，真是可恶！"帝尧亦叹道："朕在平阳，早听说三苗国的男女是无别的，不知道它的流毒竟到这个地步。但是朕此番从三苗国经过，并看不出有这种情形，并且连女子都绝少看见，不知何故？"说到此处，阶下有一个侍卫上前奏道："小人前在三苗时，听见传说，三苗之主曾经禁止女子出外一月，或者是这个缘故。"帝尧听了，默然不语。

哪知这日夜间，帝尧就发起热来了。同时老将羿亦发热，兼之头痛欲裂，胸闷欲死。急传随行的医生前来诊治，据说是中暑受热，加以忧闷恼怒之故。开了方药，服了下去。到得次日，全无效验，那病势反加厉害。接着羲叔也病倒了，病情相同。服了药，亦无效验。赤将子舆知道三人同病，必有原因。到第三日之后，就叫医生不必开方，专将自己所吃的百草花丸用水冲了，不时给三人灌服。那时三人神志都已昏迷，帝尧和羲叔每到早晨尚有清醒之时，老将羿则竟是终日昏迷，形状极险。赤将子舆估计这个病情，一时是不能好的，即使好了，亦须长期休养，不能就上路。所以一面饬人星夜到平阳去叫巫咸来，商酌医治之法，一面又饬人在前面山麓之中另建一座行宫，以为治病养病的地方，因为现在所住的这个行馆实在湫隘卑湿，不适于病人。自此之后，三人总是昏沉，足足二十余日，帝尧和羲叔才有点清楚起来，解了无数黑粪，老将羿却昏沉如故，势将不救。帝尧知道了，不禁叹息落泪。赤将子舆忙慰劝道："帝病新愈，万万不可忧虑伤心。野人知道，老将之病和帝与羲叔一样，不过一时之灾难，于大命决无妨害。"帝尧道："朕等三人，同时同病。今朕和羲叔皆已渐愈，而老将仍旧厉害，绝无转机，何以知道他决无妨害呢？"赤将子舆道："野人以洪厓仙人的话想起来，知道决无妨害。洪厓仙人不是说，后年春夏之交，老将还要建立大功么？既然还要立功，那么有什么妨害呢？"帝尧听了这话，心中稍宽。羲叔道："帝和某此番重病，全仗先生救护之力。先生医道，真是高明。"赤将子舆道："野人并不知医。不过病初起的那两日，野人觉得有点奇怪。一则，何以三个最重要之人同时生病，而其余一个不病？二则，何以三人的病情无不相同？三则，这两个随行的医生医理向来都是很好的，何以三剂不效，倒反加重？野人防恐药物错误，越治越糟，还不如百草花丸能治百病，不妨久服。所以毅然戒勿服药，专服百草花丸，果然告愈。这亦是帝与足下之洪福耳。"

　　过了几日，那山麓的行宫造成了，赤将子舆就请帝尧搬进去住，老将羿亦抬了进去（现在桂阳山上有白石英，山下有平陵，有大堂基，是尧当时行宫）。又过了几日，老将羿之病似有转机，恰好巫咸亦从平阳赶到，拟了一个方剂，服下去，解下黑粪尤多，病势更觉减轻。巫咸饬人将羿所下之黑粪细细检查，只见里面如钩如环，纠结不解的虫类甚多，但俱已死了。大家亦猜不出它的来源，又追悔当日帝尧和羲叔所下之黑粪未曾检验，不知是否相同。一日，羲叔和巫咸谈谈，羲叔道："某等此次之病，据赤将先生的意思，甚为可疑。现在看到老将粪中之死虫，尤为可怪。某知道先生能以精诚感鬼神，可否为某等向鬼神一问，究竟这个病从何而起？"巫咸答应，自去静室中作法。隔了一会儿，出来说道："这病确有小人暗中伤害，但不妨事。"羲叔道："我们早疑心，这个小人不必说，当然是三苗了。但不知道他究用何法厉害至此，先生问过么？"巫咸道："小巫问过，据云不久自知，无须预说。"羲叔听了，遂和赤将子舆及帝尧拟议起来。帝尧道："三苗叵测，朕早防及。所以他送的食物一概不去动它。就是那日宴会，若不是三苗先吃，朕亦想一点都不吃，不料吃了竟受其害。"羲叔道："臣当时亦如此想。不过现在看来，三苗等陪吃，当然他们自己有药可解。但是，我们亦不当时发病，直待过了二十多日之后才生起病来，难道这种毒虫需二十几日之后才能为患么？"赤将子舆道："是否毒虫，此时还不能定。因为无论什么毒虫，经过熬煮，经过盐油，必定死了，即使吃下去，亦不至为患。当日的肴馔并没有生的在内。好在此事既然不久即可明白，此时亦可不必去研究它了。"

且说这时正是仲秋之月，满山桂树渐渐结实，暑退凉生，天气快美。帝尧与羲叔早已复原，只有老将羿还是卧在床上，有气无力。帝尧一定要等羿完全复原之后，才肯动身，所以君臣三个，不是闲空谈天，就是到左近山间游玩，差不多各处都游玩遍了。北面一座山，叫作招摇之山。那山上异物最多，除出桂树之外，有一种草名叫祝余，其状如韭而青华，嗅之能使人不饥，真是可宝之物。又有一种树木，其状如谷，而纹理是黑的，开起花来，光焰四照，佩在身上，可以使人不会迷路，名字叫作迷谷，亦是一种异物。又有一种兽，其状如禺而白耳，伏在地上会走，立起来亦会走，名叫狌狌，吃了他的肉，能够使人善于走路，亦是一种异物。又有一处，有一所汤池，池旁有一块热石，将物件放在石上，过一刻就焦，亦是一种异物。此外，奇景名胜不可悉数。帝尧在行宫之中足足住了三个多月。其时已是仲冬，老将羿完全复原了，大众乃起身西进。

过了苍梧之野，但见桂树越多，弥望成林。一日，到了一座山上（现在广西省桂林市东北十五里名叫尧山，就是以尧登此得名）。平旷奥衍，足有十几亩大（现在叫天子田，亦是以尧得名）。帝尧还想前进，赤将子舆谏道："野人听说，南方多瘴，于北人身体甚不相宜。况且帝与老将等都是大病新愈，不可再冒这个险，不如下次巡守再去吧。"帝尧道："朕闻瘴气是山林恶浊之气，发于春末，敛于秋末。现在正是冬天，有什么妨害？"羲叔道："不然。臣往南交去，各路都走过。大概各路的瘴气都是清明节后发生，霜降之后收藏,独有自此地以南以西的瘴气却不如此,可以说四时都有的。春天叫作青草瘴,夏天叫作黄梅瘴,秋天叫作新禾瘴,冬天叫作黄茅瘴,还有什么菊花瘴、桂花瘴等名目,四时不绝,尤其以冬天、春天为最厉害,与别处不同。既然与新愈之病体不宜,请帝就不要去吧。"帝尧又问道:"瘴气发作的时候情形怎样?"羲叔道:"有两种:一种是有形的,一种是无形的。有形的瘴,如云霞,如浓雾;无形的瘴,或腥风四射,或异香袭人,实则都是瘴气。还有一种,初起的时候,但见丛林灌林之内,灿灿然作金光,忽而从半空坠下来,小如弹丸,渐渐飘散,大如车轮,忽然迸裂,非虹非霞,五色遍野,香气逼人,人受着这股气味,立刻就病,叫作瘴母,是最可怕的。有些地方瘴气氤氲,清早起来,咫尺之间,人不相见,一定要到日中光景,雾散日来,方才能辨别物件,山中尤其厉害。所以居民晓起行路,必须饱食,或饮几杯酒,方可以抵抗瘴气,否则触着之后,一定生病。夏天甚热,挥汗如雨,但是居民终不敢解开衣裳,当风取凉;夜间就卧,必定密闭门户;都是为防有瘴气侵入的缘故。"帝尧道:"这种瘴气真害人极了!有什么方法可以划除它?"羲叔道:"一种是薏苡仁,久服之后可以轻身辟瘴。还有一种是槟榔子,亦可以胜瘴。其余如雄黄、苍术之类,时常拿来烧了熏,亦可以除瘴。"帝尧道:"这种都不是根本办法。"羲叔道:"根本办法,只有将土地统统开辟起来,人民一日稠密一日,那瘴气自然一日减少一日了。还有一层,在这个地方住得长久,亦可以不畏瘴气。试看那些蛮人,终年栖居深山之中,并不会得触瘴而死,可见凡事总在一个习惯吧。"帝尧道:"此地却没有瘴气,是什么缘故?"羲叔道:"此地还近着北方,山势又高,四面之风都吹得到,所以将所有瘴气祛除涤荡,自然没有了。况且多瘴的地方,它那个山岭差不多是纯石叠成,一无树木,雨淋日炙,湿热熏蒸,加以毒蛇、毒物的痰涎、矢粪洒布其间,所以那河流溪水不是绿的就是红的,或是腥秽逼人的,这种都是酿成瘴气之原因。此地山上,林树蓊翳,空气新洁,瘴气自然无从而生了。"帝尧听了,点头不语。

第九回

养蛊之情形　苗民跳月之情形
苗民夫妇之情形

且说帝尧回车北行,忽然想起盘瓠子孙,此刻不知如何了。虽则是个异种,然而论起血统来,终究是自己的亲外甥,照理亦应该去看看他们,于是径望澬水流域而来。一日,走到一处,住了五六日,天气沉晦,如入云雾之中,绝无光耀。帝尧疑心,问羲叔道:"这个是否瘴气?"羲叔道:"此地接近鬼方,阴霾的日子居多,往往一月之中,有二十几日如此,土名叫作罩子,不是瘴气。"帝尧才放了心。

一日,又行至一处,夜宿在营帐中。帝尧偶然出外望望,只见对面一家民房中,忽然飞出二物,闪闪有光。一物圆如流星,一物长如闪电,都飞到前边溪中去;过了一会儿,仍旧飞回民房之中。帝尧看了,不觉稀奇,就问羲叔,羲叔亦不知道。到了次日,帝尧就饬人到那人家去访问。那人家回说:"并无物件,或者是萤火飞虫之类,汝等看错了。"帝尧等听了这话,都不相信,说道:"现在冬尽的时候,百物潜藏,哪里会有萤火飞虫呢?况且昨夜看见,的的确确,决不是萤火飞虫之类,其中必有缘故。"但是大家猜想了一会儿,亦说不出道理,只好且等将来再细细探听。

一日,又走到一处,刚刚午膳之后,帝尧正要上车,忽见前面一个老者,约有六七十岁,背上负了一大包布,走得气吁吁,到路旁山石上坐下,犹不住喘息。帝尧最敬重老者,看他如此高年,还要如此负重行远,心中着实过意不去,就来和他谈谈。问他几岁了,他说七十三岁了。问他做什么行业,他说是卖布的。问他家中还有什么人,他说:"儿子新死,剩有寡媳一人,孙男女四人,一家六口,无人赡养,只能拼着这副老骨头,再出来谋谋生计。前几年儿子未死的时候,早已含饴弄孙、享家庭之福了,如今只好重理旧业,这个真正叫作命苦。"说罢不胜叹息。帝尧亦叹道:"如此斑白的人,还要负载于道路,是朕之罪也。有老而不能养,有孤独而不能养,亦朕之罪也。"便又问他道:"汝食过午膳么?"那老者道:"大清早起出来,交易还不曾做得一起,哪里有午膳吃呢?"帝尧听了,越加可怜,便命人引他到行帐之中,赐他午膳,且给他肉吃。那老者再拜稽首地谢过,然后就座。却是可怪,帝尧从人给他的筷子他却不用,反从自己衣袋中摸出一对银镶筷子来。帝尧见了,非常不悦,暗想:南方人民,果然刁诈。用得起银镶筷子,必定是个富人,何至于抱布贸易?可见得是假话。况且饮食用银镶的筷子,亦未免太奢华。朕为天子,还不敢用,何况乎平民。正在思想,不一会儿,那老者狼吞虎咽,已将午膳并肉类都吃完了,舔嘴抹舌,走过来拜谢。帝尧便问他道:"汝家中有财产么?"那老者道:"小人家贫如洗,一无财产,所以七十多岁还在这里干这个道路生涯,否则亦可以享福了。"帝尧道:"那么汝所用的筷子,何以这般地奢华呢?"那老者听了,叹息道:"不瞒圣天子说,因为要防蛊毒,不得已才千拼万凑,去弄这双筷子,并非是要奢华,正是古人所谓'行路难'呀!"帝尧听了,知道内中必有道理,便问他道:"怎样叫作蛊毒?"那老者道:"圣天子没有听见过么?这种蛊毒,是谋财害命唯一的好方法。因为害死的人,与病死的一样,丝毫没有形迹可寻,岂不是妙法么!这个方法不知起于何年何月,也不知是何人所发明。有人说,是从三苗国传出来的,但亦不知道确不确。"帝尧道:"这种蛊毒究竟是什么东西,汝知道么?"那老者道:"听说是一种毒虫的涎沫或矢粪等。"帝尧道:"是什么毒虫?"那老者道:"听说这毒虫不是天生的,是人造的。他们于每年五月五日的正午时,搜集了蜈蚣、蛇虺、蜥蜴、壁虎、蝎、蚕等种种有毒的动物,将它们盛在一个器皿之中,上面加了盖,重重压住,勿使它们逃去,一面念起一种咒语,去压制它们。过了一年之后,打开来看,内中各种毒物因饥不得食,不免自相吞噬,到得最后,只剩了一个,就叫作蛊。它已通灵,极善变化,而其形状不一。有些长形的,叫蛇蛊。有些圆形的,叫蛤蟆蛊。有些五彩斑斓,屈曲如环,名叫金蚕蛊。此外还有蜥蜴蛊、蜣螂蛊、蚂蝗蛊、草蛊、石头蛊、泥鳅蛊、疳蛊、癫蛊、挑生蛊等种种名目,大概都因它的形状而得名。有人说,就是各种毒物,互相吞噬,最后剩下的一个是什么,就叫作什么蛊。详细情形,亦不得而知。据说金蚕蛊最毒,亦最灵幻。人家养到了它，米筐里的米可以吃不完，衣箱里的绸帛可以用不完，一切金宝珠玉自会得凭空而来，贫穷之家可以立刻变成大富。但是有一项可怕，就是那蛊虫喜吃人，每年至少需要杀一个去祭它；若不去祭它，它就要不利于养蛊的主人，跑进他胸腹之中，残啮他的肠胃；吃完之后，和尸虫一般地爬出来，你想可怕不可怕呢！所以养蛊的人家，往往开设旅舍或食店，专等那孤身无伴的旅客来，下了蛊去弄死他，供蛊虫的食料。这种害人，真是出于不得已的，但是其他专门以此而谋财害命的亦不少。"

说到此处，羲叔傪着说道："这种旅舍食店如此凶恶，久而久之，外间总有人知道。虽则中毒而死，与病死一样，寻不出痕迹，不能加之以罪，但是大家怕了，竟没有人去投宿，那么他怎样？"那老者道："他们所弄死的，都是远方孤客，不知道此中情形的人，一年之中，总有一个两个，撞来送死。至于近地的人，他亦不敢加害的。假使竟没有人来送死，那养蛊的主人只有自受其殃，或儿子，或女儿，或媳妇，只能牺牲了，请蛊虫大嚼。小人曾听见说，有一处养蛊之家，一门大小竟给蛊虫完全灭尽，这亦可谓自作自受了。"羲叔道："竟没有方法可以避免么？"那老者道："有是有的。小人听见说，有一种嫁蛊之法。养了蛊之后，觉得有点可怕了，赶快将蛊虫用锦绣包裹了，里面又将金宝珠玉等等安放其中，它的价值要比蛊虫所摄来的加一倍，包好之后丢弃大路之旁。假使有人拾了去，那蛊虫就移至他家，与原养的主人脱离关系了。假使包内金宝珠玉之类，不能比蛊虫摄来的加一倍，则蛊虫不肯去。假使没有人肯来拾，则蛊虫无可去，仍旧寻着原主人，原主人必至灭门而后已。所以养蛊容易去蛊烦难，真是危险而可怕之事。"老将羿道："小小虫儿，弄死它就是了，怕什么？"那老者连连摇头道："弄不死呢，弄不死呢！它已通灵，仿佛是个鬼神，倏忽之间，能隐形而不见，你从何处去弄死？它倒能够钻入你的肚皮之内弄死你呢！就使你捉住了，它脚踏之不腐，刀斫之不断，水浸之不死，火烧之不焦，你奈何了它！"帝尧道："竟没方法可以弄死它么？"那老者道："有是有的，小人听见说，有两个。一个是读书人，偶然清晨出门，看见一个小笼，里面盛着银器。他拿到室中，便觉得股上有物蠕蠕而动，一看是个金蚕，其色灿然，捉而弃之，须臾又在股上，无论如何弄它不死，并且赶它不走。一个朋友知道了，就和他说：'你上当了，人家嫁出的金蚕蛊，你去娶来了，是很难对付的。'那读书人听了，懊丧之至，回去告诉妻子道：'我不幸得到这个金蚕蛊，要想养它起来呢，于理不可；要想转嫁它出去呢，照例要加倍的银器，我家贫哪里拿得出？想来是前世的冤牵，横竖总要给它啮死的了，不如早点吧。'说着，就将那金蚕蛊吞下去。妻子大哭，说他是必死的了，但是久之无恙，他的寿而且很长。这个是至诚之极，妖不胜正，可算一种方法，然而不能仿行的。还有一个，是养蛊的人家，因为无法供给蛊虫，大遭荼毒，全家人口几乎都被蛊虫食尽，所余已无几了。内中有一个人，无聊之极，异想天开，竟跑到地方官那里去控告，求他救援。适值遇到一个地方官，是很仁慈干练的，不说他是发狂，竟答应了，督同公役亲自到他家里去细细搜查。但是蛊虫能隐形，能变化，哪里搜查得出呢！那地方官回去发愤研究，得了一个方法。第二日，捉了两只刺猬，带了公役，再到他家，将刺猬一放。可怪那刺猬，如猫捕鼠一般，东面张张，西面嗅嗅，那躲在榻下或墙隙中的金蚕蛊，刺猬将它的刺一挑，统统都擒获出来，咬死，吃去。这又是一个方法了。"羲叔等听了，大以为奇，都说道："这个真是一物一制了。"但是刺猬能捕金蚕蛊，这地方官从何处研究出来，亦是不可思议之事。帝尧问道："那么汝的银镶筷子究竟有什么用处呢？"那老者道："是呀，凡养蛊的旅舍食店，总是拿了蛊的涎或粪暗放在食物中来害人的。要防备他，只有两个方法：一个是当面叫破。将要饮食的时候，先将碗敲几下，问主人道：此中有蛊毒没有？这么一来，其法自破，就不会中毒了，但是太觉显露。小人未曾实行，不知有效无效。还有一个，就是用银筷或象牙筷，因为这两种，都可以试毒的。象牙筷遇毒就裂，银镶筷见毒即黑。小人孤身来往，深恐遭凶徒之暗算，所以不得不带银筷子。"羲叔道："中了蛊毒之后，是否立刻就发作？"那老者道："听说不一定，有的隔一日发作，有的隔几日发作，甚而至于隔几年发作的都有。这边妇女近来最欢喜自由恋爱，尤其欢喜与中土人恋爱，因为中土人美秀而文的缘故。你在中土，有妻无妻，她都不计较。她既和你发生恋爱之后，决不许你再抛弃她。假使她不另有恋爱时，一定要你和她白头到老。你要回中土去望望你的旧妻子,她亦答应,不过要你约定,过多少日子转来。原来她早已下蛊毒在你的肚里了。你假使按期而至,她自有药可以给你解救。假使不来,到那时便毒发而亡。照这样看来,岂不是隔几年发作的都有么!"帝尧等听了这话,不觉恍然大悟,才知道三苗的毒计真是厉害。当下帝尧又问道:"养蛊的人看得出么?"那老者道:"人的面貌是看不出的,至于他的家庭里,是看得出的。跑到他家里去,只见他洁净之至,一无灰尘,这个情形就有一点可疑了。还有一种养蛊的人家,到得夜间,往往放蛊虫出来饮水,如流星,如闪电,如金光。假使看见有这种情形,就可以知道:这份人家一定是养蛊的。"帝尧等听了,又恍然大悟,便又问道:"养蛊究竟是用什么东西养的,汝可知道么?"那老者道:"小人只知养金蚕蛊是用梁州地方所出的锦。它每日吃四寸,如蚕食桑一般。因为金蚕产于梁州,以后才蔓延各处,所以须用梁州锦,其余小人却不知道。"帝尧听了,便不再问,赏赐那老者不少的财物,足以养他的老,养他的孤寡,使他以后不必再做这个负贩的生计了。那老者欢天喜地,拜谢而去。

这里羲叔等觉着三苗如此之阴险凶恶,无不痛恶切齿。老将羿尤其忿忿不平,请帝尧下令征讨。帝尧道:"事虽的确,然而毫无证据。他可以抵赖,岂不是倒反师出无名,不如且待将来再看吧。"老将羿只得罢休。

一日,走到一处,这日正是正月初二日,天气晴快,只见前面一片广场,场的四面处处钉有桩柱,绕以红绳,留着几处作为道路。正南面有门,竖起一块木板,板上大书"月场"二字,场内宽广,可容数千人。帝尧看了,向羲叔说道:"看这个情形,想来就是婚姻跳舞了。但不知道已经跳舞过了没有。如未跳舞过,朕既到此,不可以不看看。"羲叔道是,于是就叫了一个土人来问。那土人道:"我们此地不叫跳舞,叫作'跳月'。每年从正月初三起到十三为止,是个跳月的日期,所以明日就要举行了。"帝尧问道:"何以要这许多日子?"那土人道:"人数太多,一日二日不能完事。"帝尧听了,亦不言语。到了次日,帝尧与群臣都前去观礼。他们知道天子和公卿到了,都欢喜之极,乐不可支。以为这次的跳月是从来未有之盛。遇得有天子降临,所有配合的夫妇都是有福气之人,将来一定是大富大贵、子孙绳绳的,所以特别搭起一座高台，请帝尧和群臣上去观看。过了些时，只见一队一队的男女都来了，个个穿红着绿，打扮得非常华丽。有的手中拿着一支芦笙，笙梢挂一个葫芦，据说，葫芦之中是盛水的，因为吹久了，笙簧要燥，不能吹响，所以需时时以水润之。有的手中拿着一个绿巾结成的小圆球，不知何用。又过了些时，来的人越多，几乎将这所广场塞满，但其中亦有不少看客及青年男女跳月者之家属或朋友，并非纯是跳月之人。一则因为这跳月是他们的一个大礼，应该来看。二则亦因为圣天子在此，破天荒，从来未有，不但这次配合的夫妇受福无穷，就是看客亦可以得到福气，所以来的人越多了。隔了一会儿，只听见芦笙悠悠扬扬地吹动了，嘈杂无比的人声顿然为之肃静。凡有看客都在外面一圈，在当中的都是求偶的青年男女，有的手牵手，有的交头接耳，或是并坐，或是并立，都是非常之亲昵。过了片时，芦笙又吹，只见对对男子立在一处，相对跳起来，足有几百对。每对旁边，必有四五个女子，联着手臂，将他们围绕在里面，口中都唱着歌曲。虽则人声嘈杂，芦笙激越，然而隐隐约约亦听得几句。有一个男子唱道：

狂狗吠月唔知天，想妹姻缘会发癫。
妹今好比月中丹桂样，看时容易折时难。

又有一个唱道：

阿妹生得像斯文，当门牙齿白如银。
两旁乳峰隆隆起，难怪阿哥日夜魂。

又有一个女子唱道：

翠竹低垂是我家，竹枝用来编篱笆。
阿侬若解郎心意，结伴山陬亦不差。

上古神话演义（第二卷） 五星出东方

又有一个唱道：

前月妍识于山中，昨夜幽会于林丛。
什么万般的恩爱，只换得泪珠儿血红。

帝尧听他们如此淫荡秽亵的话，不要再听，以后也不去留意了。只见他们跳舞到后来，两个倦了，再换两个，仍复对跳。这时候所有看客亦都吹着芦笙以助兴。一霎时笙声沸天，那跳舞的及围绕的，亦越发起劲。忽然只见一个男子，拿起绿巾球向一个女子掷去，那女子亦用绿巾还掷，接着，掷绿巾球的不计其数，顿时满场之中，绿巾飞舞。但是仔细一看，男子掷去，女子不还掷的也有；女子掷去，男子不还掷的也有；落在地上之绿巾球，大家都跑去乱抢。如此纷闹了许久，这日"跳月"之事已告终了。但见一对一对的，男子吹芦笙于前，女子牵住男子的衣带跟着了走，绕场三匝，走出正门，男子便将牵他衣带的女子一背，背到丛箐密林之中，去干他那个"拉阳"之事去了。（按"拉阳"二字，就是苗语野合之别名）无数男女既然都去拉阳，其余剩下的青年男女，寻不到配合的，或掷绿巾球而人不理他的，还不知道有多少，个个垂头丧气，废然而返，大约只好且等明朝再来了。

帝尧看了，又是叹息，又是稀奇，暗想：他们这种礼节，不知道是怎样想出来的，真是不可思议。到了行帐之中，君臣都有所感，相对无言。羲叔又饬人去叫一个土人来问道："汝处风俗，女子必须经过跳月大礼，方才算有家么？"那土人不解，转问道："怎样叫有家？"羲叔道："就是出嫁，就是有夫。"那土人应道："是的。"羲叔道："寻常处女，不和男子做朋友么？"那土人道："为什么不和男子做朋友？这是官厅明令所定的，男子必定要有女友，女子必定要有男友。"羲叔道："那么汝处女子的贞操如何呢？"那土人道："为什么女子要讲贞操？女子和男子同是一样的人。男子可以三妻四妾，女子何以独不可以人尽为夫呢？"羲叔道："那么汝处女子，未跳月以前怎么样？都有情夫么？"那土人道："亦并没有什么，不过和多情的男子一般，遇着中意的，都可以和他做一回暂时的夫妻。不要说外人，就是家中的侄儿伯叔等都是可以的。"老将羿听到这句,不禁直跳地跳起来,顿足大叫道:"有这种事么?"那土人道:"这是天地的生机,相爱相怜,暂时偿一偿他肉欲的瘾,有什么要紧呢?况且在家的处女,并没有正式的夫君。照法权上说起来,是个无主的人,很自由的,为什么不可以呢?"老将听了,真气得无话可说。羲叔又问道:"跳月之后,是算正式夫妻了?"那土人道:"还没有呢,跳月之后,不过算行了一个聘礼,并不能算正式的夫妻。所以既经拉阳过的女子,仍旧要结交许多的情夫。这种情夫名叫野老。寻常时候,野老进去是很自由的,倒是那聘夫,若要和聘妻寝处,却很烦难,往往要在夜间,偷偷摸摸地进出,有时还要强而后可。"羲叔道:"跳月之后,夫妻不同住吗?"那土人道:"不能同住,女子仍旧住在母家。"羲叔道:"什么时候才同住呢?"那土人道:"要等女子有孕之后,才告诉那聘夫。那聘夫就延请了师巫,结起一座花楼来,祭祀圣母,又邀请亲族男妇,唱歌饮酒,或则一日,或则二日,这个礼节名叫'作星'。作星之后,女子方才住到夫家,才算有了正式的丈夫,所有以前的情人野老一概断绝来往。假使还有人前来,觊觎挑引,那本夫可以白刃相加,杀死无罪。"赤将子舆笑道:"情夫既然多了,所怀的胎,安见得就是他本夫所下的种子呢?"那土人道:"总是一个子女,安见得不是他本夫所下的呢?"帝尧听到这里,才发言道:"朕闻北方有一个国家,它的风俗,所生的第一个子女,必杀而食之。说如此才宜于兄弟,大约亦是因为辨不清楚的缘故。不然,同是一个子女,何以重第二个,而不重第一个呢?夷狄之俗,知识简单,做出这种渎乱残忍之事,真是可叹。所以圣人治国,必以礼教为先。"羲叔又问那土人道:"刚才汝所说祭祀圣母,这圣母究竟是何种神祇?"那土人道:"听说是女娲氏,专管人间婚姻之事的。"赤将子舆听了,哈哈大笑道:"请女娲氏管这种婚姻,女娲氏要痛哭了,哪里还来受你们的祭呢!"当下羲叔将土人遣去,君臣又相对叹息一回,筹商以后怎样化导的方法,但无结果。

第十回

盘瓠子孙之状况　人化异物
帝尧师事善卷　帝尧灭西夏国
尧杀长子　尧见四子

第十回

次日，仍旧顺着沅水前行，过了几十里，不见人踪。正在怀疑。一日，忽见前面山头有数人来往，忙叫人去探问，原来就是盘瓠的子孙，帝尧大喜。那盘瓠子孙听说帝尧来了，亦来迎接。两个是男，两个是女，都是一长一少。那少年女子怀中还抱着婴孩。帝尧看他们，服式斑斓，气象狞恶，甚非善类。幸喜言语尚可相通，便问他一切情形，才知道这两个年长的男女，就是盘瓠的三男次女；年少的两个男女，就是盘瓠的孙男女；怀中抱着的婴儿，竟是盘瓠的曾孙了。他们居然亦有姓氏，而且用的是中国文字，这是当初帝喾教导之效。盘瓠长子姓盆，次子姓槃，三子姓雷，四子姓蓝，五子姓胡，六子姓侯；长子的名字叫自能，三子的名字叫巨佑，四子的名字叫光军，其余都不可考了。盆自能共生六男六女，另有孙男女五人；次子共生三男四女，孙男女二人；雷巨佑生五男一女，孙男女三人；蓝光军生五男六女，孙女一人；五子姓胡的，生二男四女；六子姓侯的，生四男四女，孙男女还没有；都是自相婚配的。总计起来，二十余年之中，已生有六十一人之多。连他们自己十二个老夫妇，算起来，竟有七十三人之多。生育之蕃，实在大可惊异。当下帝尧就问他弟兄姊妹现在何处。雷巨佑道："可惜我们的五弟，于前数年亡故了。他的妻子，就是五妹，已另嫁了一个中国人，姓钟，名智深，亦搬到别处去住了。其余的都在此地。"于是就引了帝尧，曲曲弯弯，过峰越岭的，到他石室老屋来。其余男女，都分头往各处去通报。帝尧看那石室之中，果有天生石床，还有石臼、石灶之类，就是帝女、宫女所留遗的物件亦不少，他们倒还知道爱惜保存。原来这间石室，是他们公共议决分给了盆自能。其余兄弟均分住在外面。帝尧看了一转，即走出室外，只见男男女女，大大小小，一齐都聚拢来了。帝尧亦不及一一接见，只和那盆自能、蓝光军等略为敷衍敷衍。后来又到那宫女化石的山上望望，只见那石人仍旧兀立于风日之中,不过面貌衣褶已渐渐有点剥蚀了。帝尧看了,叹息不止。后来又走到一处,只见半山中,高高下下,用大石叠起,和城墙一般高厚,连绵不断,不知到何处为止。帝尧就问他们道:"汝等居此深山之中,人迹不到,用这种石头叠起来做什么?想来从前决定没有的。"蓝光军道:"本来是没有的。前年山中,忽然来了一种和人一般的怪物,是生尾的,那尾巴比他的身体还要长。身子是绿的,头发是红的,眼睛是金色的,牙齿钩出唇外二三寸,手爪又非常尖,攀岩越岭,往来如飞,将我们所养的牛羊等等不知道吃去了多少,幸喜得还没有伤人。我们怕得没有办法。他们的力气又非常之大,我们不能抵御,只好筑起这个石城来。但是工程浩大,我们人手又少,到现在还没有筑完呢。"帝尧道:"这是什么怪物,汝等不知道么?"大家都齐声说道:"不知道。"

羲叔在旁,想了一会儿,说道:"臣从前从鬼方到南交去,曾经看见一种怪物,名叫'绿瓢',和刚才他们所说的情形相类,不要就是绿瓢么?"帝尧道:"怎样叫绿瓢?"羲叔道:"西南方有一种野人,名叫猩猩。他的寿很长,多有活到一百八九十岁的,但是决不可活到二百岁。若是活到二百岁,那么他的子孙就不敢和他同居,用一张大榻将他扛到深山大谷之中,寻到一个石洞,洞里安放四五年的粮食,让他一个人住在那里。那老猩猩此时亦渐渐不省人事了,除出饮食及睡眠之外,大概已一无所知。久而久之,脸上、身上渐生绿毛,仿佛青苔,尻骨突出,变成长尾,头发化红,牙齿如钩,眼作金色。到这个时候,他已不复再住石洞之中,往来山谷,专喜攫虎豹獐鹿之类而食之,而且力大无穷,即使最大的象,见了它亦怕。所以臣想,或者就是这个绿瓢。不过绿瓢是在西南方的,此地向来没有见过,未免可疑。"帝尧道:"他已失其本性,与禽兽无异了,安见得不是追逐走兽,偶然游行到此呢。"众人听了这样异闻,个个称奇。赤将子舆在旁笑道:"这个何足为奇。这猩猩虽则变化,但是还具人形,不过多了一根长尾,头发、牙齿等颜色、形状稍稍变换而已。依野人历年来各处经历,所见所闻,竟有人变成各种动物的,那更奇了。有一年,走到长江口,听见说有一老妇,年已八十岁,偶然在后湖洗浴,忽然化而为鳖。有一年走到一处,听见说,有一人生了七日病，忽然发狂，将衣服等尽行脱去，伏在地上，登时遍体生毛，化而为虎。他的阿兄走进去望他，立刻被他吃去。这两桩事情，岂不是甚奇么！但还是野人所耳闻，并非目击。有一年走到云梦大泽东北岸，亦有一老妇洗浴，忽化而为鼋，游入深渊之中，但是时常浮到水面。野人始则不信，后来看见那鼋浮起，头上还有头发；当时所簪的钗还在她发上，方才相信。有一年，走到一处，听见说有个男子，无缘无故跑到深山里去，好多日不归家。他的儿子很为纪念，入山去寻，只见他父亲蹲在一株空树之中，浑身生毛，其色如熊。他儿子慌地忙问他，何以会得如此，他说：'天罚我如此，汝赶快去吧。'他儿子听了，恸哭下山，刚遇着野人，问明原因，跑去一看，果然不假。过了一年，又遇到他的儿子，知道他父亲已全身都化为熊，非复人形了。又听见江汉之间，有一种人叫貙人，能化为虎。照这样看来，天地之大，无奇不有。老猭猭化为异物，又何足为奇呢。"羲叔道："岂但如此，还有以人变畜的呢。某听见说，有一个商人，与许多伙友共投旅舍，偶因小遗，半夜至中庭，只见店主妇屋中火尚未熄。这商人本少年佻达，穴隙窥之，哪知店主妇赤身裸体披发，手中拿着一碗水，正含着向地上乱喷；又拿出许多木刻的人，手中各拿着锄犁之类，向地上作耕田之势；不多时，地下就生出无数麦苗来，俄而长大开花，俄而结穗，又俄而收割，俄而装入磨中，磨成麦粉，一切都是木人做的，那店主妇不过在旁指点，并口中念念有词而已。自始至终，不过半个时辰，一切完毕。店主妇着衣收拾，灭火就寝。那商人亦回到自己室里，暗想这事甚奇。次日早晨，店主妇邀各旅客进内闲谈，拿出麦饼来供客，竭力称赞其味之美。那商人觉得可怪，暗中藏起数饼，假说吃过。其余客人不知就里，狼吞虎咽，将这麦饼吃尽了，须臾之间，俱各倒地作驴鸣，辗转多化为驴。店主妇出来，统统赶到后园驴房中去，以廉价售与人作代步，独有那商人得免，岂非奇怪之事么！"帝尧道："这种事情，与作蛊毒的人同样伤天害理，总需在上者设法化导，绝其根株才是。"当下谈了一会儿，帝尧又向各处游了一转，看他们畜牧耕耘颇能讲求，兄弟家族亦尚和睦，甚为欣慰。遂将随带的物件，赏赐了他们许多，又剀切教导他们一番做人的道理，并且说："朕此刻在客边，所带物件不多，将来回到平阳之后，再饬人颁赐汝等。"那盘子盘孙等听了，都非常感悦，一直送帝尧下山，方才归去。

这里帝尧等沿沅水而下。一日，刚要到云梦大泽的西岸，这时正是暮春之初，只见两岸桃花盛开，如锦如绣，接续数里，连绵不断。帝尧看了，有趣得很。桃林里面，却是田亩，许多农夫正在犁云锄雨，非常忙碌。内中有几个人，一面耕田，一面在那里唱山歌。帝尧细听那歌词，很有道理，于怡情悦性之中，寓有一种劝世醒俗的意味，与一路行来所听见的那些淫歌俗曲，有伤风化的，迥不相同，真仿佛有如听仙乐耳暂明的光景，禁不住上前问道："汝刚才所唱的歌曲，是旧日相传下来的呢，还是自己做的呢？"那农夫看见帝尧和许多从官的情形，后面又有兵队跟着，知道是个贵人，慌忙放下犁锄，拱手对道："都不是，是善先生教我们的。"帝尧道："善先生是什么人？"那农夫道："善先生是本地人，向来读书的，名字叫卷。"帝尧道："善先生为什么做这种歌曲教汝等？"那农夫道："善先生是很有学问的，平常待人，又是非常仁慈和蔼。他空闲的时候，总和我们说些圣贤的道理、做人的规矩，以及古来忠臣孝子义夫烈妇的事迹，和可以做鉴戒或法则的话语，所以我们这里一百里之内，没有一个人不佩服他、敬仰他。这个歌曲，就是他教我们的一种。"帝尧听了，不禁对这个善卷也起了一个敬仰之意，便问道："善先生现住在何处？"那农夫道："他住在离此地东北十五里，有一个地方，名叫汪渚，是贴着山的。山上一个坛，是善先生与我们谈话聚会的所在。山下朝南的几间草屋就是善先生的住宅，无人不知，一问就是。"帝尧听了，就别了农夫，向羲叔等道："又是一位隐君子了，不可不去访他。"羲叔道："是！"于是君臣遂向东北而行。

一路但见人民熙熙暤暤，都有怡然自得的景象，与别处不同。到了汪渚一问，果然就是。将近草堂，听见里面有鼓瑟之声。帝尧暂不进去，在外面停了一会儿，等琴声止了，刚要举步，只见一人行歌缓步而出，年约五旬左右，面白无须，气宇潇洒，一见帝尧，便慌忙趋前施礼道："来者是当今圣天子。草野书生，失迓失迓，死罪死罪！"帝尧急急还礼，说道："先生何以知某来此？"善卷道："天子仪表，与众人不同，卷闻之熟矣。久闻圣驾南巡，山中别无他客，今见仪表又相像，所以猜着了。"说罢，就邀帝尧及从官等

第十回

入内就座。帝尧就将刚才所见所闻的情形，统统述了一遍，并极道敬慕之意。善卷听了，非常谦让。帝尧道："某这番南巡，只有三苗之国风俗最坏，差不多南方邻近诸国都受了它的熏染。先生此地，近在咫尺，居然不为所动，非有大德感化众人，何以至此。适才从西南来，看见一路尽是桃花，所有人民亦都有文明气象，朕想此地真可叫作世外桃源了（晋陶渊明所作《桃花源记》虽是寓言，但实指此处，在湖南省桃源县）。"善卷又谦让道："卷何敢当此！不过平常想想，读圣贤书，应该行圣贤之道。对于人民，能够尽一分力，总应该尽就是了。"后来谈谈，又谈到政治上及德行上去。善卷一番话，说得帝尧非常倾倒，五体投地，当下就北面以师礼事善卷。善卷一定不敢受，禁不得帝尧固请，又经羲叔等再三说辞，善卷方始承认。

自此之后，帝尧就在附近住下，无日不到善卷处去请教。一日，谈到三苗国所行的政治，没有几年工夫，竟能够风行全境，并且及于邻国，效力如此之大，有点不可解。善卷道："这个亦不难解的。古人有句话，叫作'五谷者，种之美者也。苟为不熟，不如荑稗'。古来君主，口口声声，总说是行圣贤之道，尊崇圣贤，其实按下去，何尝真能行圣贤之道。不要说不能自己躬行实践，就是他所出的号令、所用的方法，亦都与圣贤之道相违背；不过将那圣贤之道挂在口中，做一个招牌罢了。上以是求，下以是应。所以满天下的读书人，个个都是读圣贤之书，但是算起来，真正能学圣贤的有几个？这个就叫作'五谷虽美而不熟'，不但无所用之，而且徒然消耗了无数的财物、气力与光阴，养成作伪之风而已。三苗的政治，虽与圣贤之道大相反背，但是他君臣上下，抱定宗旨，一心一意，切实去施行，所以效力非常显著。比如荑稗，既经成熟，就可以暂时充饥了。自古以来，讲治道的很多，有的主张清净无为，有的主张道德化导，有的主张尚刑名，有的主张重杂霸。主张各不同，美恶各不同。总而言之，能够本了他的主张，切切实实去做，未有不成功，否则决不会得成功。不知帝意以为何如？"帝尧正要再问，忽见外面递到大司徒的奏报。帝尧一看，原来是考监明病重，群医束手，要巫咸赶回去，并请帝无事即速归。帝尧到此，父子情深，不免忧虑，便想归去，当邀善卷一同入都。善卷是个隐士，执定不肯。帝尧只得将善卷现在所居住的山和地，统统封了善卷，方才起身。后来这座山，就取名叫善德山（现在湖南省常德市）。所谓地以人传了，闲话不提。

且说帝尧与群臣辞了善卷，急急言归，一路上诸侯的迎送，帝尧的慰劳，自不消说。一日到了西夏国（现在湖北省鄂城区），那国君出来迎接。帝尧细细考查他的政绩，发现两项大弊病：一项是贪。借口种种政费，专门搜刮百姓的财物，以供一己之淫乐奢侈，以至百姓困苦非常，怨声载道。一项是武备废弛。全国之中，兵甲不完，守备毫无；托名治国尚文德不尚武力，实则省了这笔用款下来，可以入自己之私囊，供自己之挥霍。当下帝尧不禁大怒，一则怒他的虐民；二则三苗在南方，早有异谋，其志不小；西夏逼近三苗国，人民困苦，必定投降三苗，是所谓"为渊驱鱼"。武备废弛，万一三苗窃发，乘间北上，何以御之？所以将那西夏国的国君切实责备一番，使他改过。哪知西夏国君自以为是，竟无悛改之志。帝尧不得已，乃下令废他为平民。又叫老将羿率领兵士将他的社稷宗庙统统毁去，那西夏国从此就亡了。帝尧这次率兵巡守，那三千个人到此地总算用了一用。

西夏国既亡，帝尧亦就此匆匆归去。到得平阳，不料考监明早已呜呼。原来考监明人甚聪敏，而身体素弱，多病。帝尧临行时，既然限定他功课，叫他修习；考监明天性好学，孜孜不倦，加以父命，益发焚膏继晷，昼夜不息，因此身体不免更差。后来又听说帝尧在南方患病甚重，来叫巫咸，不免心中一急，病更加增。巫咸又往南方，医治不得其人，遂至不起。那时百姓知道了，都说帝尧教子太严之故，体弱多病之幼童怎样可以如此督责他读书呢！后世记载上，便有"尧杀长子"之说，其实并非故杀呀。闲话不提。且说帝尧到了平阳，知考监明已死，父子之情不免伤感，但亦只能勉强遏抑。后来正妃散宜氏得生一子，取名叫朱，那考监明之死便渐渐忘怀了。

一日视朝，得到华邑（现在陕西省华阴市）的奏报，说道："太华山上，现在发现一条大蛇，六足四翼，甚为奇怪。查到志书，知道这蛇名叫'肥蠕'，见则天下大旱。究竟可信与否，不可知。但既有此说，且关系天下，不敢不以奏闻。"帝尧看了，就向大司农道："去年朕遇到洪厓仙人，曾说天有大变大灾。现在果有此异物出现，不要就是旱灾吗？天数虽定，人事总不可不尽，汝去预备吧。"大司农答应，立刻发文书通告天下，叫他们修缮隍池陂泽，蓄储水量，并修理种种取水之物，不在话下。

一日，帝尧得到消息说道，藐姑射山上，那四个老者又在那里聚会呢。帝尧听了，大喜，立刻轻车简从地跑去。好在路不远，不半日就到。走到半山，只见一间草屋，外面石上坐着四个人，许由就在其内。帝尧慌忙上前，先与许由行礼，并恳介绍、谒见三位太老师。许由介绍过了，一个白须老人是王倪，一个面貌欹奇古怪的是啮缺，一个矮小苍髯、面色如婴儿的是被衣。当下帝尧都见过了。大家都让座，帝尧坐了，便细细地向四人请教，直谈到日平西山，不觉五中倾悦，莫可名言。但是他们所谈的，究竟是什么话呢？不但做书的人不能杜撰，就是前代著书的人亦不敢妄言，只能记着几句，叫作："尧往见四子藐姑射之山，汾水之阳，窅然丧其天下焉。"如此而已。次日，帝尧又往求见。哪知王倪等都去了，只剩了一个许由。许由道："我们都是无事游民，到处为家，随意闲谈，都不打紧。帝是有职守的，为了我等抛荒政务，未免不可，请帝回去吧。将来如欲相见，可往沛泽寻找，定当恭候。"说罢，亦飘然而去。帝尧亦只得回归平阳。好在四人的言论丰采，都已亲炙，既偿夙愿，亦不虚此一行了。

转瞬残冬过去，又是新春。帝尧想，洪崖仙人所说的大灾期限，渐渐近了，究竟不知道是何现象，颇觉忧虑。一日，南交地方来了奏报，说道："令邱（在现在越南）之山出了一种异鸟，其状如枭而人面，四目而有耳，其声颙颙，因此就叫它'颙鸟'。北面鸡山（现在云南省永昌县鸡足山）下，黑水中（现在澜沧江），出了一种鲇鱼，其状如鲋，而生彘毛，其音如豚。据土人说，这两种东西出现，天下必定大旱，历试不爽。既然有所闻，不敢不奏。"帝尧一看，与那太华山的肥蟥，正是一类，遂和群臣商议道："照这个情形看起来，异物迭见，洪崖仙人所说的大灾必定是旱灾了。百姓预防之法，不知如何？"大司农道："臣早查过，都有预备了。"和叔道："依臣所见，这个话还有点不像。旱灾是半年多不降雨，才得成灾，不会得专指春夏之交而言。现在已是春初,即使再两个月不降雨,亦是常事,何得成灾?"帝尧道:"或者是从春夏之交开始旱起,亦未可知。"自此以后,帝尧君臣无日不在忧危戒备之中,亦可谓苦极了。

第十一回

羿射十日　羿与姮娥相见
渠搜国来朝

过了春分,淫雨连绵,竟无三日之晴。帝尧君臣所忧愁的是旱灾,哪知此刻不是旱灾,几乎成水灾了。春寒尤重,与隆冬无异。直到立夏前三日,天气方才晴正,然而骤然和暖。次日阳光尤烈,竟如炎夏,日子亦觉得非常之长。到得立夏前一日,竟热得异乎寻常,人民无不奇怪。后来忽然发现,原来天上的太阳竟出有四个之多,那光热自然不可当了。大凡夜间月色,人人都喜赏玩;至于太阳,是从来没有人去看它的;所以至三日之久,方才发现。帝尧一听,知道洪厓仙人之言应验,慌忙召集群臣商议。群臣道:"既然洪厓仙人之言应验,当然请老将出力。"老将羿道:"如何出力?"众人道:"老将最擅长的是射,当然是射下来。况且某等久闻老将有神弓神箭,能射天上星辰,那么太阳亦当然可射了。"羿道:"从前老夫偶然射箭玩玩,心想射天上星辰,于是炼了张神弓、几支神箭,后来果然给老夫射落一颗大星,但是从此亦没有射过。因为此等事是只可偶然的,现在再射起来,不知道灵验与否,这是一层。还有一层,太阳与别种星辰不同,是人民之主,哪里可射呢!"众人道:"这个不妨。天无二日,民无二主。现在竟有四个太阳,足见有三个是妖星,和人间僭乱的伪主一样,有什么不可射呢?"羿道:"僭乱之主易分,三个妖星和真正的太阳难分。万一误射了真正的太阳,将如之何?"众人道:"不妨射射看。射得下的,总是妖星;真正的太阳一定射不落的。"羿听了,还是踌躇。和仲道:"老将平日是极肯见义勇为的。现在大难临头,何以忽然推诿起来?况且洪厓仙人有言,非老将不能救此灾难,所以老将只要出手,是一定成功的。"老将羿不等他说完,便连声道:"射,射,射!"立刻跑到家中,将那一张神弓、几支神箭取了跑出来。帝尧和群臣当然一齐跟了他走,便是百姓知道这个风声,亦一齐轰动,跟了走,足足有十几万人之多。一则看看新奇之事,二则保佑他立刻射着,但是人越多,挨挤越热，沿路中喝，或昏晕而跌倒的不计其数，其余的亦汗出如蒸，气喘如牛。到了一个广场，是老将平日阅军校射的地方。老将羿停住了，向天一望，只见四个太阳参差不齐，有的在东，有的在西，有的在南，有的在北，不知道哪三个是妖星。但是向四个太阳一看，两只眼睛先昏花了，便放下弓说道："不行不行，光太厉害。"羲叔道："既然到此，不妨试试。"羿听了，勉强拈弓搭箭，胡乱地向空中射去，哪知等了许久，毫无影响。大家看了，一齐失望，纷纷散去。羿更是垂头丧气。逢蒙在旁冷笑道："世界上哪有此事！我早疑心，射落星辰之事是假的，不过说大话吓吓人罢了。只要看他刚才的推三阻四，就可知道他心虚胆怯，恐怕显出真情的苦处了。不然，假使他做得到，我又何尝做不到呢？"

不言逢蒙在旁讥笑他的老师，且说帝尧见羿一射不中，忧心如焚，一路回宫，一路暗想：除此之外，更有何法呢？忽见赤将子舆赶上来，说道："前日洪厓仙人说，要请帝先斋戒，虔诚地祷祀天地祖宗，帝忘记了这句话么？怎样今朝立刻就射起来呢？要知道，虽然老将有神箭，还须凭仗圣主的精诚。"帝尧一听，恍然大悟，慌忙地沐浴斋戒起来，又预备祭祷天地祖宗，须三日方能完毕。哪知这三日之中，更不得了！立夏这一日，太阳出了六个。次日，出了八个。第三日，太阳竟出了十个。每日一对一对地增加，热得真是不可言喻，总之比火烧还要酷烈。所有树木无不枯焦，禾苗花草等类，更不必说了。房屋梁柱，不但裂缝，并且出火自焚。草盖之屋，更烧尽了。河川中之水，亦渐渐干涸殆尽，人民无处可避，每日死者，就近计算，总在几千以上。大家都说世界末日到了，因此发狂的、全家自杀的都有。前几日还是哭声震野，后来反肃静无声，大家都坐以待毙。四面一望，但见尸横遍地，尸气熏天，因为没有人肯再去收拾掩埋了。这时地也裂了，石也焦了，金类都熔了，景象凄惨，真是空前之浩劫！独有那帝尧，仍是日夜稽首于天地宗庙之中，所幸尚未热坏。到得第三日，群臣中已多半病不能兴。赤将子舆向帝尧道："帝的精诚，想来已上达于天了。现在大势日急，到得明日，不知道又是如何情形，请帝率同老将赶快射吧，不必满足三日了。"帝尧听了，极以为然，忙饬人去召羿。哪知羿自从前日射太阳不中之后，非常懊丧，又兼听了逢蒙讥笑的话，尤其忿不可言，这两日亦在家中聚起全副精神，炼那十几支箭。闻帝宣召，立刻携了弓箭来到帝处。帝尧就和他徒步行于十个烈日之中，再来到广场。

帝尧先捧了羿的弓箭，仰天祝告一番，再递给羿，然后跪下，求皇天默佑。那老将羿亦使起平生的本领，架了神箭，满拽着神弓，这时正是巳正以后，十个太阳渐渐行近中天，羿的箭就直向天空射去。说也奇怪，不到片时，只见天空中一个极大的火球直向东方掉了下来，火焰熊熊，倏忽不见。但见无数鸟羽似的东西，飘飘扬扬，四散飞开，想来是太阳里面的三足乌了。老将羿看见一箭已经射着，精神陡增，亦不暇管它是什么东西，更竭尽平生之力，一箭一箭，觑着天空射去。一连又射了八箭，箭箭不虚，八个太阳，一个一个掉下来，都坠落在东方山后。那鸟羽似的东西尤其飞扬，满山满谷，天气顿然清凉。观看的人无不大呼称庆，都说：“这种灾异，固然是万古无两的。这种神射，亦真是万古无两的。”大家一路欢呼，一路来扶帝尧起来，又来向老将羿称谢道贺。哪知老将此时忽然倒地，不省人事。大家这一惊，非同小可。巫咸上前说道：“不要紧，这是用心用力过度之所致。老将这几日专心致志在弓箭上面，所有精神血气都扑在外面。一旦成功，心一放下，那精气血脉仓卒不能归原，所以有这种现象。赶快送到小巫那边去，小巫有药可救。"于是就有几个人来抬了老将，大家簇拥着，一齐到巫咸家里。便是帝尧也跟了来。只见巫咸用一根针，解开羿的衣裳，在各处穴道之中刺了几刺，又用手将羿的胸腹手足尽力地捏了几捏，果然羿的喉间渐渐作响，四肢也会动了。大众至此，才放了心，但觉得自己身体上都是奇冷，原来当时十日并出，热不可耐，人人穿的都是单衣；到了九日射落之后，天气虽然清凉，但是余热还未尽散，又加以关心老将的病，防恐他有什么变故，所以把冷都忘却了。现在老将之病既有转机，余热又渐散尽，因此众人陡然都觉冷了，赶快想归去添衣。哪知出得门来，但见黑云密布，飘风卷地，不到一刻，大雨如注，将五日以来蒸发的水气，积蓄在空中的，统统尽量地降下来，沟浍皆盈，平地变成泽国，枯树复生，土地复润。但是，人民刚经大热之后，忽而大凉，不免疾病；有些房屋已经焚毁，衣物荡然的，尤其苦不可言，真所谓水火既济，天心不仁了。幸而帝尧君臣早料到此，赶快分头遣人尽力救济，又叫巫咸和诸医生配制方药，到处分送，保全的不少，然而已经焦头烂额，疮痍满目了。后来据四方陆续奏报，五日之中，各处死亡总计在千万以上，真个是空前绝后的浩劫！

自此以后，帝尧与群臣终日孜孜，讲求善后的方法，无暇及于他事。独有那老将羿，受万民的崇拜，真敬重得他和天神一般，羿亦得意之至。一日，在朝堂中遇着逢蒙，偶然想起当日的话，就问他道："你那日说老夫射星辰的事是假造的大话，现在老夫连射九个太阳，亦是假造的大话吗？你又说老夫如果做得到，你也能做得到，你既有这种本领，当时何不也射它几个？不但可以给众人看看，并且亦可以帮帮老夫的忙。老夫决不会怪你分功的，岂不是好吗？"这两句话，直说得逢蒙羞惭无地。众人在旁，亦都讥嘲逢蒙的忘恩负义，因此对于逢蒙，都有点贱视的态度。逢蒙受到这种刺激，因羞成怒，因怒生忿。他不怪自己的不好，反怪老师不应该当众羞辱他，因而想到孔壬从前的一番话，真觉不错，不觉动了杀心，然而仔细想想，绝无机会。后来觉得众人益发瞧他不起，料想在朝亦无意味，遂向帝尧告了病假，请求开缺。帝尧早知道他的心术不端，亦不慰留。那逢蒙从此便离开平阳，不知到何处去了。倒是老将羿，对于他的走，反有恋恋怅怅之心。为什么缘故呢？一则老将羿赤心为国，天性爱才，知道逢蒙的技艺，除己之外，真是数一数二的；而且又相随多年，一旦失去，殊属可惜。二则，老将羿自帝喾时以来，虽则立朝几十年，但是他那个求仙的念头仍旧没有忘了。所以他对于务成子，对于赤将子舆等，非常亲近，时时请教长生之法。这次射落九日之后，他以为大功告成，可以对得住天下国家，对得住帝尧了。满拟等百姓元气渐渐恢复了，就将所担任的军旅责任让给逢蒙，付托有人，他可以安心再去干那个求仙的勾当。哪知逢蒙竟去了，帝尧亦不留，那么以后自己的接替人为谁，目的如何能达？有这两层缘故，他所以要恋恋怅怅了。

一日，正是正月十四日的晚间，一轮明月从东山推上来。老将羿独自一人，饮了几杯闷酒，对着月亮，不免又凝思起来，所思的是两种：一种就是以后如何脱身，再去求仙。一种就是纪念他的夫人月里嫦娥，原来老将羿是个多情之人，对于嫦娥，虽则怨恨她，但亦甚思念她，每当对月之时，便兜上心来了，这亦是他的常事。这次，正在遥望凝思之时，忽见外面走进一个童子来，向羿说道："我是嫦娥夫人叫我来的。夫人知道你在此记念，心中万分不安，但是人天路隔，无从降凡。明朝元宵夜，乃是明月团圆之日，请你用米粉搓成一个大丸，团圞如月，放在室之西方，对着它频频呼夫人的名字，如此接连三夕，夫人就可以下来和你谈话了。"那童子说完之后，倏忽不见。老将羿诧异之极，连声叫道："奇怪！"然而明明看见听见，并非梦幻，宁可信其有，不可信其无。主意决定，就依了他的话做。到了第三日夜间，果见彩云一朵，从空飘下，环珮之声彻耳，兰麝之香扑鼻，仔细一看，原来果然是嫦娥，不过装束和从前大不同了，丰姿态度尤为艳绝。老将这时，虽则万种怨恨，亦说不出。停了一会儿，倒是嫦娥先向羿开口道："我实在对你不起，难怪你要生我的气，但是事已至此，无可如何，总请你原谅吧。"羿听了，仍不言语。嫦娥又说道："我知道你到此刻，求仙的念头还甚浓，这是错的。要知道神仙做长久了，亦毫无意味，不过和做人一样，即如我，而且甚苦。所以我劝你，取消这个念头吧。"老将羿听到此处，不免又生气了，大声说道："亏你说！你现在已是神仙了，倒反用这种话来骗我，我是孩子么？"嫦娥道："我已经对你不起了，再来骗你，岂不是罪上加罪么！老实和你说，我因为当初对你不起，所以虽则做了神仙，依旧不免吃苦。我立心要想赎这个罪，所以今朝特地来和你相见，劝你不要再求仙，以求赎我之罪，这是我的真心。你想想看，我骗你做什么？我骗你有什么好处？我果然和你有不对之处，不来和你相见就是了，何苦再来骗你呢！"羿道："你当日不是写信给我，叫我再去见西王母求仙么？今朝又叫我不要求仙，这种自相矛盾之言，不是骗，是什么？"嫦娥叹道："当时我初入月宫，道行浅，不知道什么，所以劝你求仙。如今在天上久了，稍稍知道一些，所以特地劝你不要求仙，并非自相矛盾。"老将羿急问道："你知道些什么？你知道些什么？你知道我决不能成仙么？还是你防恐我成仙之后，要来和你为难，所以竭力阻挠我么？老实和你说，我和你是夫妻，有情分的。果然成了仙，决不来和你计较。你如肯帮助我，尤为感激。假使你再敢阻挠我、破坏我，我决不再饶恕你。要知道太阳尚且要射它下来,何况月亮!管教你没有存身之地。总而言之,我的求仙,一定要求,你不必再说。"嫦娥听了,叹口气道:"既然如此,请你在家中修炼,不要出外。这句话,务须要听我。"羿听了,更加误会,就问道:"西王母那里可以去么?"嫦娥沉吟了一回,才说道:"总以不去为是。"羿登时大怒,骂道:"照这样看来,你真是来阻挠我,连西王母那里都不许我去。西王母至多寻不到,难道会吃人么?你这个狠心巧舌的妇人,我以后不愿再见你,亦决不再记念你,你给我回去吧。"嫦娥看羿如此情形,不觉哭泣失声,倏忽之间,已不见了。老将羿越思越忿,心想:总要等一个机会,再到玉山去寻一次西王母;如寻得到既可以达我目的,又可以出今日这口气;如寻不到,那么我这个心亦可死了,且依那不良妇人的话,在家修炼吧。这是羿的心事,按下不提。

且说帝尧君臣办理大灾善后,足足有一年余,元气方才有点恢复。可是福无双至,祸不单行,平阳一带,忽然大地震,数日不止。墙坍屋倒,人民死伤甚多。考察情形,愈北愈重,想系震源是从北方来的,赶快叫和叔前去调查。过了多日,和叔奏到,说道:"离平阳北面四百多里,平地之中忽然喷发火焰,涌出无数灰石,积成一座大山。喷发的时候,声闻数十里,几里路远之地,都感觉到它的热气。现在山顶之上,仍在那里喷烟(现在山西省临县东南七十里有火山,周二十里)。又离平阳东北八百多里,亦有同样的火山发现(现在山西省大同市东南有火山,上有火井,南北六十七步,广阔丈许,深不见底,火势上升,若微雷发响,以草爨之,则烟腾火发,就是当日火山口之遗迹)。又离平阳北面五百多里、六百多里,又有同样的两座火山喷发(现在岢岚县西及河曲县西,均有火山)。再查过去,哪知极北瀚海之地,从前是平坦而多水泽的,此刻忽然隆起一座大山脉,自东至西,连绵不断,竟将中原和瀚海隔绝了。幸喜得那边天气苦寒,人民不多,所以损失尚少。"帝尧看到这种奏报,觉得两年以来,天灾地变,重叠而来。虽则是天意,但亦总是德行浅薄,不能挽回天心所致。欲待退位,这个天下,交付与谁?欲待做下去,这个重大责任,实在有点负担不起。想到此际,忧心如痗。

上古神话演义(第二卷)　**五星出东方**

　　一日,西方昧谷忽有奏报递到,原来渠搜国君要来朝贡了。帝尧便问和仲,渠搜国在何处。和仲道:"在臣所居昧谷之西。"(现在俄属中亚细亚之地)帝尧道:"不在中国境内么?"和仲道是。帝尧道:"那么不可以寻常朝觐之礼相待,须以宾礼相接。"于是与大司徒商酌,将礼制议定。过了一月,那渠搜国王来了。帝尧先遣大司农做代表,带了翻译,出外郊迎,引他到宾馆中,所有饮食、器具、刍秣、陈设供给无不齐备。到了次日,大司农偕和仲率领翻译前往迎接。那渠搜国王同来的,有五个官员、数十个从人、三百个兵士,一部留在宾馆中,其余都随着国王,由大司农陪着,一径向朝堂而来。到了大门口,傧相大司徒早在那里迎接。帝尧冠冕整肃地带了群臣亦迎出来。羲叔做介绍,两边见面过了,然后相让进去,每到一门,必让渠搜国王先行。到得内朝,东西两旁都有阶级。帝尧是主人,从东阶上去,渠搜国是宾,从西阶上去。进门之后,放齐赞礼,宾主交拜,再由傧相引宾主就位。宾的席次是坐北朝南,主人的席次是坐东朝西,其余官员均由和仲引导,分坐在宾的两旁。帝尧的群臣则分坐在帝尧的两旁。坐定之后,先由帝尧开言,感谢他远远而来的盛意及慰劳行程的辛苦。然后渠搜国王回答,说些仰慕的套话,又感谢招待的盛礼。这些都是普通话,由翻译传说。停了一会儿,宾起告辞,主人拜送于大门之外,仍旧是一路谦让而出,第一幕大礼总算告成了。

　　到了次日,帝尧率领群臣,前往宾馆中答拜。那个礼节亦差不多,不过渠搜国王是主,帝尧是宾,换了一个地位就是了。到了第三日,帝尧命大司农前往,敦请渠搜国王来行飨礼。堂上阶下都布满了乐器和乐工。渠搜国王到门,帝尧照旧冠冕整齐地迎接。里面地方既广,宾主席次相离甚远。坐定之后,每献上一项菜来,帝尧必定亲自出席,向宾再拜,宾亦答拜。那堂上阶下的乐工,就吹吹唱唱,奏起一套乐。每斟一回酒,亦是如此。可是那献上来的菜,都是全身的牛、全身的羊、全身的豕,只能看看,不能吃。就是旁边所放的蔬菜等类,亦都是生货,不能吃的,酒是生水,饭是白米。古人飨礼,大概如此,简直言之,与后世祭神一样,不过借此行一种礼节,表明敬意,并不是志在铺啜。三献三斟之后,赞礼者又高唱礼成。然后大众起立,由偯相引导渠搜国王和官员到别室之内更换便服，又引到一室，乃是饮宴之所。那室中的陈设又是不同了，宾主席次相连，就是群臣相陪的席次亦同在一处。那时帝尧亦换了便服，过来招呼。那渠搜国王，身材高大，高颧隆准，深目虬髯，眼珠微带碧色。就是他五个随员，状貌亦大概相同，帝尧深为奇异。坐定之后，上酒上菜，那酒菜都是可以吃的了，这个叫作燕礼，是以联络感情为主的。当下帝尧就问渠搜国王："这次走了几日？"他答道："约走了五个月，因为山路太多，交通不便之故。"后来又谈到十日并出的事情，渠搜国王道："小国当时，损害不小。后来知道是天朝一个神人，将它射下九个，方才平定。小国君民上下，无不景仰之至，所以寡人此来，一则观光上国，二则亦想瞻仰瞻仰这位神人，不知现在何处？"这时老将羿正在第四席中坐着，帝尧就顺手指道："就是这位老将。"渠搜国王一看，慌忙出席，向老将羿连连稽首，口中不住地叫道："哈纳答侬希谷六利！哈纳答侬希谷六利！"后来问翻译，才知道是"佩服之至"的意思。当下老将羿答拜了，帝尧又将老将的年龄功绩略述一遍，渠搜国王益发佩服。酒过两巡，大家随便谈谈，帝尧问起那边的风土情形。他说那边天气尚好，农桑之事亦兴，居民也有些兼营畜牧的。后来问到物产，他说国内有一种兽类，名叫"鼦犬"，亦叫"露犬"，有翼能飞，喜食虎豹。大家听了，无不称奇。后来又谈到邻国，他说："南邻有一个大夏国，西邻有一个沃民国，地方都是大的。但是，大夏国君狡诈而贪，寡人之子仁而庸。寡人死后，不免受大夏国之欺，到那时，天朝天子如能赐予援助，寡人死且感谢。"说罢，便再拜稽首。帝尧慌忙答礼，并加以安慰。燕礼既毕，渠搜国王深深致谢，又住了二十多日，各处游遍，方才起身归国。他所带来的，是毛皮之类。帝尧回赠他的，是币帛之类，价值非常之重，又叫和仲送他一程，方才自去。

第十二回

洪水来源之理想
黄河成因之理想
黄河命名之理想

第十二回

且说帝尧既遭十日并出之灾,又遭地震火山之患,休息抚绥,喘息方定,哪知祸事又到了。一日,忽报孟门山(现在山西吉县西四十里)大水冲发,滔滔不断,将人民房屋田畜等冲没了不少。帝尧大惊,暗想:这时并非夏秋,何来蛟水?忙命大司农、羲叔等前往查看。那孟门山在平阳之西,相距不过二百里。大司农等一路走去,只见路上已有水流,愈往西走,那水流愈大。到得山下一看,只见那山上的水竟同瀑布一般滚滚而下,四散分流。大司农至此,知道决不是蛟水了,遂和羲叔商量,到山顶上去察看,但是水势甚大,不能上去。后来从别处山上绕道过去,千辛万苦,竟达到目的。只见山的北面,竟化为一个大湖,越向北方,湖面越大,竟有汪洋千里、一望无际的情形。大司农道:"那面我记得是阳纡大泽,不要是大泽的水涨溢么?"羲叔道:"阳纡大泽,离此地至少有七八百里,即使涨溢,亦何至于如此之大?"两人议论了一回,不得要领,赶快下山,星夜回到平阳,告知帝尧。帝尧听了,亦无法可施,只得向大司农说道:"既然如此,亦只能尽人事,赶快叫附近的百姓迁徙他处,一面修筑堤防,将这股水驱向下流低洼之地,如此而已。"大司农听了,就出去布置。哪知过了几日,雍州地方的奏报到,说道:"梁山之上,大水冲下,淹没民田、伤害人畜不少,现在还是滚滚不住地在那里流。按着情形看起来,与孟门山之水,正是相类。孟门山在东,梁山在西,想来这股水是两面分流的。"帝尧与群臣至此,更觉无法可施,嘴里常常说道:"这个水从何处来的呢?这个水从何处来的呢?"

在下编书编到此地,不能不先将这个水的来源大略作一说明,庶几看书的人可以明白。据在下的理想,现在的黄河,在帝尧以前是没有的。何以见得呢?现在的黄河发源于青海省巴颜喀喇山噶达素齐老峰之下,东南流,折向西北,又折向东北,入甘肃境直向东北流,出长城,循贺兰山东麓、阴山南麓,再折而南,经龙门之峡,直到华山之北,再折而东,以入河南,经河北、山东两省以入海,它的流向是如此。再将它两岸的山脉一看,北面是祁连山、松山、贺兰山、阴山,南面是岷山、西倾山、鸟鼠同穴山、六盘山、白於山、梁山,接着是龙门山,东面是管涔山,上面由洪涛山而接阴山,下面由吕梁山而亦接着龙门山。照这个地形看起来,从龙门以上,黄河的上源实已包围于群山之中,无路可通。但是既然有这许多水,如果不成为盐湖,总需有一个出路。所以古书上说:"上古之时,龙门未辟,吕梁未凿,河出孟门之上。"就是指帝尧时代之水灾而言了。但是这里就有一个疑问:如果这个水是向来出孟门之上的,那么已成为习惯,它的下流当然早有了通路,何至于成灾?夏禹王又何必去凿它?如果这个水到帝尧时代才出孟门之上,以致成灾的,那么请问帝尧以前,这个水的出路究竟在哪里?如果是个盐湖,向来并无出口,那么何以到了帝尧时代,忽然要寻出口?这些地方,都是可以研究之处。在下的推想是,地壳由热而冷,冷到若干度,必须收缩一回。每遇收缩之时,就是地形大为改变之时。所以从有地球以来,到现在不知道经过了多少万万年,但是人类的历史却是有限。印度只有四千多年的历史,中国只有五千多年的历史,埃及亦只有七千多年的历史,都是世界最古之国了。便是新近发现的巴比伦古迹,据说在一万年以前已有文化,但是亦不过一万多年。从地球经过的寿命看来,也不过几万万分之一。难道一万多年以前,还没有人类么?难道一万多年以前的人,还没有文化么?据在下想来,一定不是如此。既然有人类,既然有文化,何以现在大家都不知道呢?就是因为地壳屡经收缩、地形屡经改变的缘故。地形改变有两种:一种是全部的改变,一种是部分的改变。部分改变,是因为地心的热力作用。地球表面虽然冷却,但是里面却非常炽热。热力所冲动,则地壳因之而涨。热力所不及,则地壳因之而缩。所以地面的土地时有升降。有些地方,本在海底,渐渐能升至地面。有些地方本在水平线上,渐渐能没入海中。但是,同一土地,到处都有升降,并不限于海边,不过在海边上有水作标准,容易看得出。若在大陆之中,无论土地已经升到如何之高,降到如何之低,总不能看出。只有火山爆发和地震之后,往往发现急剧升降,那却是看得出了。或则平地陷成深谷,或则平地突起高山,或则海中涌现新岛,或则岛屿渐渐沉没,古人所谓"高岸为谷,深谷为陵",就是这种。至于全部的改变,最为可怕。到那个时候,全球震动,海水横溢,不但所有人民财产一概荡尽,就是各大陆的形势位置亦大大改变。或则竟沉下去,或则新升上来,古人所谓"沧海桑田",这个才叫最大的沧海桑田了。所以查考中西各国以及苗蛮的古史,无不是从洪水为患而来。这个洪水从哪里来的呢?就是从地形大改变而来。地壳陡然之间大形改变,其中所有极繁盛的人民、极文明的文化,以及一切种种,无不随洪水而去。幸而有几个孑遗之人,因为或种机缘,得以不死,于是再慢慢生息起来,再慢慢创造起来,就是各地人类的初祖,于是又变成一个新世界。大约从有这个地球到现在,这样的变化不知经过几次。所以现在最古的古国不过几千年,想来或者就是这个缘故。

至于帝尧以前,中国的地形究竟如何,虽然古书简略,考它不清,但从各处搜罗起来,约略亦可以得到几点:第一点,现在蒙古沙漠之地,当时是个大海。第二点,现在绥远、宁夏二省,当时是阳纡大泽。第三点,现在陕西南部和山西西南部,当时是个山海。第四点,现在新疆南部,当时亦全是沮洳薮泽,直通青海和后藏。这四点虽则是在下个人的推想,但是亦有来源:第一点,蒙古沙漠,亦叫作翰海。从古书上考起来,是群鸟解羽之所,所以称为翰。后人在翰字旁加了三点水,是错的。现在北冰洋、南冰洋等处,常有鸟类大集群栖,数以千万计,想来当时的翰海亦是如此(现在蒙古捕鱼儿海等处鸟类仍多)。既然是海,那地势必定很低。现在蒙古高原高出海面三千尺至八千尺,必定不是当时的地势了。这个地势何时升高的呢?海中之水又是何时渐渐涸去的呢?在下根据这两个疑问,假定它是帝尧时候开始改变的,就算它作为洪水之第一个原因。第二点,河套之内,是阳纡大泽,系根据《周礼·职方氏》:"冀州之薮曰阳纡",注上说:"阳纡在山陕之交而近北";又《穆天子传》:"天子西至阳纡之山,河伯无夷之所都居,是为河宗氏",注云:"河宗在龙门之上流,岚、胜二州之地。"岚州,在现在山西北部;胜州,在现在绥远鄂尔多斯右翼后旗之地。照这个地势看起来,现在河套平原,周围千里,在当时的确是个大湖了。既是大湖,则那个湖水又何时涸尽？又何时变为黄河经过之地？在下亦假定它是地势升高之所致，作为洪水的第二个原因。第三点，山海之名，见于《法苑珠林》。现在这种地方，盐池甚多。山西解州的盐池，尤为有名。假使以前不是内海，咸质何来？既是内海，那么海水又是何时涸尽？又何以变为黄河经过之地？黄河既然经过，则虽有水灾，可遏之使它注入河中，何至水灾如此难治？况以现在地势看来，冀州、雍州地势崇高，但苦旱，不苦水，又何至闹水灾呢？所以在下的推想，种种地势都是那时改变的，作为洪水之第三个原因，亦即是古时没有黄河的一个证据。第四点，黄河向来有重源之说。现在新疆的塔里木河，是黄河的第一源。现在青海噶达素齐老峰之下所出的，是黄河第二源。它的解释，是塔里木河注入罗布泊之后，其水潜行地中，到了青海，再出而为黄河。这个说法奇妙之极，但是亦有三层可疑之点：第一层，塔里木河长到几千里，两岸汇进去的大川，亦复不少。统统归到罗布泊中去，何以能够满而不溢，且反减少？第二层，罗布泊并无出口，应该是个盐湖。但是据调查所得，其水并不甚咸，似乎地下确有去路。第三层，凡川水从山谷中出来，其色必清。黄河从噶达素齐老峰出来，颜色已黄，所以叫阿尔坦河，就是蒙古语"黄金"之义。假使不是潜行地中，混杂泥沙，何以如此？这三层是主张重源的证据了。不过有些人驳它，说道：罗布泊与噶达素齐老峰，中间相去何止千里！又加以重重大山阻隔，怎样会得相通？即使说地层之中，水有通路，但相去既如此之远，又安见得噶达素齐老峰下所出之水一定是从罗布泊来？这种理由无论如何说不过去。况且据人测量罗布泊之地，实较青海高原为低，尤其无逆流相通之理。这两项驳论可算允当。不过在下有一种推想，就是说地形是有改变的，不能拿现在的地形去判断当时。《尔疋》上说："河出昆仑墟。"查古书上所说，昆仑共有四个。一个在海外，《大荒经》上说："西海之南，流沙之滨，有大山名曰昆仑，其下有弱水之渊环之，此山与条支大秦相近。"《禹本纪》上说："去嵩高五万里者是也。"依着这个方位推想起来，大概现在波斯国之西的那座阿拉拉山就是。因为这种昆仑山，大概都是地球全体变动时，人类逃避幸生之所，所以历来传述多重视之。阿拉拉山，就是外国史上所说亚当、夏娃避难得脱洪水之所。所以在下说，一个昆仑，是在此地。又一个在西藏，杜佑《通典》上说："吐蕃自云昆仑山在国中西南，河之所自出。"《唐书·吐蕃传》云："刘元鼎使还，言自湟水入河处，西南行，二千三百里，有紫山，直大羊同国。"古所谓昆仑，释氏《西域记》谓之阿耨达山，即今西藏之冈底斯山也。又一个在酒泉，《汉志》："金城临羌县西，有弱水，昆仑山祠。"崔鸿《十六国春秋》上说：张骏时，酒泉太守马岌上言，酒泉南山，即昆仑之体，周穆王见西王母乐而忘返，谓此山也。《禹贡》：昆仑，在临羌之西。即此明矣。《括地志》上说："在酒泉县（现甘肃省酒泉市）西南八十里，今肃州西南昆仑山是也。"又一个就是现在的葱岭。《山海经》上说："昆仑墟在西北，河水出其东北隅。"《水经注》云："自昆仑至积石一千七百四十里。"《凉州异物志》曰："葱岭之水分流东西，西入大海，东为河源，夏禹本纪所谓河源是也。"照这样看起来，四个昆仑，除出极西的那一个与黄河无涉外，其余三个都可说与黄河有关。葱岭的昆仑，固然是古书上众口一词，说是黄河之所出，就是西藏冈底斯山的昆仑，既然吐蕃人说是河之所出，当然亦不会无因。试看后藏千余里之地，纯是湖泊，有大湖地方之称，人迹不到之处极多。在下想来，决不是从古如此的，大概从前地势，没有如此之高，北面与新疆，东北面与青海，都是汪洋大水，连成一片。后来地势渐渐升高，水汽蒸发，中间又隆起几座大山脉，所以各自为界，化为沙漠及多数湖泊，这亦是地理上常有之事。中国地理古书上曾说有一个西海，便是在下编这部书的第二回上说的"穷桑在西海之滨"。究竟西海在哪里呢？在下的推想，以为就在新疆南部、青海省之大部以及西藏西部等处。汉朝时候，王莽在青海地方设立西海郡，可见当时还记得此处是古代西海遗迹。再查青海省的那个青海，现在虽不甚大，但古书上说，南北朝的时候，周围有七八百里，在周朝时周围有一千几百里。从周朝上溯帝尧，还有二千年，它的面积一定还要广大，安见得不是与新疆南部、西藏西部的沙漠湖泊相连呢？因有以上所说这许多证据和理由，所以在下敢暂时假定，说黄河这条水上古是没有的。自从帝尧时，地盘发生了变化，蒙古沙漠与陕甘两省之间隆起了贺兰山、阴山等山脉，将从前注入瀚海的水流隔断，地势又逐渐升高，迫得那阳纡大泽之水只能向南方而流，这是上文所说河出孟门之上的第一原因。同时青海、新疆、西藏之地亦发生了变化,土地亦渐渐隆起,迫得那西海之水又向东流,从甘肃滔滔不断地灌到阳纡大泽里,这是河出孟门之上的第二原因。再加以那时山西北部火山连连喷发,从东面遏迫阳纡大泽,那泽中之水当然盛不住,满了出来,这是河出孟门之上的第三个原因。总而言之,中国古书上所说虽则不能尽信,但是亦不能一概抹杀。即如黄河重源之说,照现在地形看起来,万无此理;然而古书言之凿凿。古人虽愚,亦愚不至此;即使要伪造,亦须造得相像。所以在下又敢暂时假定,说当时西海之水渐渐干涸,是从西面南面先干起。西面帕米尔高原是全世界最高之原,南面西藏亦可称世界最高之原。唯其上升得早,所以最高。所有的水自然倾向低处而流。到得后来,西藏高原因有大山隔绝了,所以冈底斯山这个昆仑所出的河源,久已无人知道,只有西藏人古老相传,还能记得。至于新疆与青海中间的隔断,比较地迟,到了后来,做《尔雅》这部书的人还能知道,所以有"河出昆仑墟色白"这一句,下文又有"所渠并千七百"这一句,可见当时新疆南部与青海间的西海,业已渐渐干涸,变成无数湖渠,那河水从葱岭曲曲折折东南流,并合了不少湖渠,才到甘肃。后来到得汉朝以后,地形又变,两处隔绝了,考察地理的人,求其说而不得,只好说河水潜行地中,是个重源,难怪引起后人的驳诘了。

　　说到此处,在下还有一个理想。大凡古人取一个名字,总有一个意义。比如现在陕甘二省之地,古时叫作雍州。何以取名叫雍呢?雍者壅也,壅塞不通也。当时雍州之地,南面是秦岭山、岷山、西倾山,东面是华山,上连梁山,紧紧包住。本来已经水流不通,当中潴成一个山海了,全靠北面一个翰海,西面一个西海,水流还可以宣泄出去。禁不得地形改变,不但不能宣泄出去,倒反倾灌过来,更是壅塞不通了,所以叫作雍州。至于大川的取名,亦都有取义。比如江水,江者共也,小水流入其中,所公共也。另有一说,江者贡也,贡赋往来之所必经也。又比如淮水,淮者围也,围绕扬州北界,东至于海也。又比如浙水以曲折而得名,济水以穿过黄河而得名,大概都有一个理由。独有河水,有些人说,河者下也,随地下处而通流也。这个解释觉得太不确切。凡是水流,哪一条不是随地下处而通流的呢?还有一说,河

第十二回

之为言荷也，荷精分布怀阴引度也。这个解释玄妙已极，真不知道他说的是什么话。据在下的推想，河水既然自古以来没有的，忽然竟有这股水，出于孟门之上，滔滔汩汩而来，安得不发生疑问，说道这水是从何处来的呢？所以在下的推想，与其说河之为言荷也，不如说河之为言何也，较为妥当。讲到它的来源，因为地形改变的缘故，不要说帝尧的时候没有弄清楚，就是主张重源的人，亦没有弄清楚。汉武帝叫张骞寻河源，说道遇见了牵牛织女星，因此有"黄河之水天上来"之说，更可谓荒乎其唐，没有弄清楚。就是元朝寻河源，仅仅寻到星宿海，也是没有弄清楚。直到清朝，才知道是出于噶达素齐老峰之下，总算弄清楚了。可知道清朝以前，这水究竟从何处来，列朝要派人寻找，岂非是个何字的意义么？而且这条水，不但上流弄不清楚，便是它的下流也弄不清楚。忽而入渤海，忽而入黄海，忽而又入渤海，变迁最大者已有九次，试问究竟哪一处是它本来的流路？恐怕没有人能确指得出。就是夏禹王当时，已经分河的下流为九条，究竟哪一条是正干，亦不可知。所以这条黄河始终在疑问之中。河者，何也。在下这个推想，恐怕是不错的。但是再问一句，为什么始终成疑问呢？在下敢再说一句：这条黄河，古时是没有的。

第十三回

共工受命治河　尧让天下于许由
偓佺以松子遗尧　獬豸出现
皋陶得喑疾　稷为尧使西见王母

第十三回

且说帝尧接到各处水灾奏报之后，忧危之至。过了一年，水势有增无减，那汾水下流，逼近山海一带，早已涨溢得不可收拾。帝尧与群臣商议道："照此下去，终究不是根本办法，总须特派专员，前往治理才是。但是在廷之臣，哪个是精于水利的呢？"大司农奏道："前年孔壬来京时，臣和他细谈，觉得他于水利一切非常有研究。可否就叫他来办理此事？"大司徒在旁，亦甚赞成。帝尧摇摇头道："不行，不行。这孔壬是著名的佞人，岂可任用？"羲叔道："孔壬虽是佞人，但其才可用。当今水灾剧烈之时，可否请帝弃瑕录用。古人使诈使贪，亦是有的。"帝尧还是踌躇。和仲道："现在无人可使，臣意不妨暂叫他来试试。如果有效，那么其功可录。如其无效，再加刑罚，亦未始不可。"帝尧还未答应。羲仲道："臣观孔壬虽是佞人，但近年以来，尚无劣迹，颇能尽心辅导玄元，或者已知改悔，革面洗心，亦未可知。请帝勿咎其既往，专责其将来，何如？"帝尧见大众都如此说，乃勉强答应道："既如此，就叫他来试试。"于是大司农等就饬人前去宣召。

过了多日，孔壬来到平阳，朝见帝尧。当他入朝之时，帝尧留心观察，果见那株屈轶草立刻折倒来指着他，并且一路旋转，才知道前日赤将子舆等的话不谬，益发证实这孔壬真是佞人。但是既已召来，不能即便遣去，只能问他道："现在雍、冀二州，水患甚大，在朝诸臣，多保荐汝去施治，汝自问能胜任么？如自问能胜任，朕即命汝前往，功成之日，自有懋赏。如自问不能胜任，可即自辞，勿贪一时之官爵，致误苍生，而贻后悔。"孔壬道："陪臣承帝宣召，并诸位大臣荐举，如有犬马之劳可效，无不竭力。不过陪臣远来，未知二州水患究竟如何情形，容先前往，观察一周，才可定见。"帝尧道："能够如此，亦见汝之慎重。汝可即日前往察看。"孔壬答应退出，自往各处去考察。过了数月，方才回来，奏道："小臣已往各处看过，大约这次水患，是上面湖底淤浅之故。湖底淤浅则容受不多，只有往外面涨溢，这是一定之理。所以小臣的愚见，治水者先清其源，必须往上流疏浚，以治它的根本，方才可以奏效。若徒从下流设法，是无益的。况且下流三面都是崇山包围，更无法可想，不知帝意以为何如？"帝尧道："汝能负责担任此事么？"孔壬道："上流疏浚，工程浩大，不能求速效。若帝能假臣以时日，臣敢负责担任。"帝尧道："只要能一劳永逸，朕亦不求速效。汝从前在帝挚时代，曾经做过共工之官，现在朕仍旧命汝作共工，汝其前往，恪共乃事，钦哉！"孔壬拜谢退出，以后大家不叫他孔壬，改称共工了。那时大司农、大司徒一班大臣知道他承认了共工之职，都来访他，问他入手办理的方针，并且说："如有困难之处，我们都愿竭力帮助。"看官要知道，大司农等为什么说这种话呢，一则固然希望水灾从速平定，二则亦因为是荐举人，有连带责任的缘故，所以不能不如此。闲话不提，当下共工谢过了他们的盛意，自去治水去了。

且说帝尧自从连遭水患之后，忧心越深，把这个君主大位看得越加可怕，急求从速脱卸。一日，忽然想起许由，上次他不是说到沛泽去相访的么，要让这个天下，还是让给他。想罢之后，主意决定，即将政治仍交大司农等代理，即日命驾，往访许由，一径往沛泽而来。果然见到许由，帝尧对于他恭敬得很，执弟子之礼，北面而朝之，说道："弟子这几年连遭灾患，百姓涂炭，想来总是德薄能鲜之故。弟子当初即位的时候，曾经发愿，暂时忝摄大宝，过一过渡，必定要访天下之圣贤，将这天下让给他。现在弟子细想，并世圣贤，无过于老师。愿将这天下让与老师，请老师慨然担任，以救万民，不胜幸甚。"哪知许由听了，竟决绝地不答应。帝尧不便再说。哪知到了次日，帝尧再访许由，许由竟不知到何处去了。帝尧没法，只得仍回平阳而来。

一日，走到太行山边，忽见树林之中站着一个怪人，遍体生毛，长约七寸，仿佛如猿猴一般，不觉诧异之至，不知道他是人非人，即忙叫侍卫去探问。过了片时，侍卫就偕了那人同来。那人一见帝尧，就说道："我是槐山人，名州偃侸，你看了我的形状奇怪，所以来问我么？"帝尧道："不错，汝既然是人，何以会得如此？朕想来决不是生而如此的，其中必有缘故，请你说来。"偓佺道："我从前遇着蚩尤氏之乱，家破人亡，逃到深山之内。那时独自一人，饮食无着，饥饿不过，恰好山中松树甚多，累累的都是松子，我就权且拿来充饥，渴了之后，就以溪水作饮料。不知不觉，约过了一年，那身上就长出细毛来了。遇着隆冬大寒，有毛遮身，亦不觉冷，而且身轻如燕，攀到树上去，亦不用费力，一耸就能上去。至于下来，更不费事，便是从西树到东树，中间相隔数十丈，亦可以一耸而过。走路亦非常之快，假使有一匹骏马在这里飞驰，我也可以赶它得上。因此缘故，我也不问外面蚩尤的乱事平不平，就安心一意地一个人住在这深山之中。好在我家属都已因乱丧亡，心中一无系恋，落得一个人自由自在。我自从入山之后，多年以来，到今朝才第一次见人呢。我正要请问你们，现在蚩尤氏兄弟怎样了？炎帝榆罔还存么？从前仿佛记得有一个诸侯，姓公孙名轩辕的，起来和蚩尤氏相抗，大家很盼望他打胜，哪知仍旧敌不过蚩尤氏，退到泰山之下去，以后不知如何？诸位如果知道，可以告诉我，使我心中多年的记念，亦可以得到一个结束。"帝尧等听了，无不大惊，便将蚩尤如何失败，黄帝如何成功，以及如何传位于少昊、颛顼、帝喾、帝挚、一直到自己的历史，大略向偓佺说了一遍。偓佺道："原来你就是公孙轩辕的玄孙，并且是当今的天子，我真失敬了。不过我还要问一句，现在离蚩尤作乱的时候，大约有多少年？"帝尧道："大约总在六百年以上。"偓佺诧异道："已经有这许多年么！那么我差不多将近七百岁了。"说到此处，忽而停住，接着又叹口气说道："回想我当时的妻孥亲戚朋友，即使不死于蚩尤之乱，到现在亦恐已尸骨无存。我此刻还能活着，真是服食松子的好处呢。我已六百多年不见生人。今朝偶然到山外来，不想恰恰遇见天子，这个真所谓天假之缘，三生有幸了。但是我是一个深山野人，无物可以贡献，只有这松子，吃了可以长生，我且拿些来伸伸敬意，请天子在此略等一等。"帝尧正要止住他，哪知偓佺旋转身来，其行如飞，倏然之间，早已不知所在。隔了片时，即已转来，手中拿着两包松子，将一包献与帝尧，说道："请天子赏收，祝天子将来的寿比我还要长。"又将一包送与各侍卫，说道："请诸位亦尝尝这个，效验甚大呢。"大家正要谢他，只听他说声再会,与帝尧等拱一拱手,立刻又如飞而去。众人看了,都觉得他的态度突兀,甚为诧异。后来有几个相信他的人,依法服食松子,果然都活到二三百岁。独有帝尧,心里想想,现在天下百姓之事,尚且治不了,哪有工夫去求长生,且待将来付托有人,再服食松子不迟。因此一来,这一大包松子就搁起了,始终没有吃,到得后来,亦忘记了,这是甚可惜的。

且说帝尧回到平阳,早有大司农等前来迎接。帝尧问起别后之事,大司徒奏道:"帝起身之后二日,近畿忽然发现一只异兽,其形如羊,青色而一角,与那一对麒麟同住在一起,甚为相得。经虞人来通报后,臣等往观,亦不知道它的名字。后来请教赤将子舆,他说这兽名叫神羊,一名獬豸,喜食荐草(所以它这个豸字,又可以写作荐),夏处水泽之旁,冬处松柏之下。它的天性,能够辨邪正,知曲直。假使遇到疑难之狱讼,是非曲直一时不能辨别,只要将它牵来,它看见那理曲而有罪的人,一定就用角去触他。当初黄帝时候,有个神人牵此神羊来送给黄帝,黄帝就用它帮办审判之事。赤将子舆是见惯的,所以知之甚悉,果然如此,那真是个神兽了。"帝尧听到此处,忽然想起皋陶,现在差不多已有二十岁左右,听说他在那里学习法律,甚有进步,此刻朝廷正缺乏决狱人才,何妨叫他来试试看。如果有才,就叫他主持刑事,岂不是好。主意决定,于是一面叫大司农将那獬豸牵来观看,一面就饬人到曲阜去宣召皋陶。过了一会儿,獬豸牵到,其时天色将晚,帝尧已退朝回宫,虞人就将獬豸牵到宫中。那正妃散宜氏及宫人等,听说有这种神兽,都来观看。只见它的形状和山羊差不多,不过毛色纯青,头上只生一角,而且其性极驯,亦与山羊无异。大家以为这种驯良的兽竟有这样的能力智慧,无不诧异。散宜氏越看越爱,就和帝尧说,要将它养在宫中。帝尧对于这种异物,本来不以为意,既然散宜氏爱它,也就答应了。自此以后,一直到皋陶做士师以前,这只獬豸总是养在宫中。它的毛片是时常脱换的。散宜氏见它的毛又长、又细、又软,颜色又雅驯,后来就将它的落毛凑积起来,织成一帐,与帝尧张挂,为夏日避蚊之用,真可谓是苦心孤诣了,此是后话不提。

一日，皋陶到了，帝尧大喜，即刻召见。但见他长身马喙，面如削瓜，长得一表非凡，就要问他说话。哪知皋陶行过礼之后，用手将他的口指指，口不能言，原来已变成哑子了。帝尧大惊，便问他何以会哑呢。那皋陶早有预备，从怀中取出一张写好的字来呈于帝尧。帝尧一看，只见上面细述病原，原来是前年秋间，扶始忽然得病，皋陶昼夜服侍，忧危之至，而且伺候汤药，积劳太过。到得扶始死了，他又哀伤过度，放声一哭，昏晕过去，及至醒后，就不能说话，变成废疾，这是他致病之缘由。帝尧看完，就问道："汝此病总请医生治过。"皋陶点点头。帝尧道："想来曲阜地方，没有好的医生，所以治不好。朕叫巫咸来，为汝医治。"说着，就叫人去宣召巫咸。少顷，巫咸来到，细细诊视一番，说道："这个病是忧急伤心，触动喉间声带所致，不是药石所能奏效，但将来遇有机会，也许能够痊愈，不过亦得防常常要发。"帝尧道："此刻没有方法治么？"巫咸道："此刻真没方法。"帝尧听了，叹息不已，暗想，天既然生了这样一个有用的人，又给他生了这种废疾，真是不可解！或者是要将他的材料老一老，再为人用，亦未可知。当下对着哑子，无话可说。过了两日，赐了他些医药之资，就叫人遣送他回去，按下不表。

一日，帝尧轸念民生，亲自到孟门山和山海一带，巡视一周。只见那水势真是涨溢得非凡，所有民居田亩都浸在大水之中。当地的居民，虽则有官府的救济，另外分田授屋，尚不至有荡析离居之苦，但是长此下去，低洼之地，在在堪虞，终有不得了之势。想到此际，不免忧从中来，正不知道何年何月，方可安枕。忽然想到洪厓仙人的话，只有西王母能救这个灾患，不过要在数十年之后。等到数十年之后，岂不是民生已无噍类么！这却如何是好？后来一想，西王母住在玉山和昆仑山，老将羿是曾经到过的，何妨去求求她，请她就来救呢。西王母是神仙，总有慈悲之心，只要诚心去求，或者可以早些挽回劫运，亦未可知。即使求而无效，或者并走不到，那亦是天命使然，人事总应该尽的。想到此处，主意已定，回到平阳，就叫大司农和司衡羿前来，先向大司农说道："前此洪厓仙人说，大水之灾，非西王母不能救。西王母所居仙山，去此甚远。朕本拟亲自往求，奈为国事所羁。汝乃朕之胞兄,王室懿亲,就命汝代表朕躬,前往诚求。务恳西王母大发慈悲,即速设法,弭此巨灾,拯救万民,汝其往哉!"又向司衡羿说道:"老将是三朝元老,国之重臣,况兼前此曾经到过仙山,见过西王母,路途既熟,又和西王母相识,朕拟叫汝做一个副使,陪着大司农前往恳求。不过老将年纪太高,自从射下十日之后,闻得常有疾病,不知还肯为国家、为万民再吃一番辛苦否?"老将羿道:"为国为民,况兼帝命,老臣虽死不辞。"帝尧听他说出一个"死"字,心中大以为不祥,便想不叫他去,就说道:"老将究竟年高,老者不以筋力为礼,何况登山临水,走万里之遥呢!刚才朕失于计算,朕之过也。现在只要老将将那往玉山及昆仑山的路程,细细告诉大司农就是了。朕不派副使,亦使得。"哪知羿只是要去,说道:"区区玉山、昆仑山,万里之路,何足为奇。老臣当日不知道走过几回。今日虽多了几岁年纪,亦不算得什么。帝已经派了老臣做副使,忽然又不要老臣去,无非是怜惜老臣,恐怕老臣途中或有不测。但是,即使中途疾病死亡,亦是老臣命该如此,决不怨帝,请帝仍准本意,派老臣做副使吧。"帝尧听他越说越不祥,心中后悔不迭,但已无可如何,只得派他做副使。老将大喜,称谢而退。且说老将羿何以如此之坚决要去呢?一则他平生忠义性成,见义勇为,不避艰险。二则老年人往往恃强,不肯服老。羿又是武夫,好勇负气,因见帝尧说他老,所以不服,一定要去。三则羿自从西王母灵药被姮娥偷去之后,常想再到玉山,问西王母另讨。可是去过几次,总走不上,但此心不死,仍旧在那里希望。自从射下十日之后,用心过度,身常多病,杜门不出的时候甚多。前此孔壬的任用,正值他卧病在家,不然,他未有不竭力反对的。唯其多病,所以越希望长生,见西王母的心亦越切。再加以姮娥一番劝阻的话,他又误会,起了疑心,因此西王母处竟有不能不去之势。可巧帝尧叫他做副使,仗着天子的洪福,或者可以走得上山,那么就有达到目的之希望了。这个千载一时之机会,他哪里肯放过。有这三个原因,所以他一定要去。闲话不提。

且说帝尧因此事关系重大,大司农等动身的前几日,他自己先斋戒沐浴起来,虔诚地祷祭天地祖宗。到出行的这一日,又亲自冠冕,送他们出城。到得他们临别的时候,又和他们二人再拜稽首,吓得二人手无所措,说道:"自古至今,没有以君拜臣的道理。"帝尧道:"朕非拜汝等,是拜西王母。朕不能亲拜西王母,所以将这个大礼寄在汝等身上。汝等见到西王母后,稽首再拜,就和朕亲拜一样了。"二人别后,一路赞叹帝尧的虔诚不置。

第十四回

冯夷服水仙得仙　羿射河伯
羿猎得大兔　逢蒙杀羿　中左目

第十四回

且说大司农等离开平阳，一路往西南而行，越过壶口山，到了雍州地方，只见那边的水势亦实在不小。那股水从梁山上滔滔滚滚直向山海而去。所有居民，也和冀州一样，都移至半山或高阜之地居住。本来到西王母处去，应该渡过漆沮水（现在陕西的北洛水）而西的，现在为大水所阻，只能折向西南行。一日走到华山相近的地方，看见无数百姓纷纷向着那河水朝拜祭祀，仿佛有什么请求似的。当下大司农就问他们道："河水为患，祷祀是不相干的。你们祷祀些什么？"那些百姓道："不瞒贵官说，我们并不是祷求河水的消灭，我们是祷求河水中之神，请他不要害我们。"大司农诧异道："河水中有神，你们如何知道？他又如何地害你们呢？"那百姓道："这河水之神有两夫妇，都是我们向来熟识的。他们就住在此地华山北面潼乡堤首地方，男的姓吕，名叫公子，女的姓冯，名夷，一名修，亦叫作冰夷。他们从前住在这里的时候，专门修仙学道。后来吕公子遇到一个仙人，名叫涓子的，据说是黄帝的老师，住在金谷地方，以饵术而延龄，能导引而轻举。他给吕公子一颗仙丹，名叫虹丹。吕公子服了之后，听说就成仙了。那个冯夷呢，有人教她不要食五谷，专食水仙花。那时她家里养的水仙花很多，有单叶的，有千叶的，颜色有白的，有红的。但是，那教她的人说：单叶的是水仙花千叶的不是水仙花，名叫玉玲珑，服食起来宜专服单叶的，不宜服千叶的。能够寻到水仙树，同水仙花并服，尤其好，因为水仙树的里面藏有仙浆。单叶的水仙花又叫作金盏银台，其中像一个酒盏，深黄而金色。拿那个水仙树的仙浆，滴在金盏之内，服之就可以成仙。那冯夷听了这话，非常相信，到处访求水仙树，后来果然给她求到了，据说在一个枸楼国中去寻到的。从此她就专服水仙花，不食五谷，将从前所养的千叶玉玲珑统统分送与人，现在有些人家中还有它的种子藏着呢。过了几年，她服食水仙花足有八石之多，到处去游玩。有一日游到从极之渊,就是现在的阳纡大泽,深有三百仞,她忽然看见她的丈夫吕公子在大泽之中,她欢喜之极,跟着潜伏入水底,从此就不见了。这一日记得是八月中的庚子日。有人说她是成为水仙了,有人说,她到渊水里去洗浴溺死的。这种传说,我们也不去深究。到了前两年,梁山上大水冲下。我们忽看见他们两夫妇,各乘着一辆车子,云气护着,车子前面各驾着两条龙,从水中一前一后,耀武扬威而来。我们才知道他们两个果然都成为水仙了。因为素来与他们熟识,特地恳求他们保护,不要使大水来加冲害。哪知吕公子听了,就和我们说道:'我现在已做了河伯了,我的妻子冯夷亦做了河侯了,从极之渊就是我们的都府,现在这个大水,就是从那边分出来的。你们要我不加害,是可以的,但须要依我两件事:第一件,到阳纡大泽旁边的山上,盖起一座华丽的大庙,四时奉祀我们。庙上匾额,可写河宗氏三个字,表明我们两夫妇是河水之所宗。第二件,我们生长的家乡,从前所住的地方,亦须照样立一座华丽的庙。这两件事能依我,那么我一定保护你们。不然,不要说你们这个地方我要冲去它,就是别个地方我也要冲去它。不要说现在要使你们受灾害,便是几千百年之后,我亦要使大家受灾害,显显我们河宗氏的威灵。'我们听到他这番话,大家都失望极了。不想他们成仙之后,竟抹面无情,而且凶暴残忍到这种地步。但是亦不敢和他计较,只好苦苦哀求道:'这里是你生长之地、父母之邦,有桑梓之谊,请二位总要格外的爱惜矜怜。立庙上匾祭祀这一层呢,我们可以照办总照办;不过我们小民财力有限,阳纡大泽又远在几百里之外,两处兼营,一时恐怕更做不到。再加以经过大水之后,财产大半损失,生活尚且艰难,哪有力量再造两处华丽的庙呢!务请二位格外施仁,保护我们,矜惜我们。等将来我们元气恢复之后,一定替二位造庙,并且岁岁祭祀。'贵官们想想看,我们这番话,说到如此,亦可算入情入理,委曲周至了。哪知道他们两夫妇不听犹可,一听之后,登时放下脸来,骂我们道:'你们这些不知好歹的人,我念你们是个旧交,不忍就来淹死你们,所以用这点区区事件相托,哪知你们竟推三阻四,不肯答应,真是无情无义,可恶极了。'说着,将手在车上一拍,车子登时腾空而起,那四条龙尾巴卷起大水,直滚过来,我们人民又给淹死了许多，房屋财产损伤也不少。我们都是死里逃生出来的。然而，要依他做，实在没有这笔经费，只好听死。不料前个月，他们两个又来了，还是这番议论，并且限我们一个月以内，要将两处的庙都造好，否则就使我们此地全土尽成湖泊。我们怕极了，但是逃又没处逃，只好日日在此祭拜，求他们的情呀。"那些百姓说完，个个泪落不止，有的竟号啕起来。老将羿听了这种情形，气得三尸暴跳，七窍生烟，大叫道："岂有此理！岂有此理！老夫不杀死他，不算人。"那些百姓大惊，个个摇手道："说不得，说不得。他们是神仙，不要说别的，就是四条龙尾巴，已经厉害之极了，我们人类哪里敌得他过呢！"老将羿道："怕什么，从前大风也是个神仙，老夫要射死他。便是天上的太阳，老夫也要射它九个下来，怕什么！"众百姓至此，才知道他是老将羿，大家欢欣罗拜，请他设法除害。羿道："老夫此行，有王命在身，照理是不能沿途耽搁的。但是，为民除害，亦是圣天子之志愿，就是延搁数日亦不算不敬。圣天子知道了，亦不会责罚。老夫决定在此为汝等除了害之后再走。"众百姓听了，都欢喜非常，大家争先腾出房屋，请羿和大司农等居住，又争先供给食物。

过了几日，寂无动静，大司农疑惑起来，说道："不要是这两个妖怪大言恐人，从此不来了，那么我们岂不是空等么？"老将道："恐怕不然，那日不是说限百姓一月之内要将庙宇造好么，现在不知有几日了？"说着，就叫了百姓来问。百姓道："已经二十多日了。"羿道："那么他们总就要来了。"又过了几日，只听得呼呼的风响，汩汩的水声，早有百姓慌慌张张地进来报道："他们又来了！他们又来了！"羿一听，即忙取了弓箭，和大司农出门来看。果见两个人，一男一女，各乘着云车，驾着双龙，从上流大水中耀武扬威而至。羿气极了，亦不愿和他们讲话，就是一箭，向那男的脸上射去。只听那吕公子大叫一声，急忙用手去护他的脸，倏忽之间，两夫妇一齐潜入水底，云车双龙都不见了。原来吕公子命不该绝，所以只伤了左目。百姓看见，都欢呼起来。羿却怏怏，恨未将他们两个都射死，以绝后患。过了两日，羿和大司农商量动身，百姓坚留不放，说道："他们两个都没有死，万一来报仇，必定更加凶恶，那么我们真要死尽了。"羿亦踌躇不决。又过了几日，仍是绝无消息,大司农以西行之期万不可再缓,和羿商量。羿沉吟了好一会儿,勉强想出一法,和百姓说道:"老夫等奉命西行,在此已勾留多日,决不能再留。老夫看他们两个水鬼,已经受伤,料想一定匿迹潜踪,不敢再出来为患了。老夫的威名,不是老夫自夸,的确是世界闻名的。那两个水鬼,既然有点仙术,能够腾云驾雾,当然亦知道老夫的手段。现在老夫将所用的弓箭留一份在此间,你们可以悬挂水边。那弓箭上刻有老夫的名号,使他们一望,可以知道。老夫再写一道檄文,投在水中,使他们知道,想来决不敢再来加害你们了。"说罢,就取出简笔来,动手写道:

> 大唐司衡羿,谕尔河宗氏夫妇知悉:盖闻聪明正直,是谓神明;恺悌仁慈,斯为仙道。尔等既以学道成仙,自称河宗氏,则仙而兼神矣,理应广施仁术,以拯万民,岂宜妄逞贪心,为祸黎首!况当此际灾患方殷,野多嗷雁之声,民有其鱼之叹。尔等果欲庙祀千秋,血食万姓者,但能使间阎普庆于安澜,自可得祭赛永隆于下土。历观祀典,孰非崇德而报功?各有良心,谁肯忘恩而负义?不此之图,而残民以逞,挟势以求,天上有是神乎?世间有是仙乎?是直淫昏之厉鬼耳!下官钦承帝命,誓剪凶徒,凡有害民者杀无赦。一矢相遗,犹是小惩而大戒;余生苟惜,务宜革面而洗心。倘使怙恶不悛,抑或变本加厉,则定当扫穴犁庭,诛除不贷。大风枭首,是尔等之前车,勿恃神仙,可幸逃法网也。先此传谕,懔之慎之!

写毕之后,先与大司农一看,然后交给百姓,叫他们掷入河中,然后与大司农起身就道。百姓等知道不可再留,只得大家恭送了一程,方才回转。后来河宗氏夫妇,得到羿的教训,果然反躬改过,韬迹潜踪,不敢再来滋扰了。可见老将羿的威声,正是神人共钦的,这是后话不提。

且说大司农和羿走了一程,到得山海之边,满以为有船可坐了,不料四面一望,半点帆影都没有,不觉诧异,就问之于土人,哪知都给河宗氏夫妇糟蹋尽了。二人没法,只得沿山而走。老将道:"老夫记得到西王母处去,有三条大路可走。现在既然漆沮水一条,山海一条,都不能走,只好走第三条了。"大司农问道:"第三条走哪里呢?"羿道:"翻过终南山,逾过汉水,就是巴山。沿巴山西去,就是岷山、西倾山,那么去玉山、昆仑山已不远了。"二人商定,便直向巴山前进。那时正是秋末冬初,四山黄落,峰峦争出,景色非常幽静。一日走到一处,忽见前面乱草丛中,一只黄色的庞然大物蠕蠕而动。老将眼明,认得是虎,疾忙一箭射去,只听得大吼一声,那大物已应弦而倒。老将向大司农及从人道:"老夫从前走过此地,猛兽极多,大家要小心。"众人听了,都非常戒备。及至走到草中一看,果是猛虎,已经死了。可是奇怪,身上却有两支箭。一支在腹上,是羿刚才所射的,直透心胸,而从左边穿出,箭羽还在腹中,一支在头上,正中右眼,深入骨里。羿看了诧异道:"这支箭是哪个射的呢?"拔出箭来一看,却无标记。便向地上一望,只见点点滴滴的血迹和披披靡靡的乱草,仿佛直从对面冈上而来,想来这只猛虎,是被人射了一箭,兀是不死,负了伤逃到这里来的。但是,那个射虎的人一定是高手。原来射虎之法,中咽喉不容易,因为虎是伏着的;射心胸各处难得致命,万一它带伤不死,直扑过来,就要吃亏;所以射两眼最好。虎的威猛全靠两眼,眼睛受伤,除死及逃之外,别无能力。但是射眼最难命中。这个射虎的人既能命中,又能深入骨里,所以羿知道他一定是人间高手了。但是细看那虎,亦非寻常之物,大概真是个老虎,所以虽则负伤,仍能奔跑。当下羿看了一回,就向大司农道:"我等且跟着这个血迹寻过去,果然得到一个射箭的高手,荐之朝廷,亦可以备干城之选。"大司农亦以为然,于是一直寻到冈上,四下一望,杳无人踪,但是细看那地上的草痕,确曾有人来此走过,正是不解。忽然看见前面有一只白兔,其大如驴,趯趯地在那里跑。老将看了,大为稀奇,正要拈弓而射,那兔像煞很有知觉,一见了羿,跑得更快,但是终逃不脱羿的神箭,已经中在后腿上,扑地倒了。早有几个从人飞奔前去,提了过来。原来羿并非要射死这兔,不过要捉来玩玩,所以仅仅中它的后腿,不伤其命。当下众人看了,都说有这样大的兔,真是见所未见。老将便叫从人斩取山木,造成一个柙子,将这大兔关进去,养它起来。大司农道:"我等往玉山带了这兔走,防恐不便。"羿道:"不妨,前途有人家，可以托他寄养，且到玉山归来，再带回去。"大司农听了，亦不言语。不过因这大兔一来，将刚才要寻访射箭高手的心思早抛却了，且天色亦渐不早，当下羿就叫从人扛了柙子在前面走，自己和大司农在后面跟，相离不过十几步路。老将因为看得这大兔奇异，一面走，一面不时地将两眼往柙中望，一面又和大司农谈论："从前所看见过的异兔，有一只是纯赤的，有一只是纯黑的。据人们说，王者德盛则赤兔见，当时正是颛顼帝的时候，这句话是不错的，就是那黑兔……"刚说到此，忽听从人大叫道："啊哟！大兔不见了。"羿疾忙一望，果然从人只扛了一个空柙子，那大兔不知何处去了。细看那柙子的门依然锁着，丝毫未动。大家都不禁诧异之至。那扛柙子后面的从人说道："我本来时时看着它的，后来因为看看太阳，是不是将要落山，刚将头旋转，就觉得柙子一动，肩上重量顿然减轻，疾忙一看，哪知已不见了。"大众说道："或者是个神物，所以有这种灵异。"有的人说道："既然是神物，何以会被捉住呢？"有的说道："不是老将，哪个捉得它住？"纷纷议论。过了一会儿，大家也都不在意了，独有老将心中非常怏怏，进入客馆之中，亦不大高兴说话。哪知到了夜间，就做了一梦，梦见一个人，白冕白衣，俨然一个王者的模样，走进来指着羿骂道："我叫鸦扶君，是此地山上的神祇，昨日偶然化形出来游玩。看见你来，我就逃，已经怕你了，总算是了，你何以还要射伤我？还要做起柙子来囚我，将我和罪犯一般地抬了游街，如此耻辱我，这个仇，我必定要报的。"老将生平，只有受人恭维，受人称颂，何尝受人这样地骂过！在梦中不禁大怒道："汝敢报仇，请你报，你只要敢报。"鸦扶君道："我不来报，我借人家的手来报。"老将羿道："借哪个的手？"鸦扶君道："借逢蒙的手。"老将大怒道："逢蒙是我的弟子，他敢如此？"鸦扶君指着老将的后面说道："他已经来了。"老将梦中回身一看，果见逢蒙弯弓挟矢而来，心中又怒又急，一声怒吼，霍地醒了，原来是一个噩梦。仔细想想，大为不妙。当初赤松子与我相别的时候，叫我谨防鸦扶君，不知道就是这个妖物。我妻姮娥，又力劝我不要西来，不料此次出行，果然事事不顺意，连射一个水鬼都射不死，不要是我的大数已经到了么？想到此际，翻来覆去，再也睡不熟了。

第十四回

到了天明,羿即忙将此梦告诉大司农,并且说只恐性命不保,半途身死了,有负天子使命,负罪实深。大司农听了,连忙用话替他解释,说道:"梦境岂足为凭,大约是昨日大兔不见了,众人说神说鬼,老将听了,心中不免幻想,因此生出来的心记梦,亦未可知。至于逢蒙,现在并不在一起,不知到何处去了。如果将来再见到他,可以善言遣去之,或者谨防之,何足为虑。难道老将的本领还怕制他不住么?"老将听了,觉得心中略慰,但是仍减不了忧疑。过了一会儿,大家起身上路。行不数里,陡见前面树林中,一支快箭直向老将咽喉射来。老将因昨夜少眠,加以忧疑,朦朦胧胧,精神不济,猝不及防,被它射中穿过,登时倒地身死。大家齐吃一惊,立刻忙乱,都来看视老将。大司农道:"前面那个贼,你们赶快去捉住他,替老将报仇。不要放过了他!"众人听了,齐向树林中寻去,果见有一个人藏在里面,看见众人来寻,疾忙转身,向后便逃,看他的后影,的确像逢蒙。大家无不愤怒,说道:"果然是这个没天理的贼!果然是这个忘恩负义的贼!赶快捉住他!"说着,一齐拼命地赶上去,亦不管山路的崎岖难行,亦不顾逢蒙的箭法厉害。那逢蒙却亦没有回身射箭,假使他回身抵御,不要说十几个人,就是几十个,亦恐怕不是他的敌手。或者逢蒙已经杀羿之后,自知理亏,没有这股勇气再来抵抗,亦未可知。大家赶了多时,看看赶近,哪知转过一个山峰,只见前面是万丈深谷,旁边一条曲曲弯弯的细路。逢蒙至此,忽然不见。众人大疑,都道他是藏躲起来了。大家各处细细搜寻一回,又向前追赶一回,绝无影响,只得回转。再看那万丈深谷之中,有个尸首倒卧在那里,但是不能下去看明。揣度起来,大约是逢蒙失足跌下去的。急忙回转,只见大司农仍在那里抚尸大恸。众人便将以上的情形报告了一遍。大司农道:"果是那个贼。当初天子早劝老将疏远他,老将忠厚存心,不曾将他疏远,不料今朝竟遭其祸。"说罢,叹息不已。又道:"我看那贼一定是坠崖而死。假使不死,真是无天理了。"当下大司农就叫从人,向附近居民商量停尸之所,兼备办棺木。百姓知道是老将羿被害,无不感伤,亦无不竭力帮助。盖棺之后,大司农因为自己有王命在身,不能中道折回,只能作了一道表文,叫从人赶回申奏。内中说起射虎获兔种种情形,并附说道:"臣想那猛虎身上的一箭,当然是逢蒙所射。但不知他是否知道羿要经过此地，预先来此守候，抑系偶然相逢，发心暗杀？就是崖下之尸，是否逢蒙，亦不能确定。务请帝即速下令，通缉凶手。如果未死，获到之后，尽法惩治，庶慰忠魂，不胜迫切之至。"帝尧接到此表之后，不胜震悼，一面下诏通缉凶手，一面下诏优恤老将。因为他是三朝元老，且屡立奇功，故饰终之典特别隆重，每年由国家祭祀之。其祭祀之名，叫作"宗布"。古书所载"羿死，托于宗布"，就是这个出典。可怜羿一代英豪，却死于门弟子之手，是千古所没有的事情。后来周朝孟夫子，因他取友不端，还要说他不是端人，这句话未免太觉刻薄，在下甚不佩服。宋、明、清三朝理学大儒，论起人来总是吹毛求疵，使人难受。这种风气不能不说是孟夫子这句话创出来的，不知读者诸君以为何如？逢蒙死后，遗有《射法》二卷，见于《汉书》，但是否真是逢蒙所做，亦不得而知也。

第十五回

青鸟使迎迓大司农　西王母性喜挏捕

神仙与世人不同之情形　东王公之历史

且说大司农自老将身死,遣人申奏之后,一路仍向西行,由巴山直到岷山。一日,忽然遇着一个人,觉得面貌很善,姓名却一时记不起。那人却认识大司农,拱拱手道:"久违久违。王子现在到何处去?"大司农听他的声音,方悟到他就是崇伯鲧,从前在亳都时候常常见到的,现在有二十余年了。一面慌忙还礼,一面告诉他此番出使的原因。鲧听了,仰天大笑,说道:"不用人力去着力,倒反听命于不可知之神仙,这种思想,这种政策,某未知其可也。"大司农听了,做声不得,只好问鲧,一向在何处。鲧指着前面说道:"寒舍就在那边一个石纽村中(现在四川省石泉县),相去不远,请过去坐坐吧。"说着,就引了大司农,曲曲弯弯走了两三里路,忽见一座大城,环山而造,鲧的住宅在城中心,左右邻居不少。大司农细看那大城,纯是用泥土筑成,与寻常用木栅所造的城迥然不同(现在蒙古库伦以木栅为城,库伦二字就是蒙古语城圈之意。上古工程简单,所谓城者,大约亦如此),暗想,他的能力真大了,能筑如此坚固之城。原来鲧的长技,就是善于筑城。任你怎样高高下下、崎岖不平之地,他造起城来总是非常容易。后世说他筑城以卫君,筑郭以卫民,是个筑城郭的始祖。这句话虽则不尽是如此,但是鲧的建筑术必有确能突过前人之处,而当时学他的人当亦不是少数,所以后人有推他作始祖的话了,闲话不提。且说鲧引大司农到他家里,坐定之后,就说道:"某在帝挚时,虽则蒙恩受封于崇,但是从来不曾到国。后来帝挚驾崩,某本想辅导玄元,以报帝挚知遇之恩,不料驩兜、孔壬两人朋比为奸,将某排斥。某本无名利之心,何苦与他们结怨,适值此地亲戚家有要事,某就借此请假,约有好多年了。现在家居无事,研究研究天下的大势、山川水道、国家政治的利弊,倒亦逍遥自在。"大司农这个人,本来生性长厚,又素来知道,三凶之中,鲧的人品实在高得多,不过性情刚愎而已。其他导君为恶等事，都是附从，为骥兜、孔壬所累。现在见他如此恬淡寂寞，颇为钦仰。又听他说研究山川水道，这个亦是平生所欢喜的，就和他讨论讨论。哪知鲧一番议论，都是引经据图，切切实实，与孔壬的空谈又是不同，的确是有研究、有学问的人。暗想，当初如果早遇着他，那个治河水之事应该举他，不应该举孔壬。后来又一想，如果孔壬治无功效，再举他吧。当下与鲧又谈了许久，方才告别，便改向西北而行。

越过西倾山，已是西海了，此刻羿已身死，无人作向导，只得到处打听路程。后来有人说，浮过西海，有一座三危山（现在甘肃省敦煌市东南有三峰摇摇欲坠，故名）。山上有三只青鸟，是西王母的使者，常为西王母取食的。但是，那山边亦很不容易去，如果能到得那山边，寻着三个青鸟使者，那么见西王母就有希望了。大司农听了，便秉着虔诚，斋戒沐浴，向天祷告。次日，就雇船泛西海，直向三危山而来。哪知刚到山边，就见有三个人在那里迎接，仔细一看，那相貌都非常可怕，头脸绯红，眼睛漆黑，身上都穿着青衣。一见船拢岸，便拱手向大司农说道："敝主人知道贵使降临，特遣某等前来欢迎，请上岸吧。"大司农诧异之至，暗想他不知如何知道，真是神仙呢！当下谦谢了一番，登岸之后，便请问他三人姓名，才知道一个叫大鹜，一个叫少鹜，一个就叫青鸟。大司农暗想，前日人说三只青鸟，我以为真个是鸟，原来仍旧是人。不言大司农心中暗想，且说大鹜等招呼了大司农登岸之后，又招呼从人登岸，行李一切，统统搬上，自己前行，众人都跟了走。走到半路，只见林中飞奔出一只大兽，向着众人张牙舞爪，像个要搏噬的模样。众人大吃一惊，急忙转身要逃。少鹜忙止住道："有我等在，不妨事。"早有青鸟向那兽喝道："贵人在此，不得胡闹。"那兽听了，方才垂着戢尾，站在一旁。大司农细看那兽，其状如牛而白身，头上有四角，身上之毛如披蓑衣，下垂至地，不知道是什么兽（依理想起来，大约是现在青海等处之牦牛），便问大鹜。大鹜道："这兽名叫'徼䄄'，要吃人的，所以此处地方，寻常人不容易来。"说着，已到了一间石室，少鹜便让大司农进去小坐。大鹜、青鸟仍去招呼从人。大司农便将奉帝命要到玉山见西王母的事向少鹜恳求，要他指引。少鹜道："这个可以，敝主人一定接见。不然，不叫某等来接了。不过此刻敝主人不在玉山,在群玉山。贵使者且在此暂停一日,俟某等去问过敝主人,何日延见,何地延见,有了确信,再来引导。"大司农道:"贵主人不住在玉山么？"少鹜道:"敝主人的居住有好几处。一处是玉山,就在此地东南方。一处是崙山。一处是群玉山,亦叫昆仑山。这三处都是敝主人常常游息的所在,比如下界帝王有离宫别馆之类。"大司农道:"群玉山离此有多少路？"少鹜道:"大约有一万里。"大司农道:"那么往返必须半年多了。"少鹜笑道:"哪要这许多时候。某等来往,不过片时而已。"正在说时,忽见一只三足的乌,从空飞进来,停在地上,口中衔着一个又似翡翠又似碧玉的大盘,盘中盛着不知什么东西。这时大鹜、青鸟亦走进来,少鹜向他们说道:"我此刻陪着贵使,不得闲。你们去进食吧,并且问问主人,何时见客,何地见客。"大鹜、青鸟答应了,各从身畔取出一件青色的羽衣,披在身上,霍地化为一对青鸟,率领了这只三足乌衔着大盘,从地飞升,翱翔而去。大司农看了,又大诧异。少鹜道:"这只三足乌是专为敝主人取食的。某等是专为敝主人传使命的。但有时三足乌来不及,某等亦为敝主人进食。"大司农听了,更是诧异,暗想:西王母是个神仙,所住的地方,何求不得？何必要到万里之外来取食呢？究竟不知道取的是什么食品？但是不便问,只好罢了。过了一会儿,更问少鹜道:"贵主人是个神仙,有姓名么？现在有多少年岁？"少鹜道:"敝主人姓鸠名回。她的年岁却不知道,大约总有几万岁了。"大司农道:"贵主人平日做何事消遣？亦管理下界之事么？"少鹜道:"下界之事不常管,但有大事,亦是管理的。从前黄帝轩辕氏与蚩尤战败,敝主人曾遣九天玄女、素女等前往援助。后来却不听见说管什么事。至于平日,常和群仙聚会,或看她的几位女公子做各种游戏,或与紫阳真官捋蒲赌博,总是做这种事情。"

　　大司农听到此处,不禁诧异极了,暗想:前日记得帝说起,那曲阜地方,曾经发现一种捋蒲赌博的事情,弄得男女杂遝,不成模样,风俗陵夷,不堪言状。那时帝太息痛恨,出示严禁,不想天上神仙,亦是如此,岂不奇怪！遂又问少鹜道:"那捋蒲赌博是怎么一种物件？"少鹜道:"这亦是下界新近发明的。听说发明的人,仿佛是一个有道行的老头子和一个名叫乌曹的人。某亦不过偶然听见说起，所以并不十分清楚。至于摴蒲之法，敝主人赌博的时候，某有时在旁伺候，所以略略有点知道。大约用五颗木子，上面刻着黑狗、白鸡、黄犊等，各人掷下去，看它的彩色，以便在局上进行，而分胜负。但是如何分胜负之法，某亦不甚了了。"大司农听他所说，知道正是帝在曲阜所见的那个东西，遂又问道："人间赌博，为的是财帛。莫非天上神仙，亦不能忘情于财帛么？"少鹜道："不是如此。敝主人的赌博，是遣兴消闲以取乐，并非有争胜贪欲之心。所以他们赌起来，亦并不是财帛。无论什么物件，都可以拿来做个分输赢的物件。即如敝主人在昆仑山上所住的那座龙月城，城中产一种李树，名叫黄中李，是稀世的奇物，无论人间天上，寻不出第二株来。这树花开的时候，每朵花有三个影子，结实之后，每实有九个影子，花上实上都有天生成的'黄中'二字，所以叫作'黄中李'。东海度索山上，有一株大桃树，盘屈几千里，名叫蟠桃，其果实非常之大。比积石山所出的桃实，大如十斛笼的虽然稍小，但是它的滋味芬芳甘美，远在积石山桃实之上。有一年，度索山的神荼、郁垒两弟兄采了无数蟠桃来，贡献于敝主人。敝主人吃了之后非常欢喜，就将那桃实在所住的瑶池边种起来，万年之后，方才长成得和度索山的无异。自此以后，每隔三千年开一次花，结一次实，所以敝主人处的蟠桃亦是世界闻名的。每到此桃结实之后，各处神仙都来与敝主人祝寿，敝主人就以蟠桃请客。这种集会就叫作蟠桃大会。照这样说起来，这个蟠桃的价值亦可谓贵重极了。但是，敝主人的爱惜蟠桃，远不及爱惜黄中李。因为蟠桃是度索山上出的，不是敝主人所独有的，而黄中李则各处所无，只有龙月城中一株，因此各处神仙无不艳羡，常常来向敝主人索取。所以，敝主人与紫阳真官赌博起来，紫阳真官总是要求以黄中李作赌品。敝主人就拿出二三百枚来，放在案上，递分胜负。听说这个摴蒲之法，亦是紫阳真官从下界去学了来，转教敝主人，因而赌博，要想赢几个黄中李吃吃呢。所以说，神仙的赌博不过消闲取乐，并非志在财帛呀。"大司农道："紫阳真官是什么人？"少鹜道："亦是上界的真仙，但不知道是何职位。"大司农道："他常来和贵主人赌博么？"少鹜道："他常来赌博，有时候敝主人亦到他那边去，有时候就在此地北面一座山（现在甘肃省安西县南有王母摴蒲山)上赌博,不是一定的。"大司农至此,忍不住问道:"紫阳真官是男子么?"少鹜道是。大司农道:"那么一男一女,时常相聚,到处赌博,与风化上且不是有些缺点么?"少鹜听了这句话,哈哈大笑道:"贵使者从人间来,真脱不了凡夫的见解。请问贵使者,怎样叫作'风'?怎样叫作'化'?依某的意见,'风化'二字,有两个解释。第一个解释:风者,上之所行,所谓君子之德风是也。化者,下之所感,所谓黎民于变是也。在上之人躬行道德,如春风之风人;在下的感到这种善风,率从而化,这个叫作风化。但是人世间有上下之分,天上神仙都是一律平等,无所谓上下,就无所谓风化。第二个解释:风是风俗,化是教化。人世间的君主长官,因为百姓的愚蠢,贪嗔痴爱,足以引起各种纷乱,所以他的办法,总以敦风俗、明教化为先。如有男女不相辨别,渎乱淫媟的人,就说他是有伤风化,就要拿法令来治他,这是不错的。但是贵使者看得天上神仙亦是同人世间贪痴恋爱的愚百姓一样么?尘念未净,何以成仙?品行先乖,何得称神?这种地方,还请贵使者仔细想想。"大司农听到此处,知道自己冒失,将话说错了,不觉将脸涨得飞红,慌忙认错道歉。少鹜道:"天上与人间,一切习惯迥乎不同。贵使者初到此地,拿了人世间的眼光来看天上的情形,自然诧异,这句话亦难怪贵使者要问。但是,老实和贵使者说,群玉山上敝主人的几位女公子,她们所有的侍者男子居多,而且穿房入户,毫不避忌呢!还有那群仙大会的时候,男仙女仙坐在一起,交头接耳,亦毫不避忌呢!贵使者将来倘然见到如此情形,千万不要再诧异。要知道天上神仙与人间愚民是的确不同的。"大司农连声应道:"是,是。"少鹜又问道:"某听见说下界从前有一个什么圣人,他一人独居在室中。有一天天下大雨,他的邻居少女因墙坍了,跑到他这里来,请求避雨。那圣人慨然允诺。因为少女衣裳尽为雨沾湿了,防恐她受冷,便叫她脱去衣裳,拥在自己怀里一夜,绝无苟且之心,所以大家都称赞他能够'坐怀不乱'。后来又有一个男子,遇着同样的事情,亦有一个少妇深夜来叩门,男子始终不开。妇人道:'汝何以不学那个圣人?'那男子道:'圣人则可,我则不可。我将我之不可学那圣人之可。'大家亦都称赞他,说他善学圣人。不知道果有这两项故事么?"大司农道:"不错,是有的。"少鹜道:

"既然有的,那么某有一句话奉告:刚才所说这种情形,天上神仙则可,人间百姓则不可。某愿人世间的人都要以他的不可,学神仙之可,那就是将来做神仙的第一阶级了。假使贵使者将来归去,将这种情形宣布出来,那些愚百姓听了,必定引以为口实,说道:'天上神仙都要赌博,我们赌博有什么要紧呢?天上神仙都是男女混杂,不避嫌疑的,我们男女混杂不避嫌疑,有什么要紧呢?'那就学错了,那就糟了,天上神仙就做了万恶之渊薮了。这一点还请贵使者注意。"大司农听了,非常佩服,连声应道是是。过了一会儿,又问少鸾道:"适才听见贵主人有许多女公子,那么必有丈夫。请问贵主人的丈夫是谁?现在何处?"少鸾道:"敝主人的丈夫叫东王公,姓黄名倪,号叫君明。大家因为他年老,都叫他黄翁。他亦住在昆仑山上。他的旧居,却在东荒山一个大石室之中。他常与天上的玉女做那投壶的游戏。有时候他们夫妻两个亦常到鸿濛之泽、白海之滨去游玩,离昆仑山不知有多少万里呢。"大司农道:"他大约有多少岁年纪呢?"少鸾道:"某亦不能知道。但听见人说,大约几千年以前,有人在白海之滨遇到他,问他年纪。他说:'我却食而吞气,到现在已有九千余岁了。目中瞳子,色皆青光,能见幽隐之物。三千岁反骨洗髓一次,二千岁刻骨伐毛一次,我已经三次洗髓、五次伐毛了。'在当时已如此,此刻更不知又洗过几次髓、伐过几次毛,大约其寿总在几万岁以上吧。"大司农道:"贵主人有几位女公子?"少鸾道:"有二十几个。"大司农听了,暗想,这位王母娘娘,真是个瓦窑,可以生这许多女儿的。正要再问她有几个儿子,忽见两只青鸟从空飞来,到地已化为人,原来就是大鸾、青鸟两个。当下青鸟向大司农说道:"适才某等已禀请敝主人的示下,敝主人说,请贵使者到群玉山去相见,日期再定。"少鸾道:"那么我们下船吧。"说着,和大鸾、青鸟引着大司农走出室外,那些从人慌忙来搬行李。大鸾向大司农道:"贵使者奉圣天子命前来,敝主人不敢不延见。至于从者,身无仙骨,不能辄上灵山,只好暂留在此,且待贵使者转身到此,再同回去吧。"大司农听了不敢多说,唯唯从命,就叫从人在此静心守候,自己便跟随三青鸟使下山。

大司农一路走,一路回头看,果见三个峰头突兀欹斜,有摇摇欲坠之势,就问少鹭道:"此山周围有多少公里?"少鹭道:"广员约一百里,实质是岛,四面临水,别无通路。这三个峰头,某等三人各居一处,亦是敝主人派定的。"大司农仰面一望,只见树上栖着一只大鸟,三个身子共着一个头,黑白相杂的毛羽,红的头颈,其状如鸦,又不禁诧异,便问少鹭。少鹭道:"这鸟名字叫'鸱',是此山异鸟,别处所无的。"少顷,来到海边,已停着一只皮做的船,方广不过一丈,约可容两三个人。青鸟招呼大司农上船,张帆而行,出了港口,向前一望,茫无畔岸,波涛滚滚。大司农又问道:"这样小船可航大海么?"青鸟说:"可以航行。前面昆仑山下,有弱水九重,周围环绕,除出神仙的飙车羽轮外,无论什么船只都要沉没,不能过去,只有这皮船可渡"(现在青海湖水亦是如此,只能行轻气皮船)。大司农听了,又觉稀奇,又问道:"从前敝处有一个名叫羿的,亦曾见到贵主人,他怎样过去的呢?"大鹭道:"亦是某等用这皮船引渡过去的。那时他同了他的妻子姮娥同来,敝主人因为与姮娥有缘,所以特地叫某等迎接她。后来羿个人来了几次,不得某等引导,就不得见了。现在姮娥已成了仙,在月宫之中,常到敝主人那边来呢。"大司农道:"这个姮娥,背夫窃药,私自逃走,是个不良的妇人,何以得成神仙,颇不可解。贵主人不拒绝她,反招待她,与她往来,亦不可解。"大鹭道:"贵使者所言,自是正理。但是,其中另有两层道理在内:第一层,神仙的能成不能成,是有天命,不是人力所能强为。羿这个人,命中不应该成仙,所以天特假手于姮娥,偷去他的药,使他不得服。便是当时敝主人何尝不知道姮娥已存偷药之心,但是碍于天命,无从为力。所以偷药的这一层,不能说一定是姮娥之罪。第二层,人世间与其多出一个神仙,不如多出一个圣贤豪杰。因为圣贤豪杰是与人世间有用的;神仙与人世间何所用之?假使当时姮娥不偷药,夫妇两人同服之后,双双成仙而去,为他们自己着想,固然是好的了,但是后来这许多天下的大乱大灾,哪个来平呢?岂不是百姓实受其苦么?羿虽然不得生而成仙,但是他的英名已万古流传,就是他现在死了之后,他的灵魂已在神祇之列。所以为羿计算,偷了药去亦并不算怎样吃亏呢。"大司农道:"足下所说第二层道理,甚为精辟,某深佩服。但是,第一层说姮娥是无罪,觉得有点不妥。照足下这样说,那么世间凶恶之徒,肆意杀人,亦可以借口于天命假手,自谓无罪么?"大鹜道:"照人世间的眼光看起来,贵使者的话自是正理,姮娥是应该说有罪的。何以要说她有罪呢?就是防恐他人要效尤的缘故。但是,依神仙的天眼看起来,不是如此。世上一切,无非命耳。一个人被凶手杀死,或被水灾淹死,或被岩石压死,同是一死。被凶手杀死的,说凶手有罪;被水灾淹死、被岩石压死的,亦可以说水与岩石都有罪么?如果说凶手是人,有意识的,所以应该和他计较;水与岩石不是个人,是无意识的,无可和它计较,所以只可罢休;那么试问这个淹死、压死的人,是命该死呢,还是罪该死呢?如说是罪,罪在何处?如说无罪,何以会得死?只好归之于命了。淹死、压死既是命,那么,被凶手杀死,岂非亦是命?天定之谓'命'。既然是命,既然是天所定,凶手的罪在哪里?杀人尚且无罪,偷一包药更值得什么?"大司农听了这番强词夺理的话,口中虽无可说,但心中总仍以为非。过了一会儿,只听见四面水声汩汩,原来已到弱水中了。船到弱水中,其行更快,不一时便抵昆仑山下。

第十六回

昆仑山希有大鸟　昆仑山风景

西王母瑶池燕客

第十六回

且说大司农到了昆仑山，刚刚一足踏上岸边，陡见山上跑下一只人面而纯白色的老虎，背后有九条长尾，竖得很高，迎面叫道："大鸳，这个人是大唐使者么？"大司农吃了一惊，不觉脚下一滑，仆倒滩边，满身衣服，沾满了污泥，肮脏已极。早有青鸟前来扶起，并向那人面的白虎介绍道："这位是陆吾先生，一名肩吾，是守护此山的神人，专管天之九部及天帝园囿中之时节的。"大司农慌忙与他拱手为礼，那陆吾亦将头点了两点，自向别处而去。大司农见衣服肮脏，心中懊丧，不时去拂拭它。少鸳道："不妨事，过一会儿就会好的。"大司农听了，亦莫解所谓。过了片时，才问大鸳道："这位陆吾先生，既然管天之九部及天帝园囿中之时节，为什么不在天上，而在此地呢？"大鸳道："这座昆仑山是天帝的下都。天帝有时到下界来，总住在此地的，所以陆吾先生有时亦在此。"大司农道："贵主人不是此山之主么？"大鸳道："不是。那座玉山是敝主人所独有的。这座昆仑山周围不知道有几千万里。敝主人所住的是西北隅，敝主人之夫东王公所治的是东北隅，多不过一隅之地而已。"四个人一路走，一路向山上而来，但见奇花异卉，怪兽珍禽，多得不可言状。转过一个峰岭，只见前面一座极大极大的山，映着日光，黄色灿烂，矗入天中，不见其顶，两旁亦不知道到什么地方为止，几乎半个天都被它遮去了。大司农便问："这座是什么山？"青鸟道："这个不是山，是一根铜柱，亦叫作'天柱'，周围有三千里，在昆仑山之正北面，四周浑圆而如削。下面有一间房屋，叫作'回房'，方广一百丈，归仙人九府所治理的。上面有一只大鸟，名叫'希有'，朝着南方，张开它的右翼来，盖住敝主人，张开它的左翼来，盖住敝主人之夫东王公。它背上有一块小小的地方，没有羽毛的，有人替它算过，还有一万九千里广。贵使者想想，这个大鸟大不大？真真是世界所稀有的！敝主人与她丈夫东王公，每年相会，就登到那翼上去。古人说牛郎织女乌鹊填桥,年年相会。敝主人夫妇,借着这大鸟的翼上作相会之地,天下事真是无独必有偶了。那根铜柱上有二首铭词,刻在上面。一首是说柱的,一首就是说敝主人夫妇相会之事的。"大司农道:"可过去看么?"青鸟道:"这个铭词的字大极高极,贵使者恐怕不能看见呢。"大司农道:"那铭词的句子,足下记得么?"青鸟道:"某都记得。那铜柱的铭词,只有四句。"词曰:

　　昆仑铜柱,其高入天。圆周如削,肤体美焉!

它那个大鸟的铭词,共有九句,词曰:

　　有鸟希有,碌赤煌煌,不鸣不食,东覆东王公,西覆西王母。王母欲东,登之自通。阴阳相须,惟会益工。

　　大司农听了这个铭词,心中不禁大有所感。感的是什么呢?铜柱之高,希有鸟之大,怪怪奇奇,都是神仙地方应有的东西,不足为异。他所感的:第一点,西王母已经做了神仙,还不能忘怀于情欲,夫妇要岁岁相会。第二点,夫妻相会,何地不可,何以一定要登到这个鸟背上去?第三点,夫妻相会,总应该男的去找女的。乃东王公不来找西王母,而西王母反先去找东王公!看到那铭词上,"王母欲东,登之自通"二句,竟有雌鸣求牡的光景,可见得神仙的情理,真与人世间不同了。还有一层,人世间一家之中,出名做事的人总是男子。乃现在东王公之名,大家知道者甚少,而西王母反鼎鼎大名,几于无人不知。女权隆重,亦是可怪的。大司农正在一路走,一路想,迎面和风阵阵,吹得人的精神都为之一爽,颇觉快意。忽而低头一看,只见那衣服上沾染的污泥肮脏,一概没有了。即使新的洗濯过,亦没有这样的清洁,不觉大以为奇。少鹜道:"这是风的作用。此地山上的风,叫作祛尘风,所有一切尘垢,都能祛涤净尽,不留纤毫。所以此地的房屋庭宇器具,不用洒扫洗灌,那衣服更不必说了。"大司农听了,叹羡之至。

第十六回

且说大司农这次上岸，是从昆仑山东隅到西北隅去，几乎横穿昆仑山，所以走的日子不少，看见的奇异物件亦不少，都是由三青鸟使细细地说明。在东面走进一座大城，便看见两种奇树。一种叫沙棠树，其状如棠，黄花而赤实，其味如李而无核。大司农尝了几个，觉得非常甘美。一种叫琅玕树，高大绝伦，枝叶花三项都是玉生成的，青葱可爱。微风吹起，枝柯相击，铮钺有声，其音清越。比到民间檐下所悬的铁马不知道要高几百倍。少骛道："此山五方，按着五行，各有特别的树。此处就是沙棠、琅玕两种。西面有珠树、玉树、璇树、不死树四种。南面有绛树一种。北面有碧树、瑶树两种。中央有木禾一种，其高三十五尺，其大五围。总而言之，此山之上，万物无不齐备。这座大城名叫增城，共有九重，重重上去，共高一万一千里零一百十四步又二尺六寸，就是最上重了。最上重的那一座城，亦有四百四十个城门，每个城门广约四里，其高可想而知。城中最大的宫殿足足有一百亩地之大，名叫倾宫。又有一间，处处以玉装成，极其华丽，而且有机括，可以使它旋转，要它朝东就朝东，要它朝西就朝西，所以名叫旋室，亦叫璇室。这种旋室，敝主人那边亦有一间仿造。四百多城门之中，有一扇城门，名叫阊阖门，就是西门。那门内有一个疏圃，是种天帝所食蔬菜的地方，四面浸以黄水，黄水绕了三周，仍复归到原处，从古以来不增不减，亦名丹水，人能够饮它一勺，就可以长生不死。敝主人有不死之药，就是用此水来配合的。从第九重增城上去，再高一万一千里零一百十四步又二尺六寸，就是凉风之山了。人能登到这座山上，不必服什么药，亦可以长生不死。再上去高一万一千里零一百十四步又二尺五寸，就是悬圃之山。人若能登到此山，不但长生不死，而且具有神灵，能呼风唤雨了。从悬圃山再上去，高一万一千里零一百十四步又二尺五寸，这地方便是上天，就是天帝之所居，不是神人不能到了。"大司农听了一想，昆仑山竟有这样大、这样高，真是不可思议，乃问道："此番过去，必须走过么？"少骛道："不必走过，而且亦不能走过。某等此番只从最外的一重增城斜过去，到那面第九重增城上就是了。"大司农道："最高的上天，足下等去过么？"少骛道："某等只有凉风山到过，悬圃山已不能上去，何况上天呢。平时听敝主人说，上天之上极其平坦，方约八百里，其高万仞，可谓世界上最高之地了。"

大司农与三青鸟使一路谈谈说说，过了多日，穿过了第九重城，那城上大书"龙月"二字，不觉已到西王母所居之地。大鹜先前去通报，回来说道："敝主人请贵使者稍息，明日再行延见。"当下大司农在客馆之中，斋心息气，虔诚万分，希望见了西王母之后，她便答应自己的请求。到了次日，青鸟等引导着大司农曲曲弯弯地往山上前进。这时，大司农禀着诚心，目不旁视，但觉一路古松翠柏，瑶草琪花，不是人间景物。俄而到了一个阙前，上面大书"琼华"二字，走进阙中，四面都是金碧辉煌的房屋。最后，到了一座大殿，深广足可容数万人，内中男男女女站着的已不计其数。青鸟请大司农暂住，先进去通报。过了一会儿，出来说道："敝主人请见。"大司农整肃衣冠跨进殿中，只见许多美女，拥着一个环珮丁当的老妇，迎将上来。青鸟就向大司农介绍道："这位就是敝主人。"大司农不看犹可，一看之后，顿觉一惊。原来大司农初意，以为王母娘娘是世界闻名的。她手下的许多仙子亦都是美丽绝伦的，那么，她的面貌即使不是十分美丽，亦当然是个端正和蔼的一位老婆婆模样。哪知她的头发蓬蓬松松，好像有几个月未曾梳洗过似的，头上戴着一支玉胜，满嘴虎齿露出，气象威猛，俨然一个雌老虎，所以甚为诧异，然而外表不敢流露，当下就恭恭敬敬地下拜。西王母亦还礼答拜，回身请坐，只见西王母臀部拖出一条豹尾，坐下之后，翘起地上，摇摇动动，更是可怪。但是这个时候，大司农不敢乱想，赶忙将帝尧命他来的意思委曲说明，并且恳求她大发慈悲，赶速施救百姓的灾苦。西王母道："圣天子来意，我早已知道了。不过，我有一句极简单的话和尊使说，叫作'天意难违，无法可想'八个大字而已。"大司农听了，慌忙道："天意虽是如此，但弊闻王母有回天之力，何妨格外施仁；况且天心总以仁慈为本，即使王母赶速拯救了，于天意亦不算违背，务请怜悯苍生为幸。"说着，又再拜稽首。西王母亦还礼，重复坐下，说道："我不是不怜惜百姓，不肯施救，不过现在尚非其时。现在我知道下界虽有灾情，尚不算大，还有极大的大灾在后面呢。况且我们神仙，即使要救助你们下界，亦必须你们下界有一个可以受我们帮助的人，不能让我们神仙亲自来指挥的。老实和尊使说，将来平定下界大灾的这个人，现在还没有生呢。到得生了之后,长成之后,出而任事了,那其间我一定叫人来帮助你们。现在这个时候,我实在无法可想。"大司农忙问道:"那么,王母所说的这个人要几时才降生呢?"西王母道:"大概还要过三四十年。"大司农大惊道:"三四十年的大灾,不是民生要靡有孑遗么?"西王母道:"有圣天子在上,又有尊使的善于教导农田,使百姓多有蓄储,决不至于靡有孑遗,不过百姓多受一点困苦就是了。"大司农听了,还是苦苦恳求。西王母道:"老实和尊使说,可救我必救。当初令高祖黄帝为蚩尤战败,并未来求救于我,但是我亦派人去救。今番虽有圣天子和尊使的这种诚意,苦于时机未到,叫我亦没法。圣天子是超越今古的仁君,我知道他自从即位以来,无日不在忧勤惕厉之中,这是很可钦佩的。尊使可归去奏圣天子,稍释忧勤,将来大灾平定之后,至少总有二十年升平之福可享,现在劝他不必性急吧。"大司农见西王母的话说到如此,不好再说,但是千山万水而来,目的终不能达到,心中不免怏怏。西王母道:"尊使来到敝地,颇不容易,明日已邀几个朋友,请尊使同来叙叙,不要客气。"说罢,向青鸟道:"你引了尊使,向各处游玩一转,明日仍同来。"青鸟应命,就来招呼。

  大司农起身与王母告辞,然后随着青鸟出去。只见大殿之旁,就有一座用玉造成的楼,接着又是一座台。青鸟引着大司农登台一望,只见那大殿崇高宏大,非言语可以形容。殿的左右两旁及后面,参参差差,高高下下,有些在树林中藏着,隐隐约约露出一点,无非是金玉造成的房屋。青鸟道:"此地共有十二座玉楼,九重金台,其余苑囿宫殿,不计其数。"又指着右面极远的方向,向大司农道:"那边那株大树,就是蟠桃树。"大司农一看,只见那树密密层层,不知道有多少。起初以为是森林,并不在意。经青鸟说了,仔细再看,树中隐约似有无数红点,想来就是桃子了。便问道:"黄中李在何处?"青鸟道:"在后花园。因为敝主人非常爱惜,所以寻常人不易进去。"两人在台上望了一回,只见四面来往的人甚多,男女都有,女貌固然美丽,男子亦秀雅不凡。大司农问了,才知道都是些侍女、从人之类。忽见一个侍女,手中捧着一个玉盘,盘中盛着一个大李子,上台来说道:"敝主人遣某敬献大唐使者尝尝。"大司农慌忙拜谢,将李子接了过来,又和侍女说声"费心", 又托她代向西王母处道谢, 侍女去了, 才看那李子, 只见上面果然有天然的"黄中"二字。青鸟道:"刚才来的侍女, 名叫田四妃, 是敝主人所钟爱的人。适才贵使者说起黄中李, 想来敝主人知道了, 所以叫她送来的。"大司农道:"刚才说话之时, 四面别无他人, 何以贵主人会知道?"青鸟笑道:"不但在此地说话, 敝主人能知道, 即使几万里以外, 敝主人亦能知道。不然, 何以贵使者将来, 敝主人已先叫某等迎接呢? 不但某和贵使者谈话, 敝主人能知道, 就是常人心中一转念, 敝主人亦能知道, 这个真叫作'圣而不可知之之谓神'呢。"大司农听了, 尤其骇然, 然而有点不信, 以为是偶然的, 手中拿着黄中李, 就要下台。青鸟道:"敝主人敬献之李, 何不尝尝呢?"大司农道:"本想就尝, 不过这种仙果, 是不可多得之物, 某家有老母, 想留着归以奉母, 所以不尝了。"下得台来, 行不几步, 只见又有一个侍女走来说:"敝主人请大唐使者吃了这李子吧, 将来归遗太夫人的, 另外再奉赠可也。"大司农听了, 才知道青鸟的话是真的, 慌忙应道:"是, 是。"那侍女去了, 他就将黄中李吃去, 果然味美非常, 便问青鸟道:"刚才这侍女是谁?"青鸟道:"她叫郭密香。"于是两人走出了琼华阙, 就看见一种异鸟, 其状如蜂, 大如鸳鸯。据青鸟说, 名叫"钦原", 是非常毒的, 螫鸟兽则鸟兽死, 螫树则树枯, 所以不可去惹它。大司农道:"不害人么?"青鸟道:"不惹它, 不害人。"大司农想到凉风山脚下去望望, 青鸟道:"可以。"于是同走至凉风山下, 只见有一个怪兽, 其大如虎, 有九个人头, 朝着东, 立在那山边。青鸟道:"这个叫开明之神, 是替天帝守门的。凉风山上的城墙, 是用黄金积成, 所以名叫金墉城, 周围千里, 共有九门, 都是归开明神守的。"大司农各处望了一回, 时已不早, 遂回客馆。

到得次日一早, 大司农又由青鸟引导, 来到琼华阙里那个大殿上。这时西王母还未出来, 大司农趁此四面一望, 只见当中上面一块匾额, 大书"光碧堂"三字, 一切陈设非金即翠, 穷极华丽, 所有物件大半不知其名。青鸟道:"这座殿就是前此所说的倾宫。贵使者看, 还大么?"大司农道:"大极大极, 人间断乎没有的。"正在说时, 忽见殿后面有无数的绝世名姝, 拥着一位慈善和蔼、丰姿美秀的中年妇人走出来。大司农刚想回避, 青鸟又过来介绍道："敝主人请见。"大司农弄得莫名其妙。见礼之后，称她是王母又不好，不称她王母又不好，正在为难，倒是王母先说道："尊使不要生疑，说我的形状换过了。要知道今日这个相貌，是我的真形。昨日所见的相貌，不是我的真形。我昨日为什么不以我的真形见尊使呢？这其间有个缘故。因为我是个天上的刑官，居在西方，禀着秋气，我的职司，是管人世间灾疠的事情和五刑残杀种种的事情。西方属白虎，所以我的章服是白虎形，就和人世间官员所着的貂蝉豸冠一样。这次尊使奉帝命而来，为百姓请命，是公事，不是私事，在官则言官，所以我不敢不穿了章服相见。至于今朝，我们大家聚聚谈谈，纯系私交，用不着穿章服，所以不妨以真形相见了。"大司农听了这番话，方才恍然明白，暗想我此番来，看见了许多怪类，如大鹜等，如陆吾等，如昨日所见开明神等，大半都是禽形兽状，或者亦是章服，亦未可知耳。当下喏喏连声，并无话可说。西王母又指着同出来的一大批女子，向大司农介绍道："这许多都是我的女儿。"指着立在最前面的一个说道："这是三小女玉卮娘。"又指着一个说道："这是最小的小女婉罗。"又指着一个说道："这是第二十三个小女瑶姬。"西王母尽管一个一个地指着介绍，但是大司农实在记不得，认不清，只能个个躬身行礼而已。

过了些时，只听得半空中鸾鸣鹤唳之声，原来是众神仙纷纷而来了。有的骑鸾，有的乘凤，有的跨鹤，有的骖龙，有的坐云车，有的驾白鹿，有的御清气，老老少少，男男女女，无所不有。光碧堂上，顿然热闹非常。但是，大司农却窘了，一个都不认识，只好站在一方旁观静听。然而，那些神仙却个个认识大司农，都过来和他攀谈。过了一会儿，有一个女仙倡议说："此地太板，没有风景，不如到瑶池去。"西王母道："我是预备到那边宴会的，现在且在此地再坐一坐，还有几个客没有到呢。等到齐之后，一同去吧。"说时，早有无数侍女，每人拿着一个玉盘，分敬众客，一个人一盘。大司农接到了，只见盘中盛着血红的流汁，不知什么东西。西王母过来说道："贵客光降，无物奉敬，这是此地山上的土货，名叫朱露，不要见笑，尝尝吧。"大司农饮完了，觉得其甘如饴，香美非常。过了一会儿，又来了无数神仙，于是大众同到瑶池去。大司农看那瑶池，广大无际，但觉三面环抱陆地,如月牙形一般,不知道有多少里。池中荷花盛开,清香沁脑。池的东首,一株大不可言的桃树,树上满结桃实。临池十余丈,有一间极大极精美的房屋,像是玉琢成的。西王母就邀大家到屋内来坐。大司农见那室内,光明洞达,重重珠幕卷,面面绮窗开,说不尽的繁华气象。那时筵席都已备好,大家依次入席,陪大司农的是一个长头老人。王母过来介绍道:"这位是角亢二星之精,就是人世间所说的寿星老头儿。"大司农听了,改容起敬。一时肴酒纷陈,觥筹交错,大司农向来业农,生平俭素,都是目所未见,口所未尝,不要说各种肴馔的名目不知道,就是那酒味亦异乎寻常。寿星道:"这酒是主人自己酿的,用琬琰之膏澄清了,做出来,饮之于人有益,可以宽饮几杯。"大司农酒量本宏,遂连饮多杯。回看那四面席上,男女混坐,嬉笑杂作,足足有数百席,便是王母的女儿亦都在内。忽而之间,只觉得天旋地转,房屋移动,正在疑讶,向外一看,只见阶下已换了形状,陈列许多乐器,有许多仙女立在那边,原来要奏乐了。大司农才悟到这间就是旋室。暗想如此大室,能使它自由旋转,真是鬼斧神工,如不亲历,虽说煞亦不相信的。一时乐声大作,杂以歌声,畅志怡神,几忘身世。寿星道:"这是主人亲谱之乐,名叫'环天'。这曲子叫《玄灵之曲》。这歌曲的女子,名叫法婴。这些乐器,如岑华之镂管,睅泽之雕钟,员山之静瑟,浮瀛之羽磬,亦都是重霄之宝器,很贵重有名的。"寿星一一指点,大司农一一听记。只听见《玄灵之曲》中,有两句歌得清清楚楚,叫作:

　　玄圃遏北台,五城焕嵯峨。启彼无涯津,泛此织女河。

　　声音悠扬婉转,悦耳之至。正想再听,忽然有长啸之声,出于席间,忽高忽低,忽徐忽疾,或如鸾凤之鸣吟,或如丝竹之激越,跌宕往复,足有半个时辰,方才停止。那时乐也终了,歌亦止了,大家齐说道:"主人绝技,佩服佩服。"王母道:"献丑献丑。"过了一会儿,献上醴泉及蟠桃二种,这醴泉亦是昆仑山的出产。大家饮食完毕,又到瑶池边散步一回,各各告辞,跨凤骑龙,纷纷而去。大司农亦致谢告辞,仍由青鸟陪伴回至寓所。

第十七回

大司农归平阳　帝尧与南蛮战
于丹水之浦　驩兜三苗降服

次日,大司农到王母处辞行。王母又殷勤地说道:"尊使归去,总请圣天子勿忧。时机到了,我一定遣人来帮助。"大司农唯唯道谢。王母又取出许多蟠桃、黄中李来赠别,另外又赠沙棠果十大篓,说道:"这项带回去,不要吃,将来有用。"大司农不解所谓,只得种种拜谢了。回到寓所,收拾行李。三青鸟使亦各有所赠,最有用的是一种蒉草,其状如葵,其味如葱,吃了之后能治劳倦,其余玗琪、文玉之类,大司农却不在意。临行时,那只三足乌倏又飞来。大鹜将所有行李叫三足乌一件件衔到三危山等候。三足乌果然一件件衔去,极小之鸟衔极大之物,凌空迅速,真是奇极。当下大司农随了三青鸟使,仍循原路下山。路上又遇到了一种异兽,其状如羊而四角,名叫"土蝼"。它的角非常锐利,触物即死,并能吃人,是个猛兽。一日,又走到那个琅玕树地方,忽见有一个三头人在那里将树修治,且在地上收拾琅玕树所结之子。原来那琅玕树高约一百二十仞,大约三十围,所结之子,圆而似珠,名叫琅玕。据少鹜说,这个三头人是专门伺候琅玕的。一日,已到山下海边,只见东方远远一座大山,山上其光熊熊,仿佛火烧。大鹜道:"这是炎火之山,昼夜在那里焚烧,虽暴风猛雨,其火不灭。据说这种炎火山所以能永远不灭,因为山中都生一种不烬之木的缘故。还有一种大鼠,重约百斤,毛长二尺余,其细如丝,颜色纯白,时时跑到山外。人拿了水去浇它,它立刻就死;取了它的毛织成布匹,可做衣服,污秽之后,只须用火焚烧,立刻光洁如新,所以叫作火浣布。某等所穿的是鸟羽,最怕是火,不曾到那边去过。究竟有没有这种白鼠,不敢确定,不过传闻而已。(在下按群玉山是现在葱岭,它的东面新疆吐鲁番境内,至今还有火山,时起烟雾,隐现无定。不知当日所见,是否此山?因无确据,不敢妄断。)"当下大众仍上皮船,大司农看那弱水,清而且浅,不相信它力不能负芥之说,手内刚有一块已破之巾，抽了两缕投下去，果然立刻就沉到底，方知此说可信。那皮船这时已是开行，大鹜向大司农道："现在贵使者还想到玉山去游玩么？"大司农道："某离都已久，恐天子悬念，急于归去复命，不到玉山去了。异日有便，再来奉访，同游玉山吧。"大鹜道："那玉山上，百物皆有，珍奇亦多，虽则亦是仙山，但比昆仑山竟有天渊之别。即如敝主人所住的，却是一间土窟。"大司农听到此处，又复诧异，忙问什么缘故。大鹜道："昆仑山的玉宇琼楼，旋宫倾室，是敝主人已成神仙后所享受的。玉山的土窟是敝主人未成神仙时所居住的。君子不忘其初，所以敝主人年年总来玉山居住几时。"大司农听了，慨然佩服。大鹜道："那玉山上有两种异物。一种是兽，名字叫'狡'，其状如犬而豹文，其角如牛，其音如吠犬，见则其国年岁大有，是个祥瑞之物。还有一种是鸟，名字叫'胜'，其状如文雉而赤色，其音如鹿，专喜食鱼，见则其国大水，是个不祥之物。近几年来，这两种异物一起出现，所以下界年年大熟，而又到处闹水，就是这个缘故。"这次大司农奉使出游，早预备一册日记，凡沿途所见所闻，都记在上面，当下听大鹜所说，又立刻记上。大鹜遥指道："前面已是三危山了。"大司农讶异道："何以这样快？"大鹜道："舟行纯是仙法，可以日行几万里。至于陆行，因为贵使者还是凡骨，某等无法使快，所以迟缓。其实昆仑东岸到此地之路，比从昆仑东岸到西北隅之路，不知道要远几百倍呢。"说时，舟已拢岸，三足乌所衔来之行李，统统都堆在岸边，前日大司农所雇的船，已由从人等雇好。大司农登岸之后，再三向三青鸟使道谢，归心似箭，不再耽搁，即叫众从人将行李搬入雇船之中。三青鸟送大司农上船之后，说声再会，转眼之间，化为三青鸟，翩然而逝，那只皮船也不知去向。众人至此，无不称羡仙家妙术。于是启碇，径到西海，由西海登岸，再归平阳。

且说这年已是帝尧在位的二十五载。前一年亦出外巡守一次，但无事可记。回都之后，无日不盼望大司农归来，但是音信全无，死生莫卜，屈指计算，已有几年了，不觉于忧民之外又添了一重心事。凑巧亳邑的玄元有奏报到来，内中大意说，"臣访得臣傅驩兜与其子三苗，朋比为奸。自司衡被害后，彼等就酌酒称庆，又联合育唐国（现在湖北省随县唐乡），有密谋凭陵上国之意。臣已收到确据，本应即将骦兜正法，念其为先朝旧臣，从宽拘禁，加以闭锢。不料彼等党羽甚多，竟被其破壁逸去，现已逃往南方，与其子三苗会合。阴谋既已显露，难保其不倒行逆施，请帝作速预备"等语。帝尧看了，更为心焦，忙与群臣商议，密密防御。

过了两月，大司农回来了，帝尧大喜，即忙宣召入朝。大司农见帝行过礼后，便将奉使情形详细说了一遍。帝尧见西王母不允立即援助，不免失望，然亦无可如何。谈了一回，便和大司农说道："汝风尘劳苦，可以归家稍息。一切政治，明日再谈吧。"大司农就将西王母所赠的各物献上，帝尧除取几个桃李之类，命大司农、大司徒分献姜嫄、简狄外，其余都颁赐群臣。只有沙棠果，依着西王母之言，特别存储，概不分赐。

次日，帝尧视朝，大司农奏道："臣昨闻三苗国谋叛，势力北侵，不知帝何以御之？"帝尧道："朕对于用兵，本来甚不赞成。况现在老将既亡，逄蒙亦死，就使要用兵，亦苦无人统率，只好密令邻近各国，严加守备而已。"大司农道："以臣愚见，骦兜父子谋乱已久，迟早必有发作之一日。但是，迟则酝酿深而为祸大，不知趁此刻已有乱萌，从速讨伐，虽则不能绝其本根，亦可加以惩创，使有戒惧，以戢其凶暴之心。老将虽亡，臣知所有六师都系老将多年所训练，其间智谋之人及忠勇之士均不少，未始不可以一战。所以依臣愚见，是宜讨伐。"帝尧道："汝之所见，朕非不知。不过古人有言，'兵者凶器，战者危事'，即使战胜，但是那些战地的百姓，愁苦损失，何可胜言，所以朕不愿的。"正在讨论时，忽见玄元又有奏报到来，说道："骦兜、三苗业经出兵北犯，现在已过云梦大泽，将及汉水之滨。窥揣他的计划，不是攻豫州，就是攻雍州，请帝作速下令讨伐。"帝尧看了之后，知道这次战事已不能免，遂叫大司农兼大司马之职，统率师旅，前往征讨；羲仲、和仲兄弟四人副之；大司徒在内筹划军饷。大司农等皆顿首受命，一齐退朝，到司马府中商议出兵之法，一面又发兵符，召集师旅。

过了多日，一切预备妥帖，正要誓师出发，忽然伊邑侯又有奏报到来，大致说骦兜之兵已到丹水（现在河南省淅川县），不日就要逼近伊水，请帝速遣六师救援。帝尧看了，叹口气道："既然如此，朕亲征吧。"于是郊圻六

第十七回

师,第一师归大司马统带,第二师归羲仲统带,第三师归羲叔统带,第四师归和仲统带,第五师归和叔统带,第六师留守京畿,归大司徒节制。一队一队地次第出发,真个是旌旗蔽日,兵甲连云,浩浩荡荡,直向豫州而来。路过王屋山,尹寿正值有病,帝尧往问之。尹寿道:"帝此行出师必捷,可惜我病不能从行。弟子篯铿,颇有才略,可参军事,请帝录用。"帝尧应诺,稍谈片时,即便兴辞。那时篯铿已二十余岁,既奉师命来佐帝尧,帝尧遂畀以参谋之职。那玄元闻帝亲征,亦来迎接。帝尧问起前方之事,玄元道:"臣探得驩兜现分两路进兵。一路由白河向北,直攻外方山,以窥汝、颍,是个正兵;一路连合育唐国之兵,溯丹水直攻华山,以窥雷首,是个奇兵,大概作为两路包抄之势。现在正兵已到方城山,奇兵到何处尚未探悉。"帝尧听了,遂开军事会议,商量应付。议了一回,决定以第一师、第三师,合玄元之兵,以当驩兜之正兵;以第二师、第四师,直趋丹水,以当他的奇兵;尚余第五师,居中往来策应。于是各师分头预备临敌,暂且不提。

且说驩兜父子为什么要弄兵呢?原来他们两个真个蓄志已久了。以前所忌惮的,只有一个羿,所以帝尧南巡的时候,百计千方阴谋毒害他。当老将羿受毒最甚之时,三苗等非常欢喜,以为必定死了,哪知后来三人之病竟渐渐痊愈,狐功等非常疑惑,不解其故,疑心赤将子舆不食五谷,或是有道术的,因此救了他们。三苗主张趁他们病未痊愈之时,举兵去攻打。狐功道:"不可,我们这番设计,是谋暗杀,不谋明攻。况且他手下尚有三千兵士,万一攻他不下,或从他方逃去,岂不是弄巧反成拙么!即使杀死了这三个人,但是弑君之名我们已加在身上了,他朝中还有弃、禼两兄弟,都是有才智、得民心的;又有逢蒙,他的本领不下于羿。到那时起了倾国之兵来攻我们,臣报君仇,兄报弟仇,弟报师仇,名正言顺,我们恐怕挡不住呢。"三苗听了,狐疑未决。后来叫了巫先来,请他作法,问之于神,果然不吉。三苗听了,方才罢休。后来遇到十日并出之灾,他国内设备本不完全,元气损伤了不少,一时不能恢复,那并吞天下的阴谋,只能暂时停顿,又听得九个太阳是羿射下的,大家都吓得咋舌,说道:"这老不死的,竟有这样大本领!幸亏当时没有去惹他。"自此以后,亦常常进贡于帝尧,不敢有异志了。

一日，有人来报，说道，老将被人杀死，逢蒙亦不知去向，大司农又到西方去了。狐功拍案大喜，急向三苗贺喜，说道："时机到了，不可失去，请小主人作速预备出兵吧。"三苗问他为什么缘故。狐功道："现在平阳有才智的人，只剩了一个鬻了，其余都是白面书生，不足怕惧，岂不是千载一时之机会么！"说着，便催三苗写信给骧兜，叫他说动玄元，起兵作前驱，事成之后，封他一个大国。一面自己去搜集军实，简练兵士，期以三个月完毕，即便起兵。三苗问他为什么如此性急，狐功道："小主人有所不知，这个就是兵法所谓'守如处女，动如脱兔'，趁他不备，越速越妙。从亳邑到平阳，至多不过半月路程，帝尧可擒矣。"三苗听了，就依言去做。谁知玄元虽则自幼由骧兜等辅导，但是他长大之后，知道从前父亲为三凶所误的历史，深不满意于骧兜等。后来又经帝尧的训勉，颇能向学，人又聪明，觉得骧兜、三苗鬼鬼祟祟地时常通信，颇为可疑，恐怕他们不利于己，所以一方面竭力敷衍优容，一方面亦暗暗防备。这日骧兜接到三苗的信，暗想玄元是我自幼辅导起来的，平日待我亦很恭敬，想来容易说动，于是就来和玄元闲谈，要想用言语打动他。谁知玄元察觉了，却不露声色，顺水推舟，满口答应。到得骧兜退出，玄元立刻带了数百个自己亲信之人，直入骧兜家中，搜出了三苗种种逆信，就将骧兜扣押起来，拟即槛送平阳，请帝尧治罪。哪知骧兜在亳年久，权势既重，死党遂多，这日晚间就将骧兜劫夺而去，又来攻玄元宫殿。幸而玄元平日甚得民心，群起相助，骧兜等见势不敌，才率领党羽窜回三苗国而去。如此一来，狐功的计划遂打破了。

事情既已败露，三苗只得立刻变计，分两路急急进兵，要想乘帝尧兵未发动之前，一直攻到平阳。不料一支兵刚过外方山，一支兵刚到丹水，却好与帝尧之师相遇，于是就开仗了。三苗之兵非常勇猛，而且箭头上都敷以毒药，中人即死，所以他自出兵以来，所到之处，无坚不摧，竟有迅如破竹之势。哪知帝尧之兵，个个都佩有避箭药在身上，一到阵上，三苗之兵箭如飞蝗般射来，才到帝尧兵面前，都已纷纷落地，三苗兵都看得呆了。帝尧之兵，胆气愈壮，万矢齐发，回射过去。这种箭法，都是羿和逢蒙教授的，又远又准，那三苗兵中伤身死者不计其数，一时无敢抵御，大喊一声，向后便

第十七回

逃，这里帝尧兵乘胜追逐过去。这是起初两路兵接仗，大略相同的情形。到了后来，外方山一路的三苗兵尽数退去，只有丹水一路的三苗兵，兀自顽固抵抗。他们先将水中所有船只一齐毁去，扼水而守。帝尧五师兵到此，都已会合，但竟不能过去，只得就近安营，一面斩伐山林，制造木排船只，以期应用。哪知一到夜间，就有无数苗兵渡过水来攻打，虽则不为大患，然而不免有所损失，且彻夜不安，一到天明，他们已不知去向了。大司马等甚为疑心，看看那丹水，阔而且深，别无船只，不知道他们从何处而来，只得下令严防。然而每到深夜，总来骚扰，足足相持了十多日。那时木排有好许多造成了，下水试试，哪知水底忽有百十支矛戟，向木排底戳上来，兵士等不留意，受伤者不少。有几个站脚不稳，纷纷溺水而死。有些忙逃上岸，那木排亦随水冲动，向下流而去。大司马等看了，更为诧异，说道："那苗兵莫非住在水底么？"正自不解，忽见对岸有大队苗兵，一手持盾，一手持刀，都从水面上飞奔而来。帝尧兵看得非常奇怪，以为是神兵，忘记了射箭抵御。那苗兵走到岸上，东冲西突，舍死忘生。帝尧兵惊疑之余，不觉扰乱，遂至大败，死伤无数。幸得第二师、第五师之兵，从旁斜出救援，苗兵不敢深入，方才渐退，仍从水面上步行回去。

当下帝尧收拾败溃之兵，再开军事会议，说苗兵竟有如此魔术，非常可怪。篯铿道："臣闻龙巢山下丹水之中，有一种鱼，名叫'丹鱼'，每年在夏至前十日夜间，它总要浮到水面上来的。浮起的时候，赤光如火，倘若在此时网而取之，割它的血涂在人脚上，就可以步行水面，或长居渊中。臣想苗民到丹水的时候，正在夏至之前，恐怕他们亦知道这个方法，所以能如此，并不是魔术呢。"帝尧道："那么如之奈何？"篯铿道："臣思得二物，或者可用，不过很难得。一种是履水珠，其色纯黑如墨，大如鸡卵，其上鳞皱，其中有窍，人拿来挂在身上，可以履水如平地，但是恐无处去寻，且二三粒亦不济事。还有一种是沙棠，出在昆仑山上，服之可以治水，使人不溺。"帝尧、大司马等不待他说完，齐声说道："是了是了，原来是这个用处。"于是一面赶快叫人到平阳去取那十篓沙棠，一面又将西王母赠给的话告诉篯铿。篯铿道："既有此物，破敌必矣。"

过了多日,沙棠取到,打开一看,足足有四五千枚。大司马分给军士,每人两枚,总共二千余人,吃了之后,先叫他们到水里试试,果然在水中能行动自如,不沉不溺。帝尧大喜。大司马遂发命令,将前日所造船只,悉数陈列在岸边,装出一种欲渡过去的形状,将那潜伏水底的苗兵统统诱到这面,然后再叫那吃过沙棠的兵士,每人备二十支箭,从上流十几里远的地方浮水渡过去。苗兵果然中计,只向有船的地方视察,而不防到后面,二千多帝尧之兵,早已渡水了。那苗兵一则持久而惰,二则乘胜而骄,以为帝尧兵决不能渡水的,霎时之间,不及防御,大败而去。那潜伏水底的苗兵没有了食物的接济,逃上岸来,都被生擒。于是,大兵就坐了船,安稳地渡过丹水去,先将育唐国的兵尽数解决了,然后一路穷追。到汉水地方,又大打一仗,苗兵又大败。这时骦兜等知道不能抵抗了,只得遣人来求降。帝尧又开会议,应否允许,大家一致说:"非灭去他不可。骦兜父子蓄叛志已久,此次竟敢称兵犯顺,若不诛之,何以威四方而警其余。况且他国内所行的政治,又都是愚民、害民、虐民的政治,帝此次出师,为救民起见,尤宜彻底解决,庶几百姓可以出水火而登衽席,望帝切勿受他的投降。"帝尧叹道:"汝等之议,确系不错,但是朕总觉战争是不祥之事。自兵兴以来,已历半年。但看那百姓之逃避迁徙,恐慌已极,这种形状,已感可怜。还有些人家产因之而荡尽,有些人性命因之而不保。百姓横罹锋镝,其罪安在?朕的主张固然是救民,但是未曾救民,先已扰民,这又何苦来!况且三苗之地险阻深远,三苗之兵劲悍能战,前日大战,朕的将士死伤亦不少,朕甚悯之,假使不受他的降,万一他负固顽抗起来,劳师久顿,扰民更甚,岂不是反失救民的本意么?古人说:'叛而伐之,服而赦之,德刑成矣。'朕的意思,还是赦了他吧。"众臣道:"伐叛赦服,固然是帝宽大之恩,但是臣等观察骦兜、三苗之为人恐怕不是能改过的。万一将来他休养生息,又乘机蠢动起来,岂不是又要劳师动众、烦扰百姓么?与其将来第二次烦扰,还不如趁此解决,一劳永逸之为愈呢。"帝尧道:"汝等的话亦不错,但是朕的意见,总主张以德服人,不主张以力服人。古人说:'信孚豚鱼,化及禽兽。'禽兽豚鱼,尚且可以感格,何况苗民等究竟是人。他们虽有不轨之心,想来亦总因朕德薄之故,朕总罪己罢了。"众臣见帝尧说到如此,不能再说,于是决定受降,当下开了几个条件,交来使带去。第一条,须将种种虐政除去。第二条,不得效法玄都九黎氏以神道愚民。第三条,须尊重古圣礼教。第四条,从前所兼并各国的土地,一概归还。第五条,此刻驩兜亲来谢罪,以后三年一贡,五年一朝。驩兜、三苗接到五项条件之后,大家商量,颇有为难。狐功道:"不如依他吧,且待将来再说。横竖我们的内政,他未必能来干涉的。如果能来干涉,现在亦不受降了。"驩兜道:"我现在去见他,没有危险么?"狐功道:"决无危险。唐尧素以仁慈自命,这点信用他一定顾到的。"于是驩兜就来帝尧行营,朝见谢罪。帝尧切实责备了他一番。他将一切行政设施及毒害帝尧之事,并此次作乱之事,统统归咎于其子苗民,愿以后改过。帝尧亦不深究,不过训勉了他一番。驩兜归去之后,帝尧亦班师振旅。走到半路,因为玄元首发奸谋,不避危险,这次又率师从征,其功甚大,遂封玄元为路中侯(一作中路侯),仍令居亳,以守帝挚宗庙。其余将士,待回京后再论功行赏。

第十八回

帝让天下于巢父　尧以许由为九州长

巢父洗耳许由作歌　焦侥国来朝

短小人　焦侥国情形

第十八回

且说帝尧班师,在路上封玄元为路中侯之后,就往阳城山而来。忽闻军士报道,前面山上,有一老人住在树上,不知是什么人。帝尧猛想到尹寿之言,忙说:"不要去惊动他,朕当自往访之。"于是同了篯铿来到山上,只见那老人刚从树上走下来,正在那里解系犊的绳子。帝尧忙走过去,拱手施礼道:"巢父先生请了,朕仰慕久矣,今日相遇,不胜欣幸。"巢父将帝尧上下一看,就问道:"汝是当今天子么?"帝尧应道是。巢父道:"你访我做什么?"帝尧就说要请教的意思,后来又略露要将天下让给他的意思。巢父笑道:"汝所牧的是百姓,我所牧的是孤犊,同是一个牧,各人牧各人的就是了,何必惴惴然拿了汝所牧的来让给我?我用不着这个天下。"说着,头也不回,牵了犊,径自去了。帝尧此时,不胜怅然,叹道:"贤人君子,都是这样的隐遁高蹈。将这天下交给朕无德之人,如何是好呢?"说着,叹息不已。篯铿道:"看他那种神气,非常决绝。帝在此怅叹,亦是徒然,不如归去,另外再寻贤人君子吧。天下之大,贤人君子想来总有呢。"帝尧听他这一说,不禁又触着一个念头,暗想:许武仲老师,前番在沛泽避去之后,朕细细访求,知道他在箕山之下,颍水之阳,躬耕自给。只因无暇,故未往访。现在此地去颍水不远,何妨去见见他呢。想罢,就和篯铿归营,叫大司马等统率各师,先行归去,自己暂时留住,以便寻访许由。一面又叫一个机警灵敏的侍卫,先去探听消息,但须秘密,勿使许由得知。那人领命而去。

且说许由自从沛泽遁出之后,就跑到中岳嵩山颍水之阳、箕山之下,在那里耕作隐居。偶然兴到,作了一首歌儿,以表明他的志趣。他那歌词是:

登彼箕山兮,瞻望天下。山川丽绮兮,万物还普。日月运照兮,靡不记睹。游放其间兮,何所却虑。叹彼唐尧兮,独自愁苦。劳心九州兮,忧勤后土。谓余钦明兮,传禅易祖。我乐如何兮,曾不盼顾。河水流兮缘高山,甘瓜施兮叶绵蛮,高林肃兮相错连,居此之处傲尧君。

许由作了这歌词之后,常常唱唱,倒亦悠然自得。一日,正在田间低头工作,忽觉有人走近来,高叫"老师",和他行礼。许由抬头一看,哪知是帝尧,不觉诧异,就问道:"帝怎样会跑到这里来?有什么事?"帝尧道:"前岁拟将天下让与老师,原是为弟子无才无德,深恐误尽苍生,所以有此举。不意老师不屑教诲,拂然而去,并且匿迹潜踪,弟子甚为抱歉,亦极为失望。现在三苗叛乱,虽暂时告平,然而后来之患,正不可知。拟恳求道德卓越之人,为弟子辅佐,庶几不至于弄糟。但是仔细一想,道德卓越之人,仍旧无过于老师,所以今朝竭诚再来敦请老师做九州之长,辅助弟子,还望老师不要推辞。不但弟子一人之幸,实在是天下万民之幸也。"许由道:"天子总理九州,就是九州之长。从古未闻天子之外,还有什么九州之长。帝之此言,某所不解。"帝尧道:"本来没有这个官名,不过弟子要请求老师辅佐,特设此官,以表隆重,还请老师屈就。"许由道:"某听见古人说,'匹夫结志,固如磐石'。某一向采于山而饮于河,所以养性,并非想因之以贪天下。天下尚且不要,何况九州之长呢!"帝尧还要再说,许由道:"此地田间,立谈不便,请帝屈驾到舍间坐谈何如?"帝尧道好,于是就偕至许由家中,许由请帝尧坐定,便说道:"某来自田间,沾体涂足,殊不雅观,请帝稍坐,容某进内,洗手濯足。"说罢,进内而去。帝尧在外面等了良久,不见许由出来,明知有点蹊跷,但是又不好进内去问,又不便就走,一直等到日色平西,方才怅怅而归。自此之后,再访许由的踪迹,总访不着,两人遂无见面之缘了。

且说许由到底在哪里呢?原来他说进内洗濯,却出了后门,翻过后山,一路地跑,心中越想越以为可耻,说道:"我是个逃名遁世之人,隐居深藏,不求人知,亦算足了。不料帝尧几次三番来寻我,一定要把这个不入耳之言来说给我听,真是可怪。难道我前番的逃,他还不知道我的意思么?"一路想,一路走,不觉已到颍水之边,叹口气道:"水清如此,而我偏要受这股浊气,听这种浊话。我的两耳不免污浊了,不如用这清水来洗它一洗吧。"于是俯着身子,真个用水去洗两耳。忽然来了一个老翁,牵着一只黄犊,亦来饮水。看见他洗耳,就问他道:"你为什么要洗耳?"许由一看,却是老友巢父,就告诉他种种缘故。哪知巢父刚刚新近吃了一大亏,心中正没好气。原来巢父那日见了帝尧之后,亦和许由一样,心中以为可耻,亦跑到水边去洗耳。凑巧有一个隐士,姓樊名竖,号叫仲父,就是助羿杀巴蛇的樊仲文的一家,原是巢父一流人物,这次牵了牛刚来饮水,看见巢父洗耳,问知缘故,那樊竖就将他的牛赶了回去,不饮水了。因为饮了下流之水,防恐那牛亦受污浊之故。巢父与樊竖,都是以隐遁互比高洁的人,看见樊竖这种情形,料到他心中的用意,仔细一想,今朝失败在他手里了,因此心中正没好气。此刻看见许由,亦因为此事洗耳,遂借了许由出他的气,责备许由道:"这个都是你自己不好之故。你果然诚心避世,你何不深藏起来呢?你若肯住在高岸之上,深谷之中,人迹不到的地方,那么谁人能够看见你呢?比如豫章之木,生于高山,工虽巧而不能得。现在你偏要到处浮游,要求名誉,以致屡屡听见这种话。你的两耳已经污浊了,洗过的水亦是污浊的,我这只洁净的犊不来饮你污浊之水。"说着,牵了犊到上流地方去饮水了。(现在河南登封市南有洗耳河,即许由洗耳处。又东南箕山下有牵牛墟,墟侧颖水边有犊泉,是巢父还牛处也,石上犊迹存焉)。自此之后,许由匿迹韬光,再也不使人寻得到他。但是,帝尧一次让位,一次召为九州长,百姓都知道的,于是纷纷传说,都称赞帝尧的让德,又称赞许由的高洁。许由本来是逃名的,因此反得了名,听到了之后,心中尤其难过。一日,跑去寻巢父。巢父正卧在树巢上,许由也爬上树去,将这番苦恼告诉他。巢父听了,又大怒道:"我问你,何以会得弄到如此呢?你何不隐你的形、藏你的光呢!我前次已经教过你了,仍旧教不好。你这个人不是我的朋友。"说着,将许由胸口一推,许由就从树上跌下来,连忙爬起,一言不发,怅怅然不自得,走到一个清泠渊上,又用水洗洗两耳,拭拭两目,一面叹口气,自言自语说道:"向者贪言,对不起我的老友了。"于是怕见巢父之面。从此以后,两人亦没有见面。这都是后话不提。

且说帝尧自从许由家中怅怅归去,次日,就起身归平阳,论功行赏,一切不消细说。过了多时,忽报南方焦侥国王要来朝了。帝尧便问羲叔道:"焦侥国在何处?"羲叔道:"在三首国之东,在中国南方之西,相去约四十万里,其人极短小,最长者不过三尺,短者只二尺左右。它的国王姓幾(查《史记正义》上引《括地志》之说:小人国在大秦南,人才三尺。大秦国就是现在的法兰西。又查现在非洲中部,有一种尼瓜拉人,平均不过四尺几寸,为全世界人类之最短者。非洲在法兰西南,又在中国南方之西,按其地位颇相像。但是否尼瓜拉人就是焦侥国之后代,各书无可稽考,不敢妄断),亦叫周饶国。"大司徒在旁问道:"世界上竟有如此短小的人么?"羲仲道:"短小的人有呢。据某所知,员峤山上有一个移陁国,其人皆长三尺,岂不是和焦侥国人一样么!"和仲道:"据某所知,比他短小的还有。有一个庆延国,其人长不过二尺,岂不是还要短小么?(《职方外记》载:北海之滨,有小人国,高不过二尺,须眉俱无,男女无辨,跨鹿而行,鹳鸟恒欲食之,小人辄与鹳战,或击破其卵以绝鹳之种类。按其方位,或即今欧洲北岸之腊魄人,亦著名短小者也)。"赤将子舆笑道:"中国西北,雍州边外,深山之中,有一种小娃,高仅尺许,面貌明秀端正,色泽肤理,无一处不像人。每每折了红柳,做成一圈,戴在头上,群作跳舞之状,其声呦呦,不知所唱是什么。偶或到居人家中窃食,被人捉住之后,则涕泣拜跪求去。假使不放他,他就不食而死。假使放了他,他一路走,一路频频回顾,到得距离既远,料想人追他不上,才放胆疾行,倏忽不见,所以没有人能够知道他巢穴所在,亦没有人能畜养他。野人从前曾见一个腊人,面目手足,无不悉备,但其长不过一尺,岂不是更短小么!"和叔道:"某闻东北方,有一个诤人国,其人皆长九寸。西海之外,又有一个鹄国,亦叫鹤民国,其人长者七寸,短者三寸,为人自然有礼,好拜跪,寿皆至三百岁。其行如飞,日可千里,百物不敢侵犯他,只怕海鹄。海鹄飞过看见,就将他吞入腹中,那海鹄之寿亦可到三百岁。但是此人虽被海鹄所吞,依旧不死,永远蛰居于海鹄之腹中,因此海鹄亦能远飞,一举千里,岂不是短小人中之短小人,一种趣话么!"和仲道:"以某所闻,还有长不到七寸的,就是末多国之人,其长只四寸,织麒麟之毛以为布，取文石以为床。又有勒毕国之人，还要小，其长只三寸，有翼能飞，善于言语戏笑，所以亦叫善语国。它的人民，时常合了群，飞到太阳光下去，晒他们的身子，晒热之后乃归去，饮丹露之浆以解渴。这种人岂不是尤其短小么！"篯铿道："某从前阅览古书，这种小人甚多。有一国君去打猎，得到一只鸣鹄，杀了一看，只见那膆中有一个小人，长三寸三分，穿的是白圭之袍，身上挂着宝剑，手中持着刀，睁着两眼，口中不住地大骂，也不知道他骂的是什么话。后来有人认识，说这人姓李，名子敖，是常喜欢在鸣鹄膆中游玩的。这个故事，与和叔所说那鹤民国的故事符合，可以做个证据。不过姓李名子敖，不知从何处探听出来，斯真奇事了。西北荒中有小人，长一寸，其君朱衣玄冠，乘辂车马，引为威仪。居民遇见他乘车的时候，抓起来吃了，觉其味辛辣，但是有三种益处：一种是可以终年不为猛兽毒物所咋；二种是从此能识万古文字；三种是能够杀腹中的三尸虫。这岂非亦是奇闻么！还有一种小人，形如蝼蛄，用手一撮，满手可以得到二十人，那真是小之极了。"众人你一言，我一语，各说所闻，无奇不有，不觉将所议的正事抛荒了。帝尧在旁，笑着说道："汝等都可谓博雅之至，朕不胜佩服，但是言归正传，焦侥国王来朝，究竟怎样招待他呢？"大司徒道："几十万里以外的远人向化前来，当然要特别优待的。不过他们的身体既然短小，那么一切物件应该特别制造，适合他们的身材用度才好。其余礼节，亦应该略为减省些，因为他们既然短小，恐怕体力有限，耐不住这种烦重的仪文，到那时叫起苦来，转非优礼远人之意了。"众人听说都以为然，于是分头前去预备。

　　过了一月，焦侥国王到了，羲叔奉帝尧之命前去招待。出得平阳不数里，只见前面无数五彩的物件离地约一尺，连续不绝，纷纷滚滚，直冲而来，轧轧之声震动耳鼓。最前的一座物件上面坐着两个大人，一个如孩童一般的老人。羲叔看了，知道必是焦侥国王了。那时轧轧之声忽然停止，五彩的物件就不动了，从那物件上先跳下两个大人，仔细一看，原来就是中国南方的翻译官，一路领着焦侥氏而来。如今看见羲叔，知道是来迎接的，所以停止前进，一面招呼焦侥王下来，与羲叔相见。羲叔细看那国主，长不满三尺，而衣冠整肃，气象庄严，暗暗纳罕，遂上前相见，代帝尧致慰劳之词。那国王答语，由舌人翻译，亦颇井井有条。当下羲叔正要下车，先行领道，那焦侥国王却邀羲叔同坐到他的那个五彩物件上去，羲叔亦想察看那物件以广见识，便不推辞，一同升上。原来那物件是用木制造的，形状正方，中间可容三四人；两旁有门，可以启闭，以为上下出入之路；前后左右，密密层层，都排着鸟羽，仿佛无数的羽扇一般；下面前后，共有四个轮盘，中有机括，直通轮轴；机括一动，轮轴旋转，那无数羽毛，就一上一下地鼓动，到得后来，轮轴转动得越急，羽毛鼓动得亦越快，于是腾空而起，离地可一二尺，急剧前进，其速无比。羲叔细问那翻译员，才知道这物件名叫"没羽"，就是中国羽轮车的意思。这次来朝，就带了一辆来贡献。不一时，到了客馆，一切供给固然极其丰盛，所有器具无不适合他们的用度，焦侥国王尤为喜悦。

次日入朝，焦侥国王用臣礼谒见，并献上一辆没羽，五彩斑驳，装饰得十分华丽。帝尧因为已经听羲叔奏过，知道它的用处，所以不甚稀奇。因见他车上的毛羽，都是非常之大，就问道："这是什么鸟羽？"焦侥国王道："这种是鹫鸟，凶猛得很，各类都有，且非常之大。"帝尧道："那么捕捉很不容易。"焦侥王道："小国是用机器去捕捉的，所以尚不费事，假使用人力去捕捉，小国之人，身体都短小，气力都薄弱，决计敌它不过，哪里能捕捉它呢。"帝尧便向他道了谢，叫人将没羽收了。次日请他燕饮，他同了三个大臣同来赴席，都只有三尺相近的长，迎风欲仆，背风欲偃，很觉可怜。但是细看他君臣，眉目五官，都甚端正；威仪态度，亦甚安详；谈论起来，知识亦非常练达；颔下髭须鬑鬑，俨如四个小老人，非常奇怪。帝尧问他国内情形，才知道他们是穴居的，平日亦知道树艺五谷，但非常困难。一则身体短小，劳力有限。二则那边鹫鸟甚多，稍不留意，容易被它衔去。所以他们自古以来竭力研究机巧之物。有一项机器用以耕田，劳力少而收获甚多。有一项机器用以捕鸟，无论什么大鸟，触到这机器，立刻就失其飞翔猛悍的能力，所以国内出口货，每年以鸟羽为大宗，因此以善捕鹫鸟出名。帝尧又问他耕稼之外还做什么事情。焦侥国王道："捕鱼是副业，所以水中游泳亦是国人的专长。"帝尧道："不怕大鱼吞噬么？"焦侥王道："小国人亦有机器，可以防避。"帝尧道："贵国人身体既然如此短小，假使邻国人来侵凌，将如之何？"焦侥王道："小国人因为体力不足之故，所以对于邻国只能恭敬相待，讲信修睦，不敢开罪于人。即使有时候吃些小亏，亦只好忍耐，不敢计较。所以，四邻对于小国，亦均以善意相待，绝无侵暴行为，有时还得到他们一点助力。在小国东面，是长臂国。他们手长一丈八尺，专在海中捕鱼。小国有机器，所以他们与小国人最要好。西面是三首国，他们一身三首，形状奇怪，但是性情好静，与小国甚少往来，所以亦不为患。"帝尧道："贵国人民，既然擅长机巧之事，那么尽可以营造房屋，何以还要穴居呢？"焦侥王道："小国之地，山林不多，缺少大树，但有小木，造成房屋，不甚坚固，禁不起暴风狂雨，猛兽鸷鸟之蹂躏，所以还不如穴居之妥善。还有一层，小国土地不广，沙碛之外所有肥沃之地，均须栽种五谷；如建房屋，那田亩就要减少了。所以论起事势来，亦不宜建造房屋。不过富有之家，到得十二月、正月间，天气大热，在土穴内受不过蒸闷之气，亦有在地面上搭盖小屋以呼吸空气的。可是一过热天，就拆去了，因此总是穴居时多。"帝尧听了不解，忙问道："十二月、正月，正是寒冬，敝国有几处地方，正要住到土穴里去，以避寒气。何以贵国反要出来避热呢？莫非贵国气候与此地不同么？"焦侥王道："的确不同。小臣这次动身前来，正在去年十月间，那时天已渐热了，走到半途，炎热异常。后来到了五六月间，是小国那边的冬天，以为天必渐冷了，哪知炎热如故。到了八九月间，反渐冷起来，草木亦渐凋谢，与小国那边二三月的天气无异。所以小臣说，两地气候的确不同。"帝尧道："贵国那边草木，二三月凋谢，何时才生长呢？"焦侥王道："总在八九月间。"这时在座之人，听了这话，无不讶然，暗想：竟是天外别有一天了，何以寒暑如此相反呢！帝尧道："那么贵国以热天为冬，以寒天为夏了。"焦侥王道："那也不然，小国人仍是以热天为夏，以寒天为冬。不过奉了上国的正朔，七月间变了冬天，正月间反成夏天，像是以寒为夏，以热为冬了。"帝尧等听了，方始恍然。后来又谈了些别种话。席散之后，送归客馆。次日又来道谢，帝尧命羲叔等陪伴他君臣游历各处风景。过了一月，方才告辞。帝尧又优加赏赐，那焦侥王君臣无不欢欣鼓舞，乘着没羽归去。

第十九回

海人献冰蚕茧　员峤山风景
尧教子朱围棋

第十九回

一日，帝尧正在视朝，忽然从外面走进一个老百姓来，头戴箬帽，身穿蓑衣，脚着草履，肩上挑着一个大担，担中盛着不知什么东西。原来那时君主和百姓名分虽殊，而情谊不甚隔别，仿佛和家人父子一般。虽则朝堂之上可以随便进出，不比后世，堂陛森严，九重远隔，不要说是个寻常百姓，即使是个大官显爵，亦非得特旨允许，不得进见。若说是来献物件的，那更加不得了，那些守门小臣非大索贿赂不可，起码总要比贡献物品加一点，才可以给你递进去。上下之间，隔绝到如此，所以民隐不能上达，而君臣间的隔膜亦日甚，务为壅蔽欺罔，以致贿赂公行，而政治日以败坏，无怪乎君主制度有废除的必要了，闲话不提。且说那老百姓走到堂下，将担放下，就向帝尧再拜稽首。那帝尧视朝，本来是立着的，也就立刻答揖，叫他起来，问他有什么事情。那老百姓道："小人刚从海外归来，得到一种宝物，特来敬献圣天子，以表小人区区之心。"说着，就转身将担盖揭开，只见里面满满盛着五彩斑斓的东西，不知是什么。那老百姓随手拿了两个，双手献与帝尧，说道："这个是冰蚕的茧，缫成了丝，可以做衣服，请帝赏收吧。"帝尧细看那蚕茧，足足有一尺长，五彩悉备，果然是个异宝，便说道："朕很感谢你的美意，不过朕向来不宝异物，对于衣服，尤不喜华丽。这个蚕茧太美丽了，朕无所用之，请你仍旧拿回去吧。"那老百姓道："圣天子的俭朴，小人向来知道的。"说时，用手指指帝尧身上道："这样大寒天气，帝连狐皮貉皮的裘都不肯穿一件，还只穿一件鹿裘，这个冰蚕宝物自然更不肯穿了。但是圣天子为天下之主，所谓富有四海，尚且不肯穿这种宝物，那么小人一介穷民，拿回去有什么用处？难道织起衣服来穿么？真正万无此理。假使说拿来卖，卖与何人？圣天子所不敢穿的东西，哪个还敢穿呢？如若将它藏起来，万一坏了，这种宝物是世间所稀有的，岂不是可惜！所以小人想来想去，还是请帝赏收吧,横竖总有用处的。"帝尧听他的话,颇有情理,正要开言,只见大司农在旁说道:"依臣愚见,不如收了它吧,将来织成黼黻,可以穿了祭祀祖宗,那就不嫌华丽,岂不好么!"帝尧道:"朕亦如此想。"说着,就向那老百姓说道:"你既然如此说,朕就收了,谢谢你。"

那老百姓听了大喜,连他的担子也不要了,向帝尧行了一个礼,回身就走。帝尧忙叫道:"海人来,海人来,且慢走,朕还有话呢。"那老百姓回身转来,帝尧道:"承你远来,拿冰蚕茧赠我,真可感谢,但是你这冰蚕茧从何处得来?"那老百姓道:"小人住在东海之滨,向来专以捕鱼驾船为业。十几年前,正在海中行船,忽然一阵飓风,将小人的船直向东方卷去,足足卷了三日三夜。那时小人等之船,舵也倾了,樯也折了,人人都昏晕过去,也不知过了多少时间,忽然醒转来,但见这船已泊在一座山下。同船之人幸喜个个存活,大家喜出望外,忙上山探问这是什么地方。后来遇到土人,才知道这山名叫员峤山,又叫环邱山,去中国不知道有几千万里呢!小人等到此际,自分漂流绝域,永无归期。幸喜得那些土人,怜悯小人等天涯落难,相待颇好,于是就在那山上一住十几年。这十几年之中,将那山四处都游遍了。今年三月间,他们忽然向小人等说:'考察天文,应该有东风,数月不断。遇到这个好机会,你们可以回去了,不宜错过。'于是小人等将原有船只舵樯种种修理妥当。临走的时候,他们又赠送小人等许多物件。这冰蚕茧,就是其中之一种。"帝尧道:"冰蚕的形状如何,汝看见过么?"那老百姓道:"小人看见过,却很奇怪,长约七寸,有鳞有角,通体黑色,拿了霜雪覆盖在它身上,方才会作茧,所以叫作冰蚕,岂不是奇怪么!"大司徒道:"天然五彩,真是不可多得之物。"那老百姓道:"岂但如此,小人看见那边的土人,穿了这种丝做的衣服,入水去不会得濡湿;投它在火中,经过一夜,亦不会得烧毁。那真是个可宝之物呢。"帝尧与群臣听到这话,都觉得诧异。和仲问那老百姓道:"足下与其将冰蚕茧拿回来,何不将冰蚕种拿回来,自己可以养得,岂不是大利么!"那老百姓道:"小人起初何尝不如此想,后来知道,事实上不可能。因为冰蚕所吃的,是猗桑之叶。据土人说,这种猗桑,迁地勿良。没有猗桑,那冰蚕就不能养,所以只好带茧子回来了。"羲仲道:"某闻员峤山上,有一个移陷国,其人皆长三尺,足下见过么?"那老百姓道:"果真有的。他这个国在员峤山之南,男女皆长三尺,用茅草来做衣服,长裾大袖,起风的时候,裾袖飘飘,凭着风力,能直上空中,如禽鸟的羽毛一般,非常好看。他们的眸子都是重瞳。他们的相貌,修眉长耳,亦非常之端正。据说,他们的年寿都在一万岁以上,飧九天之正气,能够死而复生。这种话真假如何,那却不得而知。"赤将子舆道:"足下既在那边住过十年,游历一转,那山上还有什么有名的风景、奇异的人物,请说给我们听听,以广知识。"那老百姓道:"员峤山上有两个大湖。一个在顶上,据说周围有四千里。小人曾到那湖边一望,浩渺无际,与大海差不多,但是却没有乘船渡过去,就是它的名字亦忘记了。还有一个湖,在西方,据说周围亦有千里,名叫星池。池中有个大龟,八只脚,有六只眼睛,背上有北斗七星及日月八方的图象,腹下又有五岳四渎的图象。它本在水中的,亦时常爬到石上来呼吸空气,晒曝阳光,远望过去,光耀煌煌,仿佛天上的星辰,真是一种神物呢。还有一种异草,名叫芸蓬,色白如雪,每株高约二丈,坚硬如木,夜里看起来,皎皎有光,可以拿来做拐杖。这两种是山上西方之异物。至于北方呢,有一个浣肠之国,其人民寿亦很长。这种人时常将他的肠胃拿出来洗涤。因为人的消化滋养,全靠肠胃做一个转运融化的器具,人的寿命本来都有几千百岁好活,只因饮食之后,百分中之九十几固然消化了,精华吸收,灌输百体,它的糟粕都从大小便里排泄出去,但是有余不尽,留滞在肠胃之中,总是有的。几十年之后,积少成多,肠胃中污秽堆积,器具渐渐朽坏,失去了运输融化的能力,所以不能得到滋养的效果,以致渐渐衰老死亡。虽则有药物服食,亦可以浚渫肠胃,但是终有不能涤尽之处,所以他们常将肠胃洗涤,寿命遂能延长。因此,邻近之人都叫他们浣肠国,其实并不是他们真正的国名。浣肠国四面环绕甜水,其味如蜜。这甜水的流势非常迅急,而它的质地却很浓重,是个矛盾不可解的道理。寻常的东西投在那水里,滔滔随流而去,甚不容易沉没,即使千钧重物,亦须久久方能沉没到底。所以那边人民,隔水往来,不用舟楫,都从水面上步行过去,如履平地一般。不过水流既异常迅急,蹈水颇难,不是从小练习惯的人,往往随流而去,虽则不会沉溺，但不能达到目的地，亦是可怕。"大司农听了，便说道："某从前经过弱水，虽芥叶之微，亦不能浮。现在这甜水竟可以载重，可见天下之事物，决不单生，必有对待了。"篯铿又问那老百姓道："南西北三方都说过了，还有东方呢？"那老百姓道："东方的异物，或是冰蚕；还有一种是云石，广有五百里，文采剥珞，仿佛和锦绣一般，拿物件来敲击它一下，顿时有云气翁翁然从石中而出，经久方散，这也是东方之异物了。"和仲道："冰蚕所吃的猗桑形状是怎样的？"那老百姓道："形状与中国桑树差不多，不过高大异常。它所结的桑葚其味甚甜，煎起来可以为蜜，如此而已。"帝尧道："汝此番从那边来，走了几日？"那老百姓道："约有一百多日。"帝尧道："沿途停泊有几处？"那老百姓道："沿路尽是茫茫大海，无处停泊。"帝尧道："那么很难了，一则方向容易歧误，二则粮食万一不继，怎样办呢？"那老百姓道："这两层都不必虑。员峤山在东，中国在西，只要以太阳、月亮为标准，就不会歧误。至于粮食问题，员峤山上出一种粟，叫作不周之粟，粟穗高到三丈，它结的颗粒皎洁如玉，吃了一餐之后，可以历数月而不饥。小人从前在山上的时候，吃的就是这种，所以在那边虽则住了十多年，而计算吃饭的总数不过三四十餐。此次动身，预备全船人两三餐之粮，但是三个月来亦只吃了一餐，所以到了中国之后尽有得多，已经分给各亲友携去了。海中所最欠缺的，就是淡水。但是粮食既然不必多备，自有余地可以多储淡水，所以一路行来，尚不感到困难。"大司农是最注重民食的人，听到这话，忙问道："这种不周之粟，是一年收获一次么？"那老百姓应道："是。"大司农道，"这粟既然吃一餐可以历数月而不饥，那么当然消耗少；又一年一获，当然出产甚多，这些粟堆积起来，做什么用呢？"那老百姓道："他们亦早虑到此，所以有一个通盘计算。全山人口共总有多少，每人每年要吃多少餐，每餐需多少粒粟，每亩每株可以结几粒粟，统统都预算好了，所以他们每年所种都有定额，不过较消耗之数略多而已，其余田亩悉数栽种他物，因此，米粟一项不会有供过于求之患。"大司农听了，连说："可惜可惜，你没有将那粟的种子带回来。我们种植起来，无论如何荒年，我们都不怕了。"篯铿道："某听见尹老师说，东海之滨常有大鸟飞过，坠下所衔的米粟来，煮而熟之，其长径尺，食之可

第十九回

以终岁不饥,不要就是这不周之粟么?"那老百姓接着说道:"那边山上的大鸟确系甚多。有一种鹊,其高约一丈,最喜欢吃这种粟,不要就是它衔来的么?"大司农道:"果然是此鸟衔来,想来决不止一颗,亦决不会颗颗都被人遇到,拿去煮食。那些落在地下的,何以不听见滋生起来呢?或者土性不宜,迁地勿良,那么,即使拿了种子回来,亦是无益呢。"当下众人又谈论了一回。帝尧叫人取了许多布帛,赏赐那老百姓,强之再三,方才收受,称谢而去,群臣亦各散出。

帝尧饬人将那担冰蚕茧挑至宫中,正妃散宜氏及诸妃宫人等看了,都不胜欢喜。次日,就亲自动手缫起丝来。缫完之后,散宜氏又亲自纺织,然后做成一套黼黻,真乃华美异常。还有剩余的,正要想藏起来,留作别用,哪知忽然寻找不到,原来已被帝子朱拿去了。这时帝子朱已有十几岁,资质既不高明,性质又非常顽劣,而且甚不喜欢读书,最爱的是游戏玩耍。帝尧退朝之暇,亦常常教导他,然而当面唯唯,或则绝不作声,一到离开了帝尧之后,依旧无所不为。帝尧虽则是至圣之君,但亦无可如何。这次他看见冰蚕丝华美异常,不胜艳羡,又听说是能够入水不濡、入火不烧的,尤其动了好奇之心,一定要向散宜氏乞些去试验试验。散宜氏道:"这是宝贵之物,不可轻易糟蹋的。且等将来,果然有得多,再给你些吧。"哪知帝子朱不等散宜氏吩咐,竟将剩余的统统拿去,剪得粉碎,或放在水里,或放在火里,不住地试验。及至散宜氏察觉,已经毁坏完了。散宜氏不觉叹息,就训责他道:"你不等我答应,擅自取去,这个就是非礼的举动。物件不是你的,你怎样可以擅取呢?第二项,不禀命于父母,更是不孝的行为。这许多剩下的冰蚕丝锦,还有小衣裳好做呢。你弄得如此粉碎,这又是不惜物力,暴殄天物。这三种都是你的错处,你知道么?"帝子朱虽则照例不作声,但是却无愧悔之意。适值帝尧走进来,知道了这回事,亦恳恳切切地训责了他一番。散宜氏问帝尧道:"朱儿年纪渐大了,如此下去,如何是好?帝总须设法教导才是。"帝尧听了,半晌不言,停了一会儿,才说道:"过几日再讲吧。"

过了几日,帝子朱正在那里漫游玩耍,忽有一个内臣走来叫他,说道:"帝召你呢。"帝子朱听了,顿然失色,知道又要听训话了,但是又不能不去,只得随了内臣,趑趄而前。到得帝尧书室之中,只见席上放着一块方板,板上刻画着许多方格,格上分布着许多小而圆的木块,有黑,有白,旁边堆着黑白的小圆木块,更是无数。帝尧手中却拿着一颗白色的木块坐在那里,对着方板凝思。看见子朱进来,就问他道:"朕前日和汝师傅说,叫汝熟读的书汝读完了么?能够知其大意么?"帝子朱听了,半日答应不出。帝尧叹口气道:"汝不喜欢读书,朕亦无可如何,但是汝除出读书之外,究竟有什么事情是汝所欢喜的,汝可和朕说明。"帝子朱听了,仍不作声。帝尧道:"汝前日将那冰蚕丝织成的锦拿去做什么?"帝子朱方开口说道:"儿听说那个锦能够入水不濡、入火不烧,所以拿去试验试验。"帝尧道:"那么试验的结果如何呢?"帝子朱道:"果然能够入水不濡入火不烧。"帝尧道:"同是一样的锦,何以寻常的锦入水必濡入火必烧,冰蚕锦独能够不濡不烧呢?"帝子朱听了,答应不出来。帝尧又问道:"这种道理汝细想过么?研究过么?"帝子朱道:"儿没有研究过。"帝尧道:"可是,这种地方就是汝最大的缺点。总而言之,一句话,叫作不肯用心。汝要知道,我们人类亦是动物之一,所以能超出万物之上,而为万物之灵,就全靠这一颗心。这颗心越用则越灵,不用则不灵,不灵则和禽兽有什么分别?大凡天下的事情有一个当然,必定有一个所以然。比如饥了之后,必定要食,倦了之后,必定要眠,这个就是当然。人知道这个理由,禽兽亦知道这个理由。至于饥了之后,何以一定要食,倦了之后,何以一定要眠,这个是所以然,只有人能知道,禽兽就不能知道了。又比如冬天日短,夏天日长;冬天气候冷,夏天气候热;这个亦就是当然,人人能够知道的。但是同是一个天,同是一个太阳,同是东出而西没,何以会一个日短,一个日长?一个气候严冷,一个气候酷热呢?这个就是所以然,只有有知识学问的人能够知道,寻常之人就不能知道了。不但饮食起居之理如此,不但天文气候之理如此,项项事情都有一个所以然的缘故在内。寻常粗浅的事情,都能够知道它所以然之故,才可以算得一个人。项项事情都能够知道它所以然之故,方才可以称作圣人。但是圣人的能够如此,并非都是自己去想出来的。要知道这种所以然的缘故,前人陆续多有发明,载于书上;后人读了前人的书,将他那已经发明的,不必费力,而可以得到在心上;

第十九回

再从此继续地研究下去,时间越多,研究的人越多,那么发明的人亦越多越精。世界的所以日进于文明,就是由此而来。朕亦不希望汝将来能够成为圣人,发明前人所未经发明出的道理,但求汝对于前人所已经发明出的道理,载在书上的,能够一一领会,那已可以算好了,所以总劝你要读书。哪知你对于读书一层,偏偏没路,专欢喜游戏玩耍。果然对于游戏玩耍等事情,亦能够用心,件件都去研究它一个所以然的缘故,那么虽则不能算一个大有用之才,还可以算一个能用心之人,但是汝能够么?汝将冰蚕锦拿去毁坏,不告而取,固是一罪;暴殄天物,亦是一罪;但是汝果真有心去试验,想研究出一个所以能入水不濡、入火不烧的理由来,那么汝的行为虽然不合,汝的用心尚属可嘉。哪知朕刚才问汝,汝竟说没有研究过。照此说来,汝所说拿去试验,究竟是试验些什么?冰蚕锦的能够入水不濡、入火不烧,早经多人试过,已成为当然之理了,何必再要汝来试验?即使汝要试验,弄一点点来已够了,为什么要糟蹋这许多?总而言之,朕和汝说,一个人总要用心,不但读书要用心,无论做什么事情都要用心,就是做游戏事情,亦要用心。不肯用心,不要说书不能读,各种事情不能做,就是游戏之事亦做不好。现在汝既不喜读书,朕暂时不来勉强你,且先教汝做一种游戏之事,看汝肯用心不肯用心。"说到此处,便将席上所摆的棋教他如何如何的弈法。那帝子朱方才欢欣而出,自己去研究。

第二十回

尧比神农　华封三祝
柏成子高论劫数

第二十回

且说帝尧所定的制度，是临民以十二。这年正是应该巡守的年份。正月中旬，帝尧就商议预备。到了二月上旬，就启身前行。这次目的地是在华山。但是帝尧的意思，还要乘便考察雍、冀二州水患的情形，兼到桥山祭黄帝的陵墓，所以预算旅行的期间是半年。朝内的政治仍归大司农等处理，其余和仲、和叔、赤将子舆、篯铿四人随行。一路沿着汾水向西南而来。到了稷山，是大司农教民耕种之地，哪知汪洋一片，大半变成泽国。原来稷山之地，正当孟门山东南。山上冒下来的洪水，此地首当其冲，将大司农多年所辛苦经营的农田与一切建筑物毁坏不少，现在已将这试验场迁到稷山之南去了（现在山西闻喜县亦有后稷教稼处）。帝尧看了，不禁叹息一回。逾过稷山，到了新设的那个试验场，只见规模狭隘了许多，而且又分作两处（一处在绛县南五十里），大概因限于经费及地亩之故。那时适值遇见姜嫄，原来姜嫄虽则贵为国母，但是她那欢喜稼穑的性情至老不衰。原来有的那个试验场，大司农经营的时候，姜嫄曾随时帮忙。后来移到稷山之南，姜嫄依旧随同料理。而且，大司农教稼之外，更须与闻各种政事，在此地的时候少，反而姜嫄住在试验场的时候多。这时帝尧遇见姜嫄，便上前问安，并说道："母亲如此操作，太辛苦了。"姜嫄叹口气道："辛苦倒没有什么，我是欢喜的，只有这洪水如此泛滥，如何是好？从前那个试验场，成绩颇好，已给水根本破坏了，现在又经营这两处起来。假使洪水再泛滥过来，我已和弃儿说过，只好以生命殉之。"帝尧见姜嫄如此说，忙劝慰道："母亲快不要如此。天心仁爱，洪水之患大约至多不过如此，不会再大了，请母亲放心。"说罢，就随着姜嫄，各处参观了一回。姜嫄道："这两处我用的心力已不少，而且地方的风景又好，我已和弃儿说过，我死之后，必须葬在此地，这句话请帝代我记牢。"帝尧听了，唯唯答应。又谈了一时，帝尧便辞了姜嫄，率领群臣，径向南方。

到了山海的东岸,因为洪水的缘故,范围扩大了不少,低洼之地无不浸及,损失的人民财产不可数计。帝尧看了,唯有忧叹。那时百姓都聚集在邱陵高阜,踽踽踏踏,度他们的生涯。帝尧更加怜悯,一路地抚慰过去。那些百姓看见帝尧来,却都是竭诚欢迎,异常热烈。帝尧向他们说道:"朕之不德,致有这等洪水大灾,使汝等流离失所。现在已多年了,还没有平治的方法。朕对于汝等抱疚抱愧到万分,汝等还要如此地欢迎,朕更不安之至了。"那些百姓道:"洪水为灾,是天地之变,并不是圣天子之过。但是,洪水虽则多年,而我们百姓的衣食仍旧一点没有缺乏,这个就是圣天子给我们的恩惠。换一个寻常的君主,哪里能够如此呢?所以我们平常在这里说,从前神农氏教百姓稼穑,使大家都有饭吃;现在圣天子亦教我们种田积储,使我们虽则遇到这种大灾,仍旧有饭吃。圣天子的恩德,真个和神农一样呢。"帝尧慌忙谦让道:"朕哪里可以比神农,从前神农帝,夫负妇藏,以治天下;现在朕一无功德,而汝侈已极,哪里可比神农!朕的比神农,比如一个是昏,一个是旦呢。"那些百姓听了,齐声道:"帝真太谦了,何尝有一点汝侈呢!做了一个贵为天子富有四海之人,戴的是黄冠,穿的是纯衣,乘的是彤车,驾的是白马,不舒不骄,恭俭到如此,还说是自己汝侈,帝真太谦了。"帝尧听了,又谦逊一回,方才雇了船只,率领群臣,对渡过来。已到雷首山北麓,沿着山麓向西走,就是华山。那时西方诸侯都已齐集。帝尧到了华山,分班朝见,考校政绩,分别庆让,这些都是循例之事,不必细说。

巡守礼毕,帝尧便要启程而西,哪知赤将子舆和篯铿两人都说要上华山去走走,请一个假。赤将子舆为的是要去搜集百草花做粮食,是极要紧之事。篯铿呢,是年少好游,跟了去玩玩,以阔眼界。帝尧都答应了,遂暂时不动身,以待他们,自己却与和仲兄弟查访闾阎风俗,顺便来到华山下,望望岳色。早有那华山的封人前来迎接,看见了帝尧,行过礼之后,便笑眯眯地说道:"嘻!你是个圣人,小人请恭祝圣人。第一项,愿圣人寿比南山。"帝尧听了,慌忙推辞道:"多谢多谢,不要不要。"封人又祝道:"第二项,愿圣人富如东海。"帝尧又连忙推辞道:"多谢多谢,不要不要。"封人又祝道:

"第三项，愿圣人多生几个男子。"帝尧又慌忙推辞道："多谢多谢，不要不要。"封人听了，非常怀疑，便问道："小人的意思，寿、富、多男这三件事，是人人所欢喜而求不到的，所以拿来祝你，哪知你件件不要，究竟是什么缘故呢？"帝尧道："汝有所未知。多男子固然是一件好事。但是要有好男子，才算是好。若是不肖的男子，徒然给父母遗羞，有一个尚且不得了，何况多呢！既然多了之后，虽未见得个个不肖，亦未见得个个都肖。假使其中有一二个不肖，那么做父母的将如之何？教诲他么，教他不好。听他去么，于心不忍。岂不是倒反可怕！还有一层，现在世界不能算太平，生计很是艰难。儿子一个一个地生出来，养呀教呀，做父母的如何负担得起？但是既然生了他出来，做牛做马，总只有做父母的去负担，岂不更是可怕么！至于富这个字，固然是人人之所欢喜的，但是富不能够突然而来。未富之前，要费多少的经营；既富之后，还要呕多少的心血，田要去求，舍要去问，财帛要去会计，工人要去督率，一个不小心，富就不可保。这种事情岂不是麻烦之至么！人生在世，不过百年，何苦来！为了衣食耳目之欲，把可宝贵的光阴、可爱惜的精力都用到这个上去，真觉犯不着呢！广厦万间，所居不过容膝；食前方丈，所吃不过充肠，真正富了有什么用呢？况且天地间之财物只有这点点数目，我既然富了，必定有人忧贫，容易受人之怨恨、嫉妒。万一他想设计劫夺我，我更防不胜防，终日兢兢，如坐囹圄，何苦来呢！所以朕的意思，亦不要它。并非以此鸣高，实在是怕受它的累呀！至于寿这个字，在表面上看来，固然是极好的。但是朕亦以为有几种可怕。第一种，是生理上的变化。人到老来，康强壮健，固然有的，但是头童齿豁，目昏耳聋，行坐艰难，甚而至于智慧减，神明衰，亦是常事。到那时候，遇着孝子顺孙，能够服侍奉养，还可以享福；假使遇着不孝的子孙，那么反要受辱了。他们不体谅你是个老者，倒反憎嫌你，为什么老而不死，要增重他们的累。甚至偶然弄错一点事情，就骂你是个昏聩糊涂。这种话语，听了岂不伤心！第二种可怕的，是家门中之不幸。人到老来，筋力渐衰，无他希望，只望家庭中怡怡之乐。假使不幸，妻子先亡，剩了孙辈，隔了一层，已经不甚亲热了。假使寿长得很，不幸连孙辈都亡故了，剩了曾孙、玄孙辈，隔得疏远了，犹如路人一般,那么,孤家寡人独来独往,有什么趣味呢!第三种可怕的,是时势的改变。享高寿的人,最好是处常,万不可以处变。万一变故发生起来,照理不能不死,而又不能死。如若死了,大家都要说他命里应该横死,所以有这样大年。如果不死,到后来自己固然懊悔,人家亦要嘲笑。朕记得从前有两个人,都享上寿,遇变应死而不死。一个人到后来临死,有'艾灸眉头瓜喷鼻'的诗句。一个是死后人家嘲笑他,说道:'可怜某某人,享寿八十三,何不七十九?'照此看起来,人的长寿,岂不是亦是取辱之一道么!第四种可怕的,是世情的浇薄。遇到老年的人,总说他是思想顽固,头脑陈旧,非尽量地排斥他不可。却不知道年老的人,在他年轻的时候,亦大用气力,有功效于社会过的。然而一班少年浇薄的人,总以为他是过时之人,用不着了。你想寿长了,要受这种耻辱,长寿有什么好处呢?所以朕的意思,这三项都非所以养德,因此推辞不要。"那封人听了帝尧这番话,不觉大发他的议论,并且大掉他的文言道:

> 始吾以汝为圣人耶,今然,君子也。天生万民,必授之职。多男子而授之职,则何惧之有?富而使人分之,则何事之有?夫圣人鹑居而鷇食,鸟行而无彰。天下有道,则与物皆昌。天下无道,则修德就闲。千岁厌世,去而上仙,乘彼白云,至于帝乡。三患莫至,身常无殃,则何辱之有?

这几句文言说完之后,封人竟掉转头去了。帝尧知道他是个有道君子,慌忙随在他后面,叫道:"慢点慢点,朕还要请问,朕还要请问。"哪知封人头也不回,说道:"去了,去了。"竟飘然而去。帝尧不胜怅怅,立了一会儿,只能与和氏兄弟回转。

过了几日,赤将子舆等回来了,却同了一个道者同来。帝尧便问他是何人。赤将子舆道:"这是野人的旧同僚,姓柏名成,字子高,大家亦叫他作柏成子高。他在黄帝的时候,曾有官职。"帝尧猛然想到道:"是否就是为先高祖皇考制造货币的那位柏高先生么?"赤将子舆道:"是呀是呀,'上有丹矸，下有黄银；上有慈石，下有铜金；上有陵石，下有赤铜青金；上有黛赭，下有鉴铁；上有葱，下有银沙'，这几句歌诀，此刻妇人竖子都能知道，其实就是这位柏先生创出来的。所以，这位柏先生可算得是发明矿学的祖师呢。后来黄帝乘龙上天，他也在龙背上跟了上去。我们足足有几百年不见了，不料此次在华山上遇到，所以特地邀他来，和帝相见。"帝尧忙向柏成子高施礼，口中说道："原来是柏先生，失敬失敬。"当下就请他坐了，大家亦各就座。帝尧便问柏成子高天上一切的情形，最后又问道："先生既已上仙，此刻何以又到人世间来游戏？"柏成子高道："不瞒帝说，某已被谪，不能再在天上了。"帝尧忙问何故。柏成子高道："神仙是有劫数的，逢到劫数，不能不坠落人间。某适逢劫数，所以如此。"帝尧道："怎样叫劫数？"柏成子高道："凡项事物，一成一败，叫作一劫。不过劫数有大有小，时间有迟有速。有的几百年一劫，有的几千年一劫，有的几万年、几十万年、几百万年，乃至几千万年、几万万年一劫，都是有的。最大的就是天地之劫。天地之外，四维上下，更有天地，亦无终极，但是都有成败。那个一成一败，就是最大最大的劫数了。最小的就是蜉蝣，朝生暮死，亦是一劫。电光石火，忽明忽灭，亦是一劫。神仙之劫，亦有迟速，迟的几十万年，速的几百年、几十年，就要历劫了。某根基浅薄，幸叨黄帝的庇荫，从而上升，但一无修养，所以已遭劫而坠落。"帝尧道："将来还能上升么？"柏成子高道："只要道心不污，尘心不染，仍旧可以上升。凡人皆可以上升，何况已经列过仙班之人呢。"帝尧道："现在先生做什么事？"柏成子高道："某空闲之极，无所事事。"帝尧道："不揣冒昧，敢请先生如赤将先生一样地出来辅佐藐躬，不知肯屈尊否？"柏成子高道："有道之君在上，拒绝不肯，某却不敢。但是，跑到朝堂之上去，如入樊笼，某亦不耐。最好得百里之地，叫某去治理治理，或者尚有成绩，某亦愿意。"帝尧大喜，就立柏成子高做了一个诸侯，他的封地，就在华山东部一个肇山地方。柏成子高受命，就做他的诸侯去了。

这里帝尧君臣仍旧一同起身，到山海边，雇了船舶，竟向西渡。四面一望，茫茫无际。那舟子一面摇橹，一面向帝尧等说道："这个山海比从前大到三分之一了。从前哪里有这样大！自从孟门山上洪水暴发以来，滔滔不绝,统统汇到这个海里来。田庐财产不知淹没了多少,如今还是有增无减,不知道要几时才能平定呢?这个真是天降奇灾呀!"正说到此,赤将子舆忽然往前面指道:"那边仿佛是一个洲渚。"舟人道:"前面是一个小洲,在这个海的中心。无论东西南北对渡的,都要在那里停泊。地方虽小,倒很热闹。"于是大家眼睁睁地都向那个小洲望着。过了一会儿,愈行愈近,果见有无数船只都停泊在那里。帝尧等一共六只船,亦齐向那里停泊,以便过夜。(现在陕西省长安县西南有汉武帝所开昆明湖的遗址,据《三辅黄图》上所引《三秦记》的话说,昆明池中有灵沼,名曰神池,尧时治水尝停舟于此。)舟人系了缆,便说道:"难得今朝顺风,一日就到此处。不然,走两三日亦难说呢。"帝尧等看那洲渚,商店甚多,但面积并不广大,且天色已晚,不便登临,便在舟中与诸臣杂谈。忽闻邻船中有人作歌,其声清越,其词旨恬淡高远。帝尧料他是个不凡之人,即忙遣从人过去探听。过了一时,回来报道:"这唱歌的在一只小船上,姓狐,名不谐。"帝尧听了,求贤心切,再叫从人前去通知,说:"朕就去拜访。"那从人去了,回来说道:"狐不谐说今日天色已昏,且小船不便,明日再见吧。"帝尧听了,只得罢休。到了次日,天还未大亮,帝尧尚在睡梦之中,忽听得从人叫喊之声,不觉惊醒,忙起身问有何事。另一个从者对道:"昨日帝要去访他的那个狐不谐,此刻摇船去了,所以小人们想叫他回转来。"帝尧一想:这个人一定是有道德的隐君子,不然,决不会如此有意遁避,不肯相见的,遂吩咐从人道:"汝等叫喊亦无益,不如解了缆,追过去吧。"这时天已大明,和仲等均闻声起来了,遥望那只小船,是向北面摇去,恰好是向桥山去的路。帝尧等的船亦紧紧在后跟随。可是小船轻快,大船沉重,无论如何总赶不上。到得日色停午,那小船已消没于烟霭之中,望不见了。及至下午,到了山海北岸,停船之后,天色渐昏,无从探听。次日早晨,起来一望,只见泊船之地是个渔村,人家三两,比邻而居,许多渔网都晾在外面。有几个妇女,蓬着头出来淅米。帝尧的从人就去访问狐不谐消息。那些妇女都回说不知。从人道:"昨日明明看见他的船是向这里来的。"那些妇女道:"这里的港汊纷歧得很,有好几条呢,或者是走别一条去了。"正说时,帝尧和群臣亦都上岸来走走。那边的渔夫亦走出来了,看见帝尧等这一大批衣冠济楚、气概不凡的人,不觉诧异,仔细打听,才知道是天子,慌忙都来叩见。那些妇女倒反避了进去。帝尧问那些渔夫:"狐不谐这个人,汝等知道么?"渔夫等听了,都说:"不知道。小人等只知道一个张仙人,是很有道行的。"帝尧忙问:"张仙人叫什么名字?有怎样的道行?"渔夫道:"他的名字叫果,能知过去未来之事,我们极相信他。"帝尧道:"他住在何处?"渔夫道:"他的行踪不定,有时在冀州,有时在雍州,有时在梁州。在雍州的时候,总住在此地北面一座山上,从前小人们常见到他的。"帝尧道:"现在为什么不见?"渔夫道:"小人等从前就是住在那座山的附近,以耕种为业。后来洪水暴发,一夜工夫,将所有房屋财产一齐冲去。小人等四家十二口,自分必死,大家用绳索系在腰间,但求死在一处。哪知半路遇着几株大树,用手攀住,才得救命。但是水退之后,回到旧家望望,只见所有田地都不知去向,已变成了一个大湖。当时邻舍几十家,大半无从寻觅,现在只剩了我们几家,真真是运气呀!我们旧业既然消失,所以只好来此捕鱼了。但是洪水暴发之前,那张仙人就和我们说:'此地将有大灾,不可再居。'当时小人等不甚相信,有几个相信他的,亦因为安土重迁,不能搬动,以至遭劫。如今想来,这张仙人岂非真是个神仙么!"帝尧道:"原来如此。那座山在北方,朕到桥山去,可要走过么?"渔夫道:"小人们未曾到过桥山,走不走过不能知道。"帝尧听了不语,便率群臣回到船中。

第二十一回

帝尧开凿尧门山　张果老为尧侍中
蛮蛮鸟出现

第二十一回

且说帝尧正要上船,只见山海中有无数大船,连翩直向此来。拢岸之后,为首的一个官员径到帝尧前行礼叩见。帝尧一看,乃是共工孔壬。原来共工自从受命治水之后,一向总在西北方做他的工作,有时或同他的臣子相柳计议一切,有时与南方的骦兜通通消息。这时听说帝尧巡守,料想要来考察河工,他布置妥当之后就来迎驾,从华山直寻到此。帝尧就问他治水的一切情形。共工铺张扬厉地说了一遍。帝尧听了,也不言语。共工便问帝尧,此刻将往何处。帝尧道:"朕往桥山。"共工道:"那么不必再上船,从此地陆路一直向北就到了。"帝尧道:"汝做向导亦使得。"于是大众就跟着共工前行。到了一处,共工指着前面的一座山,向帝尧道:"从前逾过这山,路程较近。现在被洪水冲刷,山路填塞,里面已变成一个大湖,不能行走,只能绕山西而行,但要多几日路程。"帝尧听了,知道那渔夫的旧居就在这里,不过,好好的田地何以会变成湖?洪水冲刷何以如此之厉害?心中总有点疑惑,遂吩咐先到那座山上去望望。不一时,到得半山,只见那山之缺处微微有水流下,并不甚大,想来是从那湖内溢出来的。但是山路陡险,处处绝壁,无路可通。正在彷徨之际,忽见西面山上,远远地来了一个人,看他在崎岖峻峭之中飞步行走,竟像毫不经意的样子,不觉有点纳罕。过了一会儿,已到帝尧面前,只见他头戴草笠,身着葛衣,足履芒鞋,手执竹杖,须髯飘飘,大有神仙之概。一见帝尧,便拱手道:"圣天子驾到,迎候稽迟,死罪死罪。"帝尧慌忙还礼,便问他贵姓。那人道:"小道姓张名果,有些人以为小道有了些年纪,都呼小道为张果老,其实小道却是一个单名。"帝尧问道:"汝今年高寿几何?"张果老笑笑道:"小呢,小呢。圣天子即位的那一年丙子,就是小道做人的第一年。"帝尧道:"那么汝今年只有三十六岁,并不算大,何以生得如此之苍老呢?"张果老道:"小道自己也不知道,大约是操劳太过的缘故。"帝尧道:"朕听见人说,此山之地,将化为湖,汝早经知道,劝住在里面的人从速迁移,不知道有这回事么?"张果老道:"是有的。他们不肯听小道之言,枉死了一大半。"帝尧道:"好好的山地,何以会变成湖?汝又何以能预知?这个理由,可赐教么?"张果老道:"一得之愚,应该贡献。不过,在此崎岖的山上,立谈不便,不如下山去再说吧。"于是一齐下山,回到住宿之处,张果老便说道:"大凡地体主静,是不应该有变动的。但是,静极之后,不能不动。古书上有两句,叫作'高岸为谷,深谷为陵',便是动的现象。但是为什么要动呢?因为地体之中,含有水、火、风三种,这三种各安其位,不相侵犯,那么地面自然安静如常。假使时候过久之后,水势大盛,去侵犯了火,水火相激,化为热气,冲动地面,那地面自然隆起,深谷就变成丘陵了。或者火势大盛,去燻干了水,那地体渐渐收缩,高岸就变成深谷了。或者地中之风,吹撼了地水,煽动了地火,亦可以引起地的变动,这就是地陷成湖的理由。"篯铿在旁听了,忍不住问道:"地中有火有风么?先生何以知之?"张果老道:"有证据。你只要看,葬了多年的坟墓,掘开之后,有些棺木骨殖都化为灰烬,这就是为地火所烧;有些棺木现在,而所有骨殖及殉葬物等都攒聚于棺之一隅或墓中之一隅,这就是为地风所卷。你若不相信,只要去调查就是了。"篯铿听了不语。帝尧又问张果老道:"汝何以预知这山将变为湖呢?"张果老道:"这是小道的经验。小道因为住在山洞里的时间多,又因为年纪痴长了些,各处跑来跑去,遇着这种事情很多,又经过长期的研究,所以未事之先能够望气而知之。但是,这种望气之法可以意会而不可以言传。比如地要震了,土龙为之出窟,雉子为之惊飞。它的出窟,它的惊飞,就是它们的能够前知。然而问它们是什么缘故,恐怕它们亦说不出呢。"帝尧听了这种迷离惝恍的话,将信将疑,但亦不再根究,便说道:"朕刚才察看情形,那山势并不甚高,不知里面的湖共有多少大?"张果老道:"里面并不甚大。这支山脉本是桥山的分支。它的水就从桥山南端的水流下来。若从这山越过,便是桥山大路。现在因为山势一部忽然隆起,阻住了水路,所以蓄积而成湖,里面的面积当然不大。"帝尧听了,想了一想,忽然向群臣道:"朕的意思,这个湖水既然不大,又在山内,绝无用处,又阻碍来往的交通，要它何用？朕拟将山凿它一口，将湖水泻去，依旧使它成为良田，恢复交通，汝等以为何如？"和仲道："恐怕劳民伤财，得不偿失。"篯铿道："依臣愚见，可先考察一番。如果可以施功，不妨开凿，亦是推广农田、改良路政之一法。"大家听了这话，都甚赞成。帝尧回顾张果老道："道者，汝看如何？"张果老笑道："小道此来，就专为此事。小道早料此路，必将复开了。此中地理，小道都深知道的。何处可以泄水，何处可以开路，一经指点，包管半月之内可以成功，请圣天子放心决定吧。"帝尧听了，颇以为然，便说道："那么就请汝做指挥。"当下决定了，共工就去召集民夫，预备工具。

数日之后，动起工来，一切都由张果老指挥，和仲、和叔、共工三人分头监工。赤将子舆本系木工出身，到此亦来修理器具，共同帮忙。帝尧和篯铿两个，每日来往，勉励工人，施以奖劝。那篯铿有一项绝技，是善于烹调。无论什么蔬菜荤腥，一经他亲自动手，那滋味即与寻常不同，尤其擅长的是斟雉羹。这次他看见山上的雉鸡甚多，随时猎获了，烹调起来，献于帝尧，并且分饷和仲、和叔和那些工人。大家吃了，无不口角生津，叹赏不绝。便是帝尧，向来不贪口味的人，吃了之后，亦极口道好，所以特别为它多吃些，从此篯铿的雉羹便名闻后世了，闲话不提。

且说帝尧君臣上下齐心，通力合作，不到半个月，那湖中之水果然泻尽，但留了一条流水的通路，就是现在的洽峪水的上源（陕西三原县境）。又过了几日，工程全部完毕，从下面上去，远望山顶，如同开了一扇门一般，后人就叫它尧门山（现在三原县西北三十二里）。帝尧率领群臣，上去一望，只见里面一片平原，约有一二里，水势新退，沮洳难行。幸喜连朝烈日，近边一带渐可涉足，于是大众就缓缓过去。走了几里，张果老用手北指道："那边就是小道的住宅，圣天子肯屈驾过去坐坐么？"帝尧听了答应，遂和群臣跟了张果老一齐前行。约有半日之久，到得一座山（现在陕西淳化县东北有张果老崖），只见山势并不甚高，四面群峰攒簇，景色尚佳。张果老将众人领到苍松翠柏之中，有无数平石，就请帝尧等在平石上坐下，说道："这就是小道的住所了。"众人问他住在哪里，张果用手向崖边一指，众人细看，茂草之中隐着一个山洞，并不甚大，仿佛亦并不甚深。众人都诧异，便问道："就住在这个洞里么？"张果老笑着点点头。篯铿忍不住跑过去一看，只见洞里面方广不过一丈，高不过一人，蝙蝠矢却布满四边，就问张果老道："先生，这里面可住么？"张果老道："修仙学道之人，居处岂能择地？饮食岂能随心？若要讲究饮食居处，何必求仙，做官去、做富翁去罢了。"篯铿被他这一驳，不觉悚然，默默自去思索。帝尧和群臣略坐了片时，便要起身。张果老亦告辞道："圣天子与诸位先生请便，小道就此失陪了。"众人听了，都觉诧异，问道："何不随帝一同前去呢？"张果老道："诸位先生都是有职司之人，应该随帝前行。至于小道，野鹤闲云，搀在里面做什么？"帝尧听了，才说道："道者果肯随朕同行，朕自当加汝以官职，但恐汝不受耳。"那时篯铿是个有心学道之人，赤将子舆又是研究长生术的，遇见了张果老，半月以来，三人谈谈说说，已成了契密之交，听他说不肯同行，自然是舍不得的。一听见帝尧将加以官职，都竭力赞成，一面又劝张果老受命，张果老才答应了。帝尧就封他以侍中之职。侍中的意思，就是常在君主旁边，预备顾问或差遣的意思。原来帝尧见张果老言词诡谲，态度恍惚，颇不欢喜他。因为他凿山有劳绩，不便决然不用，所以就给他这个没有事情、无足轻重之职。自此以后，张果老就随着帝尧和群臣一同前往。

到了桥山之后，只见黄帝的陵寝建筑得非常之雄伟。左边有一间房屋，就是当时左彻所住的，下面有崇宏的享殿，是春秋祭祀之所在。当下帝尧和群臣斋戒沐浴，三日之后，谒陵致祭。在那致祭的时候，帝尧拜毕，又俯伏良久，方才起身，默默如有所祝。群臣都知道他所祝的，不是治水之事，就是求贤之事了。祭毕之后，帝尧就问共工道："此地离那洪水发源之地近么？"共工忙应道："甚近甚近。从此北去，到了崇吾山上，就望得见了。"帝尧于是就率领群臣同往崇吾山而来。到得山上一望，只见东北一带，浩渺际天，俨如大海，一方直接西北，一方直走东南。帝尧问共工道："这个水势是否向龙门山泻去？汝前次奏报，调查确实么？"共工道："调查得很确实。这个水势，大半由昆仑山、垄山、钟山而来；有一小部分从积石山而来；到此潴积为大海，地势北高南下，水涨的时候就向孟门山上溢出去，所以冀州、雍州首受其害,这是臣历年以来调查得确确实实的。"帝尧道:"这几年来,下流的水虽则比较好些,但是终究源源不绝,每年被淹没的民田仍属不少。照这样下去,将来人无耕种之地,民有艰食之忧,如何是好?汝奏报中所献的几种方法,朕皆一一照准,何以数年以来还不能奠定?这个责任汝不能不负。"共工受了帝尧这一番义正词严的责备,正在惶恐万分,无词可答,忽然高树上有一只飞鸟,直坠下来,正在帝尧的脚旁。大众一看,只见那鸟的颜色青而兼赤,其状如凫,最奇怪的是,只有一只眼睛、一只翼翅和一只脚,仿佛是半只鸟一般。坠下之后,尽管在地上乱窜乱扑乱跳,很不自由。大众正在诧异,忽然树上又坠下一只同样的鸟来,不过一只是右半,一只是左半,两只遇着之后,顿时两身配合,凌空飞翔而去。大家才悟到,这就是比翼鸟。篯铿首先叹息道:"这个是不祥之鸟呢!某从前看见一种书上说:崇吾之山,有鸟曰蛮蛮,比而后飞,见则天下大水。现在天下正在大水,它竟出现,岂非是不祥之鸟么?"张果老听了,就反问道:"究竟天下大水之后,此鸟才出现?还是此鸟出现之后,天下才大水?"篯铿道:"洪水已好多年了,此山此鸟,究竟何时出现,可惜不能知道。以理想起来,当然此鸟出现之后才有洪水。"张果老道:"这个很容易证明。此山居民不少,回来下山之时,找土人一问就是了。"

正说着,凑巧有四五个百姓扛了柴木,邪许而来。篯铿就过去问他们道:"这山上有一种异鸟,要两只合起来才能飞,汝等见过么?"那些人听了,连忙说道:"看见过的,真是稀奇。"篯铿又问道:"这鸟是向来有的呢,还是近几年来才有的呢?"那人道:"向来没有的。今年春初,方才看见。我们正想得稀奇,世界上竟有这样古怪的鸟儿。"篯铿道:"不要是向来有的,你们没有看见吧?"那四五个人齐声说道:"没有没有,向来一定没有。我们都是居住在山里的人,以砍柴为业,每日至少要在山上跑四五次。这山上有几棵树、几根草,我们大概都知道,何况是只鸟儿。"篯铿听了不信,还要再问,张果老忙止住他道:"不必问了。小道从前在此山上,亦不知道跑过多少次,有时看见此鸟,有时就不见此鸟。可是计算起来,看见此鸟之后,天下必定大水。古书上所说,是一点不错的。"篯铿道:"那么现在天下已经大水多年,何以这鸟方才出现呢?"张果老道:"现在的大水,不过是雍、冀二州,哪里算得天下大水?恐怕这鸟出现之后,天下的大水方才开始呢。"

二人正在谈论,忽见赤将子舆从远处喘吁而来,一手拿着一株树枝,一手按着左肩。众人问他为什么如此,赤将子舆气吁吁说道:"上当上当,今日吃亏了。诸位与帝在此观览地势,讲求水利,我是向来欢喜研究草木的,趁便向左右寻觅寻觅,不料走了许多路,忽然见岩石下有这一种树,从来未曾见过,甚为稀奇,我便想去采它一枝,以便研究。不料采了一枝,刚要采第二枝,竟有一块石子从耳畔飞过。我正在疑心,这石子是从哪里来的,哪知又是一块,击在我的袖上,接连又是一大块,打在肩上,非常疼痛。我亦不敢再去细查,急忙转身就走。可是后面的石子还是不绝地打来,正不知是什么东西。不瞒诸位说,野人游历天下二三百年,所遇到的奇怪东西也不少,但是从来没有同今朝这样的吃亏。"说着,兀自用手揉他的左肩。众人听了,都疑惑起来,有的说:"不要遇着什么妖怪了?"那时扛柴的四五个土人还未去,听了这话,就同声说道:"是了,是了,这位老先生遇着举父了。"众人忙问:"怎样叫举父?"那土人道:"这座山上一种兽,名叫'举父',有些人叫它'夸父',它的形状和猕猴类中之禺类相像,不过它四只手上的毛文,俨如虎豹,力气亦很大,善于拿石投人,往往人偶不小心,要就受它的伤。这位老先生一定是遇着举父了。"共工听了,忙叫人赶去,将那举父杀死,以除民害。土人忙止住道:"这可不必。一则,这举父平日亦不乱投人。想来它刚才在树上,这位老先生去攀树,它以为有害它之心,所以投石了。二则,它走得很快,既打伤了人,必定早已跑去,不知去向,何必再去追呢。"共工听了,方才罢休。这里土人看见赤将子舆所采的树枝,又说道:"这个花结的实,吃了宜子孙的。"赤将子舆道:"叫什么名字?"那土人道:"名字却不知道。"众人细看那树枝,花是红的,叶是圆的,树是白的,理是黑的,都说道:"可惜还没有结实。假使有实,那没有儿子的人大可以带回去试试呢。"

不言众人谈论,且说帝尧见了蛮蛮之后,又听了张果老和筷铿一番辩论,心中早又忧愁起来。原来帝尧这次巡守,目的正在设法消弭水灾。共工任职多年，成绩不佳，徒耗巨款，本想加以惩处。后来见了蛮蛮，知道洪水之患正在开始，此是天数，非人力所能挽回。共工一人亦不能独负其责，因此将惩罚共工的念头取消了，这真是共工的运气。不过洪水之患，既然方才开始，那么以后的天下如何，民生如何，真是大大的难题，所以帝尧又忧心如焚，两眼不住地望着大海出神。那些土人此刻已知道是天子了，便都过来献殷勤，说道："帝望那边么，那边圆圆儿隐隐隆起的，就是冢遂山，从前是没有的。自从那些山隆起之后，山的南面才变成这个大海。"又指着东面说道："这个叫蜗渊。"又指着南面道："这叫㐬之泽，统统是近几十年来满起的。"又指着西面道："这里过去远接昆仑，那隐约的遥山便是帝之搏兽之邱了，但是路很远，小民没有去过，不知道是不是？"帝尧听到昆仑二字，忽又感触到西王母身上，连忙谢了那些百姓的指点，即率同群臣下山。

第二十二回

帝尧训大夏讨渠搜　帝尧缔交狐不谐
尧到西海　贯月槎见神仙

第二十二回

且说帝尧下了崇吾山，次日，就向和叔说道："朕此次巡守，本想到了桥山之后即便回都。如今看到水患如此难平，而且以后恐犹有加甚，朕拟从洪乔仙人之言，亲到昆仑山去拜求王母，请她出来拯救，因此往返行期远近难必。汝可作速回都，告知大司农、大司徒和百官等，并嘱咐他们慎理朝政。朕此行三年五载，才能归来，都不能定。"和叔受命，自回平阳而去。帝尧又向共工道："汝受命治水，历久无功，本应治罪。姑念这次水患非比寻常，姑且从宽不究，仍责成汝督率僚属，再往悉心办理。倘再毫无功效，一定不再宽贷，汝其懔之。"共工即顿首受命，唯唯而退。

这里帝尧便和群臣商量到昆仑山的路。和仲道："昆仑山离臣所司的昧谷地方不远，从此地西行，可以使得。不过有流沙之险，路难走一点。"张果老道："这路恐走不得，还是泛山海，从梁州去为是。从前圣天子不是已经派人去过么？"帝尧道："这两路哪一路近？"和仲道："从此地西去近，从山海走梁州远得多。"帝尧道："那么从此地去吧。流沙虽险，但朕为民请命，不应该怕险，就是为流沙所掩而死，亦是应该的。"于是就一径向西而行。果然一路非常困难，到了流沙之地，那沙怎样会流呢？原来不是沙流，那边遍地黄沙，一年之中几乎无日不晴，而飓风极多，猛烈异常，纷纷向人吹来，向来没有沙的地方，都渐渐有沙了，仿佛同水流来一般，所以叫作流沙。尤其危险的，是旋风陡起之时，那地上的沙都卷了起来，成为无数直柱，从直柱之中，冉冉上升，到了空际，布满起来，天日全遮，昏暗如夜，骤然降落，则成为沙丘沙阜。人畜遇着了，都被活埋在内，真是可怕之至。但是帝尧秉着至诚之心，冒险前进，眼中所看见的危险之景虽属不少，而一行人等始终一个都未遇到灾难，真是所谓至诚格天或吉人天相了。

过了两日，沙漠渐渐稀少，远远见一座大山，问之土人，知道叫崆峒山

（现在甘肃高台县）。大众到了山下，暂为休息，忽见有十几个外国装的人由北面匆匆跑来。内中有一个人，见了帝尧及和仲等，脸上顿露惊喜之色，即忙回转头和另外许多人叽里咕噜，不知道说了一篇什么话，随即大家同到帝尧面前，跪下稽首行礼，嘴里还是叽里咕噜地说。帝尧出其不意，大为诧异，一面还礼，一面便问他们，究竟是哪一国人，来此何事。那第一个看见帝尧的人，就用中国话一一说明。原来他们都是渠搜国人，一个是渠搜国太子，其余都是臣子。那第一个看见帝尧的人，就是从前陪着渠搜国王来的翻译，所以认识帝尧与和仲。去年渠搜国王死了，他有两个儿子，照理长子当立，但是那次子有夺位之心，暗中联合了在朝的不肖臣子，又用许多珍重财货送给邻邦大夏国君，求他援助，共同起兵，驱逐太子。那太子手下虽有许多忠义的旧臣，尽力和他们抵抗，但是终究因为他们有大夏国援助，敌他们不过，只得舍弃了王位，逃出国外。仔细计划，只有中国最强，而且他的父亲曾经来朝，与帝尧有点交情，又他父亲临终的时候，亦秘密吩咐他，将来如有急难，切须倾向中国，因此他们决意东来求救。不想在此地遇到，真是运气之至。当下帝尧知道这种情形，便和群臣商议。第一，路隔太远；第二，时当水灾；究竟能不能助他呢？可不可助他呢？应不应助他呢？讨论了许久。结果，篯铿道："臣看起来，援助呢，总只有援助的。讲到理，除恶助善，是应该之事。讲到情，渠搜国王从前曾经恳托过。只有讲到势，似乎在此时间，无法可想。但臣有一策，不妨试试。据这太子说，他所以敌不过叛逆的缘故，因为叛逆有大夏国之助，其余邻国及国民都不以叛逆为然的。果然如此，我们现在且不必出兵，最好先遣大臣，偕同这太子回去，联络他的邻国沃民国之类，齐向大夏国警告，劝他不可以帮助叛逆。假使不听，那么中国为正义起见，为救邻起见，不能不出兵了。到那时，大夏国能不能负这个责任，值不值得，请他自思。只要大夏国不帮助，那叛逆自胆寒，站不牢了。兵法所谓'先声而后实'，就是这个方法。"帝尧道："万一大夏国竟倔强不听，那么将如之何？"篯铿道："果然他不肯听，只能出兵讨伐。路程虽远，水灾虽大，亦不能顾了。因为堂堂中国，有保护小国之责。现在渠搜国王万里归诚，以孤相托，今其太子又远远来此求救，若置之不理，或竟无办法，那么四方各国无不闻而懈体，中国之威德体面一无所存矣。所以臣说，大夏国万一不听，只能出兵讨伐，一切不能管了。"和仲道："篯铿之策，臣甚以为然。臣对于西方各国情形，颇能明白。彼等向来见中国版图之大、人民之多、文化之高、器械之精，无不钦畏。自从老将羿射落九日之后，他们尤其畏服敬慕。所以，果然用中国天子的命令去训诲他，料来一定慑服，不敢不遵的。第二层，大夏国之君，贪而骄，对于邻国都不甚和睦。果然联合了沃民等国共同去教训他，他知道众怒难犯，一定更不敢倔强了。所以篯铿此策臣以为可行。"帝尧道："那么，此刻何人可同他们去办这件事呢？"和仲道："臣职掌西方，责无旁贷，臣愿往。"帝尧大喜，当下就将这个办法和渠搜太子说了。太子等感激涕零，皆再拜稽首叩谢，随着和仲向渠搜国而去。

这里帝尧等再向西行，路上遇见许多百姓，都劝阻帝尧不可前进。因为前面就是弱水，其水无力，不能负芥，本来难于济渡的。现在又来了一种龙头的怪物，名叫"窦寡"，盘据水中，以人为粮，蕃育它的子孙。附近居民，被它们吞噬的已不知多少。大家无法可想，只能迁而避之。那边沿弱水上下两岸，千余里之地，已是一片荒凉，人烟断绝，不要说吃的没有，就是住亦无可住了，所以劝帝勿往。帝尧听了，不胜踌躇，还想冒险到那弱水望望。张果老力阻道："窦寡虽恶，决不敢无礼于圣天子，这倒可放心的。只有那弱水难渡，去亦何益，依小道愚见，不如仍回原路，泛山海，走梁州吧。"帝尧不得已，只能折回，再冒流沙之险，又辛苦了多日，才到崇吾山原地，沿泾水而下，乘舟泛山海，再溯渭水而上。

一日到了一处，张果老忽用手向南指道："那边葱茏的山，名叫谷口（现在陕西眉县南，即斜谷口）。当初人皇氏生于刑马山提地之国（在现在西藏），龙躯人面，骧首连腋，其身九章，乘了云车，经过梁州，出这个谷口，以到中原，何等热闹！此情此景，如在目前。不想如今此地已变成如此模样，真是可叹！"篯铿便问道："人皇氏如此形状，是先生见过的么？"张果老道："怎么不是？不要说人皇氏见过，就是地皇氏、天皇氏也都见过呢。地皇氏女面龙颡，蛇身兽足。天皇氏碧颅秃楬，欣嬴三舌，人首鳞身。他们的形状都是很奇的。"话未说完,帝尧就问道:"汝说今年才三十六岁,何以三皇都能见过?"张果老听了,笑笑不答。帝尧又问道:"既然汝当初已看见三皇,那么汝当时做什么事?住在何处?"张果老道:"小道当时还小,不做什么事,只是闲游。至于住处,就在前面,明朝经过的时候,可以去看看。"帝尧见他如此说,亦不追问。这晚就泊在北岸岐山脚下(现在陕西岐山县)。

次日早晨,尚未开船,帝尧和群臣上岸闲步,忽见一人,头戴箬笠,身着短衣,三绺长须,携着行李,缓步而来。早有从人上前启奏帝道:"这个就是那日逃避的狐不谐。"帝尧一听,慌忙迎上去施礼。狐不谐不料帝尧在此,无可躲避,只得还礼,并道那日逃避之歉。帝尧道:"先生令德,钦佩久矣,敢请同上小舟,畅聆教益。"狐不谐至此,无可奈何,只得一同上船,与篯铿等各通过姓名。帝尧遂将胸中所欲解决之问题,统统提出来问狐不谐。狐不谐对答如流,言词清敏。谈了半日,帝尧大喜,就要拜他为师。狐不谐抵死不肯承认。后来赤将子舆等调停,总算承认作为帝友,于是就在船中行订交之礼。帝尧就问他道:"足下家乡不在此地,来此何事?"狐不谐道:"访一个人。"帝尧问所访何人,狐不谐道:"此人姓王,名栩,闻说有经天纬地之略,于各种学术无不通晓。而且他的年纪大约已有几百岁,他是轩辕氏时候的人。某听他有时住在北面的一座什么鬼谷山(现在陕西三原县西北),所以不远千里,前来访之,但是竟没有遇到,据说到南方的亦是一座什么鬼谷山(现在河南省登封市)去了。"赤将子舆听了,便说道:"不错,不错,当时果然听见说有王栩这么一个人。黄帝晚年,曾经想召用他,后来和浮邱公、容成公等商量了许久,说道:'这个人才艺虽大,时运未至,直要等到再过二千年,才有许多知名之人出在他门下,建功立业,那时他的大名才可以显著。再过多少年,有一班卜筮的人非常崇奉他,供他的形象,虽不能倾倒豪杰,然而贩夫牧竖却个个可以知道他的名字,那才是他交运之日,于今尚非其时。'于是遂不去用他。野人当日听了这番话,非常诧异,以为天下决无如此长寿之人,不想此人果然尚在,可见黄帝和浮邱、容成诸公真是能前知的神仙呢!"大家听了,颇为奇异,都说可惜寻他不着,不然和他谈谈倒是好的。当下狐不谐便问帝尧:"此番西去,是否巡守?"帝尧便将这次经过的事统统告诉了他一遍。狐不谐道:"原来如此。帝此去求见西王母,能否见到虽然是一个问题,但是为民上的人总应该尽人事而听天命,帝作速去吧,不要为某一人耽误大事。"说罢,立起身来告辞,帝尧与他订了后会之期方才别去。

这里帝尧等亦泛舟前进,旋即舍舟登陆,向南山而行,路甚崎岖,但尚不碍行路。一日,正行走间,张果老忽哈哈大笑,向帝尧道:"那日帝问小道从前住在何处,如今到了,请帝和诸位到小道的旧居歇歇吧。"说着,当先领路,由路旁一座岭上走上去,曲曲弯弯,不片时,看见一块平旷之地,紧贴岩下。岩内有一洞,窈然而深,颇为宽广(现在陕西凤县北豆积山消灾岩下,有张果老洞,即此),其中蝙蝠矢却又甚多。篯铿忍不住,又问道:"先生何以专喜洞居,而与蝙蝠为伍?"张果老正色道:"亏足下是个博古的人,三皇之世有房屋么?至于蝙蝠,是我的子孙,何足为奇呢?"篯铿听了这话,又觉稀奇,但见他如此神气,以为他发恼了,亦不再追究,一笑而罢。出洞一看,只见平地之外,悬崖陡落,下面就是潜水(现在叫西汉水),风景甚壮。徘徊一时,仍由原路进行。

帝尧因求见西王母之心甚切,恨不得立刻就到,所以一路上无心玩赏风景,绝不停留。过了多日,果然已到西海。从前大司农来,是先到三危山,寻到三个青鸟使,才能过去。帝尧亦知道寻到青鸟使是烦难之事,但是既已来了,决无退缩之理。一面吩咐从人预备船只,一面斋戒沐浴,虔诚地望西祷告了九日,方才率领群臣上船,径向三危山开去。幸喜得海波不扬,水平如镜,开到后来,渐渐薄暮,一轮红日从那崦嵫山背后沉了下去。晚餐之后,帝尧与群臣到舵楼上来望望,但觉夜色苍茫,满天星斗,遥望前途,渺无边际,正不知道三危、昆仑是在哪一方面。忽而赤将子舆向西指点道:"那边仿佛若有光呢,是什么东西?"大众一看,果然远远地有无数光耀,大者如月,小者如星,正不知是什么东西,但见其光渐渐移动,且系迎面而来。过了一会儿,那光耀更近,越大亦越亮了,仿佛光耀之下聚着许多人。篯铿慌忙向帝尧作贺道:"恭喜恭喜,这一定是三青鸟使来迎接了。"帝尧未及答应,赤将子舆忙叫舟人卸了帆篷,以便停船相待。又过了片时,那光耀果然已到面前，只见那浮在海面上的并不是船，而是老年大树的一段枯根，足有三丈多长，后面许多根枝，根根翘起，散布在空中，那光耀就从根枝的尖上发出来，高低上下，不可逼视，火树银花，照得四周和白昼一样。枯枝上面坐着许多仙客，都是羽衣霞帔，星冠云裾，有的手执笙箫，有的斜抱云和，有的倚着，有的仰着，看见了帝尧的大船，都一齐立起来，拱手叫道："圣天子请了。"帝尧在船上，忙还礼道："诸位上仙，可是奉西王母之命来迎接某的么？"内中有一个羽仙答道："不是不是，某等是世外无业之人，游历四海。今朝不期在此处遇到千古第一的圣天子，万幸万幸。"帝尧听了，不禁大为失望，便再问道："某因中原洪水为灾，民生昏垫，人力实无治法，因此想到昆仑请求西王母大发慈悲，予以援助。现在到了此地，正苦迷津，可巧遇到诸位上仙，万望引载某到西王母处，不胜感幸。"那羽仙回顾他的伴侣，低声商量了片时，便又回头，向帝尧道："这个不能，却又不必。因为这种大灾，是天意所定。时期未到，虽西王母亦不能挽回；时期到了，自有大圣人出而施功，是无可勉强的。某记得圣天子在前数年，已经遣大司农到昆仑去过。西王母已将这个原理切实说明，圣天子何必着急呢！"帝尧道："上仙所说固是，但是某忝居万民之长，有保护万民之责，现在目睹万民如此憔悴，必中如何能安，所以总想请西王母早点救援，早一日则万民早苏一日，早两日则万民保全不少。天心仁爱，想来没有不可通融的。"那羽仙道："圣天子这话，真所谓如天之仁，足以感动天地。现在某等知道，上天嘉许圣天子的心，不愿使圣天子长此忧勤，所以那辅圣天子的大圣人和治水的大圣人，不久就要陆续降生了，请圣天子放心吧。"帝尧忙问道："此刻还未降生么？要何时降生？"那羽仙道："大约总在四五年之后。"帝尧一听，又不禁愁闷。那羽仙劝道："流光如驶，转瞬间事耳。那大圣人降生后三十年，就可以出而辅佐圣天子。再是十年，水土尽平，圣天子可以高枕无忧，享太平之乐矣。"帝尧听到此处，无话可说，默默不语。那羽仙道："圣天子请回去吧。昆仑山此时一定寻不到，西王母此时亦一定不能来帮助，务请不要空劳跋涉。某等还要到各处去游历，言尽于此，后会有期，再见再见。"说着，那枯树根忽然旋转，径向南方，直射而去，俨如激矢，却不看见它有转舵拨棹的形迹。转眼之间，光耀渐远渐小，乃至不见。舟中之人无不看得奇绝，大家只是发呆。那船上的舟子忽然说道："这是'贯月槎'，我们这里看见它有几次了。有些人叫它'挂星槎'，大约十二年来一次，这回是第三次了。"篯铿忙问道："槎上的仙人到岸上来过么？"那舟子道："从没有上来过。上次记得有人从南海来，在海中亦遇到他，知道他们是仙人，要想求他们度脱。那仙人给了些露水，随即将露水饮入口中一嗽，仍复喷将出来，霎时间天地尽晦，咫尺不能相见。及至隔了许久，天地复明，那槎已不知所往了。这真是仙人呢。"帝尧等听了，回到船中，大家商议。赤将子舆道："既然仙人如此说，料想昆仑山必不可到，不如回去吧。"大众都以为然。帝尧无法，只得转舵登岸，怏怏而归。

到得半途，张果老忽然向帝辞职，说有事要到别处去。帝尧因为他言语惝恍，举动诡谲，本不十分满意，现在既然他辞职要去，所以亦不之留，于是张果老就辞了众人，飘然去了。到了次日，篯铿忽亦向帝尧辞职，说要到别处去。帝尧问他去做什么事，篯铿道："臣想人生在世，不过百年，到得寿数一终，一切化为乌有，终身忙忙碌碌，何苦乃尔！所以臣意欲辞去官职，去求那长生之术。虽则不想同柏成子高、王倪、张果老、赤将先生等一样的长寿，但求多活几年，于愿已足了。"帝尧道："四方多难，汝年事正轻，又系王室贵戚，理应该辅佐朕躬，为百姓尽力，岂可学那种隐遁修炼、独善其身的勾当？赤将先生系世外之人，经朕敦请，尚且肯在此宣力，何况于汝？长寿短夭，是有命的。长生之术，求不求得到，亦是有命的。且待汝年纪稍长，天下稍定之后，任汝再去求吧。"篯铿见帝尧不答应，只好作罢，但是他的这个心志始终不衰。

第二十三回

彭祖祈年　帝尧北巡守　獯鬻之状况
赤将子舆仙去　帝尧师尹蒲子　康衢
老人击壤　帝尧让位于子州支父

第二十三回

且说帝尧这次归途，是逾过嶓冢山，沿汉水而下。一日，到了一座山上安歇。次晨未起身之前，篯铿独自一人向各处闲步，只见路旁有一所神庙，庙中神座前供着占卜的器具。篯铿触动心事，就禀着虔诚，恭恭敬敬向神座拜了几拜，内心默默祝告道："篯铿此生不想羽化飞升去做神仙，但求在人世间，优游长住，能够多活几年，那么余愿已足了。不知道神明肯允许否？如肯允许，请赐吉兆，否则请赐凶兆。"祝罢起身，将卜具拿来一卜，哪知竟是一个大大的吉兆。篯铿大喜，后来他竟活到八百岁，这个兆果然应验的，此是后话不提。（现在陕西城固县西南四十里，有少年山，相传彭祖少年时祈年于此，故名。上面还有彭祖庙。）

且说篯铿下山，仍旧随着帝尧等一同东归。逾过南山，早到华山。只见空中一朵彩云，翱翔而至，到得帝尧面前渐渐落下，中有一人，乃是柏成子高，见了帝尧施礼道："闻帝东归，特来迎接。"帝尧慌忙还礼。赤将子舆问他道："汝已历劫坠落，何以还能乘云？"柏成子高道："我遭的是小劫，并非转生人世，所以性灵不昧，一切自能照旧，不过不能再居天上罢了。"帝尧便将西海遇仙之事告诉了子高。子高道："臣道行不深，于这洪水的原因及将来如何收拾之法，都不能了了。但是臣仿佛亦听见说过，这是天数，无可挽回，请帝安心回都，不必忧虑，静待天命罢了。"帝尧道是。子高依旧乘云，向肇山而去。帝尧由山海坐船，归到平阳，已是冬季了。

过了几日，和仲从渠搜国回来复命。据说他到了大夏之后，见了大夏国王，宣布中国威德，切实训诲了他一番。大夏国王悚息听命，誓不再助渠搜国之叛党。渠搜国叛党既然失了援助，又听说中国大兵将要前来，不禁惧怕起来。渠搜国太子趁此时纠集了本国忠义之士，里应外合，将所有叛党悉数歼除，不到一月，事情即已平靖了。帝尧听了，心中大慰，称赞篯铿之能设计划与和仲之能办事。自此之后,帝尧果然将急于治洪水的心思暂时搁起。

光阴荏苒,倏忽又是十二年,这年已是帝尧在位的第四十八载。这十二年之中,水患年年有增无减,真是无法可想。这年照例又须出而巡守,目的地在北岳恒山。一切政治仍由大司农等治理。同行者和叔、赤将子舆、篯铿等几个旧人之外,还有一个名叫叔均,是大司农胞弟台玺的儿子。台玺生得非常长厚,因之帝尧不叫他做什么事情。叔均却很精明强干,所以这次叫他随行,以广见闻,而增阅历。还有一个就是狐不谐,原来狐不谐自从与帝尧订交之后,后来帝尧西海归来,他亦常来访访。帝尧因为他不受官职,所以忽来忽往,绝无拘束。这次他适值又在都城,帝尧便邀他同行,他亦并不推辞。于是大众一齐起身,沿着汾水而上。走了两日,到得一处,只见一片平原,尚觉宽广。狐不谐向帝尧说道:"现在孟门山上之水,仍是源源不绝地下来。山海之水,逐年加增,民田逐年淹没。平阳地势较低,不久恐有危险。最好请在此处,筑一个陪都,万一不妙,赶即迁此,亦是未雨绸缪、有备无患之意,未知帝意以为何如?"帝尧听了,大以为然。那筑城之事就叫大司农等去筹划办理。帝尧等依旧前行,渡过昭余祁大泽,路上忽然遇见了尹寿。帝尧大喜,忙和篯铿上前施礼,并问道:"弟子长久不见老师,非常记念,屡次到河阳拜访,总说老师云游未返。今日相逢,大幸大幸。但不知老师这几十年中究在何处?"尹寿道:"某自从孟门山洪水陡发之后,仰观天象,灾气重重,知道这个不是无端之事,亦不是几年可了之事。圣主的忧勤,当然不可终日,某虽无寸长,又无职位,但是天下兴亡,匹夫有责,亦不敢不尽一分国民的义务。所以那年遣篯铿随帝从征之后,就弃家出游,到处物色人才,但是跑来跑去多少年,始终找不到可以平治这个水患之人。前四年,景星出于冀。我料想冀州地方必有大圣人降生,所以我又从南方跑到此地来找。不过后来一想,那大圣人虽则降生,到现在还只有数岁,即使找到,亦不能荐之于帝,所以即拟归去,再过二十年来找吧。"帝尧道:"原来如此。老师为国为民的心,亦可谓至矣。但是老师游历天下数十年,治水的大圣人虽一时还不能访到,其余能治天下的圣人,曾经遇到过么?"尹寿道:"这种人呢亦有,不过多是遁世之士,与巢父、许由差不多,决不肯出来,亦不必说吧。"帝尧道："老师说说何妨，或者弟子去请求，竟肯出来任事，岂不是好！即使不肯，弟子之心亦可稍安了。"尹寿道："依某所遇到的，还有两个。一个叫子州子父，一个叫伊蒲子。他们的德行学识，都和许由不相上下。"说着，又将两人的住址告诉了帝尧。帝尧大喜，谨记在心。又谈了片时，尹寿告辞，自回王屋山而去。

帝尧等依旧前行，到了恒山，朝见诸侯，一切旧例，不必细说。礼毕之后，帝尧就由恒山北麓下山，遥望西北面，浓烟蔽天，烟的下面仿佛火光熊熊。帝尧忙问道："那边走火么？"和叔道："不是，这就是那年喷发的火山，到此刻还在那里不绝地喷烟火呢。"帝尧道："可以过去望望么？"和叔道："臣早探听过，路既甚远，且有危险，不可以看。"帝尧听了不语，呆望了一回，方才向东北前进。走过涿鹿之阿，景仰了一回黄帝的遗迹，再向东北。走了几日，渐渐地看见许多异言异服的人。那些人身上总蒙羊皮，头发垂于脑后，编成一条，仿佛蛇尾一般，有的在那里牧羊、牧牛、牧马，有的群聚在一处做一种游戏。他那游戏之法，是用一根长木横搁在两面树丫之上，木上直垂两根粗索，索的下端平系着一块板，游戏的人立在板上，两手左右拉住两索，板系凌空，以足踏之，往来摇动，一前一后地荡起来，久之越荡越高，摇动不绝。帝尧看了不解。和叔道："这种游戏，他们叫作打秋千，是练习身体，使它轻趫的。大概以暮春时候为最多。"

正在说时，忽听叔均叫道："这个是什么奇兽？"帝尧等回头一看，只见许多人，每人各骑着一只奇兽，高约八九尺，颈和脚都很长，行步迟缓。后面还有许多只，不骑人，而背上物件堆积颇重，它竟能背得动，真是奇怪。细看它背脊上有两块耸起，仿佛和马鞍一般。狐不谐道："某闻北方有兽，其名曰骆驼，能为人驮物，不要就是它么？"和叔道："是呀，就是它。它是北方最有用的兽，性质非常温顺，而力气甚大，能够负重行远，并且能够耐饥忍渴，可以十几日不饮不食，又能够认识路径。流沙之地暴风甚多，暴风来时它预先能知道，引颈长鸣，随将它的头埋入沙中，真是有用之兽。"叔均道："那么我们亦可以养它起来。"和叔道："这却不能，其性耐寒而恶热，中原天气于它不宜，养不活的。"正说间，那些骆驼已渐渐走近了。篯铿道：

上古神话演义(第二卷) **五星出东方**

"它的四蹄很像牛。"和叔道:"岂但像牛,十二肖它都像的。眼睛像鼠,蹄像牛,耳像虎,唇像兔,额像龙,顶像蛇,腹像马,首像羊,毛像猴,膺像鸡,股像犬,肾像豕。"大家细细一看,果然不错。又走了一程,只见远远有圆形的东西,如大冢一般,散布在各地。和叔又指示道:"这是他们的住屋了。"帝尧等走近,细细一看,原来他们用羊毛驼毛织成的毡先铺在地下作为地板,再用做好的木架安在毡上面,再用许多毡围盖在上面,做了墙壁,前面亦用毡做了门,可以启闭,制得奇怪之至。和叔向帝尧道:"这种就是荤粥人,从前住在此地,屡为边患,后来被黄帝驱逐,直赶他到翰海之西,此地久已没有他们踪迹了。自从近年洪水为患,那边亦受了极大的影响,死的死了,散的散了。这一部人循海而东,遂到此地来,依山而居,所以亦叫作山戎,专门以畜牧牛羊驼马为业,人数不多,尚喜他们并不滋事,所以就容他们住在此地。"帝尧道:"原来如此。"又用手北指道:"那边过去是何处?"和叔道:"那边隐隐然横于天际,如头发一根似的,听说亦是新长起来的山,山外就是翰海。从前此地之水有些都流到翰海里去,此刻有山横住,都改向了。"帝尧听了,知道这次水灾真是天地之大变,人力不容易挽回的。

一日,行到独山(现在辽宁省锦县医无闾山东北九十里),紫蒙君知道了,慌忙赶来朝见。原来这时厌越已死,来朝的是厌越的儿子。帝尧想起兄弟之情,不胜伤感,当下问了他国内一切情形,知道甚为安谧,心中颇慰。紫蒙君去了,帝尧在独山上行了一个祭祀,默默祷告,求水患速平。祭毕之后,吩咐从人不再前进,仍由原路回到涿鹿,心想乘便一省母亲庆都之墓,于是再向南行。一日,走到一处山边,忽听得空中有一阵异鸟之鸣声。大家抬头一看,原来是一只青鸾,鸾上稳坐着一个道人。帝尧认得是洪厓仙人,方欲招呼,只听得洪厓仙人在空中大叫道:"赤将子舆!游戏人间,已经多年,这时事务早完,还不同我归去,等待何时?"赤将子舆听了,亦哈哈大笑起来,转身向帝尧打个稽首,又和篯铿等拱一拱手,说道:"野人去了,再会再会。"忽然之间,飞起空中,追着洪厓仙人的青鸾,一同而去,越过山峰,已不知所在。帝尧及大众看了,都惊叹不已,然而已无可如何。后人就将那座山取名叫作洪厓山(现在河北省易县北三十里)。独有那篯铿怅怅

188

尤甚，恨不得跟了赤将子舆同去，一路上随帝尧前行，一路上仍是凝思不置，这亦可谓确慕仙术了，闲话不提。

且说帝尧到了唐邑，省过庆都之墓，仍向南行，沿着大陆泽西岸而前。一日，到了一座山上，望见那泽中波涛汹涌，船只都无。记得从前并不如此，水患之深，至于此极，不禁慨焉太息，深以不能得到贤人来治理它为恨。（后人因此就将此山取名叫宣务山，就是说帝尧能够为民宣力，务访贤人的意思。此山在现在河北省唐山市北。）徘徊了一回，方才下山，向西北归去。那篯铿是喜欢游览之人，叔均初出游历，尤其兴致浓厚，遇着赤将子舆又是个老于阅历无所不知之人，又善于谈说，尤为有趣，所以每遇帝尧息驾之时，三个人总趁空到各处走走。如今赤将子舆仙去了，两个人的兴致不免大减，然而遇到机会，不免仍旧要去走的。一日路过五柞山，帝尧与和叔、狐不谐犹在午餐，叔均又拉了篯铿同上山去游玩。不到半里，只见一人，头戴纶巾，身着羽服，坐在长松之下，手中拿着一包丸药，送往口中，用清水送下，吞完之后，又取出几颗大枣来细嚼。两人看了，不禁有点奇怪，忍不住问他道："汝有病么？"那人诧异，反问道："我有什么病？"叔均道："不病何以吞丸药？"那人笑道："丸药一定要有病才可吞么？有病吞丸药，恐已迟了。"篯铿听他说得有理，便问道："那么这个是什么丸药？"那人道："是云母粉。"篯铿博览群书，知道云母久服，是可以长生的，却不知道它的服法，便又故意问道："云母粉可服么？"那人道："炼过了可服，不炼过，不可服。"篯铿便问他怎样炼法，那人大略地说了些。篯铿大喜，便问他姓名住址。那人道："某姓方名回，就住在这座山中。"篯铿道："先生愿做官么？某可荐之于天子。"方回笑道："我果然要做官，也不求长生了。足下所言，未免鄙俗之见。"篯铿道："某并非必欲先生做官，不过先生做官后，可以长住都城，某就可以朝夕请教，这是某个人之私意。"说罢，遂将自己的履历及志愿告诉了方回，并且说："如不是个朝廷贵戚，早已脱身而去，与先生把臂入林了。"说罢，不禁叹息。方回道："既然如此，我本是无可无不可的，做做官亦没有什么关系。不过有二句总纲，叫作'位要小，事要简'，假使不然，我不就的。"篯铿听了大喜，又谈了些话，便和叔均回转，亦不将此事告知帝尧，依旧随帝前进。过了昭余祁大泽，沿汾水而下，只见那新建的陪都已筑好了（现在山西霍县之西有唐城，薛瓒曰尧所都）。帝尧巡视了一遍，忽然想起尹寿之言，遂不归平阳，径向西北而行。

次日，到了一座山边，寻访伊蒲子（现在山西隰县北五十里有尧师伊蒲子隐居处），果然一寻就着。那伊蒲子长身玉立，气概不凡，年纪约在六十以上。帝尧上前施礼，就将尹寿介绍的话说了。伊蒲子笑道："尹先生是天下奇才，无所不能的人。某也山村鄙夫，寡闻少见，何足当圣天子之下顾？圣天子轻信尹先生之言了。"帝尧道："尹先生是某师傅，向承训诲，决无谬误，请老先生不要执谦。"当下二人谈了许多，渐渐谈到水灾之事。伊蒲子道："某家贴近壶口山，那年水患初起，某就跑去考察，觉得这水患非寻常可比。寻常的水患不过霖雨为灾，或蛟水暴发，或堤防溃决等，都是暂时的，那就有法可想。现在的水患，其来也甚骤，而且连绵数千年之久，为历史上从来所无之事。当水患初起之前，某记得连年大地震，想起来大约是地体变动的缘故。果然如此，非有能移山决水的伟人，无所施其技了。而且自从水患发生之后，某来往南北两地，觉得北方之地似乎渐渐地在那里升高，南方之地似乎渐渐地在那里降低，是否某之错觉，不得而知。如其不是错觉，恐怕这个水患正方兴未艾，即使有能移山决水的人，一时亦只能束手呢。"帝尧听了这话，忧心转切，然而亦无可如何。以后又与伊蒲子谈谈各种政治学问，觉得他的程度不在尹寿之下，于是决意拜他为师。伊蒲子虽是谦辞，但是却不过帝尧的诚意，亦只好受了。当下师弟二人，又接连谈了几日，帝尧方才告辞，回到平阳。

流光迅速，倏忽又是两年。这年是帝尧即位后的第五十载了。一日，帝尧退朝之后，在燕寝中独坐，心中正是忧虑水患，闷闷不乐。既而一想，水患如此厉害，虽则大家都说是天意，无可如何，但是我治天下已经五十载，时间不算不久，究竟天下治了没有呢？这是一个问题。究竟天下亿兆百姓愿推戴我做君主不愿呢？如果略略有点治绩，如果亿兆百姓还愿意推戴我，那么水患虽则不能治平，我还可以郊天地、见祖宗、临百官、抚万民。假使连治绩都没有一点，那亿兆百姓已经怨我恨我，不愿推戴我，那么我这五十载的尸位素餐、滥窃尊荣、贻误天下,其罪已无可逭,以后哪有颜面再做君主呢!想到此际,更觉忧心如捣。次日视朝,遂将这两层问题问之左右之人。哪知左右之人都回说不知道。后来又问之外朝之群臣,群臣亦都回说不知道。帝尧不觉疑惑起来,想了一想,便叫几个亲信的人,到郊外地方去打听,究竟天下治了没有,亿兆百姓愿推戴我不愿。哪知去了转来,仍旧回复说一个不知道。帝尧听了,更自诧异,越发疑心,后来想了一个主意,说道:"还不如我自己去打听吧。"说着,便换了一身普通百姓的衣服,走出宫门,叫左右之人不必跟随,独自一人渐渐走到康衢大路。只听见许多儿童,在那里唱歌,唱的四句是:

天生蒸民,莫匪尔极。不识不知,顺帝之则。

帝尧听了这个歌词,觉得大有道理,就走过去问那些儿童道:"你这个歌词,唱得很好,是哪个教你的?"儿童道:"我是听来的。"帝尧道:"从哪里听来的?"儿童道:"从大夫那里听来的。"帝尧道:"大夫住在哪里?"儿童遥指道:"就在前面那所屋子里。"帝尧听了,起身就向那屋子行去。忽见转弯地方,有一群人围住在一处,不知何事,不免也挤进去看。哪知里面却是一个老人,须眉皓白,坐在地上,手中拿着一根槌棒,不住地击那土壤,仿佛如孩子在那里游戏一般。帝尧正自不解,忽听见人丛中有一个说道:"现在的时世,真太平呀!你看,大家除出工作之外,都是熙熙皞皞,一无事情,一无忧虑。这个八十岁的老翁,都可以在这里优游自得。帝的恩德真广大呀!"哪知击壤的老人听了这句话,忽然大声说道:"什么帝恩帝德!什么广大不广大!你听我道来。"随即一手击壤,一面口中唱道:

日出而作,日入而息;凿井而饮,耕田而食;帝力何有于我哉!

这个歌唱完之后,把帝尧的意兴扫了一半。原来帝尧见有人称赞他恩德广大,以为这是百姓愿意推戴的表示了。哪知击壤老人却说"帝力何有于我",岂不是明明不承认么!想到此际,亦无心再听下去,急忙走开,再去找那个大夫。那大夫是个闾里之官,向来见过帝尧,是认识帝尧的,忽见帝尧驾临,不觉出于意外,又见帝尧穿了这种服式,并左右之人不带一个,尤其诧异,慌忙迎接施礼。帝尧亦不及告诉他原委,就将刚才听见的那个歌儿问他道:"这歌是否汝作了教他们的?"那大夫道:"不是,这是古诗。"帝尧听了,更加失望,心中暗想,不但百姓没有推戴我的表示,就是做大夫的亦没有代君主宣传德意的意思,那还有什么话可说呢!当下别了大夫,急急还宫,倒反把那个大夫弄得来满腹狐疑,莫名其妙。且说帝尧还宫之后,把刚才经过情形仔细一想,觉得天下似乎已治,似乎未治。百姓推戴我的,似乎亦有,那不愿推戴我的,亦似乎不少。这个问题,很难解决。后来再一想,不如去问老师吧。

次日,遂命驾往王屋山而来。到了尹寿家中,只见座中先有一个老者,清癯瘦削,道貌岸然。帝尧不认识他是什么人,先向尹寿施礼。尹寿忙指着那人,向帝尧介绍道:"这位就是某从前所说的子州支父先生。"帝尧大喜,即忙上前施礼,说道:"某自闻尹老师之言,曾经亲自到府造访,又着人探听,都不曾遇到。今日有缘,竟获叩见,幸甚幸甚。老师之友亦即某之师也,敢以弟子之礼相见。"说着拜了下去。子州支父慌忙谦逊,已来不及了,只能还礼。礼毕,又谦逊一番,方才坐下。尹寿便问帝尧道:"帝今日轻车简从,辱临舍下,必有见教之事。"帝尧便将从前一切情形,述了一遍。尹寿未及开言,子州支父说道:"这个真所谓至德之君,至治之世呀!"帝尧道:"老师何以如此说?"子州支父道:"一个人终身在天之下,在地之上,哪一个不受天地的恩德?哪一件事不受天地的恩德?然而哪一个是知道切实感谢天地的?我们做事,但求有济,何用赫赫之名?那求赫赫之名的人,功一定要自我成,事一定要自我作,并且一定要有形迹可表见,这种所谓卑鄙的浅人,帝难道要想学他么?"帝尧听了,虽则仍旧谦虚,不敢自信,但亦不能不佩服他的卓识。又谈了一回政治,觉得他颇有以天下为己任的口吻,与其他隐士不同,于是就要将天下让给他。子州支父听了,笑道:"叫我做天子亦可以,但我奔走天下多年,受了劳苦,适有一种幽忧之疾。这次归来,原想自己先治病的,实在没有工夫来治天下,请帝原谅吧。"帝尧还要再让,尹寿道:"不用说了,他是一定不肯受的。做了帝者之师,岂不是比做帝者还要尊贵么?"帝尧只得罢休。后来师生三人又续谈了数日,帝尧方才告辞归去。

第二十四回

舜生于诸冯　舜不得于亲

务成子教舜

第二十四回

却说平阳之西南数百里，有一个小小村落，依山而居。其中有一份人家，姓虞，名槐。他的高祖，名字叫幕，能够平听协风，以成乐而生物，以此功德受封于虞，做一个小小的诸侯（现在山西虞乡县）。幕娶的妻室是颛顼氏的女儿，名字叫鱼妇，生了一子，名叫穷蝉，穷蝉的儿子名敬康，敬康的子叫乔牛。这个虞槐便是乔牛的儿子。在乔牛的时候，已经失国，降为庶人，家世微贱了，然而还住在这个地方（现在虞乡县有瞽叟村）。那虞槐的为人亦还厚道。他娶了一位夫人，名字叫握登，生了两个儿子。大儿子的名字史已失传，在下不敢妄造。第二个儿子，名字叫舜，他未生的时候，却有非常之祥瑞。有一日，握登上山取柴，看见天半一条大虹，非常美丽。握登向它注视了一回，只见那大虹的光彩骤然收敛，降在地上，化作美貌男子，向握登直扑过来。那握登不觉如醉如痴，莫能自主，只得听其所为。及至醒来，那美貌男子已经不见，只觉己身横卧在草坡上，深恐落人褒贬，急忙走起，将周身整理整理，取了柴，匆匆下山而归，然而心中犹是意绪缠绵，不知所可。哪知自此以后，就有孕了。据后世人的揣测，这条大虹是天上枢星之精所化的。过了几月，适值孟门山的大水涨溢，所住的村落眼看就要淹没了。虞槐夫妇不得已，只能带了长子，移家东徙，到了一座诸冯山下，名叫姚墟（现在山西垣曲县东北四十里）的地方住下。又过了几月，就生了舜。舜的形体有非常奇异之处。第一，他眼内瞳子，都有两个。第二，他的掌心，有文如褒字。第三，他的脑球突出，眉骨隆起，头大而圆，面黑而方，口大可以容拳，龙颜而日角。有这几种奇异之相，当然是个不凡之人，而且自小聪明之至，虞槐夫妇爱如珍宝。因为舜是一种花卉，所以他的号就叫华。因为他是行二，所以就叫仲华。因为他是重瞳子，所以亦叫重华。不料数年之后，握登忽然染病而死，虞槐非常哀悼，加以两儿幼稚，抚养无人，不得已，娶了一位继室。那继室夫人，不知何许人，性情悍戾，结婚数月，对于舜弟兄渐渐有点露出晚娘的手段，而尤其嫉视的是舜。因为舜相貌非凡，人人称赞，就是虞槾亦加爱惜，因此更生妒忌，然而外面却尚没有虐待的形迹，衣食一切仍旧是肯照管的。过了两年，那继室夫人亦生了一个儿子，取名叫象。自从象生下之后，那继室夫人对于舜弟兄的衣食等推说事忙，渐渐不管。那舜兄弟的饮食竟是有一顿没一顿的，衣服亦是有一件没一件的，耐饥忍寒，过他们惨淡的日子。舜这个人天性至孝，自从他母亲死后，虽则还是个孩童，然而有人说起握登，他总要痛哭，每逢他母亲的忌日，亦是要痛哭。哪知这位继室夫人大大不以为然，常常骂舜道："你这个号丧鬼，为什么只管要这样地哭？你的死鬼母亲，给你哭死了也够了，你现在还要来哭死我么？"舜是个大孝之人，待后母和生母一样。自从给他后母骂过两次，夜间枕席上虽常有泪痕，但是日间总是欢颜悦色，无论如何不敢滴泪了。一日，又逢着握登的忌日，适值象在襁褓之中，哑哑而哭，舜要想使他止哭，百般地设法引逗他笑。那继室夫人看见了，又骂道："今朝是你死鬼娘的忌日呢，你忘记了么？一点哀痛之心都没有，在这里嘻天哈地，可说是全无心肝的人，人家还要称赞你是孝子，真是扯你娘的臊！"舜听了，一声不敢言语。

　　过了许久，虞槾忽然双目害起病来，医治无效，半年之后，竟变成一个瞽者，因此大家不叫他虞槾，竟叫他瞽槾。后来年纪大了，大家又叫他瞽叟。那继室夫人至此，更异想天开，竟迁怒到舜身上，常常骂道："都是你这个晦气鬼，弄到如此。你想，自从你死鬼母亲担了你的身之后，家里就遭了水灾。你出世没有几年，你的死鬼母亲就死了。这还不是被你这个晦气鬼克死的么？现在父亲又双目全瞽了，你这个晦气鬼不死，人家屋里不知道要弄得怎样颠颠倒倒呢。"这两句话，一来骂，两来骂，甚而至于看见就骂，弄得来舜无法可施，然而他仍旧是亲亲热热、恭恭敬敬地对待后母，既无怨恨之声，亦绝无懊丧之色，一味子耐苦挨骂过日子。那瞽叟对于前妻握登是非常有情义的，对于舜本来亦是非常宠爱的，然而死者既然不可复生，那个情义自然由渐而淡，久而久之，不知不觉把从前的恩爱都移到后妻身上去了。膝下的依恋虽是可爱，然而枕边的浸润之谮亦是可畏。自从那继室夫人过门之后，瞽叟的爱舜已不如从前。自从生了象之后，心思别有所属，爱舜之心更淡了，甚至舜弟兄的饥寒冷暖都不问了。后来眼目患病，肝火大旺，遇事容易动怒，禁不得那位继室夫人又在旁煽动，于是瞽叟对于舜弟兄也常常地责骂挞楚。到得失明之后，一物无所见，肝火越旺，那时间更是以耳为目，唯继室夫人之言是听。舜兄弟二人真真叫苦不堪言。

有一年冬天，气候大寒，舜身上还是只有两件单衣，瑟缩不堪。邻居一个姓秦的老者，与瞽叟本来是要好的，心地又很慈祥，见了如此情形着实看不过，然而疏不间亲，亦不好怎样。一日，过来望望瞽叟，假作闲谈道："虞老哥，好久不见了，我实在穷忙得很，没有常来望你，你现在眼睛怎样了？"瞽叟听了，叹口气道："我的眼睛是不会好了，医治也医治到极点了，然而总无效验。若要再见天日，恐怕只有下世呢。"说罢连连叹气。接着，又说道："我生平自问并无过失，不知道老天何以要使我受罪如此？自从近十年来，先遭水患，家产损失，前室又去世了，现在我又变成废人，不能工作，所靠者谁？家运之坏，坏到如此，老兄代我想想，这种情形如何过得下去？"秦老忙宽慰他道："老哥，不要焦急。我想你的眼睛，或者一时之病，倘能遇着名医，未始无重明之望，且再宽心养养吧。至于你的家计，好在两位世兄都渐渐大起来了，就可以接的手，你何必忧愁呢！"瞽叟听了，连忙摇摇头，说道："不要说起，不要说起，我的大小儿呢，本来是愚笨不过的人，现在我失明了，田里的事情叫他去做做，倒也不要去管他。第二个小儿舜，生得还有点聪明，相貌亦还好，我从前是很希望他的，不料现在变坏了，常常给我生气。我不知道训责过他几次，总不肯改好。现在我眼睛瞎了，不能管他，据说，益发顽皮懒惰了，我还有什么希望呢！"秦老道："老哥不要性急，究竟年纪还小，还不到成童之年呢。小弟有一个愚见，孩子年纪虽小，书总不可不读。读了书之后，自然能够明白一切道理。现在大世兄已经十五岁，要替老哥帮忙，那是不能再读书了。二世兄正在就傅入学之年，老哥何不给他读读书呢。有个师长教训指导，那么种种规矩礼节亦可以知道了。"瞽叟道："老兄之言极是。不过我患目疾多年，外间从来未出去，一切情形都不清楚，不知道附近有没有好的师傅。"秦老道："前村中新近来了一位务成先生，设帐授徒。小儿不虚,就在那里从他读书。小弟亦常去谈谈。那个人学问道德真是旷世寡俦,教授法之好,那更不必说了。前村路并不远,我看二世兄何妨去读读呢。"瞽叟忙道:"好极好极,现在请老兄先去介绍,待与拙荆商量过后,就遣他入学,如何?"秦老连声道:"可以可以。"于是又谈了些闲天,然后告辞而去。

次日,秦老就到务成先生处去介绍,那先生道:"虞家的情形,鄙人很知道,恐怕今天如此说,明天不见得肯来。"秦老道:"先生何以知之?"务成先生道:"鄙人以理想起来,当然如此。"秦老道:"昨日虞叟亲自答应,并且托我来订定的,何至于失信!"务成先生道:"足下不信,且将入学的日子送去,看他如何。"秦老听说,便立刻起身,再来访瞽叟。哪知瞽叟果然已经变卦了,说道:"承你老兄厚意,给二小儿设法读书,固是感激的,但是自从我病目之后,医药等费不知道用去多少,现在我又变成废人,不能工作,家计日用尚且艰难,哪有闲财再供给他们读书呢!"秦老听了,知道他纯系假话,连忙解释道:"束脩之敬,不过是个礼节,丰俭本属不拘。师长之尊,以道自重。既已答应录为弟子,难道为了区区束脩,反有争多嫌少之理?老哥,你不拘多少,随便凑些吧。"瞽叟道:"不瞒老兄说,我昨夜盘算过,委实一点筹措不出,所以只好暂时从缓再说。不然,儿子的读书大事,我岂有不尽力的呢!"秦老听了,不免生起气来,说道:"务成先生那边,我已经去说过了。先生道德极高,而且乐育为怀,对于束脩多少有无,决不计较。我看明朝二世兄不妨先同我去,拜师受业,至于束脩,慢慢再说,老哥以为何如?"瞽叟听了,沉吟了半晌,才说道:"我看不对,束脩以上,是从师的礼节。第一日从师,就废去礼节,那么怎样说得过去呢!况且师长教弟子是要有礼节的,假使弟子失了礼节,师长还要收他,那么这个师长亦未见得是良师了。"秦老听他说这种蛮话,更加生气,便说道:"我与老哥多年邻居,有通财之义。既然如此,世兄的束脩暂时由我代备,你看总使得了。"瞽叟又沉吟了一晌,说道:"我向来不轻受人之惠,为了小儿读书,倒反使你老兄代垫束脩,我心何以能安?老兄厚意,谢谢,谢谢。"秦老道:"这有什么要紧,是我愿意代垫,并非老哥硬要我代垫,将来可以还我。世兄如其发迹之后，就使再加些利息还我，我亦可以收，有什么于心不安呢？"瞽叟道："我总觉于心不安。我岂不要我的儿子读书上进，不过此刻，暂时还不能读书，别有道理，请我兄不要再说了。"秦老这时直气得三尸暴跳，暗想：你如此确守阃令么！然而无可如何，正要起身，回头一看，只见舜立在旁边，那种瑟缩战兢的样子实在可怜，又动了矜悯之心。忽然想到一个计策，于是再坐下，又和瞽叟说道："你老哥这种气节，非礼不动，一芥不取，真是可敬得很。不过我为老哥想想，情况既然如此艰难，那么二世兄虽然不能读书，就是在家坐食，亦非所宜。我今岁养了一头牛，本来是我小儿不虚在那里放的，如今小儿进了学塾，没有人放。我想，可否请二世兄代我看放，我家里虽然穷，但是一日三餐是不缺的。逢时逢节再送些酬劳，不知道老哥肯不肯？这是自食其力，与受人之惠不同，又可以减轻家中负担，老哥你再想想看吧。"瞽叟听了这话，又沉吟了一回，说道："你老兄的厚意，代我父子打算，真是极可感激。既然如此说，那么我就叫他到府上效劳，但是请你老兄须要严厉地教训，不可客气，因为这个孩子是顽蛮惯了。"秦老见目的已经达到，亦不多言，就说道："那么好极好极，明日正是吉日，就请二世兄来吧。"瞽叟答应，秦老辞去。瞽叟的继室夫人听了这个消息，虽则仍是极不愿意，然而瞽叟已经答应，不能一次翻悔，二次又翻悔；继而一想道：亦好，十岁的孩子，从来不大出门，哪里会看牛，将来给牛踏死或闯了祸，尤其好，横竖随他娘去吧。

次日，瞽叟果然就叫舜到秦老家中来。秦老看见了，连忙叫他娘子将儿子不虚的旧衣裳拿出几件来，给他穿了。秦老娘子又给舜将头发理过，又给他吃了饭，然后牵出一头牛来，向舜说道："你同我来。"舜答应了，秦老便牵了牛，前头走，舜在后面跟。不到半里之遥，只见一座山坡，树林蓊森，枯草历乱，坡之下面有一条小溪，流水潺潺有声。秦老就在此止步。回头向舜道："你以后每日放牛，只要在此地就是，不必远去。"舜答应道是。这时只听得一阵读书之声从树林中透出。舜仔细一看，原来山坡转角，隔着树林，隐隐有一所房屋，那书声想是从那房屋里来的。秦老嘱咐舜道："你好生在此看牛，我到那边去去就来，你不要怕慌。"舜又答应是。于是秦老就穿林转角，径到那屋子里去，过了许久，只见秦老同着一个苍髯老者同来。秦老向舜介绍道："这位是务成老师，你过来行一个礼。"舜一看，知道就是前日所说的那位师傅了，便过去恭恭敬敬地行了一个礼。务成先生一看，便夸奖道："果然，好一个天表。"说着，就拉秦老在一块大石上坐下，舜在旁侍立。秦老向舜道："你知道我叫你来看牛的意思么？"舜答道："知道的，长者一片苦心，要想提拔小子，小子感激不尽。"秦老道："看牛是一件很舒服的事情，闲着无事，就可以向务成老师受业。务成先生极愿意教你，刚才已和我说过。你将来不可以忘了这位恩师。"舜连声应道："是是。"随向务成先生拜了四拜，行了一个弟子之礼，又向秦老拜谢了。秦老自归家中而去。这里务成先生盼咐舜道："你把牛牵了，跟我来。"舜答应，牵了牛，跟了务成先生，穿过林，转过角，只见一所三开间朝南的平屋，仔细一看，却是社庙。原来这位务成先生却是一位无家无室的人，去年云游至此，村中人钦仰他的道德，就留他在此教授子弟。每日饮食一切，都是由各子弟家轮流供给的。这时舜看见那平屋之中坐着四五个人，在那里或读书，或习字，看见务成先生，一齐都站了起来。平屋之外，临着小溪，溪边有一株合抱的大树，树旁有一根长桩。务成先生叫舜将牛系在桩上，然后一同走入平屋，先将所有学生一一指点给舜知道。原来一个叫雒陶，年纪最长，已有二十岁左右。一个叫伯阳。一个叫秦不虚，就是秦老的儿子，与舜邻居，是向来熟识的。还有一个叫东不訾。那伯阳今年十八岁，秦不虚、东不訾都是十五岁，要算舜的年龄最小了。务成先生向舜道："这几个人都是很好的，你可以和他们结为朋友。"舜答应，一一地走过去行了礼。务成先生就叫舜在自己的席旁坐下，和他说道："一个人虽有聪明睿智之质、经天纬地之才、仁圣忠和之德，但是'学问'二字终究是不可少的。要求学问，必先读书。要能读书，必先识字。我现在先教你识字吧。"舜听了得意之极。因为舜多年以来，看见邻里儿童在那里诵读，心中总是非常艳羡，不过父母不给他读书，并且连屋门都不许他轻易出去，连请问人家的机会都没有，真是眠思梦想，如饥如渴。现在居然有人教他识字读书，岂有不欢喜之至呢！当下务成先生取出无数小方版，一面写，一面一个个地教，并解释其字之大义。舜原是个天亶聪明的人，自然声入心通,一教就会,不半日,共总已识了几百个字。几个同学都看得呆了。日中,就和务成先生一起午膳。膳后,务成先生率领学生将牛牵至草地,放草,饮水,一面就在草地上坐下,与各学生讲说各种道理。学生之中,有携带书籍的,也就在那里藉草诵读。到得夕阳将下,务成先生就吩咐各学生,可以回家了。各学生答应,正要起身,务成先生又叫过舜来,和他说道:"你今朝回去,你父母倘问起你日间情形,你千万不要提起我在这里教你读书识字,只要说在这山边牧牛罢了。"舜听了,踌躇不敢答应。务成先生道:"你踌躇什么?是不是以为欺诳父母,是个大罪么?"舜答应道是。务成先生道:"你这个见解,亦甚不错。不过你要知道,天下之事有经有权。经者,常也,一个人倘使处在寻常的顺境,那么对于父母,无论何事自然应当直说,不可欺瞒。假使处了一个逆境,我做了一件事,估量起来,告诉了父母,必定不以为然,不许我做的,但是我做的这件事却极正当,父母的不许我做,实属错误的,那么怎样呢?还是宁可告诉父母,等父母不许我做,将这个错误归到父母身上去呢?还是宁可不告诉父母,情愿自己负一个欺亲不孝之名呢?这两种,就要比较起来,称一称轻重了。权是秤的锤儿,你现在且称称看,是告诉好呢,还是欺蒙好呢?"舜没有听完,早已大彻大悟,然而一阵伤心,禁不得簌簌地掉下泪来。务成先生看了,真是又可敬,又可怜,说道:"去吧。"又向秦不虚、雒陶道:"你两个同他一路,送他回去吧。路上招呼他,要小心,他小呢。"两人唯唯。于是舜牵了牛,和二人同行,将牛送还秦老家中,饭也不吃,急急归家来见父母,上前问安。那后母照例是不理他的。瞽叟正抱着象,亦不问他话。舜侍立了一会儿,就到厨下帮助他的哥哥操作。到了晚膳时,后母忽向舜说道:"你今朝晚膳可不必吃了。我看你衣服竟穿得厚厚的,我知道你一定吃得饱饱了,何必再吃呢!"舜连声答应,却仍是柔声和颜,一无愠色。过了一会儿,舜兄从厨下搬进一碗汤来,汤满且热,不免摇出了些。那后母见了,就骂道:"你的眼睛看在哪里?做事体这样不小心,好好的汤,给你倒出了这许多。"说着,就用手在他头上敲了几下，说道："你也不是个好东西，今朝晚饭亦不许吃。"舜兄亦一声不敢响。兄弟两个垂手侍立，眼睁睁看父母和小兄弟三人吃得滋味。饭罢之后，又各做了一回事，才向父母告辞，悄悄地枵腹归寝。这种情形兄弟两个是禁惯了，倒亦不以为意。

第二十五回

仓颉佉卢梵三人造字　舜小杖则受大
杖则走　舜兄得狂疾

自此之后,舜每天起来和他的阿兄做些家务工作,过了一会儿,才往秦老家牵了牛,到务成先生室旁去放草。务成先生教他识字读书,又和他讲各种天文地理及治国平天下的大道。晚上归家,就寝时,他就将日间所听所学的间接地教授阿兄,这亦是舜的弟道。因为他自己有得求学,阿兄没得求学,他心中非常难过,所以如此。

　　一日,舜正在务成先生处学写字,忽然问务成先生道:"弟子识字、学字,有好多日了,但不知这种字是哪一位圣人创造的?请先生教诲。"务成先生道:"这种字是古时一位仓帝史皇氏,名叫颉的,创造出来。"舜道:"他姓什么?"务成先生道:"他姓侯刚,有人说他是黄帝时的人。但是黄帝以前,早有文字,所以这句话是靠不住的。"舜道:"仓帝以前,没有文字么?"务成先生道:"没有。起初是用绳子做记号,大事打一个大结,小事打一个小结,特别的事则打一个特别的结,相联之事则打一个连环之结。后来文明渐进,人事越繁,结绳的记号万万不够用,于是用刀在木上或竹上刻一种形状,以为符号。这种符号,大概都是象形的,就是现在图画的创始。到了后来,人事越繁,名物越多,有些可以画得出,有些万万画不出,那么单靠这象形的符号又不够用了,所以仓帝颉造出这种字,以供世人之用。自从这种文字创造之后,文明进步越速,真是一件极可宝贵之灵物呢。"舜道:"仓颉造字,是全凭自己的理想造的,还是有所取法的?"务成先生道:"当然有所取法。自古圣人创造一种事物,虽则天纵聪明,亦决不能凭空创造,这是一定之理。如同渔佃所用的网罟,便是取法于蜘蛛;打仗所用行阵,就是取法于战蚁;这都是显然的事迹。仓颉氏造字,所取法的有两种:一种就是以前刻在竹木上的各种象形符号,一种是从天文地理、各种物象上去体察出来,而尤其得力的是天赐的灵龟。有一年,仓帝到南方去巡守,登到一座阳虚之山

（现在陕西省洛南县），临于玄扈洛汭之水，忽然看见一个大龟，龟背的颜色是丹的，上面却有许多青色的花纹。仓颉看了，觉得稀奇，取来细细研究，恍然悟到，它背上的并不是花纹，是文字，有意义可通的，于是他就发生了创造文字之志愿。后来又仰观天上奎星圆曲之势，又俯观山川脉络之象，又旁观鸟兽虫鱼之迹、草木器具之形，描摹绘写，造出种种不同的形状，这就是他所取法的物件了。"伯阳在旁问道："弟子看见古书上说，仓颉氏有四只眼睛，真的么？"务成先生道："也许真的，也许是后人佩服他的聪圣，故神其说，亦未可知。"秦不虚道："弟子听见说，仓颉氏造字之时，天雨粟，鬼夜哭，有这种事么？"务成先生道："这事可信。因为文字这项东西，有利有害。利的地方，就是能够增进文明。古人发明之事理，可以传于后人，后人得了这个基础，可以继长增高地上去，不必再另起炉灶，这是个最大的利益，所以天要雨粟了。天雨粟，是庆贺的意思。但是有了文字之后，民智日开，民德日漓，欺伪狡诈，种种以起，争夺杀戮，由此而生，大同之世，不能复见于天下，世界永无宁日，所以鬼要夜哭了。鬼夜哭，是悲伤的意思。当时情形，虽不知道究竟如何，但是这个道理，却很不错，所以我说可信。"雒陶道："文字既然有这种害处，那么正应该将文字废去，为什么国家还要注重学校，圣贤还要教人求学读书呢？"务成先生道："未有文字以前，要使文字不发生，这已是很难之事；既然有了文字之后，忽然要废去它，简直是不可能之事。比如字是仓颉氏造的，你未知道之前，我可以告诉你，使你知道，亦可以不告诉你，使你永远不知道。如今你已经知道了，我再要使你不知道，有这个方法么？圣贤君相，知道这个文字之害，但是没有方法去废弃它，使百姓复返于浑浑噩噩之天。不得已，只能想出种种教育的方法来，要想补偏救弊，但是劳多功少，不但大同不能期，就是小康之世亦不易得到。这位仓颉氏真所谓天下万世功之首、罪之魁呢！"舜问道："我们中国有文字，外国亦有文字么？"务成先生道："外国亦有文字。"舜道："外国文字怎样写的？"务成先生道："你要问它做什么？"舜道："弟子想拿他们的文字和中国的文字来比较比较，哪一个优，哪一个劣。"务成先生道："原来如此。你听我说，当仓颉氏的时候，竹木符号的用处早穷，文字有创造的必要，所以那时想创造新文字的人很多。最著名的有三个：一个名字叫梵，他造了一种字，是从左而右横写的。一个叫佉卢，他造的一种字，是从右而左，亦是横写的。一个就是仓颉，他造的字，每个字的写法大半从左而右，但是连贯起来，每行的写法又是由右而左，可以说是兼有他们两个之所长了。后来三个之中，仓颉氏的字最先造成，所以现在通行于全中国。佉卢和梵的字后造成，知道在中国已无推行之余地，所以都跑到外国去。梵的字现在听说在三危（现在西藏自治区）之南，一个身毒之国，颇有势力。那边的国王不久就要宣布，承认它是个国家之字了（梵字在虞舜时通行于印度）。佉卢的字，听说传布到西方去，现在成绩亦颇不差。大约这三种字将来都是能够流传久远的。究竟哪一个的字推行广、流传久，那要看他国人之文化与势力两种之高低强弱为断，与制造的字毫无关系。"舜道："老师对于那两种文字，可以写几个给弟子看看么？"务成先生道："可以。"于是就拿了笔，将每种各写了几个。舜仔细看了一回，亦不言语。务成先生问道："你比较起来怎样？"舜道："据弟子看来，三种文字，佉卢与仓颉比较，结构单纯，大略相同，而一则自上而下，再自右而左，其势较顺，一则横衍左行，其势较逆，所以书写的时候，佉卢文字不如仓颉文字之便。又佉卢文字结构较散漫，亦不如仓颉文字的整密，所以比较起来，用佉卢文字的国家，强大的虽有，但它的文化恐决不能如用仓颉文字之国家的发达悠久，这就是顺逆难易的关系。（现在藏文、回文都是横衍左行的文字）。至于梵字，与仓颉字比较，它的结构和写法都各有便利之处，可以说差不多。但是弟子有一个见解，仓颉的字个个团结得起，少的只有一笔，多的可有几十笔，但是都可用一式大小的框格去范围它。笔画少的，不嫌宽舒。笔画多的，不觉拥挤。笔画少而框格大，比如一个人生在幸福的家庭里面，伸手舒脚，俯仰无忧，但亦须谨慎守中，不可落到边际，一落边际，那就不好看了。笔画多而框格小，比如一个人生在不幸的家庭里面，荆天棘地，动辄得咎，但是果能谨慎小心，惨淡经营，亦未始不可得到一个恰好的地位，或因此而反显出一种能力与美观，亦未可知。至于梵文，横衍斜上，如蟹行一般，虽则恣意肆志，可以为所欲为，然而未免太无范围了。比如一个人，遇着父母待遇不好，就打破父子的名分，遇着妻子情谊不合，就与妻子脱离关系，自由极了，爽快极了。但是唯知个人，不知天理，纯任自然，绝无造诣，似乎与做人的做字差得远了。据弟子愚见，将来中外两国的国民性，就暗中受了这种文字之陶熔，一则日益拘谨，一则日趋放肆，背道而驰，亦未可知呢。"务成先生听了，连连点首，又问道："据你说来，一国的文字可以造成一国的国民性，亦可以表示一国的国民性了。但是将来如果交通便利，两个国家接触起来，两种文字因此而发生冲突，你看哪一种文字占优胜呢？"舜想了一想，说道："恐怕横行斜上的那种文字占优胜吧。因为自由二字，是人人所爱的；框格范围的束缚，是人人所怕的；两种比较起来，自然那一种占优胜了。不过文字就是一国的精神，文字既然变化失败，那么到那时，我们中国立国的道德精神，恐怕亦要打破无余，不知道变成一个什么景象呢！"务成先生道："不错不错，但是我看总还有四千余年可过，四千余年之后究竟怎样一个景象，且看罢了。"当下这一番问答，雒陶等四人听了，心中都有无限之感想；有的佩服舜，处到这种不幸之家庭，应该苦心经营，使他圆满，因难而见巧的；有的主张不如脱离家庭，不受羁束的；意见纷纷不一，按下不提。

自此之后，一连数年，舜的学问大有增益了。一日，舜正在务成先生处，与诸同学受课，忽闻务成先生说道："人在世上，聚散无常。聚的时候，很是欢娱；散了之后，不免悲凉，这是人之常情。然而要知道，天下无不散的筵席，悲凉是徒然的。这种道理，汝等须要知道。"众弟子听了都莫名其妙，大家亦不好问，只得唯唯。

哪知这日夜间，舜的后母又生了一个女儿，取名叫作嫘，亦叫敤首。舜在家中，与阿兄共同服劳，不得闲暇，秦老处只能告假不去。到了满月这一日，舜抱了敤首在庭前闲步，舜兄与她逗弄，忽然一阵狂风，将晒衣裳的木杆吹倒，从敤首头边掠过，幸喜没有打着，但是敤首吃了一惊，啼哭不止，停了一会儿，似乎有点发热。舜的后母，顿时大不答应，就骂舜兄弟道："你们两个要弄死妹子么？你们弄死妹子有什么好处？我看你们两个小鬼还活得成呢！"骂到后来，又连握登都骂在里面，这是舜后母向来骂舜弟兄的老例。舜弟兄是听惯了，只能不赞一词。那时象有六岁了，受了他母亲的陶冶，非常瞧不起两兄，又非常欢喜和两兄作对。舜两弟兄虽则是很亲爱他，但是象一向在他母亲指导之下，那一片敬兄爱兄的良知良能，早已失尽了。这日，看见母亲为了妹子的事情，大骂两兄，他更来火上添油地告诉他父亲瞽叟道："刚才那一根木杆，我看见是大哥推倒的，不是风吹倒的。"瞽叟道："真的么？"象道："真的，我看见的。"瞽叟听了，顿时大怒，一迭连声，叫舜兄弟过来，舜兄弟听了，战战兢兢，不敢不来，见了瞽叟，跪了认错、求饶。瞽叟哪里肯歇，手中提起一根大杖，脸上恶狠狠地说道："你们这两个该死的畜生，平日子有了一个小兄弟，不肯好好去领，只管侮弄他，我不来说已是了。现在新生了一个小妹妹，刚才满月，你们两个竟要想吓死她，天下竟有这样狠心的人，实在可恶，待我先打死你们吧！"说着，那大杖就从空中打下来。舜见来势太猛，疾忙立起，转身避开。舜兄受了一吓，亦向一旁倒了。那根大杖，恰恰打在舜所跪的地方。舜既避开，就打在地上，几乎震得手裂，瞽叟不觉"啊哟"一声，那根大杖早已折断。原来瞽叟眼瞎，不能看见，任意乱打，所以有这个错误。然而越加恼怒，跳浪暴躁，大叫他的继室夫人来帮忙，口中骂道："可恶已极，他们这两个畜生，竟敢如此戏弄我，忤逆我，我今朝一定要治死他们，你快来给我捆他们起来。"那继室夫人听了，正中下怀，一路走进来，一路说道："我早已和你说过，这两个孩子一日一日地不好了，非得严厉地责罚他们一番不可，你还不相信。我是个晚娘，又不好多说，人家还道我怀着两样心肠。现在连你都忤逆了，在你面前都如此了，可见得不是我。"正说到此，一面撩衣卷袖，要想动手，凑巧隔壁的秦老又来了，看见了瞽叟夫妇，就拱手说道："恭喜，恭喜，虞老哥，虞大嫂，今天令爱弥月，早间适有点小事，到东乡去，不曾来道贺，此刻特来补礼，恭喜，恭喜。"瞽叟夫妇连忙还礼、让座，那骂人的话、打人的事不由得不暂时截止。舜在旁，亦过来向秦老还礼，一面就去扶他的阿兄，谁知再也扶不起。秦老见了这个情形，知道又是家庭变故发作了，便问道："虞老哥，你又来为孩子们生气了。孩子们究竟还小呢，我来讨一个保，这次饶了他们吧。"说着，亲自来扶舜兄，哪知舜兄脸色青白，牙关紧闭，不省人事。瞽叟不知道，还怒冲冲地申说他的愤怒，说这两个逆子不孝顺，应该打

第二十五回

死，你老兄还要替他们讨保做什么，保是讨不好的，他们是不会改过的了。"秦老忙道："老哥，你不要再这样说，大世兄已经吓坏了，赶快救治才好呢。"瞽叟道："理他呢，他是装死，骗人。"秦老道："不，不，这真是吓坏了。年轻的人哪里会得装死呢。"说罢，回头向舜道："仲华，你赶快到我家中去，向秦伯母取一包止惊定吓的药来。我家中各种急救的药都有的。"

舜听了，如飞而去，少顷取到。秦老又叫舜取了开水，调和了药，又用筷撬开牙关，徐徐地将药灌下，一面和舜两个不住地用手将他的胸口乱揉，不时又用手掐他的人中，足足有一个多时辰，方才回过气来，忽然"哇"的一声，吐出无数浓痰，可是那手足忽而又抽搐不止。秦老和舜两个，又将他手足不住揉捻，方才渐渐停止，可是神采全无，两眼忽开忽闭，默然不语。瞽叟夫妇起初还当他是假装的，所以秦老和舜两个施治之时，还是你一言，我一语，唠叨不止，后来觉得是真了，方才不响。但是瞽叟是瞎子，不能帮忙。继室夫人因为秦老在那里，男女有别，所以亦不便过去帮忙，都只有遥遥望听而已。后来听见舜兄醒来，吐了，知道事无妨碍，不觉又唠叨起来。哪知舜兄一听见父母的骂声，顿时一惊，手脚一直，又昏晕过去。慌得秦老又揉胸掐鼻的，急急施救。舜在旁边，那眼泪更是如断线珍珠一串一串落下来。秦老看了，实在可怜之至，知道这个积威之下，不是有大本领的人，真是难处的。隔了一会儿，舜兄又渐渐醒来。秦老回过头来，向舜的后母说道："请大嫂和二世兄将他扶到床中去歇歇吧。看老夫薄面，不要再责备他们了。即使不好，且待他病愈了，再说如何？"那时舜的后母为顾全面子起见，听了秦老的话，也不好怎样，只得过来，和舜两人搀扶他到卧室中去，口中虽曾有叽咕之声，但秦老距离远，听不真，仿佛有好几个死字而已。秦老亦不去管她，遂问瞽叟道："老哥今日为什么动如此之大气？"瞽叟尚未答言，秦老瞥眼看到地上折断的大杖，又问道："莫不是两位世兄将老哥的杖弄断了，所以生气么？"瞽叟摇摇头，说道："不是，不是。"于是就将舜兄弟故意将竿推倒谋杀毙首的话说了一遍。秦老知道瞽叟是以耳为目，受蔽甚深之人，亦不和他深辩，就说道："那么令爱此刻已病了么？"瞽叟道："怎么不是？"秦老道："我和老哥十几年邻居，府上之事差不多都知道，说起令爱今朝弥月受惊,我记得二世兄那时在弥月之内,岂不是亦受过一惊么?当时为什么事情受惊呀?"说着,想了一会儿,才接着说:"哦,是了,当时为二世兄生得品貌好,而且手中握着一个'褒'字,大家以为稀奇,弥月之时,都要来看。你老哥抱了二世兄,应接不暇,不知怎样一来,将一根挂在上面的锄犁误撞了下来,从二世兄头上掠过,撞在缸上,将缸打碎,撞得震天响,大家都吓一跳。你那原配大嫂,忙从房里跑出来,说道:'不要把孩子受了惊,'就将二世兄抱去。此情此景,如在目前,而今已是十几年了。你那原配大嫂去世,亦有十年了。不想今朝令爱弥月,亦遇到此受惊之事,真所谓无独必有偶呢!"说着又指着西面房屋说道:"我记得当时是在这块地方,你那原配大嫂的房是在旁边,老哥你还记得么?"瞽叟经他这样一说,不觉把旧情统统勾起。原来瞎子的心本来是专一纯静,善于记忆的。况且瞽叟和握登的爱情本来很好,一经秦老提起,觉得从前与握登的情好历历都涌上心来。现在她死了多年,只有这两个儿子剩下,我刚才还要虐待他们,打死他们,我太对不起握登了。况且舜小时受惊之事,确系有的。照此想来,今朝之事,亦未见得就是有意谋害了。想到此际,良心发现,不觉懊悔,口中却随便回答道:"喂,是呀,记得的,是呀,不错。"秦老看他神气似有点悔悟,亦不再说,便道:"今日坐久了,改日再谈吧。你老哥千万勿再生气。"瞽叟连连答应,叫舜代送。秦老去后,瞽叟对于舜弟兄果然不再责备了。舜弟兄两条性命,总算是秦老救出的。然而自此以后,舜兄神经错乱,言语不清,竟成了一个狂疾,多少年被父母虐待,又大受冤枉,其结果如此,家庭环境恶劣,真是可怜呀可怜!

第二十六回

务成跗论诸弟子品格　舜初耕历山
舜教其弟象　舜被逐出门

且说舜遭了家庭变故,兄已得疾,成为废人,不能工作,一切都要责成他去做。他受了这种环境的压迫,秦老家中当然不能再去,只得将其职司辞去,每日总是在家,替父母操作,领弟,挈妹,非常忙碌,一步不能出门。务成先生处更是不能去求教。一位老师,四个良友,心中非常记念。好在瞽叟自从被秦老一番话打动之后,心中颇萌悔意,又知道长子受惊成疾,更觉抱歉,所以对于舜亦慈和得多。舜受了多少年折磨,到此刻总算略略透过一口气。

一日,瞽叟叫舜出外买物,路上忽遇见东不訾,不禁大喜,便问东不訾道:"我们长久不见了,你今朝放馆何以如此之早?"东不訾道:"你还不知道么,务成师傅早已他去了,我们早已星散了。"舜听了不禁愕然,说道:"务成师傅已他去么?几时去的?到何处去?去的时候怎样说?有没有说起我?"东不訾道:"就是你那一天回去的第二日,他对我们说道:'仲华这一次归去,是不能再来了。好在他学业已成,将来前程,未可限量。但是坎坷未尽,汝等总要随时帮助他,方不负朋友之义。'那时我等听老师这样说,都是不解。秦不虚问道:'老师何以知仲华从此不能再来?'老师道:'你和仲华邻居,你父亲又和他父亲至好,将来总会知道的,此时亦不必先说。'雒陶道:'仲华的前程,是很远大的。老师如此说,弟子们都极相信。但是弟子们的前程,将来如何?老师可否预先和弟子们说说?'老师笑道:'仲华的前程,既然非常远大,你们够得上和他做朋友,那么你们的品格总亦是很高了。后世的人品评起来,纵使算不到上上、上中的人品,那第三等人品一定有的,决不会到中等以下去,汝等尽可放心。'说完之后,老师又拿出两件密密固封的东西,交给秦不虚和我两个,叫我们谨慎收藏,必须到某年某月某日某时才可拆开来看,早一点,迟一点,都不可,如违了他训诫,便不是老师的门生。这真是个哑谜儿呢!"舜道:"你们拆开过么?"东不訾道:"老师训诫,哪个敢违?现在我们都宝藏着呢。"舜想了一想,亦想不出所以然,便又问道:"后来老师怎样就去呢?"东不訾道:"那日老师说了这番话之后,随见老师写了一封公信给我们四个人的父兄,大约说我们学问已成,无须再行教授,项因要事,即须他往,行程匆促,不及面辞,谨此奉闻等语。这封信,就叫雒陶代交。他信上的具名是'务成跗'三个字,我们才知道老师的名字叫跗。"舜问道:"老师就是这日去的么?"东不訾道:"不知道呀。当日,雒陶将老师的信分致各家,传观之后,各家父兄集合起来,要想挽留,如挽留不住,再想饯行,馈送谢礼和赆仪。哪知第二日跑去,老师已不知所往了。"舜听了之后,惆怅不已。东不訾道:"我们都很记念你,要想来望望你,兼将老师去的情形和你说说,恐怕你没得空闲,所以不敢来。今朝难得幸遇,你一晌好么?"舜道:"多谢,好的。今朝因家严命我买物,恰好和你相遇,但是立谈过久了,恐怕家严记念,我们改日再谈吧。诸位良友见到时,都代我致意。"说着,鞠躬告辞,匆匆地买了物件,急忙归家。

刚进大门,只听见他的后母正在那里嚷道:"我说,这种人不可以放他出去,果然一出门,就是半天,不知道他在那里做什么?这点点路,换了别人,十次都可以回来了。"舜听了,不敢怠慢,急急跑到父母面前,缴上所买的物件。瞽叟就问:"为什么去了这许久?"舜答道:"儿刚才遇见了一个朋友,谈了一会儿天,所以迟了。"瞽叟听了不语。那后母鼻中哼了一声,说道:"遇着什么朋友?不过在那里游荡罢了。这几年,我看你游荡惯了,一早出去,傍晚归来,多少写意。现在有好多日子不出去,忽然有得出去,自然要东跑西赶,游个畅快,方才归来,哪里是遇着朋友呢。即使有朋友,亦不过是些狐群狗党,不是好东西。"舜听了,一声不敢响。瞽叟又问道:"汝刚才说遇着朋友,是真的,不说谎么?"舜道:"是真的,不说谎。"瞽叟道:"那朋友叫什么名字?住在何处?做什么事业?"舜道:"他叫东不訾,有些人叫他东不识,住在隔溪的东首,从前是在那里读书的。"瞽叟道:"你和他是在秦家牧牛的时候认识的么?"舜应道是。瞽叟听了又无话,那后母却又冷笑道:"我住在这里十多年,从没听说有一家姓东的人。况且名字,忽而叫不知，忽而又叫不识，捉摸不定，显系造话。当心我明朝调查过了问你。"舜答应唯唯。自此之后，舜又没得远出了，终日在家，劈柴烧火，淘米洗菜，担水洗衣服，抱妹子。有的时候，给瞽叟搥背敲腰；有的时候，给父母铺床叠被；有的时候，还要照顾他老兄的衣服饮食。所以终日终夜，忙个不了，但是不时仍是要挨骂挨打，然而舜始终无几微怨色，总是小心翼翼的，去做他人子应做的职务。

这年过了残冬，舜已是十六岁了，生得长大，俨如成人。一日，正在洗衣，忽见一个装束似官吏模样的人走进门来，问道："这里是虞叟家么？"舜答应道："是。"那人道："虞叟是足下何人？"舜道："是家严。"那人道："在家里么？我要见见，有公事面谈。"舜道："家严在里面，但是尊丈从何处来？尚乞示知，以便通报。"那人道："鄙人就是此邑的田畯，奉大司农之命，督促大家努力耕种的，足下替我去通报吧。"舜答应，即忙请他入内，让座，又至里面通报，扶了瞽叟出来，介绍与田畯。瞽叟道："老朽多年失明，失礼恕罪，请坐请坐。"那田畯道："虞先生，某此来非为别事，现在春耕之期已届，而尊处的田至今还没有动手，究竟什么缘故？所以特来问问。要知道人民以谷为天，现在水灾甚大的时候，凡有可耕之田，尤其不可使它荒芜，这层须要知道。"瞽叟道："这话甚是。不过老朽双目久废，不能工作，大小儿又病了，实在无人能往耕种，尚请原谅。"田畯指着舜道："这位令郎，并没有病。"瞽叟道："这是二小儿，今年才十六岁呢。"田畯将舜上下一望，便问道："足下今年才十六岁么？"舜应道是。田畯道："照足下年龄，尚不及格。但是看足下体格，已经可以工作了，何妨去做做，学习学习呢！现在圣天子注重农业，如有怠慢，要处罚的，汝等可知道么？"瞽叟和舜都答应道是。田畯道："如果有个力不胜任，邻里应该有相助之义务，某去知谕他们吧。"说着，又将"圣王之世，无旷土，无游民"的大道理说了一遍才去。这里瞽叟夫妇无可知何，只得叫舜到田里去耕作。那田在历山之畔（现在山西垣曲县东北绛县东南，一名教山，相传舜耕处上有石碌砡数百，下有舜井），共有五十亩，是瞽叟迁到此地之后，向政府去承领来的。原来大司农的章程，民间十二夫为一井，每夫给他住屋一所，每井共有田六百亩，一夫共耕五十亩。舜兄病狂之后,瞽叟本想叫舜去耕。他的继室夫人因为舜太聪明能干,深怕他出去之后,认识之人渐多,那虐待的情形要被人知道,受人家的讥评;而且舜在家里,一切操作都责成了他,自己可以舒舒服服,专管她自己所生的两个子女,倘使出去耕了田,不但家中井臼要自己亲操,倒反要替舜预备饩膳,是很犯不着的,所以总是竭力阻挠。如今田畯亲来吩咐,那却无可说了。

且说舜自从往历山耕田之后,虽然早出暮归,仍旧昏定晨省,人子之礼是一点不废的,并且顾及其兄,兼及弟妹,劬劳备至,绝无告瘁之意,亦无憔悴之容。这亦是他精力过人之处。可是那些同学好友趁此却可以来往。一日,秦不虚来访他,说道:"我和你咫尺相隔,时常想来访你。但是家父吩咐,说你事忙,不要来扰你,所以一直没有来,真是想念极了。"舜道:"我亦时常想访访诸位同学,总是不得闲。如今还有三位同学在哪里?都好么?"秦不虚道:"伯阳去年还在这里,现在到南方负贩去了。雒陶亦到西方去,听说是学制陶器。独有东不訾在这里,昨日还见着他,他说亦要来访你呢。"正说着,远远已见东不訾走来。二人大喜,忙迎上去,三人就在田坂上席地坐下,相对倾谈。渐渐又谈到务成先生,大家都非常可惜。舜道:"当我离馆的这一日,老师就说聚散无常的一段道理。我听了就很觉可怪。后来我不来了,老师亦就去了。我看老师似乎有前知的,二位以为何如?"秦不虚道:"为什么不是?你的不来,老师早已知道,岂不是前知么!"东不訾道:"老师这个人,我相从多年,觉得很可怪。讲到他的学问,可谓无所不知,无所不通,是千古第一人。但是无家无室,无友朋,无职业,无住址,其来也无端,其去也无迹,究竟不知道他是个什么人。我很是怀疑。"舜道:"老师究竟到什么地方去,无从打听,最是可恨。"东不訾道:"是呀,老师去的那一日,我和伯阳、雒陶各处去访问,有没有这样一个人走过,大家都说不知。所以,我想老师竟是一个仙人,专为教授仲华而来,我们不过托托仲华之福呢。"三人正在谈心,忽见树林中一只布谷鸟飞来,不住地啼。秦不虚道:"催耕的来了,我们谈天过久,误了仲华的公事,我们且去,改日再来吧。"于是与东不訾两人起身,东不訾忽问舜道:"仲华,你此地离家颇远,午餐如何？"舜道："农家以节俭为主，一日两餐已足了，何必三餐？"秦不虚等知道他有难言之隐，亦不再追问，随即别去。

自此之后，舜总是在历山耕田，兼种些蔬菜，养些鸡豚，或猎些野味山禽，归养父母及病兄，一连三年。地方上的人没有一个不佩服他、敬重他、称誉他。这风声渐渐传到舜后母的耳朵里去，她不免起了一种不平之心，但是对于舜的致敬尽礼，亦无隙可寻，只得忍耐。这时象已经十一岁了，在七岁的时候，父母因为钟爱他，早已送入邻近小学里去识字读书。早晚进出，都是他母亲亲自接送，满心望他成才优秀，可以压倒他的阿兄，庶几增自己的光辉。哪知象于读书之聪明很少，于戏弄及侮人之聪明独多，以至成绩屡不及格，而过失累累。师长训诲，无从施展，迭次告知家属，请家属设法督责。但是，父是失明的，母是护短的，不怪自己儿子不好，反怪学校中教育无方。象的顽劣性质，因此越加养成习惯。舜兄是病狂的，舜是日日在田间工作的，早晚虽在家，各种操作，忙不了，无暇教弟。而且他的后母，亦断断不肯使象和舜亲近，仿佛舜是个极污秽之物，一亲近就要沾染似的。所以象对于舜，亦非常骄傲，颐指气使，一无弟弟之礼，即使舜要教象，象亦有所不受了。

这年岁暮，霏霏雨雪，舜农隙在家，适值村中举行腊祭，学校照例休假，象亦可以不到校。但校中附了一张条告来，说道"学生虞象，品性不良，成绩又劣，本应斥退，姑念年幼，再留察看。所有不及格之科目，以数学为最差，书法次之，应于假期内自行补习。倘假满来校，依然不能及格，则是不可教诲，应即削除学籍"等语。舜的后母到此，才有一点发急了，不时督促象温习，或至夜分不休。但象是放荡惯了，根柢全无，如何能补习上去？一日，为了一道数学题，正在搔头摸耳，无法可施，适值舜抱了籹首走过来，看见兄弟如此，心中不忍，遂教他道："弟弟，这一道题，我看是要先乘除后加减的呢。"象冷笑道："我尚且不懂，你懂什么？要来多嘴。"舜道："弟弟，你姑且照我说的法子演演看，如何？"象哪里肯信。过了一会儿，真没法了，只得照舜所说的方法一算，果然不错，于是有点相信，遂又检出一道无论如何算不出的题目来问舜。舜道："这个叫作比例式，我将式子教你，这是极容易的。"说罢，左手抱着敤首，腾出右手，取笔来代他算出了。象大喜，又将好许多算不出的题目来问舜，舜都一一告诉他方法，并且叫他自己演习一过，说道："总要自己知道这个数理，倘若不懂数理，这个题目虽则算出，换一个仍旧算不出的。"象平日虽则气傲，瞧不起乃兄，到了这个时候，危难之际，不能不低首请教了。于是象一一地问，舜一一地教，那个教授法，又明白，又浅显，步步引人入胜。不到一晚，象对从前学过的数理居然有点清楚。那后母看见自己的儿子得了救星，也不来多说，便将敤首抱了去，任他们两个讲解。讲明白之后，象又叫道："二哥，你数学既然知道，你文字识不识得呢？"看官，要知道象的这一声"二哥"，恐怕十年以来，还是第一声呢！闲话不提。当时舜答道："我亦略知一二。弟弟，你如有不懂，不妨问我。我倘知道，总告诉你。"象于是取出书来问舜，舜一一和他讲解，旁征曲引，援古证今，象听了，觉得比学校里师傅的讲授还要明白，那股骄傲之气不觉有点平了。

自此之后，一连多日，舜除出照常操作之外，一有空闲，就和象讲解，俨如师生一般。瞽叟从前亦曾入过学，读过书的。起初听舜在那里和象讲，以为不过是极粗浅的数学、极普通的文字，舜的资质聪明，听来即会，就是了。后来听了两日，觉得舜的学问很深，不觉诧异起来，就问道："舜儿，你一向没有上过学，你这种知识学问是哪里来的？"舜听了，不敢再瞒，就将当日替秦老看牛时，务成先生如何教诲的情形，说了出来。瞽叟听了，自己儿子能够如此，亦颇得意，心里并感激秦老的盛情。哪知舜的后母听了，心中却气愤之至，暗想道：原来如此，我自有道理。但是并不发作。到了次年假满，象到校去应试，居然及格，而且名次并不低，瞽叟遂和象说道："这番留校，全是二哥教授之功，你以后须常常请教他。"哪知象听了这话，以为失了他的面子，坍了他的台，非常不佩服，说道："这是我自己用心的结果，哪里是他的功劳呢！"瞽叟道："你不可如此说，要防下次遇着艰难呢。"象道："怕什么！我下次一定不请教他，看如何。"瞽叟听了，亦无语。自此以后，象又妒忌舜了，和他的母亲日夜在瞽叟面前说舜的坏话。

一日，舜在田间，归家较迟，瞽叟记念他，问道："舜儿今日为何还不归来?"那后母冷笑一声道:"舜儿么,如今舒服了,终日在外,朋友甚多,酒喝喝,天谈谈,多少有趣,归来做什么?我们在这里蔬食菜羹,他在外边不知道怎样的肥鱼大肉呢!"瞽叟听了,诧异道:"哦,真的么?"那后母又冷笑一声道:"读书识字是正经大事,他还要欺瞒你到七八年之久呢!现在他在外边做的事,他来告诉你做什么?本来你这个瞎子,是很容易欺骗的,他的党羽又多,连你最要好的朋友秦老,都相帮他欺骗你呢!你待要怎样?"瞽叟给她这一激,不觉怒从心起,暗想,且待他归来再说。哪知过不多时,舜就归来了,刚要进见父母,只见象站在门前,轻轻说道:"父亲现在睡觉呢。二哥,你且歇歇。"舜听了,信以为真,不敢进去,到厨下见过母亲,径来自己房里更衣濯足。忽见象手执一盘肉、一壶酒来,交给他道:"今朝母亲高兴,弄了些酒肉,我们都吃过了,这是留下来给你吃的,你且吃了。"舜听了,惊喜非常,这是从来所未有的恩遇,慌忙站起来谢了,却还不就吃。象在旁催道:"二哥你吃呀,盘子、酒壶母亲还要等用呢。"舜于是就吃了,又要分些与舜兄和象,象忙阻住道:"大哥和我们都吃过了,你只管自己吃。"舜只好将酒肉都吃完了,象欣然而去。舜轻轻将盘壶送至厨下,正要洗涤,忽闻瞽叟谈话之声,知父亲醒了,急忙来见。瞽叟便问道:"你今朝归来,为什么这样迟?"舜道:"因为邻亩的人病了,叫儿略略帮一回忙。"瞽叟道:"你过来,将嘴对着我。"舜不解其故,忙将嘴送过去。瞽叟用鼻一嗅,果然酒气扑鼻,不禁大怒,便立刻骂道:"你这个畜生!你欺侮我眼瞎,竟敢如此蒙蔽我!你在外边干的好事!"骂着,就用手打过去。舜至此才知道上当了,然而瞽叟并未说明吃酒,舜亦无从申辩,只能跪下磕头讨饶,并且立誓改过。然而瞽叟怒不可遏,说道:"你眼睛里既然没有我这个父亲,我亦不愿意有你这个儿子,你给我滚吧!我不要你在这里。"说着,就用脚踢。舜听了,益发恐慌,连连叩首,请父亲息怒,情愿听凭父亲,不愿出去。瞽叟大声道:"你不去么?你不去,我让你。"说罢,立起身来,要往外走,又叫他继室夫人:"快些打叠行李,我们走,让他。"继室夫人便来扯舜道:"你赶快去吧,你不听父亲之命,倘将父亲气坏了,这个罪名你能承当么?"舜至此,真是无可如何,不禁大哭,只得说道:"父亲息怒,儿遵命出去,但是今日已晚，请容儿明日搬出。"瞽叟将足一顿，说道："不行不行！快滚快滚！"舜不得已，痛哭而出，回到房中，收拾行李，看见乃兄，如痴如梦，心想：平日全是我在这里照应的，我去之后，饮食寒暖，哪个来扶持呢。想到此际，真如万箭攒心，悲痛欲绝，要想迟延一息，等父亲怒气稍平，再图挽救。不料瞽叟在里面，还是拍案咆哮，屡屡问道："他走不走呀？滚不滚呀？"舜料想无可挽回，只得胡乱取了几件衣服，打叠作一包，余多的统统都留与乃兄，再到堂上，拜辞父母，又别弟妹。瞽叟连连催促速走。后母和象目的达到，遂了心愿，理也不理。独有敤首，年纪虽小，对于舜非常亲爱，看见舜要去，竟"哇"的一声大哭起来。那后母慌忙抱开，舜亦痛哭而出。

第二十七回

秦不虚东不訾赠舜行　舜耕第二历山

舜交灵甫　舜二次被逐

且说舜一肩行李，痛哭出门，心中凄楚万状，暗想：如此黑夜，到哪里去呢？要想去找秦老，继而一想，自己不能孝顺父母，为父母所逐，尚有何面目见人？且在黑夜之中，敲门打户，亦觉不便。于是一路踌躇，信步向北行去，约有二里之遥，适有一个邮亭，暂且坐下歇足。但觉朔风怒号，万窍生响，身上不觉寒战起来，即将所携的衣服穿在身上，坐而假寐，然而何曾睡得熟，心上思潮起伏不休。直到鸡声遍野，月落参横，东方有点发白了，方才要起身前行，忽见后面似有人走动之声。舜暗想：此时竟已有行人，为什么这样早呢？姑且坐着等待。那人渐渐近了，看见了舜，好像有点害怕，倒退几步，大声叱问何人。舜答道："是我，我叫虞舜。足下是何人？"那人道："莫非是虞仲华先生么？"舜答道："贱字是叫仲华。请问足下，何以识我？"那人听了大喜，忙向舜拱手施礼道："久仰久仰。"那时天已黎明，渐渐可以辨色了，舜看那人年约二十左右，手提着行李，气概清秀，器宇不俗，急忙答礼，转问他姓名。那人道："贱姓灵，名甫，是冀州北部人，久在豫州游学。春间遇到一个朋友伯阳，说起足下大德，渴慕之至，专诚前来拜访。不料昨日刚到贵处，正想今晨造府，忽有家乡人传说，家母病重，因此心中着急，不及登堂，黉夜的动身，凑巧在此遇着，真是大幸了。现在归心如箭，不能多谈，且待归家侍奉家母，病愈后再奉访吧。"说着，将手一拱，匆匆就要起身。舜听了这话，不觉泪落，心想：人家在远道的，都要赶回去服侍父母；我好好在家，却被逐出，不得服侍父母，真是惨酷极了！当下便说道："某亦因事，要到北方去，且和足下同行一程，谈谈亦好。"灵甫听了，亦大喜，说道："那么，好极了。"于是两人一同上路，一面走，一面谈。灵甫问舜道："仲华兄到北方去何事？为什么这样早？"舜见问，不好回答，只说道："一言难尽，且待将来再奉告吧。"灵甫听了，亦不再说。当下二人同行了一程，约有十里之远，只听见后面有人大叫："仲华！仲华！"舜回头一看，只见有两个人，手中各提着一包物件，狂奔而来。舜驻足等他，到得相近，原来是秦不虚、东不訾两个。舜诧异道："二位何以知道我走这条路？"东不訾道："不必说，老师真是仙人了！老师临去时候，不是交付我和不虚各人一个密密固封的东西么？拆封的日期，就在昨日夜里。我到昨夜拆开一看，原来是一个书牍，上面写的是：仲华将于明日清晨出门，但是衣食不备，川资毫无，叫我们须尽量地帮助，并且须于巳刻以前送到某处去，不得有违等语。我看了，急急将家中所有的衣被资斧等收拾了一包，清晨出门，正要去看不虚，哪知不虚亦正收拾了东西要来访我。原来老师吩咐我们两人的话是相同的，因此我们就向此处赶来，不想竟得相遇，可见老师真是前知之神仙了。"舜听了，非常感激垂爱的恩师，又感激仗义的良友，正要开言道谢，只见秦不虚问道："仲华，你究竟为着何事，如此匆促地出门？"又指灵甫问道："这位是何人？"舜道："这位是灵甫先生，刚才相遇，才认识的。"说着，就将秦、东二人介绍于灵甫。灵甫听了大喜道："原来就是秦、东二位，某在豫州时，曾听伯阳谈及，并且都有介绍信，叫某先来访了二位，再访仲华先生，不想一齐在此相遇，真是可幸之至。不过诸位在此，想来还有许多时候的聚谈，某因家母有病，恨不得插翅飞回，不能相陪恭聆高论，改日再见。"说着，将手一拱，提着行李，匆匆而去。众人知道不可相留，只得听其自去。这里东不訾便问舜道："仲华，你究竟为着何事？"舜道："惭愧，总是我不孝，当初从务成老师受业，没有禀明家父，家父如今知道了，怒我欺蒙，所以将我逐出，真是我的不孝之罪，无可逃遁了。"秦不虚道："你今天出门的么？"舜道："不是，是昨夜出门的。"东不訾道："那么你住在何处？"舜道："就是邮亭里。"秦不虚道："我家甚近，何不到我家来？"舜道："做了人子，以欺蒙父母获罪，尚有何面目见人？二位如此，我感激极了。"东不訾道："仲华，你此刻想到何处去？"舜道："并无成见。刚才遇见那个灵甫，是伯阳的朋友，似乎人尚可交。他家在北方，我想跟到北方去走走，但亦并无一定的。"秦不虚道："你午餐过么？"舜道："我昨晚至今，并未吃过，其实亦吃不下。"秦不虚道："不可，不可。"说着，慌忙从衣包中取出干粮来，递与舜道："赶快吃点，倘饿坏了身体，不孝之罪更大了。"舜答应，就接来吃。东不訾道："师傅从前说你坎坷未满，外边去吃点辛苦，亦是应该的。男儿志在四方，怕什么！不过你此去，如有立足之地，务必托便人给我们一信，至多一年，必要归来省亲，兼免我们盼望。区区盘缠衣服，是我与不虚的赆物，请你收了。空手出行，如何使得呢？"舜接过来，谢了，又向秦不虚道："不孝负罪远窜，不能侍亲，罪通于天。家父目疾，家母女流，家兄病废，弟妹幼稚，务乞你转恳老伯大人，随时照顾，感戴不尽。"说着，拜了下去，泪下如雨。不虚慌忙还礼道："知道，知道，家父力之所及，一定帮忙，请你不必记念。"东不訾道："送君千里，终须一别。时候久了，我们亦要转去。后会有期，前途保重，你去罢。"说着，与舜作别。舜负了秦、东二人所赠的两包物件，转身向北而去。

这里秦、东二人，眼睁睁看他不见了，方才转身。秦不虚道："仲华的遭际太不幸了，竟弄到如此！"东不訾道："你记得古书上有两句么：'天降大任于是人也，必先苦其心志，劳其筋骨，饿其体肤，空乏其身，行拂乱其所为，所以动心忍性，增益其所不能。'我看仲华这种遭际，正是天要降大任于他呢！此番出去，增广阅历，扩充见闻，多结交几个贤豪英俊，亦未始非福，你看如何？"秦不虚亦点首称是。

不提二人闲谈归家，且说舜起身之后，一路感激恩师良友，又记念父母兄弟，心绪辘轳，略无停止。看看天晚，就在一家农户中寄宿，打开秦、东二人所赠的衣包一看，只见衣被之外，还有川资，很是富足，足够三四个月的维持，因此又踌躇道："究竟到哪里去呢？"忽而一想道："是了，我听说当初黄帝诛蚩尤于涿鹿，那边形势一定很好，何妨到那里去游历游历，寻点事业做做呢。"主意决定，人亦倦极，倒头便睡。次日起来，谢了主人，立即上道。行了几日，过了太岳山，早到昭余祁大泽。古书上所载"女娲氏诛共工于冀州"，想来就在此地。渡过了大泽，忽见一片平原之上，有无数人在那里经营版筑之事。仔细打听，原来近日孟门山上的洪水，冲泻越急。平阳帝都已有不能居住之势，而吕梁山（现在山西汾阳市西北）上又有洪水冒下来，平阳北面所预备的那个都城，亦恐不免于水患，所以又在此地兴筑了。

（现在山西清源县东南四十里，有陶唐城。旧经云：陶唐氏自涿鹿徙居此。但考之历史，帝尧并无自涿鹿徙居太原之说，则"涿鹿"二字当是平阳二字之讹也。）舜听了，不免增一番感叹，正是忧家忧国，惆怅不胜。

自此一路无话，过了恒山，径到涿鹿，瞻仰黄帝的祠宇。当时诛戮蚩尤的遗迹，据故老传说还存在的不少。舜各处游历了一回，再望北方而行。这时已是四月天气，麦浪摇风，荷池抽水，处处都有人在那里播种。舜想：我尽管如此漫游，殊不是好事，好歹总须做些事业。于是买了锄犁刀斧之类，到了一座深山之中，辟草莱，开荆棘，诛茅筑舍，独自一人住下，操他的耕作旧业。（现在北京延庆西北三十里有历山，形如履釜，相传为舜耕处。）这个地方，很为荒僻，邻舍绝少，所有的无非是巉岩、崖石、麋鹿、犬豕之类。舜一人在此，独力经营，很为寂寞，然而舜绝无恐怖，工作之外，心里总无时不记念他的父母兄弟，如此而已。

一日，耕种之余，将他收获的农产拿到山下村里去，换两只母鸡来养养。刚要转身，忽听得背后有人叫道："仲华兄，久违久违。"舜一看，原来就是灵甫，满身素服，慌忙问他道："足下何以在此？尊慈大人已去世么？"灵甫听了，流泪道："不幸弟到家一月之后就去世了。终天之恨，不堪设想。仲华兄，你几时到此？此刻住在何处？做何事业？"舜道："我到此已半年了，现在就住在后面的山里耕种，不嫌简亵，到弟舍中坐坐如何？"灵甫欣然答应，就同舜一齐前行，逾过数岭，方到茅舍。只见那茅舍的结构，陋劣不堪，荜门圭窦也还要比它讲究些。屋内地上亦无茵席，就是茅草而已。贝壳土缶，便是他的器具。仔细一看，何尝像个人，竟和那深山中的原始野人差不多，禁不住问道："仲华兄，你何以要到这个地方来，过这种奇苦的生涯？我听见伯阳说，你家境还不至于苦到这样呢。"舜听了，不禁叹一口气，便将自己如何不孝，欺瞒父母，以致被逐的缘由，大约说了一遍。接着就说道："如某这样罪孽深重之人，只合窜居荒山，受这种苦处，以自惩罚，还有面目见人么？还有心情享乐么？"灵甫听了这话，知道舜是过则归己之意，也不和他多辩，只能以大义责他道："仲华兄，你深自刻责，固然不错，但是父母遗体，亦不宜如此作践。圣明时代，在此深山之中，虽无盗贼，但是虎狼猛兽总是有的。你孤身在此,万一有个不测,那么不孝之罪岂不更重么?我劝你还是归去,或亲自向堂上乞怜,或托父老转圜。父子天性至亲,岂有不能相容之理?当时虽则盛怒,过后早消。仲华你以为何如?"舜听了,非常感动,说道:"是极,是极。金玉良言,非常感佩。某就此归去吧。"灵甫道:"你田事如何?"舜道:"差不多都可以收获,收获之后,就可以动身。"灵甫听了,就立起身来说道:"今朝出门过久,深恐家中人悬念,改日再来奉访。"舜才问道:"尊府在何处?"灵甫道:"就在那边山下西村。弟归来之后,始则侍疾,继则居丧,多月未曾出门。不然,我两人恐怕早已遇到了。"说罢,与舜作别,下山而去。

过了两日,灵甫又来访舜,说道:"我已替你计划过了,你所已收获或未收获的农产,都可以粜与此间的人,交易些轻便的物件,带回去,亦可以供养父母,你看何如?"舜道:"我正如此想,但恐急切没有受主,携带既不便,弃之又可惜,正在此踌躇。"灵甫道:"我此间熟人甚多。你的农产价值多少,你自己估计,我可以代你设法分销。"舜道:"不拘多少,只是销去就是。一切费神,都托了你。"灵甫答应而去。到了次日,果然同了人来,商量估定,并交易的东西亦说定了。灵甫道:"仲华兄,你各事已毕,今晚可以不必再住在这深山之中,请到舍下屈住几日,我们可以谈谈,再定归期,如何?"舜见他如此义气,也不推辞,就答应了。当下将些衣服物件叠作一包,背在肩上,就和灵甫下山,到得村中,又走了许多路,才到灵甫家门。坐定之后,灵甫先说道:"仲华兄,我与你春初相遇,直到此刻,才可以倾心畅谈。人事的变迁,亦可谓极了。"舜答应道是,便问灵甫:"从前在豫州做什么?如何与伯阳相识?"灵甫道:"我听说豫州多隐士,又多贤士,心想结识几个,因此到豫州去,并无别事。伯阳兄是在逆旅中遇着倾谈,彼此投契,遂订为朋友。他又提起仲华兄及秦、东二人,还有一位姓雒的,都是盛德君子,所以特地到贵处奉谒。不想因母病,几乎失之交臂,可见人生遇合,是有前定的。"舜谦让几句,就问道:"豫州多贤士,究竟是哪几个?"灵甫道:"最著名的,就是八元、八恺,其余尚多。"舜道:"怎样叫八元、八恺?"灵甫道:"八元,是先帝高辛氏的帝子,伯奋、仲戡、叔献、季仲、伯虎、仲熊、叔豹、季狸八个。他们个个生得忠肃恭懿，宣慈惠和，所以天下之民，给他们合上一个徽号，叫作'八元'。八恺，是颛顼帝高阳氏的世子，苍舒、隤敳、梼戭、大临、庞降、庭坚、仲容、叔达八个。他们个个生得齐圣广渊，明允笃诚，所以天下之民，亦给他们合上一个徽号，叫作'八恺'。这十六个人，真可谓天下之士了。"舜道："足下都见过么？"灵甫道："某只见过庞降、季仲两个。伯阳也只见过叔豹、庞降、梼戭三个。其余散在各处，都没有见过。"舜听了，记在心里。当下又谈了些学问之事，舜觉其人可交，遂与之结为朋友，住在他家里两日。灵甫将舜的农产物统统替他脱售了，又替他换了些得用之品，自己又拿出些物件来送行。舜辞之不能，亦即收下，辞别动身。

　　舜因记念父母之故，归心如箭，一路绝不停留，看看已到乡村了，不觉心中又不安起来。暗想：此番归家，如父母再不容留，将如之何？一心踌躇，两脚不免趑趄，恰好秦老迎面而来，舜慌忙将担放下，上前施礼。秦老看见大喜，即说道："仲华，你回来了么？我很记念你，你好么？"舜道："多谢长者，托福平安。家父家母安好么？"秦老道："都好都好，只有你令兄故世了。"舜一听，仿佛一个晴天霹雳，呆了一歇，不禁一阵心酸，泪珠夺眶而出，忙问道："何时去世的？何病去世的？"秦老忙安慰他道："是老夫嘴太快了，你不要悲伤。但是，我即使不告诉你，你少刻到了家，亦是要知道的。你兄本来有病，饥饱冷暖，都不能自知。你去了无人照料，自然更不可问了。有一天，我在家里，听说令兄病故，我慌忙去慰唁你尊大人，兼问问情形。哪知竟不明白是什么病，既无人知道，亦无从查究，连死的时候都不明白呢！真是可怜呀！仲华，事已如此，我看你亦不必过于悲伤，还是赶快去见你堂上吧。"舜听了，心里非常悲伤，勉强拭了泪，问秦老道："近来家父家母对于小侄的怒气，不知如何？老伯可知道？"秦老道："你出门之后，我就代你去疏通，然而尊大人口气中，深怪老夫当时不应该和你串通，共同欺骗他。老夫亦不分辩，将所有你的过失，统统由老夫一人承认，说你是受了老夫之愚，不是你之过，那样，尊大人的气亦渐渐平下去了。前几天老夫去望望，尊大人还提你，一去半年多，不知在何处，似乎有记念之意。你赶快

第二十七回

回去吧，这次想可无事了。"舜听了，忙道了感谢，与秦老作别，挑上行李，急急向家门而来。只见象和敤首正在门首游玩，舜便叫声"三弟、妹妹，一向好么？父亲母亲都好么？"象见了舜，虽则是平日听媒孽的人，然而究竟是骨肉兄弟，半年不见，亦不觉天良萌动，不禁亦叫道："二哥，你回来了么？"舜应了一声："回来了。"却不免泪流两行。敤首究竟年小，且是女子，长久不见，有点生疏，反腼腆起来。于是一同进去，舜拜见了父母，自己先引罪乞怜。后母一声不语。瞽叟道："我当日并非无父子之情，一定要赶你出去，不过你欺蒙父母，实在太不孝了，所以不能不给你一个惩创。现在你既知改悔，姑且暂时容留你在家。以后倘再有不孝之事，你可休想再饶你，你可知道么？"舜连声答应，叩首谢恩。瞽叟道："你半年多在哪里？一个信都没有，我还当你是死掉了。"舜尚未回答，他后母在旁，冷笑一声，轻轻说道："他哪里会死，恐怕正在别处享福，你真做梦呢！"当下舜便将在北方耕田之事说了一遍，因人生路远，没有熟人，所以无人寄信。瞽叟道："你阿兄死了，你知道么？"舜答应道："儿已知道。"瞽叟道："你怎样会知道？莫非已经到了几日么？"舜道："儿今朝才到家乡，路上遇着秦老伯，是他说起，所以知道的。"那后母听了，又哼一声道："原来又是这个老头作怪，两个人狼狈为奸。"说着，又接连哼了两声。瞽叟道："秦老伯告诉你阿兄什么病死的没有？"舜道："没有说起。"瞽叟无言。这时已近黄昏，舜连忙到厨下，劈柴，淅米，作炊。晚膳时，舜又从衣包中取出两包鹿脯并果品等，献与父母；又取出几包饼饵来，送与弟妹，又将这次在北方务农所得的货物，除留出一份归还秦、东二家外，其余悉数供诸父母。瞽叟夫妇至此，方有笑容，许他同席膳食，这是从来不常有的异数。餐毕之后，一切收拾完毕，侍立父母之旁，将这次游历所经的风景名胜，一一说与父母消闷。过了一会儿，瞽叟道："汝风尘劳苦，早点去睡吧。"舜答应了，待父母弟妹都睡了，方才退出，回到自己从前所卧的卧室，不觉悲恸欲绝。原来舜从前在家时，本来是兄弟同榻的。如今兄长已没有了，那间屋里堆着许多废物硬器，而且尘封埃积，鼠矢蛛丝，触处皆是，好像有许久没有人到的模样。舜一手持炬，一手件件理开，偶然发现兄之遗屦一双，人亡物在，正是凄凉绝了，良久不能动弹，又不敢放声大哭。过了许时，草草地铺上草席胡乱睡下，然而何曾睡得熟！泪珠儿直弹到天明。次日起身，凑个空闲，问象道："大哥葬在何处？"象告诉了。一日，因事出门，便到坟上去痛哭了一场，悲不自胜，然而死者不可复生，亦只得罢休。

自此之后，舜在家庭又过了多月，尚称安顺。哪知有一日又发生变故了。原来舜的后母，起初看见舜有货财拿回来，很为满意；后来想想，恐怕天下没有这样好的好人，他所拿出来的不过是一部分，必定还有大宗款项藏匿，或者就寄顿在秦老家亦未可知；因此一想，对于舜又挑剔起来了。一日，与象谈及，象道："是的，二哥回来的第三日，我的确看见，他有一大包物件拿出去。"那后母道："原来如此，果不出我所料。"于是就将这情形告诉瞽叟，又加了些材料在里面，象就做个证人。瞽叟听了，又勃然大怒，便骂道："这畜生又来欺骗我，还当了得！"立刻叫了舜来，诘问道："你那日拿出去一大包，是什么东西？"舜觉得情形不对，就说道："是还秦世兄和一个姓东的朋友的物件。当日儿出门时，衣服川资都是他们所借。这次归来，所以就去归还。儿记得那天禀明父亲过的。"瞽叟道："确系都是归还他们的物件么？"舜道："的确都是的。父亲不信，可问秦老伯。"瞽叟未及开言，那后母已接着说道："问秦老伯？秦老伯和你一个鼻孔出气，问他做什么？"瞽叟听了，就一定不答应，硬说舜是假话，一定还有私财寄顿在别处，定要叫舜去拿回来。那后母道："即使去串通了拿些回来，亦是假的。一个人存心欺骗瞎子，何事不可做呢？"瞽叟被这句话一激，格外生气，说道："你这畜生，还是给我滚吧！在家里给我如此生气，我一定不要你在此了。你有资财，亦不必在此，请到外边去享福。"舜连忙跪求，他的父母决不答应，且又屡次催促。舜不得已，只得再收拾行李，拜辞父母，含泪出门。

第二十八回

舜订交方回 治目疾之法
舜师尹寿 舜师蒲衣子

上古神话演义（第二卷） 五星出东方

且说舜这次出门，却在日间，尚可到朋友家中走走。那时东不訾亦到别处去了，单有秦不虚在家，于是就到秦老家中。秦老知道了这种情形，就说道："仲华，我想做儿子的，固然应该伺候父母，但是与其在家中伺候父母倒反常常淘气，还不如到外边去寻些事业做做，将资财寄回来养父母，亦是一样的，你看如何？"舜答应道是。秦不虚道："我看老伯气性如此之急，总是双目失明之故。假使吾兄出去，各处探听，能寻得一种明目之药，使老伯双目复明，能见一切，那么肝火决不至如此大旺，吾兄家庭亦决不至如此了，你看如何？"舜听了，极以为然，亦答应道："是是。"秦老道："当初圣天子那里，据说有一个鸿医，名叫巫咸，有起死回生之术，无论什么病都能治。现在他不知道在不在都城里，你何妨去探听探听呢。"舜听了，连声道："老伯之言极是，小侄就去探听。"当下秦老又借给舜许多盘缠，舜辞了秦老父子，径向平阳而来。

舜先到南郊，看见那一对麒麟，觉得胸中的愿望颇慰。进了都城，只见那街衢之宽广整洁，闾阎之繁盛稠密，车行的人、步行的人、荷担的人、徒手的人，熙熙攘攘，来往不绝，和偏僻村邑比较起来，真是有天渊之不同了。舜各处游览了一回，不觉叹道："古书上说：'王者之民，皞皞如也。'看了现在这种情形，可以算得'皞皞'了。"正想再去看看帝尧的宫殿，忽觉脚力有点不济，忙来间左，寻一个休息之地。陡然迎面来了一个人，是个官吏打扮，神气潇洒，器宇不俗，向着舜周身上下看了一回，便问道："足下何人？来此何事？"舜慌忙将行李放下，对他施礼，将姓名籍贯及疲乏求休息的原因说明。那人哈哈大笑道："原来就是仲华先生，久仰久仰。既然乏了，就请到敝处坐坐吧。"说着，用手向左一指。舜一看，是一间房屋，虽不甚大，却很精雅。当下就拿了行李，跟了那人进去，重新行礼，请教那人姓名。那人笑道:"在下姓方,名回,家在五柞山,无端遇着了一个天子的近臣,名叫镊铿的,和我要好,几次三番地来访我,硬要我出来做官。我不耐辛苦,固辞不就。后来圣天子又听他的话,聘我在这里做个闰士。我因为这个官位卑事简,比如住在家里,所以就受了,这就是在下的历史。多年以来,阅人不少。前年见着一位东不訾,是贵同乡,谈起仲华先生是千古未有之圣贤,我因此倾慕久矣,不想今日忽然光降,真是可幸之至。敢问仲华先生到此地来,有何贵干?我力所及,无不效劳。"舜听了,急忙道谢,并将父亲病瘖、要来求巫咸医治的意思说了一遍。方回道:"巫咸么?的确是个好医生,不过此刻许久不见了,不知在何处。他从前总在此地北面一座山顶上修真,山顶就叫作巫咸顶。后来又跑到南面去了,听说那边的山亦就因他著名,叫作巫咸山、巫咸谷(现在山西夏县东)。不知此刻究在何处,我给你去探听吧。"舜又称谢,于是又谈了一会儿,颇觉投契。方回忽然向舜道:"仲华,你且少待,我出去就来。"舜唯唯答应。方回去不多时,即便转来,手中拿了许多食物,说道:"仲华,时候已晌午,想你饿了。我独自一个,无人炊爨,只好取诸市中,你不要嫌简慢,随便吃点吧。"舜一面称谢,一面问他道:"宝眷都不在此地么?"方回笑道:"我是一个世外之人,以天地为庐,以日月为灯,无家无室,几十年了,颇觉逍遥自在,省了多少妻孥之累,更有什么眷不眷呢?"舜道:"那么,每餐膳食都向市中购取么?"方回又笑道:"不瞒仲华说,我已有三十多年不吃谷食了。"舜诧异道:"那么吃什么呢?"方回疾忙从厨中取出一大包丸药来,给舜看道:"我就吃这个,以此奉陪吧。"说着,撮取一大把往口中便送,又用半盏热水送下。舜道:"此药叫什么名字?"方回道:"是云母粉。"舜道:"云母是矿物,可以常吃么?"方回道:"可以久服,久服之后,能腾山越海,神仙长生。"舜听了,殊为稀罕,但是亦不去穷究他炼服的方法。过了一会儿,两人都吃完了,方回拉了舜的手,说道:"我们去访巫咸吧,行李且安放在此,不妨。"于是二人出了门,将门带上,穿过衢路,又曲折走过几条小巷,到了一家门首止步。方回用手叩门,里面问是何人,方回道:"咸老先生在家么?"那时门已开了,一个异服大袖的人出来说道:"敝老师不在家,到南方去了。二位有何见教?

且进来坐坐。"方回偕舜进内,彼此通了姓名,才知道他名叫巫社,是巫咸的弟子。当下方回就将要请巫咸医治目疾的意思说了。巫社道:"敝老师到南边海上去,已有好多年,此地一切病人诊治,都是由小巫和许多同学在这里代理,尊驾如要治病,小巫可以效劳。"方回沉吟了一会儿,说道:"既然如此,就请费心。不过病人却不在此,只要请赐一个方药,带回去医治。"巫社道:"病人不在此不要紧,只须将病人的姓名、年岁、住址、病情说了,小巫就有方法。"舜即一一说了。巫社道:"二位且少坐,待小巫作法。"说罢,将大袖揎起,头发抖散,到密室中去了。过了一会儿,出来说道:"刚才小巫已问过神明,大约这个病人,命中应该有二十多年的魔难。这目疾一时无论如何是医治不好的。即使得到了灵药,还是有人从中作梗,使他不能如法施治。直要等到十三年之后,自有贵人来给他医愈,复见天日。此刻但请他宽心忍耐,不要性急。"方回听了,有点不信,就拿些物件来交给他,作为酬劳,并说道:"多谢多谢,费心费心。"那巫社亦称谢了,送到门口,关门自去。这里方回和舜回到闾中,方回说道:"仲华,我看这个巫社靠不住,恐是本领不济,有意推托。你还是寻巫咸为是。他那个手段高明多了。"舜应道:"是,是,不过巫咸究竟在南方何处,能否寻到,是一个问题。假使访不到,将奈之何?这一次岂不是枉跑么?"方回道:"能不能访到,是别一个问题。我们总应该尽人事以听天命。"舜连声应道:"是,是。"方回道:"仲华远来,居停在哪里?"舜道:"此间人地生疏,尚无居停之处。"方回道:"那么,何妨就住在我处。"舜大喜称谢。

这日晚间,二人促膝细谈,又渐渐说到瞽叟的目疾。方回道:"我从前也曾涉猎过方书,觉得治目疾的方法多着呢,不知道哪几种是已经试过的。"舜道:"草根树皮、羊眼、石决明之类,大概多试过了,总是无效。"方回道:"空青、珍珠之类呢?"舜道:"这二种却没有试过。"方回道:"这二种治目疾是极有功效的。空青在梁州山谷中,大约产铜的地方都有,据说是铜的精华熏蒸而成,其腹中空虚,剖开来有浆水的最佳,但是极难得。大者如鸡子,小者如相思子,其青厚如荔枝核,其浆水酸甜。冀州北部和雍州西部亦有之,听说江南黟山一带很多,治目疾是最要之药。大概目疾都由肝胆二经而起,故卞急躁怒。空青色青而主肝,其浆有益于胆,肝胆两经得治,那么目疾自然痊愈了。珍珠出于淮水之滨,亦叫作蠙珠,江南沿海出产亦多。拿了来捣成细末,约一两之数,再用白蜜二合,鲤鱼胆二枚,和合在铜器之中,煎到一半,用新的丝绵滤过,拿来频频点在目中,无论久远新旧青盲失明之类都能医得好。还有一种兰草,出在闽海之中,叫作幽兰(现在叫建兰),其花五色俱备,色墨者叫墨兰,将它晒干了,可治瞽目,能生瞳神,治青盲尤有效验,但是不容易得到。这三项疗治之法,都是我所知道的。你这番南行,寻得到巫咸最好,否则这三项药之中能寻到一二种,先来治治,亦是一法,你看何如?"舜听了感佩之至,连声答应,谨记在心。次日辞别方回,就要动身。方回取出无数川资来赠行,舜固辞不受。方回正色道:"我这个不是非义之财。你不受,是不以我为朋友了。"舜忙道:"岂敢岂敢,你自己亦要使用呢。"方回道:"我独自一人,用度极省。你远下江南,旷日持久,川资自以多带为是。朋友有通财之义,你客气做什么?"舜听了,只得收受。别了方回,又购了些帝都所产的衣裘、甘旨等,都是乡间所没有的,急急转回家乡,却不敢去见父母,私下来访秦老。衣裘、甘旨等就托秦老转致,并将这次下江南访巫咸、求医药的意思,亦请秦老转陈。此行归期,迟速难卜,并请秦老不时去安慰父母,不要悬念。秦老一一答应,舜即匆匆就道。

且说舜到了王屋山,时适夏令,赤日当空,不免有点炎热,远望有人家,就想过去借坐乞浆。只见朝南三间草屋,屋中一个老者,正在午睡,两旁书册满架。舜料想是个隐君子,不敢惊动,只在门前大树下稍憩,但见前路辙迹甚深,暗想:这位隐君子虽在山林,却与显宦大官相往来,亦未免可怪了。正思想间,忽见屋后走出一条狗来,看见了生客,纵声狂吠。那老者被惊醒了,翻身起来,走到门口,问道:"何人在此?"舜未及回答,那老者已看见了舜,便拱手道:"原来是虞仲华,好极好极,请到草堂之中来坐吧。"舜听了,大为诧异,暗想:这老者何以认识我呢?一面想,一面急忙答礼道:"小子何人,荷承青睐,敢不从命,登堂领教,但不识长者何以认识小子,长者高姓大名还未曾请教。"一面说,一面已到堂上。那老者先请舜坐下,然后说道:"老夫姓尹,名寿。贵老师务成先生前日来此,谈起足下将有江南之行，不久就要经过此地，所以老夫镇日在此留心。足下仪表，与人不同，所以一望而知了。"舜听见务成老师前日来过，就慌忙问道："务成老师此刻在何处？"尹寿道："他的行踪是飘忽不定的。此刻在何处却不知道。"舜道："务成老师对于小子恩深义重，一别多年，小子实在渴想极了。长者如果知道他的行踪，务请指示。"尹寿笑道："足下从贵老师受业，共有几年？"舜道："约有五年。"尹寿道："足下可知道贵老师是何等人？"舜道："说起来惭愧之至。小子受业的时候，年龄尚小，但知道老师姓务成，他的大名还是后来老师去了才知道的。至于老师的历史，更不知了。"尹寿道："他是一个游戏世界的活神仙，换一个朝代，他就换一副面貌，换一个姓名。从前，当今天子还未曾即位之前，指挥司衡羿打九婴、平风后，杀封豨、巴蛇的，就是他呀！他对于足下，连姓名都没有改过呢。"舜听了，方才恍然。但是又想，果然如此，老师自此以后，决不肯再见我，我亦从此不能再见老师了。想到此处，不胜惆怅。尹寿忽问道："仲华此刻到南方去采药，贵老师说是极好的。大约十年之后，天下苍生都要瞩望于仲华呢。"舜听了，莫解所谓，就问道："老师说小子这番南行，一定遇得着良医，求得着良药么？"尹寿道："那亦说不定，不过尽人事而已。"舜听这话口气不对，不觉失望，但又不好多问，只得另外问问谈谈，觉得这尹寿的学问道德，不在务成老师之下，暗想：他既然是务成老师之友，当然可以为我之师，何妨拜他为师呢。想罢，离席请修弟子之礼，尹寿亦不推辞。于是舜就拜尹寿为师，住在尹寿家中，谈了几日，受益不浅。一日，舜告辞南行，尹寿道："不错，汝确系可以去了，将来再见吧。"舜唯唯而行。

舜过了王屋山，径向东南而行，逾过了洛水，到了有熊之地。这个地方是黄帝最初建国之地，留存的古迹不少。从前黄帝的宫殿，现在已改为黄帝的祠庙。庙外一片广场，两旁古木森森，多是几百年前的旧物。庙前有许多碑碣，上面多凿着文字，记述黄帝的功绩，又有许多石桌石座，以供游人憩息。舜刚刚经过此地，只见有几十个儿童在那里游戏，有的爬树，有的掷石，有些翻筋斗，有的打虎跳，喧嚣杂乱之至。细看过去，年纪都不过七八岁到十几岁的样子，内中独有一个孩子立在大树下，旁观不语，立的姿势很端正，神气亦很静穆，状貌亦颇歧嶷。舜看了暗暗称奇，但亦不去理会他，跑到各种碑碣之下，细细读了一遍，又信步踱进庙中，各处瞻仰了一回，走进庙门，觉得有点乏，就在石座上休息休息。这时儿童愈聚愈多，喧嚣杂乱亦愈厉害了。舜看刚才独立的那个孩子，虽则换了一个地方，但是仍旧端正独立，绝不参加。舜因之更为纳罕，要研究他一个究竟，当下就不绝地对他注意。

忽听见群儿大噪道："球来了！球来了！我们踢球，我们踢球。"说罢，一轰向前而去。过了一会儿，只见有四五个孩子，手中各捧着一个球，有大有小，齐向那独立孩子所立的地方狂奔而来，后面无数儿童跟着，仿佛要抢夺他们的球似的。那些捧球的孩子一面跑，一面叫道："布衣，布衣，他们不守规则，又要来抢了。"只听见那独立的孩子开口说道："诸位兄弟呀，小弟屡次劝过，请诸位不要争夺，何以又要争夺呢？还是依小弟的愚见，分班为是。"无数儿童跟在后面的听了，就一齐说道："是，是，是，我们分班，我们分班。"于是大家就分起班来，几个一班，几个一组，几排在东，几排在西，悉听那独立孩子的指挥。分好之后，大家将球放在地上，用脚去踢，这边踢到那边，那边又踢到这边。踢过去的时候，那边许多儿童一齐出而拦阻，硬要将球踢过来；踢过来的时候，这边许多儿童亦一齐出而拦阻，硬要将球踢过去；仿佛两边都画有一定界线，不能逾越，以此分胜负似的。踢到后来，不知怎样，两方面又发生争执了，大家又一齐向那独立的小孩叫道："布衣，布衣，你看这次是哪个错？"那独立的小孩判断道："依小弟的愚见，这次是东组错。因为照蹴鞠的规则，只能用脚，不能用手的，现在东组的人连用两次手，东组错了。"东组的许多儿童，听了这个判断都默默无语。舜见了这种情形，对于那独立的小孩尤其纳罕。过了好久，众儿童都倦了，暂时停止踢球。舜凑空便走到那独立的小孩面前，向他拱手道："足下辛苦了，请教大名？"那小孩将舜上下一看，亦拱手答礼道："不敢不敢，小弟名叫蒲衣，是菖蒲的蒲，衣服的衣。他们叫别了，叫我布衣，或叫我被衣，都是错的。"舜又问道："今年贵庚？"蒲衣道："八岁。"舜道"这个踢球之戏是足下创出来教他们的么？"蒲衣道："不是，不是。这种游戏名叫蹴鞠，是黄帝轩辕氏创造的。当初黄帝整饬军备，兵士在营中无事之时，就教他们做这个玩意儿，既可以娱乐消遣，亦可借此以练习筋力，不至懈弛。后来此戏，遂流行于民间。此地是黄帝开国之地，所以流行得最广，他处想来尚无所见，所以老兄不知道。"舜道："是呀，某未曾见过。这种球是皮做的么？里面装的是什么？"蒲衣道："里面是毛发棉絮之类。"舜道："诸位都在那里嬉戏作乐，足下何以独独袖手，不去参加呢？"蒲衣道："小弟性喜清静，所以不参加。"舜道："某有一个愚见，愿贡献于足下。某听见古人说，'流水不腐，户枢不蠹'，是动的明效。况且就生理上说，儿童身体正在发育之时，尤其应该运动活泼，庶几筋骨得以锻炼，身体得以强壮，所以儿童的心性没有不好动恶静的。现在足下正在髫龀之年，偏偏好静恶动，虽说厚重凝固亦是一种美德，但是于身体的发育及强健上，恐怕发生影响。所以不揣冒昧，奉劝足下，还是去参加运动为是，不知尊意以为何如？"蒲衣听了，又拱手致敬道："承老兄关爱指教，极感盛情。不过这一层，小弟亦曾细细考虑过，运动能够锻炼筋力，强壮身体，这句话固然是不错的。但是，为什么缘故要锻炼筋力、强壮身体呢？依小弟的愚见，想起来不外乎两种：一种是为习武起见；筋力强壮，有力如虎，那么和他国战争的时候，比较地不会失败。一种是为健康起见；体格强壮，能耐劳苦，则可以任烦剧之事，肩重大之任，而年寿因之可以久长。照第一种说来，那么各种剧烈运动，如竞走、赛跑、跳高、跳远之类，都是应该练习的，不仅是蹴鞠一种。但是圣人之教，尚德不尚力。这种剧烈运动，未免近于尚力，容易趋到好勇的一途。况且儿童本有好动好胜的心理，孜孜不倦、无时无刻去弄这种运动，往往有伤身体。而且运动过久了，心放气浮，叫他去体认道德，修习学业，就颇为难了。圣人的教人，是天然的运动，以礼为主。礼之用，以敬为本，所以能够固人肌肤之会、筋骸之束。平日对于父母的服劳，对于家庭的洒扫操作，对于宾客的应对进退、揖让拜跪，都是运动的一种。而且足的容宜重，手的容宜恭，目的容宜端，口的容宜止，声的容宜静，头的容宜直，气的容宜肃，立的容宜德，不偏不倚，无懈无惰，这种都是无形的锻炼、无形的运动。从小到大，他的身体没有不强壮，筋力没有不坚固，年命亦没有不长久，学问亦没有不精进的。因为一日到晚，四肢百体没有一刻不受心的监督，没有一刻使它放松，比那剧烈运动，仅仅在一时的，差得远了。所以技击拳勇家，分内功、外功两种，内功主静坐炼气，而效力比外功为大，就是这个道理。迂谬之见，未知老兄以为何如？还请赐教。"舜听了，暗想他八岁的小孩有如此之见解，不胜佩服。后来又和他谈谈各种学问，哪知他亦无不通晓，舜倾倒之至，当下就愿以师礼事之。蒲衣虽谦逊万不敢当，但是舜对于他执弟子之礼甚恭。时已不早，问明了蒲衣住址，紧记在心，拟从南方归来，再登堂受业。

第二十九回

舜耕第三历山象耕鸟耘　舜耕第四历山第五历山　雒陶伯阳万里访舜　舜耕第六历山

第二十九回

且说舜师事蒲衣之后，因求医心切，即匆匆上道，来到淮水，访求蠙珠。土人道："近几十年以来，淮水中出了妖怪，不时兴波作浪，漂没民居，人民都远避不及，哪里敢再去求珠呢！"舜听了，只索罢休。沿路又访问巫咸消息，有人说，大约在长江口海中一个什么岛上。舜听了，就向长江口而来。但见烟波渺渺，洲渚森森，无数裸体文身之人驾着独木舟，出没于洪涛雪浪之中。舜上前仔细探听，果然有人知道，巫咸就住在前面海岛上。舜大喜，雇了一只帆船，直向那海岛而来。到了岛边停泊，舟人说道："这就是了。"（现在江苏常熟市西有虞山，为巫咸之所出。）舜上岸访问，哪知土人道："咸老师已回北方，刚才前月去的。"舜听了，大失所望，独立踟蹰了一回，也无心观玩风景，随即回船。舟人道："回去么？"舜答应道是。哪知船刚开出港口，忽而飓风大作，把这船吹向海洋而去。顷刻之间，帆飞樯折，船上之人无不狂呼救命，高叫苍天。舜在此时，虽则绝无恐怖，然而念及父母弟妹，亦不禁凄然。过了一会儿，又是一个巨浪打来，船身四分五裂，众人齐落水中，各各不能相顾。幸喜舜身旁浮着一根大木，舜赶快抱着，听它载沉载浮，但觉耳畔呼呼风响，大浪一个一个从身上打过，约有半日光景。舜自分必死，闭目听之。忽然又是一个大浪，将舜和木头高举空中，陡然落下。舜觉得不像水中了，开眼一看，原来已在沙滩之上，不禁自相庆幸。但这时已在夜间，四顾昏黑，辨不出是岛是陆，深恐大浪再来，只能抖起精神，努力向岸上行去。过了一会儿，离海觉已远了，就在一块石上坐下，觉得浑身衣服尽行湿透，而且气力全无，疲惫不堪，腹中所饮咸卤亦呕出许多。幸喜天气和暖，尚不至于号寒，然而无情的风还阵阵吹来，只得忍耐。又过了一会儿，天渐明了，舜早将衣服的水统统绞干，穿在身上，但是腹中奇饿，暗想：漂泊在此，究竟不知是何地方；同船之人，此刻不知生死如何；我虽侥幸不死，然而身畔一无所有，吉凶正是难卜，姑且向里面探听见看。

想罢起身，迤逦而行，约二三里远，觉得前面树林中似有鸡犬之声，急急向前，果见有一个村舍。村人看见了舜，亦都觉诧异，霎时男女大小，纷纷环集，争相问讯，都是裸体文身的。舜将昨日舟行遇险的情形说了一遍。村人虽是蛮荒，却很和善，听了都说道："那么客人饥了，我们请你吃吧。"说着，就有人邀舜到一间茅屋里坐，搬出食品来请舜吃。舜极道感谢，就吃了许多。那时屋内外环而观的人，仍旧不少。有人说道："客人，你的衣服湿极了，何不脱下呢？"舜道："我因为在水中受寒，所以暂且不脱。"因问道："此地是何处？"村人道："此地是涂山脚下，亦有人叫苗山的。"（现在浙江省会稽山）舜道："离中原有多少远？"村人道："中原地方在哪里？我们不知道。"舜听了，不免踌躇，因为身边一无所有，不特不能归去，并且何以为生呢。那些村人，似乎有点猜到舜的心思，就说道："客人不必心焦，落难之人，我们是一定帮助的。我们虽则穷，但是十几家供给你一个，总供给得起，你不要愁。"舜听了，非常感激，说道："承诸位如此盛情，倘他日得归故里，定当厚报。"另有一村人道："我们是不望你报的。请问客人尊姓大名，向来是做什么生意的？"舜一一说了。村人道："好极好极，你既然会耕田，我们这里空地多得很，明日尽你去耕吧。器具没有，我们借你。"舜听了，真真感激之至，暗想：在此穷乡僻壤之中，竟有此羲皇以上之风俗，真是难得极了！遂连声称谢不置。这日，就住在东村里。次日，村人领舜到各处一看，说道："虞客人，这里都是空地，请你自己挑选吧。"舜挑了一块傍山的地。村人道："这块地硗瘠，恐怕不好种呢。"舜道："不打紧，我能种。"于是先在旁边，诛茅结屋，慢慢地开垦起来。又搬一方大平石到屋内，支了一张床，以便寝处。其余一切器具种子，都是村人借用的。（现在浙江余姚市城北三十五里有历山，相传为舜耕处。）但是开垦硗瘠，颇为不易。

一日，舜正在用力之后，辍耕休息，忽见一只大象从山上缓步而下，走到舜的耕地上，用大鼻子卷起锄犁，不住地向田中开垦。那象本是群兽中最大的动物，气力甚大，不到片时，所开垦的田已不少。舜看了，亦是诧异。过了一会儿，有村人来，看见了，不觉狂叫起来，顿时男女大小又纷纷环集，大家都以为异事，就问舜道："这是什么野兽？虞客人，你去捉来的么？"舜道："不是。这是个象，从那边山上走来的。"村人道："它怎样会代你耕地？"舜道："这个我也不知道。"有一个老人道："我说过的，大难不死，必有大福。虞客人从那大海之中逃得性命出来，我说一定是个不凡之人。现在又有这种异事，将来你们看着吧。"这句话一说，众人此唱彼和起来，竟把舜奉如神明一般。从此，这只象就依着舜不去。舜在此耕田，总是借象之力。后来又开了一口井，亦是象帮忙的。（现在余姚市历山下有象田、舜井，又有舜之石床，足踏处双迹宛然。）有一日，舜插好了秧之后，有好许多鸟儿飞来，啄去莠草，仿佛代耘田。这个象耕鸟耘的故事，现在民间都还是传说的。闲话不提。且说舜在历山耕田，一住年余，虽则时洒思亲之泪，然而很受当地土人之亲敬，倒也安然无事。

哪知有一日，忽然不妙了，无情的海水竟不住向上地逆行起来，不知何故。它的逆行，势虽甚缓，但是继长增高的，日甚一日，看看田庐都要被浸没了。村人恐慌，商量防御之法。舜道："这种情形，恐怕不是天灾，是地变，人力无从抵御的。依我的愚见，不如迁到较高之地，避开了吧。"众人虽则安土重迁，但是素来信仰舜的说话，既然如此，只能赞成。于是大家迁徙，一直向西南而行，有些重大的物件，都由象往来驮运。走到苗山脚下，众人乏力，就此止住。舜亦拣了一块田地住下，大家草创经营，重复建设起来，再做他们的耕种事业。（现在浙江绍兴市上虞区西南有历山，相传为舜耕处。山下有田曰象田，井曰舜井。）那时舜与村人又成为患难之交，格外亲热。村人裸体的陋俗已早为舜所化除，改着衣冠了。不料一住半年，喘息定，那无情的洪水又汩汩追踪而来。众人没法，只得再谋迁徙，逾过苗山，直到长江旁边，一座山脚下住定。（现在浙江杭州市萧山区西三十里有历山，相传为舜耕处，其下为渔浦。）大家再草创起来，重新耕作。三年之中，两度播迁，亦可谓辛苦极了。

一日，舜晨起赴田，那只大象忽然不见，遍寻不得。这几年之中，它是从来没有离开过的，大家深觉奇怪，但是舜亦只好听之。这日下午，舜正在力耕之际，忽然前面来了几个人，看见了舜，都狂叫道："在这里了！在这里了!"舜不禁骇然,仔细一看,原来是雒陶、灵甫、伯阳、东不訾四个朋友,便问道:"公等何来?"雒陶道:"仲华,你还要问呢!自从你走了之后,一年没有消息,我们好不记念。后来秦不虚说,你是到南方找巫咸的,但是东不訾从帝都来,说巫咸刚在他隐居的山上,已呜呼了,就葬在那边(现在山西夏县东巫咸山下有巫咸墓)。你哪里还寻得着呢!凑巧伯阳和灵甫亦来探你的消息,正想设法找你,哪知连日地震,据说孟门、吕梁各山的洪水似瀑布而下,各地尽为泽国。圣天子闻说,已迁都北方了。我们家乡虽则地势高,但是恐不免波及,迁居的人很多,因此,我们亦只好迁了。"舜听到此,不等雒陶说完,就问道:"那么家父家母等呢?"雒陶道:"已随同大众同迁,现在搬在泰山之西居住,大家仍在一起。(现在河南濮阳市东南七十里有姚城,即舜时之姚墟也。)伯父、伯母、令弟、令妹等都安好,请放心。"灵甫道:"家乡已变到如此,仲华久滞不归,殊不可解。"舜就将经过情形说了一遍,并说道:"我岂不想急归?其奈囊空如洗,此间荒僻,所有者唯米布鱼盐,不能负以行远。年来洪水泛滥,舟楫断绝,茫茫大江,势难插翅飞渡,真是教人闷死。但不知四位从何处过来?"东不訾道:"我们逾过了江水,到了黟山,知道你之目的在寻空青和珍珠、墨兰等。黉山之南,闻说产空青,我们猜你或者在那边逗留,所以就到那边去找你。哪知你这个人找不到,空青却给我们找着了。"舜听见空青得到,非常欣喜。东不訾又说道:"我们后来猜你,或者在海滨搜求珍珠,或者到闽中搜求兰花,所以我们决定先从三天子鄣到东海滨一访,再南入闽中,或者总遇得着。不想在此已相遇了,恭喜恭喜!"舜道:"那么诸位出门几时了?"伯阳道:"一年零一个月了。我们不是一径到此,沿途访问,千回百折,所以濡滞如此。"雒陶道:"仲华,不必多说,快同我们回去吧。"舜连应道是是。那时村中的人听说有人来访舜,都来环视。后来听说舜要去了,大家依依不舍,都来攀留,甚至有哭出来的。舜亦泣下数行,和他们说,有二亲在堂,不能不回去的道理。众人听了没法,内中有一个说道:"即使要去,何妨再留两日呢。"舜答应明日起身。这一夜,舜和雒陶等就在小屋中谈了半夜,胡乱地睡了一觉。次日,天未明时,村中人知道舜一定要去,都携了食物来送行,又替舜收拾一切。到临行时,一齐远送。舜辞而又辞,有几个竟痛哭起来。舜答应以后如有机会,一定再来,众人方始洒泪而别。

这里舜等五人肩挑背负,一齐上道。雏陶道:"看刚才这些人如此热诚,总是仲华盛德所感。"舜慌忙谦谢。伯阳道:"是固然是的,但是亦因为这种人,世代乡僻,淳朴未漓,一经仲华的熏陶,自然可与为圣为贤了。假使城市之人,恐怕亦没有这样容易呢。"当下五个人晓行夜宿,急急遄归。到了豫州界,伯阳、灵甫、东不訾各因有事,陆续别去。到了新迁的姚墟,舜不知道家在何处,由雏陶领到他门口,只见妹子敤首正在门首游戏,瞽叟亦在那里向阳曝日。舜见了,慌忙撇了雏陶,放下负担,先过去向父亲磕头,说道:"儿舜回来了,父亲一向好么?"瞽叟平素虽则不爱舜,但究是父子天性,多年杳无音信,传说不一,心中不免记念。再加以从诸冯迁到此地,历尽艰苦,家计顿落,如若有舜在身旁,或者有个帮手,就是自己行动起居亦要舒服些,因此亦盼想舜能归来。现在舜居然归来了,心中当然欢迎,但是口气却还不肯不摆严父的架子。当下先责备他的不孝,说:"你甘心在外游玩,不顾父母。这次诸冯水灾,假使没有邻里朋友的帮助,今朝你父母已不知流落何处?死生存亡,都不可问,你还有家可归么?我听说你到南方,替我求医求药,现在怎样了?你何以能寻到此间?你且说来。"舜听了,便将以往事迹和归来情形,一一都说明了。瞽叟道:"原来是雏世兄等寻你回来么?"舜应道是。那时雏陶在旁边,便高叫:"老伯,小侄拜见。"瞽叟慌忙站起来,拱手说道:"不敢不敢,少礼少礼。前日搬家,荷承诸位的帮忙,这次又万里地去寻小儿回来,又给老朽弄到空青,感激之至。将来老朽果然托福,双目重明,定当重报。"雏陶亦连声不敢,略谈几句,告辞而去。

舜先将行李等搬进屋中,又扶老父进去,然后参拜后母。瞽叟便问空青在哪里。舜从怀中取出,递与瞽叟。瞽叟捏在手中一揣,觉得是同胡桃大一颗石子,又拿来耳畔摇了几摇,仿佛里面有流汁之声,知道确是空青了,心中非常喜悦。那时舜问后母道:"三弟哪里去了?"后母未及答言,瞽叟道:"自从搬到这里,所有家计颇多损失,所以兄弟虽则年幼,亦只能叫他去耕种,现在在田里呢。"哪知话未说完,象已进来,看见了舜,似乎出于意外。

舜忙叫三弟，象亦回叫二哥，但无话可说。舜看象的身体已着实长成，正要问他说话，只听见瞽叟说道："如今好了，二哥回来了，你有一个帮手。二哥又给我找了空青来，如果我目疾能够治好，那真是运气呢。"哪知象听了这两句话，非常不服气，暗道：我要他帮什么？又想道：空青不知是什么东西，能治眼睛么？假使眼睛治好，一定是舜之功，父亲一定爱他不爱我，那么我怎样呢？正在踌躇，只听他母亲说道："时候不早，预备晚膳去吧。"舜听了，不敢怠慢，就到厨下一同操作。夜膳时，又将他途中所购的甘旨献与父母，并有南中的果饵分赠弟妹，大家饱餐一顿。夜膳后，瞽叟又问了舜许多话，然后又说到空青，如何使用法。象听了，就嚷着要看。那时瞽叟早将空青交给夫人了，象就从他母亲身畔取来一看，就说道："这种石子，山中多得很，能治眼疾么？"舜在旁，就告诉他石中有浆，拿浆点在眼中，可以明目。象听了不信，说："石中哪里会有浆，待我来试试看。"说着，就要去寻器具来敲。瞽叟大喝道："你不许给我胡闹，这是不容易得到的宝物。二哥千辛万苦去找来，假使给你弄坏了，眼睛医不好，我不饶你。"说着，就叫他夫人藏好，明日再商量办法。象听了父亲几句重话，当着舜的面颇觉下不去，又听见父亲称赞舜，更是不服，暗暗筹划破坏抵制之法。当下又谈了一回，各自归寝。哪知这一晚上，象和他母亲的方法已想好了。

次日早餐后，舜的后母就向舜说道："这次家计损失，兄弟虽年幼，亦只好叫他去耕田，但他究竟是外行，丝毫不懂。现在你回来了，正可以教他，这亦是你做兄长的应有之责任。"舜后母是从来不理舜的，偶然说话，亦是冷言冷语，话中有刺。如今这两句说话，词语切挚，态度温和，舜听了之后，又感激又欢喜，几乎掉下泪来，连连答应道："是，儿应该和兄弟去同做。"那后母又向象说道："你同二哥去耕田，总要听二哥的话，要知道二哥的知识阅历，总比你高些。"象亦唯唯听命，对于舜颇觉恭顺，舜亦暗暗称奇。于是兄弟一路同行，有说有笑，忽见象遥指道："二哥，那边一带就是我们领来的田了。"走到之后，二人就在田间并耕起来。（现在河南濮阳市东南七十里有历山，相传为舜耕处。）过了一会儿，象忽然辍耕，狂叫腹痛。舜忙问："怎样了？"象丢去锄犁，两手揉肚不止，一面说道："我这病是常有的，休息一两日就好了，二哥你不要着急。"舜道："那么，弟弟你回去歇歇吧，我送你回去。"象一手揉肚，一手摇摇道："不必，你在这里，我独自回去，向来是一人走的。"说着，两手捧腹，弯腰曲背而去。舜站着，到眼睛望不见了，方才再起而耕田。看看正午，心中记念兄弟，正想归家就餐，兼可看视兄弟，哪知后母手提榼饭而来，说道："你就在这里午餐吧，省得走一趟。"舜见了，非常感激，连忙迎上去，取了榼来，说道："儿归来吃就是了，怎敢劳母亲玉趾。"后母道："你兄弟年幼，我不要他多走，送惯了，所以送的。"舜忙问道："三弟怎样了？"后母道："他年幼，经不起辛苦。去年冬天，有一日冒了寒，到此地来又受了风，得了肚痛之症，如今常常要痛，可是不要紧，过两日就好了。"一面说，一面转身，又说道："榼子你自己带回来。"舜急忙答应，看后母去远了，方才席地吃饭。一面吃，一面想，人家总说后母待我不好，照这样看来，后母待我与亲生子何异？可见从前总是我不好，反使后母受人家的讥评，我的罪真是大极了。想到此际，真是忏悔不尽，然而这一日家庭之愉快，亦是十几年来所未有的。闲话不提。且说舜到了薄暮，提榼归家，象的腹痛已略好了。父母待他都是和颜悦色。晚餐之后，舜就问父亲，何日用空青治目。瞽叟道："我十几年来闷苦极了，恨不得立刻就治。你母亲说，空青既是难得之物，我们自己弄恐怕弄坏。南村有个医生，据说极仔细的，想请他来解剖，已经托人去请过，他说要过两天才得闲。你母亲劝我，那么多的日子苦过了，不争此几日，所以只好等着。"舜听了，深服后母计虑之当。

次日，舜依旧独自一人到田间工作，忽见秦不虚走来。舜大喜，说道："久违了，你好么？老丈好么？我因为事冗，所以归家三日，尚不能到府，荒唐得很。"不虚道："勿客气，勿客气。那日雒陶来谈你的一切情形，我统统知道。当日我本想和他们同到南方访你，因老亲在堂，不便远离，实在抱歉得很。"舜道："雒陶哪里去了？"不虚道："他在我家住了一夜，昨日就回去了。"舜道："可惜可惜！我还想再谢谢他呢。"不虚道："你太拘了，朋友之道，岂在乎此！"当下二人又谈了一回，不虚别去，舜仍旧耕作。到了薄暮归家，父母处照常问安，觉得父母都有点不豫之色，与昨日大不同。舜暗中问象，象道："你还要问呢，你所拿来的空青，是假的，今朝医生已来剖开，完全是颗石子，里面何曾有水浆呢！"舜大诧异，有点不信，便问道："那颗空青呢？"象道："既是假的，要它做什么！早经丢去了。"舜益发怀疑。象道："难道你想父亲的目疾治好，我和母亲不想父亲的目疾治好么？骗你做甚？"舜听这话不错，暗想：不要真个是我弄错么，但是一路归来，经过多少人的鉴察，都说是真空青，何以忽然会假？胸中终是不解，只能不语。读者诸君，要知道这个缘故么，以真变假，当然是象母子两个弄的玄虚。不过人同此心，心同此理，象母子两个虽则和舜作对，但是岂有不愿他父与夫目疾治好之理？原来家庭变故，总离不开"偏"与"妒"两个字。瞽叟的不爱舜，不外乎一个"偏"字；象的仇舜，不外乎一个"妒"字；舜后母的虐待，"偏"与"妒"两个字兼而有之。那日母子两个商议，他们恐怕瞽叟目疾治好，其功劳完全归舜，人家益发要称赞舜的功劳，所以商量另外造一个假的，将真空青内的水浆注到假的里面，就作为象所找来之物，如此以假为真，以真为假，那么父目治愈之功，岂不归了象么？象连日托病在家，正是做这个工作。好在瞽叟目不能见，别无外人，一切听他们设法罢了。不料剖开空青之时，象性急鲁莽，用力过猛，将空青敲得粉碎，所以水浆统统糟蹋。这才懊悔，母子互相埋怨，已属无及，只好将错就错，向瞽叟报告说："这空青是假的，其中并没有水浆，又受舜的愚弄了。"瞽叟大失所望，肝火复旺，对于舜重复怀疑，所以态度骤变，可怜舜始终没有知道，还是尽管自己认错，岂不可叹！闲话不提。

且说自此以后，舜、象二人仍旧朝出暮入去耕田。一日，象忽向舜要求，要同他到十里外一个社庙里去看祭赛。舜劝他道："农事方急，这种无益之事，不要去。"象嬲之不已。舜道："那么须禀之父母才可。"象道："父亲一定不允的，母亲那里已经说过了。"舜道："的确么？"象道："的确说过，母亲已答应了。"舜被嬲不已，只能陪象一走。象看到后来，竟不肯转身。舜屡屡催促，方才慢慢归来。到得门口，只听见瞽叟已在那里大嚷骂人。舜知道事情又做错了，急忙和象进内。瞽叟便严厉责问他兄弟为什么这样迟。舜正要想实说，象先说道："二哥同我到前村去看祭赛。"瞽叟大喝一声，说道：

"还了得！抛却正经农事不做，去看这种无益之事，还成一个人么？"后母向舜道："象年幼小，我叫你教导他的，你不但不教导，反引他游戏。他知识浅薄，假使给你引坏，将如之何？我看你们两个，以后不可同在一起了。"瞽叟听了这话，正如火上添柴，大骂舜欺父的不孝子，还要来引坏兄弟，真是万不能容。于是不由舜引咎分说，硬孜孜又将舜逐出门去。

第三十回

舜三次被逐　作什器于寿邱
舜交续牙　舜四次被逐
学琴于纪后　舜友石户之农

第三十回

且说舜第三次被父母所逐，襆被出门，但是这次比较又从容了。他辞了父母，就来秦老家中商量。秦老父子都劝他，还不如在外面一人独自营生的好。舜答应道是，但是到何处去呢？秦老道："仲华，老夫替你想过，如今耕作之期已过，不如做些手艺，亦可以谋生。老夫有一个朋友，在东面寿邱地方（现在山东曲阜市东八里），制造各种什器。我写一封信，介绍你到那边，暂且给他帮忙，且待明春再作计较，你看何如？"舜道："老伯栽培，小侄就去。"当下舜就在秦老家中住宿一宵，与秦老父子谈到空青失效之事，不胜叹息。秦老父子虽则亦满腹疑心，但是因为是舜的母亲和兄弟，不好怎样乱说，亦只得随同叹息而已。次日，秦老修了一封书交给舜。舜受了，拜辞而去。过了两日，到了曲阜。这地方是从前少昊氏做过都城的，所以市肆喧闹，人烟稠密，与别处不同。舜游了一转，径出东门，来到寿邱。那秦老的朋友家一访就着，递了介绍书，那秦老朋友知道舜是个孝子，非常欢迎，热诚相待。自此以后，舜就在寿邱地方作什器了。那寿邱虽则是个乡村，但是风景很幽雅，离曲阜又不远，真个是闹中取静的地方，更兼黄帝轩辕氏生长于此，古迹不少，游人遂多。

一日，正届仲春，什器工作要停止了，舜趁此闲暇到各处游玩。刚到黄帝降生的宅边，只见有两个人从内走出，仔细一看，原来一个是伯阳，还有一个生得面圆耳大，气概不凡。舜忙与伯阳招呼。伯阳看见了舜非常诧异，便问道："仲华，你刚在去年到家，何以又跑到此地来？现在老伯的目疾，经空青治过之后，已痊愈了么？"舜听了，蹙着眉头，连连摇首，不作一声。伯阳见了，知道又有难言之隐，便不再问，当下将舜介绍给那同行的人道："这位就是我所说的虞仲华兄，现在住在姚墟，亦可叫他姚仲华。"说完，又将那人介绍与舜道："这位是续牙兄。"二人行了相见礼之后，续牙对于舜极道仰慕之意。舜竭力谦抑。伯阳道:"我们到里面坐坐再谈吧。"说着,三人就同走进去。只见里面有两进三开间的房屋,外进正中供着黄帝和嫘祖的神像,里进正中供着黄帝之父母少典氏和附宝的神像,两旁陈列许多俎豆、乐器等,尚觉精雅。舜等三人就拣了一处座位坐下。舜先问伯阳道:"你何时到此?"伯阳道:"我与你别后,想到亳邑去游历。后来在路上遇到这位续牙兄,谈得投契,我们就结为朋友,才知道他是当今圣天子的胞弟,如此贵而不骄,且甘心隐逸,我佩服极了。他要来此拜谒他令高祖考遗迹,所以我就同了他来。"舜听了,再看看续牙,衣服朴素,绝无一点贵介之气,如不说明,决不知道他是贵胄,不觉暗暗钦敬。于是就和续牙闲谈起来,愈谈愈亲密,相见恨晚,当下两人也订交结为朋友。斜阳将下,分散各归。

到了次日,舜早起出门,正要去访伯阳和续牙,只见道路上人群纷纷,连呼"怪事,怪事"。舜拣了两个相识的人,问他们是什么事情。那人道:"后面几十里远,一座剡山上,出了一种怪物,其状如彘,黄身而赤尾,它的面孔和人一样,它的声音又和婴儿一样。昨日有许多人去砍柴,听见婴儿声,以为是人家的私生子,弃在那里,正要想去搜寻抱养,哪知蓦地里跑出这个兽来,见人就咬,竟给它吃了一个去,岂不是怪事么!"刚说到此,凑巧伯阳和续牙亦走来,听到这段异闻,伯阳道:"圣天子在上,百灵效顺,这种怪物反跑出来害人,真有点不可解。"续牙道:"据我看来,不是如此。去年家兄仲容从泰山北面归来,说起在那里豹山之下水中,发现一种怪鱼,又发现一种怪兽,其状如夸父而彘毛,其音如呼,很以为奇。后来又在泰山南面空桑之山,发现一种怪兽,其状如牛而虎文,其声如吟,作一种軨軨之声,当时均觉见所未见。后来考查古书,才知道都是有名的妖物。那豹山下的鱼,名叫'堪𥫗之鱼';那怪兽名叫什么,我忘记了。空桑山中的兽,名叫'軨軨',就拿它的鸣声来做名字。但是它们都主凶兆,那古书上说,见则天下大水。现在天下正患大水,可见这种妖物都是应运而生,与圣天子的德政是无关系的。"伯阳道:"那么,这个剡山怪兽又叫什么呢?"续牙道:"仿佛叫作'合窳',要吃人,亦要吃虫蛇,不知道是不是?我可记不真了。大概亦是主天下大水的吧。"舜听了,慨然长叹道:"照这样说来,我们搬到东方，东方亦非乐土呢。"续牙道："仲华，你此刻到何处去？"舜道："拟来奉访二位。"伯阳道："此地离仲华处近，就到仲华处去谈吧。"当下三人同到什器肆中，谈了许久。舜道："此间工作，都在冬季农隙之时，一到春间都要务农，所以工作也停止了，我亦想归家省亲，再图别业，我们再见吧。"伯阳道："不虚因事亲不能出门，你见到，代我问候。你有了定处，亦可以告诉他，我们可以探听，来访你。"舜答应了，二人作别而去。

　　舜又停了一日，得了些肆主的酬劳，收拾一切，转身归去。路过曲阜，购一些甘旨之类，急匆匆返家。哪知到得家中，后母远远望见，口中就咕叽道："该死的，又来淘气了。"舜上前请安，后母也不理，向内就走。舜刚要跟进去，只听见瞽叟在里面大嚷道："你来做什么？我不要你这个逆子来，我不要你来！"舜走进房中，叩首在地，高叫："父母息怒，儿以后总改过了。"瞽叟不答应，一迭连声叫："快滚出去！我不要你来！"舜伏地哀恳。瞽叟大怒，以手拍几，大声叱道："你还不快滚么？"敫首那时已近十岁，在旁边看不过，便说道："父亲何妨就留二哥在家呢！"那后母厉声骂道："什么二哥不二哥！父亲在这里生气，要你来多嘴，连你都赶出去。"敫首不敢再说。舜不得已，痛哭拜辞而出。刚到门口，遇见象归来，舜叫道："三弟，我有点物件，要献于父母，刚才父母亲生气，匆促未曾取出，请吾弟代为转献吧。"说着，就从行李中将所购的甘旨等取出，递给了象。象接了，一声不语，拿回去攘为己有，分了些与瞽叟，诈说是他去购来的。象这个人，真可谓不仁之至了。

　　且说舜将甘旨等交给了象之后，信步来到秦老家中。秦老刚病了，不虚邀同到床前问候。秦老道："仲华，你回来了，家中去转过么？"舜听了，禁不住流下泪来，便将刚才情形一一说了。秦老叹口气道："怪不得你令尊正在生你的气呢。前日有一个北村里的人，来和你令尊说，称赞得你太好了，说你是个大孝子，而且德行才艺无一项不是上上，所以愿替你做媒。那女府上是做上大夫的，门第既好，新人亦才貌双全。这个媒人自以为一番好意，哪知令尊听了这番话，非常生气，说道：'他是孝子，难道我是个不慈之父么？这种欺骗说谎的逆子，可以算孝子么？现在他已经待我们父母如此，如果再讨一个富贵的老婆来,那么他们两个,不知道要轻贱我们到怎样了!老实一句话,我活在世间一日,决不许他讨老婆。他是孝子,最好他瞒着我们父母,自己去讨去。'那媒人听了这番气话,弄得来大大下不去,只得废然而返。这才是两日前的事。你刚刚回来,令尊气犹未平,所以如此。你还是再到外面去寻点事业吧。"舜道:"是,是,小侄想到泰山北面去,寻几亩地种种,老伯以为何如?"秦老道:"亦好。"这日,舜又住在秦老家中,与不虚谈心。秦老的病是老病,一时恐不得好。舜受恩深切,颇为忧虑,但亦无可设法。

次日,舜辞了秦老父子,就向泰山而来。过了数日,望见泰山,舜心想道:我虽不能登其巅,何妨到半山中望望,以阔眼界。决定了主意,便取道上山,哪知看看甚近,越过一重,又是一重,那泰山最高峰仍在前面,可望而不可即。舜不觉叹道:"'泰山不让土壤,故能成其高',这句话是不错的。"觉得脚力有点疲乏,想找一处地方歇歇,转过茂林,忽闻弦歌之声。舜不觉凝神细听,觉得这声音仿佛在崖的那一面,于是转过崖来,果然见一座草屋,屋中弦歌不绝。舜到门外一看,只见里面一个苍髯老者,坐而鼓琴,口中又唱着歌。看见了舜之后,随即止住弦歌,缓缓起身出来,问道:"足下何人?来此何事?"舜连忙放下行李,进而施礼,自道姓名,并说游山足倦,请求休息。那老者听了,就请舜坐下。舜见四壁陈设精雅,且多书册,料想是个隐士,便叩求姓名。那老者道:"贱姓纪,名后。"舜道:"适才听见弦歌之声,惭愧不是知音,窃愿有所请问,未知可否?"纪后道:"辱承下问,倘有所知,无不尽言。"舜道:"某闻琴者,禁也。究竟怎样能够禁止人的邪思荡意呢?"纪后道:"大凡鼓琴的时候,心思的邪正,意志的趋向,都流露于不知不觉之间,善于听琴的人都能听得出。从前有一个人善于鼓琴,有一个人善于听琴。鼓琴的人忽而想到泰山,那听琴的人就称赞道:'善哉,巍巍乎如高山!'鼓琴的人忽而想到流水,那听琴的人又称赞道:'善哉,洋洋乎若流水!'又有一个大圣人,在室内鼓琴,他的两个弟子在门外侧耳而听。曲完之后,一个弟子叹一口气，说道：'夫子这回的琴声，有一种贪很之志趣、邪僻的行为，何以如此之不仁呢？'另一个弟子就拿了他的话进去告诉那大圣人。大圣人亦叹了一口气，说道：'他这个人可以算得天下之贤人，亦可以算得知音之人了。刚才我在这里鼓琴的时候，忽然看见一只老鼠走了出来，随见一只猫在屋上。猫见了老鼠，轻轻地缘着梁柱走下来，定着它的眼睛，曲着它的背脊，要想捉这只老鼠。我当时心思注在这猫鼠身上，所以声音露出贪很邪僻的样子。他的说我，正是应该的。'照这两段故事看起来，鼓琴的时候，心思不能不归之于正，否则必被知音的人所窃笑鄙视，这就是禁字的道理。"

舜道："能够知音，这个人一定是不凡了。"纪后道："亦不见得。从前有一个文人，要想诱惑一个新寡的美女，无可设法，于是手制了一曲《凤求凰》的琴调，弹起来使她听见，借此去挑引。果然那美女听了，夜里就来私奔。就琴来说，这个美女听了琴声，就知道弹琴的人的心思，可算是知音了，然而甘心私奔，人格在哪里？所以，知音的人可以算一个艺术家，不凡之人尚说不到。"舜听了这番议论非常佩服，就请求道："某不揣鄙陋，要求先生教我琴法，可以么？"纪后道："学术乃天下之公器。足下既要学，有什么不可呢？"说罢，就起身到壁间，取出一册递给舜。舜展开一看，原来是弹琴之法，上面绘着许多琴图，有正面，有反面，各处部位的名称都有注释，后面再加以详注。有些用指之法，画着许多符号，舜却看不懂，经纪后一一说明，方才解悟。纪后又取出制就的曲调来，叫舜弹弹。舜本是个聪明绝顶之人，一弹就合，不过生疏一点。当下舜就拜纪后为师。纪后觉着舜是不凡之才，亦乐于教诲，就留舜在家住宿。两人谈谈琴理之外，渐渐说到声音之道与政治相通的道理，尤其投契。

过了几日，舜要去了，纪后取出一本乐谱和一面小琴来赠行。舜再拜受赐，却又问道："老师弹的那张琴，仿佛有七尺多长，这张琴不足四尺，敢问琴制的长短不一律么？"纪后道："琴制有三种：我那种长七尺二寸的，是伏羲氏所作之琴；这种长三尺六寸六分，是神农氏所作之琴，像三百六十六日,一年之数也;还有一种,长四尺五寸,是后人所改作之琴,取法乎四时与五行。只此三种,以外没有了。"舜道:"弟子听说,神农氏继伏羲氏而王天下,上观象于天,下取法于地,近取诸身,远取诸物,于是始削桐为琴,绳丝为弦,以通神明之德,合天地之和。照这样说来,琴当然是神农氏创造的,伏羲氏的时候何以已有琴呢?"纪后道:"大凡一项物件,第一个发明的人,往往不及第二个改良之人来得有名。因为第一个开始创造总未能十分完美,必待第二个人改良之后,方才格外合用,所以世界传说,总以为琴是神农氏所造。其实伏羲氏的时候,有一个臣子,名叫婴砠,进贡了一种美的梓木,伏羲氏见了甚爱,就叫他的下相柏皇创造四张琴,一张名叫'丹维',一张名叫'祖床',一张名叫'委文',一张名叫'衡华'。所以琴这项东西在伏羲氏的时候确已有了。比如近来通行的围棋,大家都说是圣天子教子所造的,其实当今圣天子是从黟山上黄帝的遗迹看来。可见黄帝那时已有围棋了。"舜听了,连连点首称是,就别了纪后,向泰山北麓下山。

舜刚刚走到山麓,只见一个人,负着耒耜,赤着脚,戴着笠帽,行歌而来,看见了舜,目不转睛地看。舜看那人,觉得不是庸俗之流,亦定住眼睛看他。四目相射,渐行渐近,舜不禁拱手问道:"足下尊姓大名?"那人亦还礼道:"鄙人向无姓名,只在此地,耕种为业,因为舍间所住的是山洞,以石为户,所以大家都叫鄙人为'石户之农',这就算姓名了。"舜听了,益发觉得这人与众不同,正要拿话再问,那石户之农已转问道:"老兄尊姓大名?"舜告诉了,石户之农笑道:"原来就是虞仲华,闻名久矣。不嫌简慢,请到石户中坐坐如何?"舜有心要结识这个人,就说道:"正好正好。"当下二人一路走,一路问答。舜道:"足下何以知道某的姓名?"石户之农笑道:"鄙人是在北山下耕田,向不问世事的。前年有一个鄙友来访,谈起你老兄,才德盖世,心中非常仰慕,不期今日得遇。"舜忙问道:"贵友是什么人?"石户农道:"这人也与某差不多,无姓无名的。他是个北方人,数十年来遨游天下,随遇而安,饮食居处衣服等,只要可以充饥、托足、蔽体,绝不选择,所以大家叫他'北人无择'。可是他的真姓名,连某也不知道呢。"舜道:"此人现在何处？"石户之农道："他萍踪浪迹，绝无一定，或三年一来此地，或五年一来此地，不能预料。"舜想，这人一定也是一个有道之隐士了，但是他何以知道我？正在悬揣，忽听石户之农说道："这里就是寒舍，请进坐坐。"舜一看，果然是个石洞，洞之双扇，以石为之，洞中黝暗，仿佛有人在里面料理餐具，舜就止了步。石户之农先钻进洞去，与里面的人不知道说了几句什么话，随即携了两条破席出洞来，铺在地上，与舜相对而坐。

第三十一回

舜耕第七历山　以德化人
舜遇隤敳　舜贩于顿邱
迁于负夏　师事许由
交北人无择

第三十一回

且说舜与石户之农对坐于洞外地上,仰面一看,只见上面盖着一座草棚,四边竖立几根大柱,用以遮蔽雨雪,想来就算是他的厅堂了,然而日光亦被遮住,所以洞中益发觉得黑暗。过了片时,只见洞中走出一个中年妇人,相貌癯黑,衣服朴陋,手中携了餐具,先到舜面前放下,又到石户农面前放下。石户农站起来,招呼舜道:"这就是山妻。"舜亦慌忙起身,行礼致敬。那妇人还礼之后,复又进洞,陆续搬出菜饭。石户农先盛一碗饭递给舜。舜正在逊谢,那妇人又亲手盛了一碗,双手举起,高与眉齐,送与石户农。石户农亦双手鞠躬接受,两夫妇相待,俨如宾客。舜看了,非常钦敬。那妇人自进洞去了,这里石户农请舜坐下对餐,菜只一味,青菜而已。舜道:"初次相见,即便叨扰,不安之至。"石户农道:"仲华,你太俗套了。"二人吃完,那妇人复又出来,收拾而去。舜深觉局踏不安。石户农道:"仲华兄磊落豪士,何其拘耶?"舜道:"以某在此,致嫂夫人贤劳旰食,何以能安?"当下又闲谈了一回,石户农要上田工作,舜亦随行,愈谈愈莫逆。舜此行之目的,石户农也明白了,就劝舜道:"此地有山田可耕,何必远求?山下民风强悍,争斗不休,不可和他们共处,还是在此处为是。"舜听了,想了一想,说道:"某且往察看情形,如果真不可以相安,再来此地何如?"石户农见舜如此说,亦不强留。当下到了歧路,各自分别。

舜担了行李,径往山下面来,只见前面平原与山地相错,田畴甚多,但是人民简陋得很,都是依山穴居,远望如蜂窝一般,想来东夷之俗还未脱化。舜周历一转,就在山麓之北择了一处硗瘠之区,报告当地里长,请求耕种。里长答应了。舜先在那里筑起一座茅屋,作为栖身之所,然后披荆棘,辟草莱,慢慢地耕作。(现在山东济南市历城区南五里,相传为舜耕处,县即以此得名。)哪知当地人民果然刁悍,有几个为首的豪强,看见舜是个异地的客作，便纠合了些党羽来和舜寻衅，说舜是私垦官地。舜将官给执照与他们看了，他们虽不敢怎样，然而时常和舜作对。舜所已经开垦之地，他们往往越畔侵占，攘以为己有，但是舜总不和他们计较，仍旧是恭而有礼地待他们，他们倒也无可如何。后来他们对于舜所造的茅屋，似乎有点妒忌，说他太奢华了，不像乡下种田人所住的，或者将舜的柴扉推倒，或者将舜所编的槿篱弄破，种种骚扰，不一而足。后来他们又想方法，将舜田的水源断绝，不许舜取用灌溉。舜就在山下，相度地势，自凿一井，不到两日就凿好了，其地恰当泉脉，水流汲引不穷。（现在历山下有大穴，叫舜井，即其遗迹。）那些豪强看得有点稀奇，有些人猜舜是有妖术的，有些说舜是有神助的，议论纷纷不一，但是从此却不甚来罗唣。

一日，舜于耕作之暇，偶然取出那纪后所赠的琴来，鼓了一曲，随即唱了一歌，不想被邻近的人听见了，老幼男妇纷纷来看，并要求舜再弹再唱。舜便依了他们。那些人闻所未闻，个个手舞足蹈。一个老者说道："我知道这个东西叫琴，我以前看见学校里的大教师弹过的，有多少年没得听了。"就问舜道："喂！你从哪里学来的？你进过大学么？"舜很谦和地答道："某没有进过大学，是另一个师傅传授的。"有一个中年人问道："你是个农夫小百姓，学它做什么？"舜道："这种乐器懂了之后，可以陶养性情，增人的品格；偶然烦恼的时候，弹一曲，可以解除忧愁；愤怒的时候，奏一曲，可以消除暴气。它的用处多得很呢。"又有一个中年人摇摇头道："我不相信。"舜道："刚才我在这里弹的时候，老哥听得有趣么？"那人道："有趣的。"舜道："那么是了，听的人尚且有趣，弹的人可以抒写自己的旨趣，发挥自己的胸襟，岂不更有趣么？"众人听了，似乎都以为然，当下舜便将乐歌的原理与做人的道理，夹杂地向众人演说了一遍，目的总在化导他们的刁悍之心。众人听了，仿佛都有点醒悟，渐渐敬重舜了。有几个居然情愿受业，请舜教琴，舜亦不吝教诲。但是，这些粗心暴气和资质愚鲁的人，哪里学得来琴呢？过了两日，手生指硬，依然不能成声，不觉都有点厌倦起来。舜道："这个琴学学烦难，我明朝教汝等另外一种吧。"

这日晚间，舜砍了许多细竹，断成无数竹管，管口用细小之竹塞住大半，再用小竹叶片嵌在塞子中间，共总二十三管，并排平列，用木板夹住，再用竹板镶其两头，编成一种乐器。最长之管，长一尺四寸，依次递减，其形参差，仿佛凤凰之翼；尚余下十六管，又编成一个小的，最长之管只有一尺三寸，按着宫商角徵羽五音，轻重、长短、高下、清浊，声音各各不同。制成之后，吹起来，悠扬婉转，如鸾吟凤鸣，非常悦耳，舜自己亦颇觉得意。次日，工作之暇，诸人又来请教，舜便将制成的乐器先吹给他们听，又教他们吹的方法。众人听了，吹了，个个乐不可支。但是乐器只有大小两件，你也要吹，我也要吹，不免争夺起来。舜慌忙劝阻，趁势便将做人应当推让的大道理和他们说了一番，随又说道："人所以和禽兽不同的地方，就是一个礼字。礼的根据，就是退让。禽兽是没有礼的，遇到可欲的东西就争，食物也争，雌雄也争，两物争一食，两雄争一雌，这是常见的。争之不已，则夺；夺之不已，则相咬，相噬。试问我们一个人，是不是应该如此？假使人人心中都只知道有自己的利益，而不知道礼和理，请问世界上还能够一日安宁么？人生的第一要事，是应该互助的。同在一个范围之内，你助我，我助你，和和气气，那么何等的快乐！假使同在一个范围之内，你但知道你的利益，不肯让他；他又但知道他的利益，不肯让你；结果必至争夺，两败俱伤，何苦要紧呢！现在这个乐器，你要吹，他也要吹，他和他又要吹，遂至于相争相夺，夺到后来，势必夺破，大家没得吹，岂不是两败俱伤么？如若知道退让，他吹了你吹，你吹了他吹，既不至于相闹，又不费力气，又不费时间，何等的好呢！你们假使刚才不争，互相推让，此刻早已大家都吹过了。"众人听了这番话，仔细一想，觉得刚才的这一番争闹，的确无谓而可笑，于是就有一个人问道："那么，谁应该先吹，谁应该后吹？还是拈阄呢，还是抽签呢？"舜道："我看都用不着，最要紧的是讲礼。礼别尊卑，礼分长幼。尊者先，卑者后；年长者先，年幼者后；这是天然排定的次序，何必抽签拈阄呢！"内中一个人忽然问道："你处处讲让讲礼，我们前回弄破你的茅屋，侵占你的田地，断绝你的水源，你总不和我们计较，是不是就是让么？"舜道："是呀！这个就是让。假使我不让，势必和诸位争，争的结果，无论是哪一方面失败，终究必至于大伤感情。古人说得好：'四海之内，皆兄弟也。'本来都是好兄弟,何苦伤害感情呢!所以我情愿退让了。"内中有一个人又说道:"假使我们只管侵占你的田,你怎样呢?"舜道:"天下之大,空地甚多。即使诸位将我的田统统占去,我亦还有别处之田可以去耕,何必定与诸位相争?总而言之,人生在世,礼让为先,情谊为重,货利财产,等等,皆是身外之物,生不带来,死不带去,朝可以散,夕可以聚,只有礼让情义,是人和禽兽分别的关头,假使弃去了礼让,灭绝了情义,虽则得了便宜,占了许多财产,终究是所得不偿所失呢。诸位以为如何?"众人听了,天良渐渐发现,不觉都呆了,寂无一声。舜看了他们一回,便笑道:"我们言归正传吧,这个乐器名字叫箫,是我想出来的,制造非常容易,我一个人昨晚已制成两个,假使大家制造起来更加快,只要几个晚上,大家都可有得吹了。现在我看,要吹者轮流吹,不要吹的,跟着我制造,如何?"众人此时,都推让起来了,大家都不要吹,情愿跟着舜制造。一晚工夫,便已制成了二三十具,大家分配,还有得多。那余多的,却又彼此相让。让到后来,大家都不要,就存在舜处,请舜分配。于是每人各执一箫,一路吹,一路走,欢天喜地而去。

　　自此之后,当地的豪强不但不来欺舜,而且个个都敬重舜。有时邻居争斗都要请舜裁判,舜的话比官令还要佩服,绝无疑意。舜平日总是为人父言,依于慈;为人子言,依于孝;为人兄言,依于友;为人弟言,依于恭;为人夫言,依于和;为人妻言,依于柔;为邻舍言,依于睦;为朋友言,依于信;为做人言,依于仁义;如此而已。半年以后,风气大变,种田的人居然都知道自己取那硗瘠之地,而将那肥沃之地互相推让了。舜又教他们作室筑墙,以茅盖屋,舍去了那个穴居的陋习,以合于卫生之道。大家亦都一一依从,果然比穴居舒服便利,于是益发爱舜敬舜。远方的人民听见这个风声,搬到此地来住的络绎不绝,偏僻之地渐成了繁盛之区,可见舜化导的功效了。舜看见他们如此,亦是安心,然而一想自己得罪父母,只身远窜,不能侍奉,不由得不忧来填膺。再看看邻居之人,一家父子兄弟融融泄泄,而自己则伶仃孤苦,有家归不得,尤觉伤心。

　　一日正在秋收之际,想到父母,禁不住仰天放声大哭,声音悲惨。号泣了一回，忽见背后有人，用手拍他的肩，并问道："足下何如此之悲也？"舜慌忙拭泪起身，转头一望，却是一个伟丈夫，生得豹头、环眼、虬须、燕颔，气概不凡，后面又跟着四个人，个个张弓挟矢，有的擎着鹰，有的牵着犬，桓桓赳赳，都显出武勇气象。舜便哽咽着问道："公等何人？有何见教？"那人道："某姓伊，名益，亦叫柏翳，字曰陨敳，高阳氏之第二子也。适因行猎，经过此地，闻足下哭声悲惨，不由得不前来动问，未知足下有何不平之事？倘可助力，务请直言，定当效劳。"舜拱手道："原来是帝室贵胄，失敬失敬。某适因家事，有感于衷，故尔恸哭，说起来非常惭愧，其他实无不平之事，深感义侠，敬谢敬谢。"陨敳见舜仪表绝俗，吐词不凡，亦动容转问道："足下高姓大名？"舜道："某姓虞，名舜，字仲华。"陨敳听了，矍然道："原来就是仲华先生，久仰久仰。"说着，弃去了手中的弓箭，重复深深作揖致敬，道声"幸遇"，转身指着一块大石向舜道："我们且坐了谈一时，何如？"舜一面还礼，一面答应。那时后面四个人亦过来行礼招呼，一个叫伯虎，一个叫仲熊，一个叫朱，一个叫罴。陨敳介绍道："伯虎、仲熊两位，是高辛氏之子，当今圣天子的胞弟。"舜道："原来就是大家所称为八元之中的两位？久仰久仰。"那虎、熊二人亦谦逊几句。当下六个人就在石上坐下倾谈，愈谈愈投契，直到日色平西，陨敳等方才别去。次日又跑来再谈。那陨敳平日是专门研究动物学、植物学的，所有上下草木、鸟兽、昆虫等名物形状，出在何处，性情如何，如何驯养法，皆能洞明深悉，阅历又广，走遍名山大川，言之滔滔不绝。朱、虎、熊、罴四人，与陨敳性情相合，亦喜欢研究这种学问，跟着陨敳到处游历，五个人总是在一起。但是虎、熊之才胜于朱、罴，而陨敳又胜过虎、熊。当下舜知道陨敳是个大有为之人，陨敳亦知道舜是个大有为之人，两相敬重，遂在田间订起交来，足足盘桓了多日，方才别去。

时光荏苒，倏已冬初，舜乘此农隙之暇，收拾了所得的货物，束装归里，将以省亲，兼奉甘旨。哪知到了家中，母与弟依旧置之不理，其父瞽叟更口口声声不许他住在家中。舜无奈，恸哭而出，来到秦老家中。哪知秦老去世三月，已安葬了。不虚在苫块之中，匍匐而出，对舜稽颡大恸。舜追念秦老一向提拔保护之恩，亦怆伤欲绝，忙到灵座前痛哭一场，然后向不虚吊唁，问秦老病殁情形及时日，不虚一一回答。不虚又问舜出外情形，舜一一说了。不虚道："四个月前，雒陶来访你消息。我当时和他说，总在泰山之南，不想说错了，你恰在泰山之北。后来因为先父病重，没有心情招待他，他亦匆匆而去，想来没有遇到你。"舜应道是，于是又谈谈各种别后事，这日就住不虚家中。因见不虚新丧守制，不好多搅扰他，次日即动身告辞。不虚问他行踪，舜道："现在正是农隙，既不能在家事亲，岂敢回到历山去偷安！我现在想往西方一行。我终岁劳动所得，本想献上二亲，无奈二亲总不许我开口，并不许我站立，无可上献，只好另易些货物，暂时作负贩生涯，以逐什一之利，且待来春，再往历山躬耕。你以为如何？"不虚点头赞成，当下舜别了不虚，即向西方而去。

哪知舜才去了一日，雒陶就到不虚家中，未见不虚，就高声问道："仲华来过么？"继而一看，不虚缞麻在身，才知道他丁忧了，慌忙向灵帏行礼，又向不虚吊唁，然后再慢慢谈到舜。不虚道："昨日刚动身，可惜你来迟一步。"雒陶道："他家中仍旧不能住么？"不虚道："是呀，所以他就走了。"雒陶叹口气道："我从你这里去后，就到泰山之南去找，哪知无论如何总找不着。后来沿泰山西麓一问，就有人知道，说他在历山之下。我寻到历山之下，凑巧他刚动身归来。我急急赶到这里，又失之交臂，可谓不巧之极了。"说罢又叹气。不虚道："他此刻是西行去负贩，萍踪无定，不必去寻他了。明年春天，他说仍旧在历山，那时再访他吧。"雒阿点头道："不错不错，他一定再到历山，他和历山人感情很好呢。"不虚便问怎样的好，雒陶道："那日我到历山一问，他们听见了，仿佛和问起他们父母一般，对我就非常恳切，又非常亲敬，竟叫仲华是圣人，都说没有圣人指教，他们还离不掉野蛮人的习俗呢！现在远近的人，闻风而搬到历山去住的，竟有争先恐后的情形。你想这种感情，岂不好么？"不虚道："仲华不知道用什么方法，能够使他们感化悦服到如此？"雒陶道："我当时亦问他们，据他们说，亦说不出一个缘故来，不过见了他的仪表，看了他的行为，听了他的言论，不由得油然敬慕起来。"不虚道："这才叫'圣人所过者化'呢。"雒陶道："我当时又问，仲华所教的是什么话？他们道：'圣人只教我们以义，不教我们以利；圣人只教我们以让，不教我们以争。'"不虚叹道："是呀是呀，仲华这种教法才是不错。有些人动辄教人以利益为前提，以合伙相争为能事，弄到后来，大家只知有利，不知有义，大家争夺起来了。工肆的伙伴与工头争，商店的伙伴与店主争，学校中之生徒与师长争，甚至于家庭中的子弟与父兄争；那忘恩负义、反噬无良的人，尤其多不胜数，岂不是大乱之原么！仲华这种教法真是不错，怪不得众人要崇拜了。"

不提秦雒二人谈论舜的好处，且说舜别了不虚之后，径向西北行，到了顿邱地方（现在河南省濮阳市清丰县西南二十五里），做了一回生意，又往狄山，瞻仰了帝喾的陵寝。心想：帝喾旧都，在嵩山附近，听说那边贤人隐士甚多，我且往那边走走吧。当下就向西行，随地添购货物，随地脱卸，好在舜的贸易，但求什一之利，并不居奇，所以人人乐购，脱卸甚易。一日，到了嵩山南面一个负夏地方（负夏地名，古书无考。春秋时卫国有负夏，但亦指不出地方来。据《帝王世纪》《皇王大纪》《国名记》上所载，都说是舜迁于负黍。负黍亭在现在河南登封市西南，姑且当它作负夏），觉得人烟稠密，民情朴茂，舜甚为称叹。贸易之暇，到处游览。一日，到了箕山之下，只见一个老者，迎面而来，一不小心，被石子绊足，跌在地上，爬不起来。舜看了，心中大不忍，忙过去扶了他起来，到一块石上坐下，又替他敲背捶腿。好一会儿，那老者才回过气来，说道："感谢你得很。"舜看他年纪甚高，骨瘦如柴，满脸病容，就问他家在何处，又问他姓名。那老者道："我已经十年不说姓名了，你问他做甚？"舜听了，觉得诧异，叩问不已。那老者道："汝叫什么名字？"舜告诉了，那老者笑道："原来是你，我亦久闻你的名字。罢，罢！我就告诉你，但是你不要告诉人。"舜连声答应。老者道："我姓许，名由，字武仲。"舜不等他说完，就拜了下去，许由止之不住。舜起身再道："先生家在何处？我送先生归去吧。病体远出，终不相宜。"许由笑道："生，吾寄也；没，吾宁也。即使死于道路，有什么打紧呢！现在你既然愿送我归去，也好，我家就在箕山的那一面，不过烦劳你了。"舜道："小子得伺候长者，正是求之不得之事，敢说烦劳么？"当下舜扶了许由过山，走一段，歇一段，直到许由家中。许由深表感谢，于是与舜谈了一回。舜请拜许由为师，许由亦不推辞，就收舜为弟子。次日，舜送了许多日用之物给许由，以当束脩之挚。自此以后，贸易之余，舜常常去请教。

一日，舜正在做交易之时，忽来一人，生得乱头粗服，仪表不整，肩上挑着行李，像个游历经过的样子，口操北音，相貌清癯，满脸风尘之色，然颇不俗。舜便将所有货色取出来，请他拣选。那人道："随便什么，只要可以应用就是，何必拣选？难道好的一定应该我用，别人只应该用坏的么？"舜听了这话，猛然触动，禁不住问道："先生贵姓大名？"那人道："我自来没有姓名。"舜道："那么，先生就是大家所称为北人无择的，对么？"那人笑了一笑，亦向舜仔细观看，陡说道："足下是否虞仲华先生？"舜不禁诧异，便问道："先生何以知之？"北人无择道："现在青、徐、兖、济一带，哪个不知道足下两目重瞳、手握'褒'字的异表呢？我刚才没有细看就是了。"舜听了，慌忙让座。北人无择道："仲华先生，何以知道鄙人的诨名？"舜便将石户之农的话说了一遍，又请问北人无择："何以知道我？"北人无择道："前数年遇见贵友东不訾，后来又遇到贵友方回、灵甫，都是如此说。当时某已很景仰，后来见到石户农，因而与他谈及，不想他倒早已见过了，某反落后。"当下舜谦谢了一回，就与北人无择细细倾谈，非常融洽，彼此互相敬重，遂结为朋友。舜留他同住了多日，看看渐届春初，北人无择自到各处去闲游，约定他日在历山再相会。舜亦想归到历山，预备春耕，先来辞别许由。哪知许由已在弥留之际，家人在旁环视。许由看见舜来，又笑笑说道："我要观化一巡，再会，再会。"说吧，过了一时，即瞑目而逝。舜不禁大哭一场，停留两日，助他家人经纪丧事，又拿出这次贸易所得的利息，为许由营葬，葬在箕山之巅，所以箕山又叫作许由山。葬好之后，舜自归历山而去。后来帝尧知道了，因就许由的墓加以封号，叫作箕山公神，以配食五岳，世世奉祀，几千年不绝。那时巢父亦早死了，到现在却有两个坟：一个在箕山，与许由之墓相近，后人因此将巢父和许由并称，叫作巢许；一个在山东聊城东南十五里。究竟哪一个是真，却不可考了。

第三十二回

历山成都舜号都君　号泣于旻天而作歌　三足乌集庭　渔雷泽交皋陶　元恺大会集

上古神话演义（第二卷） 五星出东方

且说舜从负夏回到历山，再事耕种，不知不觉又过了一年。那时历山附近的人家越聚越多，地越辟越广，有人替他计算，自舜到历山之后，远近来归的人，一年成聚，二年成邑，三年竟成都了。一个荒僻之地，忽成大都会，推究缘由，都是舜的德感所致。而且这个都会里的人个个都听舜的号令，服从敬仰，仿佛一都之主，因此大家就叫他都君。一日，春暮，舜在田间工作，思念二亲，忽见一只母鸠翔于树间，转眼一只小鸠又飞集在母鸠旁边，嘴里衔了食物，你哺我，我哺你，且哺且鸣，鸣声非常亲热，表示它母子的慈爱欢乐。舜看了这种情形，心中益发感触，暗想：彼小小禽鸟，尚且有天伦之乐，我是一个人，何以连禽鸟都不如？真是惨酷极了。想到这里，禁不住又要恸哭，后来一想，哭亦无益，我姑且作一个歌吧，于是信口而歌道：

陟彼历山兮崔嵬，有鸟翔兮高飞。思父母兮力耕，日与月兮往如驰。父母远兮吾将安归？

歌罢之后，悲从中来，再忍不住了，放声大哭，恸倒在山坡之上，惊动四围的农人，齐说道："都君又在那里思亲了，我们去劝劝吧。"于是大家过来，竭力向舜劝阻，方才止住。这种情形，三年之中，也不知有多少次了。

一日，舜正在田间，忽然见邻村农友同了一个人来，说道："这是都君家里叫他带信来的。"舜慌忙问他何事，那人道："尊大人近日有病，令弟象叫我带信来，向你要些财物作医药之费。"舜听了，大吃一惊，忙问："家父患何病？何时起的？"那人道："据令弟如此说，我却不知道是什么病，想来总是重病了。"舜一听，尤其着急，忙到自己室中，将平日的积蓄统统取出来，一面又收拾行李，预备星夜驰归，一面又托邻人将他所种的田代为治理。这时历山居民,一传二,二传三,都知道都君因亲病要归去了,大家都来送行。又知道舜积蓄不多,诚恐不敷医药之费,每家都有馈赆,合计起来,颇觉不资。舜再四推让,众人一定不肯收转。舜归省心急,无暇再和他们推逊,只得收了。刚要动身,哪知带信来的这个人忽然阻拦道:"令弟还有一句话,叫我和足下说。"舜忙问何话,那人道:"令弟说,假使足下要归去侍疾,叫我竭力劝阻。因为尊大人对于足下很不满意,倘若足下归去之后,尊大人病中肝火旺,恼怒起来,病势或者因此加重,那么足下恐怕负不起这个责任呢。"舜一想,这话有理,遂说道:"舍弟的话极是,但是我做人子的,平日既不能奉养,听见亲病了还不回去,那么我竟不是人了!我想总须回去的。"那人道:"令弟对我说得很恳切,叫我务必劝足下不要回去。我看足下还不如暂在这里,待我归去,和令弟接洽。如果尊大人病势沉重,我再来赶足下回去,岂不好么?"舜道:"极感盛情,但是我此刻五中如沸,恨不得插翅飞归,现在既然舍弟有这番深虑,我且归到里门,暂不到家,再看情形,如何?"那人见阻挡不住,只得与舜同行。不数日,到了姚墟,这人叫舜暂且在村口稍待,让他先与象接洽,再定行止。舜答应道是。那人去了,舜独自一人守住行李,正在悬念父亲之病不知如何,忽然肩上有人一拍,问道:"仲华一个人在此做什么?几时来的?"舜回头一看,原来是灵甫、东不訾、秦不虚、方回四个。舜大喜,忙问秦不虚道:"家父这几日病势如何?"不虚诧异道:"老伯清健之至,并没有不适呀?刚才早晨出门,还看见他老人家由令妹扶着,在门外呼吸新鲜空气,我还过去请安、谈几句话呢,你这话从何而来?"舜至此,彻底大悟,便说道:"我有多时未归省,心中惴惴,常恐严亲有病,故有此问,如今心安了。请问诸位到何处去?"方回走过来,一把手握住舜道:"我和你多年不见了,实在想念得很。因为做了一个芝麻绿豆大官,职守所在,一步走不开,屡次想来望你,竟做不到。全亏灵雉诸君,随时来报告消息,所以我于你的事迹已统统知道。去年我发了一个恼,立刻将闾士之职辞去,不管天子准不准,我就走了。从此云游天下,回复我的自由。后来遇见东不訾,同来望望不虚,又遇见了灵甫,今天居然又遇见了你,真是爽快呀!"灵甫道:"不虚一向事亲,不能出门,后来又丁忧守制。

前月我在家中想想，不虚服阕了，所以来访访他，不料路上遇着东、方二公。我们商量，正要来访你呢。"舜道："承情之至。"东不訾道："仲华急于省亲，我们和他同行吧。"众人道是。

于是五人一路走，一路谈，不一会儿，到了舜家门口，只见瞽叟拖着杖，扶着敤首，又在门首。舜疾忙放了行李，趋到瞽叟面前，倒身下拜，高叫："父亲，儿舜回来了。"敤首见了亦大喜，忙向瞽叟道："父亲，二哥回来了。"瞽叟虽则听信谗言，究是父子之亲，不忍遽下逐客令，嘴里却骂道："不孝的畜生，你来做什么？谁要你回来？你心中还有父母么？你出去了多少年，一点东西都没得拿回来，父母的冻饿都不管，你心中还有父母么？快给我滚开去！"说着，以杖作欲打之势。舜连连叩头道："儿现在已知罪过，情愿痛改，请父亲息怒。"这时方回等四人在旁，看见瞽叟动怒，大家都来相劝。不虚是最熟的，当先高叫："老伯，仲华这次一定改过了。他连年所购的财货颇有些，此刻都拿回来孝敬老伯，以赎前愆。请看小侄等薄面，再饶他一次吧。"瞽叟叹口气道："秦世兄，你不要相信他。这个不孝子，是专门欺诈刁狡，不会改过的。"不虚道："老伯息怒，仲华以后一定改过了，请老伯饶了他吧。"这时，方回等亦一齐上前，高叫："老伯！大伙儿讨情。"瞽叟才缓过口气道："既承诸位如此说，老夫暂再饶他一次。"当下舜叩首谢了父亲，刚才立起，瞥眼见那历山送信的人从屋后走出来，看见了舜，掩面鼠窜而去。随后，象出来一张，也缩转去了。舜亦不及招呼，便来扶瞽叟入室，那方回等四人亦告辞而去。舜将行李挑进屋内，又和敤首进去拜见母亲，瞥眼又看见象。舜便叫"三弟"，象禁不得羞耻之心发现，脸上涨得绯红，回叫道："二、二哥，你怎、怎样就、就回来了？"舜心中虽知道这次是象的骗局，但不忍说破他，只说道："我连年在外，记念父母，所以回来望望。这两年全亏三弟和四妹服侍二亲，真是偏劳，对不住。"象见舜绝不说明，那心亦渐渐安了，于是同到堂上。舜将行李打开，所携货物一概搬出来，献于父母，并且一一报告给瞽叟听，另外还有些分赠弟妹。后母和象看见了如许物件，暂且不和舜作对，便准他住下。这日晚上，只有瞽叟略问问舜这几年的情形，后母和象无话可说。倒是敤首，对于舜非常亲热，趁没有人见的时

第三十二回

候，低低地向舜道："二哥，你屡次托人带来的财货，三哥都干没了作为己有，所以父亲刚才如此责备你。你下次总要自己带来，并且要像今朝一样，一一报给父亲听，我做见证，那么就好了。"舜听了，连连点头。

到了次日，舜寝门问安之后，就到厨下代母亲服劳，敤首亦在中庭洒扫。忽见一只赤色的鸟儿，在庭中缓缓地跳。敤首觉得稀奇，仔细一看，原来是三只脚的，不觉诧异，急忙去告诉她母亲。她母亲和舜、象都来观看，的确有三只脚。象就想设法去捉，舜劝他不要捉，象哪里肯听。哪知无论如何总捉不着，但是亦不飞去，大家不解其故。过了一日，邻舍知道，都纷纷来看。有的说是祯祥，有的说是妖孽，纷纷传为异事。只有方回知道，这鸟是与舜有关系的，便向灵甫等说道："赤鸟就是朱鸟，它所居的地方高而且远，是日中三足乌之精，感而降生的呢！何以有三只脚？易数，奇也。易数起于一，成于三，所以日中之乌是三足的。大凡人子至孝，则三足乌来集其庭。现在仲华至孝，所以此鸟来集，何足为奇呢！"灵甫等听了，都以为然。不提方回等在外面议论，且说象听见众人有妖孽之说，便心生一计，和他母亲商量。他母亲就向瞽叟说道："这个三足赤乌，无端飞来，不肯飞去，大家都说是不祥之兆。象儿去捉捉，舜儿硬孜孜不肯。计算起来，从来没有见过这种怪鸟，舜儿来了，才来的，我看有点奇怪呢。倘使真是不祥之兆，不知道应在舜儿身上，还是应在我们身上？我们倒不可以不研究研究。"瞽叟是受蔽甚深的人，听了这话，也不细想，便叫了舜来，吩咐道："你归家已住过几日了，你可以仍旧到外边去，自营生活，享你的福，不必在此。限你今朝动身。"舜听了这话不对，忙跪下求恳道："容儿在家中再多住几日。"瞽叟大声道："我的话说过算数，你敢违抗么？"舜知道无可挽回，只得含泪起身，收拾行李，拜辞父母，别了弟妹，重复出门。那只三足乌却如知道人意的，舜一出门，它亦冲天而去，不知所往了。

且说舜出门之后，又到秦不虚家中来。那时灵甫等被不虚苦留，还未动身，看见舜这副情形，知道又被赶逐了，大家就安慰舜一番。方回道："本来那个老巫咸见神见鬼的把戏，我不甚相信，现在我相信了。那个老巫的徒弟，岂不是说仲华的尊公要十三年之后双目才能复明，此刻虽求到灵药，亦无济于事么？仲华求到空青，仍旧失败，他的话一半已验了。十三年现在已过去一半，等再过六七年，他的话语全验，仲华就可以永享天伦之乐，此刻不必过于忧愁。"众人听了，都附和道："这话极是极是，只要尊大人目疾一愈，百事自迎刃而解，仲华且再静等吧。"舜听了，亦不言语。灵甫道："离此地东南几十里，有一个雷泽，面积既大，风景亦好。当初黄帝轩辕氏，曾在此掘取雷神之骨，以击夔鼓，在历史上亦是有名之地。我们昨天和不虚闲谈，说不虚从不出门游历，与男儿志在四方之旨不合，劝他同到雷泽去游玩游玩。如今仲华来了，我们同去吧。"舜听了亦赞成，正要起身，忽见外面来了三个人，原来是雒陶、伯阳、续牙。众人大喜，都道："难得。"方回道："好极好极，我们大家去吧。"续牙忙问到何处去，东不訾便将游雷泽之事说了一遍。雒陶等都道有趣。不虚道："我们从来没有大家一齐聚在一起过，今朝难得如此齐全，且在我家里畅谈一宵，明日再出游，何如？"大家都赞成。这一晚，良朋聚首，促膝谈心，真是其乐无极！

次日，大众出门，径向雷泽而来。那雷泽周围方数百里，烟波浩渺，一望无际。舜等到了泽边，雇了一只船，容与中流。舜忽然叹了一声，大家问道："仲华叹什么？"舜道："现在洪水滔天，陷没的地方不少。我看此地地势低洼，将来恐难幸免，所以发叹。"雒陶道："洪水已经几十年了，圣天子急于求贤，到今朝竟还求不出一个，真是可怪。难道现在大家所称道的八元、八恺还算不得贤人么？难道圣天子还不知道么？何以不擢用他们呢？真不可解。"伯阳道："我想不是如此。八元、八恺确是贤人，但是承平庶政之才，不是拨乱靖变之才。这个洪水，是天地之大变。八元、八恺虽贤，我看叫他们治起来，恐怕亦没有办法的。圣天子求贤，急其先务，恐怕无暇及到他们，先须寻出一个出类拔萃之才，使他靖变定乱，然后八元、八恺起而辅之，那时自然迎刃而解了。"不虚道："那么这个出类拔萃之才是何人呢？当然是仲华了。"大家听了，都说果然，除出仲华还有何人。舜听了，竭力谦抑道："诸位太过奖了。"续牙正色道："仲华，古人当仁不让。如今民生困苦到如此，果然圣天子找到你，你应该为万民牺牲，不可再谦让了。"东不訾道："可惜圣天子还没有知到仲华。我想仲华此刻的声名，已经洋溢各州。

历山三年成都的奇绩，尤为前古所无，四岳之中岂无闻知？想来不久必要荐举了。"方回道："我去年见到圣天子，曾经将仲华的大略面奏过，不过我人微言轻，圣天子的求贤，又是其难其慎，不是敷奏以言，明试以功，决不肯就用的。后来我又弃官走了，圣天子即使要找仲华，急切亦无从找起，所以至今未见动静，或者是这个缘故。"秦不虚叹道："仲华的年纪已三十岁了，仍然如此落拓，殊属可惜。"舜道："这个却不然。穷通有命，富贵在天。一个人应该耻他名誉之不白，哪里可恶爵位之不迁呢！"灵甫笑向舜道："仲华，如果圣天子用到你，你的设施究竟如何？可以先说给我们听听么？"舜慨然道："果然圣天子用到我，我的政策仍以求贤为先。"续牙道："八元、八恺不可用么？"舜道："元恺之中，我仅见过隤敳、伯虎、仲熊三个。隤敳自是奇才，但亦仅能当得一面，至于伯虎、仲熊，不过辅佐之才而已，更觉差些了。我总想寻到一个能够总揽全局的人，方才惬心。否则圣天子即使用我，我亦不敢轻易登台呢。"

正说到此，舟忽拢岸，原来已到了一个幽曲的地方，有些台榭花木，碧隈深湍，可以供人游玩。众人至此，都上了岸，往各处游眺，走过了几个庭榭，只见方塘之上，有一个人背着身子，独自在那里垂钓。众人也不以为意，从那人背后走过。那人听得后面有人，不觉回转头来，舜见他大头方耳，面如削瓜，口如马喙，暗暗称奇，说道："好一个品貌！"谁知那伯阳、灵甫、续牙都是认识的，早跑过去，向那人拱手说道："原来是皋陶先生，幸遇幸遇。"随即回身，将舜与方回等介绍与皋陶，又将皋陶介绍与舜等，说道："这位是少昊金天氏之后，名叫皋陶。"众人听了，彼此相见，都道仰慕，于是重复回到庭榭之中，坐了倾谈起来。舜觉得皋陶的才德，比到隤敳，似乎尚有过之，不免倾心结纳。那皋陶知道舜是天纵圣人，亦心悦诚服，两人就订交起来。大家闲谈之间，偶然说起隤敳，皋陶道："这个人某亦认识，五个月前，曾经与朱、虎、熊、罴四位在曲阜，据他说，极佩服仲华先生，要邀齐苍舒等元恺十六人到历山奉访，想还未曾来过么？"舜道："某离历山已有多日，近日情形未能知道。"灵甫向皋陶道："前年在曲阜时，适值先生清恙复发，后来即痊愈么？"皋陶道："后来就愈了。"众人忙问何疾，皋陶笑道:"是个喑病。"众人不解,皋陶道:"某自先母弃养时,忽然喑不能语,隔了好多年,自以为废弃终身了。有一年夏间,受热眩瞀倾跌,吃了一惊,不觉就能言语了。后来屡喑屡愈,不知有几次,想来这个病是要与之终身了。"方回道:"想来是声带上受病之故。"众人都以为然。正说到此,只见一人仓皇而来,见了皋陶,便道:"家中刚有人带信来说,有好许多客人要来呢,赶快请你回去。"皋陶想了一想,便和舜等说道:"想来是元恺等要来了,诸位可否在此稍待数日,容某去同了他们来。"众人道:"我们何妨同去呢。"皋陶道:"这个不必,因为是否不可知。如果是的,尽可以邀他们来此同游;如其不是,省得诸位徒劳往返。我往返总以半月为期,诸君能稍待么?"众人都答应了。皋陶就同了来人,星驰而去。这里舜等八人仍在雷泽玩了一日,这夜就住在船中。

次日,众人商议在此半月中消遣之法。伯阳道:"游不废业。此地大泽,鱼类必多,水处者渔,又是圣天子之教,我们来做渔夫吧。"众人听了,都赞成,于是就向邻村购了许多渔具,大家钓网起来,倒亦甚觉有趣。刚刚等到半月,果然皋陶同了苍舒、伯奋等来了,八元、八恺不差一个,另外还有朱、黑二人亦同了来,合之舜等八人,共总二十七个人,萃于一处。由认识的互相介绍,各道钦慕,就在那庭榭之中团聚起来。有的磊落轩昂,有的渊静肃穆,有的权奇倜傥,有的尔雅温文,须臾之间,议论蜂起,有的陈说天下利弊,有的评论古今得失,有的显专门之长,有的吐平生之志,真可谓有美必齐,无善不备。在下一支笔,亦记不胜记,所以只好不记。假使给汉朝的太史知道了,他必定要奏知皇帝,说天上德星聚,或者说五百里内贤人聚了。

第三十三回

帝子朱慢游是好 夸父

臣帝子朱 罔水行舟

话分两头,且说帝尧自从在尹寿家中拜子州支父为师之后,起身而归,在路上总是惦念洪水,便命从人暂不归都,先绕道到孟门山来一看。哪知逾过鼓镫山(现在山西省垣曲县),到了稷山一望,只见西面一片浩渺,目不见其涯涘,比前次来时,水势不知道增长几倍了。那大司农从前教民稼穑的场所早已湮没无存,不可寻觅。帝尧看了,不胜叹息。从人问可要乘舟,帝尧道:"且慢,沿山过去吧。"于是沿着中条山,到了首山(现在山西省永济市东南)。那首山西连华山,南连嵩山,为二岳之首,隆然特起,所以称为首山,一名雷首山,又名首阳山,是个名胜之地。当下帝尧到了首山,向西向北一望,仍无涯涘,从前的田庐都成泽国,不禁忧从中来。忽然看见无数槐树之中,有一种异鸟飞来飞去,其状如枭而有耳,并且有三只眼睛,叫起来声音如鹿,又如豕,颇为诧异,便叫从人去打听。才知道这种鸟儿名叫鸱鸟,出在那面机谷之中,并不为害,吃了它的肉,可以治下湿之疾的。帝尧听了,也不言语。当下下山乘舟,各处考察一回,方才回都。

自此之后,帝尧在朝,除处理政治之外,总是忧心于洪水。哪知国难未纾,家忧又作,原来帝子朱的失德渐渐彰著了。那帝子朱在幼年的时候,帝尧知道他的气质不好,要想用一种沉潜刻苦的东西来变化他的气质,所以教他围棋。起初他似乎有一点高兴,孜孜不倦地去研究,久而久之,不免讨厌了。一则围棋的功夫非常深细,极费脑力;二则没有对手是不能弈棋的。帝尧忧勤国事,哪有闲工夫和他做这游戏之事。其余宫人、小臣等亦没有他的敌手,所以他益发感觉无味,渐渐也不去弄它了。后来年纪渐长,游戏之心不改,又到外面去结交了些淫朋损友。初则不过群居终日,言不及义,好行小惠而已;后来渐渐地酣歌恒舞,无昼无夜地淫乐起来。帝尧事务虽忙,然到了这个地步岂无闻知,因此又叫子朱来,恳恳切切地教导他一番,一面又

第三十三回

选了几个端方明达的朝士做他的师友，教导他，辅佐他，希冀他能够逐渐地迁善改过。哪知俗语说得好，"江山好改，本性难移"，他总给你一个种种不受。那几个师傅不得已，只能向帝尧辞职，自言不胜教诲之任。帝尧听了，非常忧闷，一面殷勤慰留师傅，一面又叫了子朱来，严厉地责备了一番，方才了事，如此者已不止一次。

这一年，是帝尧在位的第五十三载，因为有特别关系，帝尧率领了几个掌礼的官员，预备了无数祭品，亲自到洛水去致祭了一回。祭毕之后，就匆匆回都，总共行期不过二十日。哪知刚到平阳相近，只见那汾水之中，有许多船只在那里游行。船只之中，笙簧钟鼓，聒耳沸天，好不热闹！帝尧暗想：如此洪水大灾，人民饥寒困苦，忧愁不遑，哪个竟在这里苦中作乐？可谓全无心肝了！当下就叫从人前去探听。从者回报说道："是帝子朱，在那里游玩呢？"帝尧听了，又怒又忧，当下叹了一口气，也不言语，就匆匆回宫而去。且说那帝子朱，何以在此流连作乐呢？原来他的天性极好慢游。连年帝尧在都，拘束着他，他好生郁闷。这次帝尧忽然往南方去了，他料定必有几个月的勾留。因为帝尧向来出门，日子总多的，所以他得意之至，连忙去约了那班淫朋损友，并且预备了船舟音乐，在汾水之中，遨游多日，畅快之极，几年的郁闷总算发泄殆尽了。这日，正要回来，哪知给帝尧遇见。子朱知道之后，顿然面孔失色。那些淫朋损友亦知道事情不妙，各各上岸，兽散鼠窜而去。子朱亦急急回宫。到了晚上，帝尧果然又饬人来叫子朱去，痛痛地训责他一下，看那子朱的情形，垂手低头，战兢局促，仿佛觳觫得不得了，但看他脸上，毫无愧耻之心，知道他决不会改过的。这一夜，帝尧忧闷之至，竟不能成寐。

次日视朝之后，退朝较早，约了大司农、大司徒二人到小寝之中，商量处置子朱之法。帝尧的意思，是想放逐他到远方去，再圈禁他起来，庶几可以保全他的寿命，否则照此下去，恐有生命之忧。大司徒道："臣的意思，一个子弟的不好，总是被那些淫朋损友引诱坏的。先帝挚那个时候，就是受了这种影响。现在既然给帝遇见了，那些淫朋损友究竟是什么人，究竟有多少人，可否将他们一一召集拢来，严加惩处，以警戒他们蛊惑帝子之罪。这么一来,那些淫朋损友当然绝迹。没有了引诱之人,那么事情就好办了。一面再慎选师傅,督率教导,或者可以挽回,未知帝意以为如何?"帝尧叹道:"汝的意思,朕亦想到,不过有两层为难。一层,淫朋损友之害,的确有的,但是推究起来,那些人固然是淫朋损友,朱儿亦不是良朋益友,究竟是他们来引诱朱儿的呢,还是朱儿去引诱他们的呢?论起理来,朱儿身为帝子,应该特别的恭慎勤恪,以为他们的倡率,现在竟淫乐至此!果然有罪,朱儿是个首,那些人还是个从,朱儿应该办得重,那些人还可以办得轻。假使不问缘由,朱儿不先严办,反将那些人严办起来,天下之人必以为朕偏袒自己的儿子,仗着天子的威权去凌虐平民了,朕决不敢做的。讲到'君子责己重以周'的古语,朕亦不肯做的。所以这一层是为难的了。第二层,朱儿现在年纪已不小了,不比童子之年,做父母的可以用强权劫制。到现在这么大的年龄,岂能长此幽闭在家里!年龄既大,意志亦坚,即使有严师督责在旁,拘束了他的身,不能拘束他的心,而且积愤之后,将来反动起来,恐怕越加不可收拾,所以这一层亦是为难。"大司农道:"帝的话固然不错,但是现在遽然窜他到远方去,究竟觉得太忍,可否由臣等去叫了他来,剀切地劝导他一番,晓之以利害,或者能够觉悟,岂不是好?如其不能,到那时再行设法,未知帝意如何?"帝尧道:"那么好极了,朕虽屡屡严责他,但是因为父子天性的关系,有些话不便说,深恐因此而贼恩。现在二位伯父去教导他,不妨格外严重,倘能使他革面洗心,那真感谢不浅。"说罢稽首。大司农等慌忙还礼。当下大司农等归去之后,急忙去召帝子朱来。帝子朱不知何事,急急应召而至。大司农先板着面孔训责他道:"你的行为真荒唐极了!有学问不肯去求,有德行不肯去修,终日里在家酣歌恒舞,耽于逸乐,成什么模样!近来又跑到外面去游戏了。洪水荡荡,圣天子忧危到如此,而你反在其中寻逸豫;人民沛颠到如此,而你反在其中贪快乐;真可谓全无心肝!你是天子的元子,本来有继嗣的希望,现在绝望了。不但不要你继嗣,并且要驱逐你到远方去,不许你住在都城里。我已和天子说过,限你明日即行,你可回去,好好收拾一切。明日上午,我送你去。"帝子朱听了这话,出其不意,不觉目瞪口呆,一声不言。大司徒道:"一个人总要能够改过。你种种失德,天子不知道劝诫了你几次,你总不肯改过,所以不得已只好出此下策,你好好地去吧。现在你还有什么话说?"帝子朱方才说道:"我不愿到外边去,我情愿改过。"大司农道:"我看你决不会改过,决不肯改过,这种话都是空说的,还是赶快去收拾吧。"帝子朱道:"我以后一定改过。"大司农总不相信。大司徒在旁,做好做歹,总算和他订了一个条约,这次暂时饶恕,以后如再有类乎此的失德事情发生,一定决不宽贷。帝子朱一一答应了。大司农和大司徒又痛痛切切地训诫了他一番,方才走散。

自此之后,帝子朱果然不敢慢游了,和那些淫朋损友不敢接近。那些淫朋损友,听到帝子朱几乎远窜的风声,防恐帝尧连他们亦惩治在内,所以亦不敢再来和帝子朱亲近,因此足足有一年余,没有什么失德的事件发现。不过帝子朱虽则没有做失德之事,却亦没有做进德之事,假使能够日日进德,那么元气日充,邪气日退,久而久之,邪气根本肃清,才是个彻底的办法。现在帝子朱一方面虽不为恶,但是一方面并未修德,纯是个强迫消极的行为,所以是靠不住的。果然,过了一年,那老脾气渐渐又发露了。起初在家里,对于小臣从人非常之虐待,轻则骂,重则打,种种怨忿郁闷之气无可发泄,统统都发泄到他们身上去,甚而至于拳殴足踢,亦是寻常之事。有一天,趁帝尧和大司农等都为了祭地祭祀在那里斋戒的时候,就溜出宫来逛逛,恰好遇到了从前的几个淫朋损友,不免各诉相思,各道契阔,倾谈了良久,不觉把一年中压迫在里面的不道德之心,一齐都活动起来了。于是大家又提议到哪里去快活他一日,商量结果仍旧是坐船的好,因为坐船可以躲避人家的耳目,又可以到远处去尽量作乐。

大家上船之后,就向汾水上流摇去。这时帝子朱故态复作,把大司农所订的条件早已忘记了。那些淫朋损友亦趁此开心,肆无忌惮,有的奏竹,有的弹丝,乐不可支。后来到了一处,望见对面,仿佛大湖,湖中隐约见许多名花开放在那里,颜色似甚美丽。帝子朱忽然说,要到那湖里去赏花,吩咐舟子停船。大家都上了岸,走有几百步之路,到得湖滨一看,那美丽的花开在湖中一个小渚之上,可望而不可即,环着湖滨走了许多路,又找不到一只船。大家正在踌躇,内中有一个人创议道:"我们原坐来的那只船,何妨叫摇船的人拖它过来呢。"有一个人说道:"船身太大,船夫只有两三个,恐怕拖不过来呢。"帝子朱这时已游兴勃发,自己已不能遏制自己,听了这话,就嚷道:"我们叫他拖,他敢不拖?拖不过,我就打这无用的人。"说着,独自当先,率领众人回到船上,叫船夫将这船从陆地上拖过去。船夫笑道:"这么大的船,起码有几百斤,怎样拖得过去呢?"帝子朱听了,登时沉下脸来,骂道:"你们这两个狗才,敢抗违我的命令!你们这两副贼骨头,不要在那里想讨打!"旁边淫朋损友又帮着催逼。两个船夫道:"委实拖不过的,不是小人们吝惜力气不肯拖。请帝子和诸位原谅吧。"帝子朱听了这话,更不发言,便伸手一个巴掌,打过去,打得那船夫"啊唷皇天"地乱叫。有一个淫朋便来解劝,向船夫道:"不管拖不拖得过,帝子既然命令你们拖,你们且上岸拖拖看,如若拖不过,再说。"两个船夫没奈何,只得上岸来拖,但是哪里拖得动呢!那时岸上看的百姓甚多,见了这种情形,如此大船,两个人哪里中用,恐怕二十个人还是吃力呢。帝子听了这话,禁不得激动了无明之火,便又走过来,用脚连踢那两个船夫,口中骂道:"这两个无用的囚徒!"踢得那两个船夫都蹲在地上乱叫,索性不拖船了。正在不得下台之时,忽见远远地跑来一个大汉,身躯之长约在三四丈以上,伟大异常,手操大杖,其行如风,倏忽之间已到面前。因见众人围集在一处,他也立定了观看。看见帝子朱踢那船夫,他就将大杖排开众人,大步入内,向帝子朱说道:"足下要将这只船拖到岸上做什么?"帝子朱朝那人一看,不觉吃了一惊,暗想,天下竟有这样长大的人!真是可怪。当下便和他说道:"我想将这船拖到那边湖中去。"那大汉道:"这个容易,我替他们效力吧。"说着,就倒转他的大杖,将大杖头上的弯钩向那船头一钩,往上一拖,那船顿时已在岸上。那大汉回身走了两步,早将这船安放在湖中了。这时众百姓看了,无不咋舌称怪。那帝子朱尤其乐不可支,便过来请教他的姓名。那大汉道:"我名字叫夸父,我是炎帝神农氏的后代。"帝子朱听了,非常欢喜,便邀他同坐船,到那小渚中去赏花。夸父也不推辞,大家坐在船中,一路闲谈,才知道他就是颛顼、帝喾两朝做后土的那个句龙的孙子。他的父亲名字叫信,已去世了。他的伯父垂正在朝廷做官。他自己因为形状与常人不同,又最欢喜四方奔走游玩，所以不乐仕进，终年到处跑来跑去。据他自己说跑得很快，认真跑起来，从天下极东跑到极西，不要一日呢！帝子朱听见他有这种异能，而且又欢喜游玩，与自己的性情相合，尤其得意，便说道："你的不要做官，不过为做了官之后太拘束，不能畅意游玩就是了。我明朝做了天子之后，一定要你做官，同了我到各处游历，不来拘束你，你愿意么？"夸父听了这话，不觉诧异，便问帝子朱："你是何人？"那些淫朋损友在旁代对道："这位就是当今圣天子的元子，你不知道么？"夸父听了，又将帝子朱看了两眼，说道："既是如此，我亦愿意。不过来去一切，要听我的自由。"帝子朱道："那个自然。"于是夸父从此就做了帝子的臣子。当下到了小渚，赏了一回花，天要黑了，大家都有点为难起来，怕不能回去。夸父道："怕什么？从此地到平阳，不过几十里，不需眼睛一瞬，就可以到，怕什么？我送你们回去吧。"当下船到岸边，夸父先跳上岸，叫众人都不必动，他又将大杖钩在船头，拖到岸上，但是他不再拖到汾水之中，径向陆地上拖去。众人但觉两岸树木、高山、房屋等的黑影，纷纷从船外掠过，仿佛和腾云驾雾一般，不到片刻，果然已到了平阳，但是那只船底已破损不堪。众人出船后，无不道有趣。帝子朱尤为乐不可支，重重赏了那两个船工，便邀夸父到宫里去。夸父道："我的形状骇人，到宫里去恐不方便。果然要我来，明朝仍旧在西门外汾水边等待可也。"帝子朱听了，亦以为然，于是约定明日再见。帝子朱便独自回宫，幸喜未遇到熟人，亦无人查问，将心放下。

到了次日，帝子朱打听得帝尧和大司农等仍在那里斋戒，不管理外事，不觉大喜，邀了那些淫朋损友，又到西门外汾水边来。那夸父早已先在，大家就商量游程及游法。帝子朱道："最好用昨晚的方法，我们坐在船里，你拖我们。"夸父道："这个亦使得，不过有两层不便。一层，白昼里人家看见了，要骇怪，而且往来的人多，我走得很快，容易给我冲倒。第二层，路太远了，船身损坏，恐怕转来为难。"帝子朱道："那么仍旧在水里行船，到晚了，你再拖回来，如何？"夸父道："这个可以。"于是大家就上船，摇了一程，帝子朱总觉无味，就向夸父说道："这样气闷极了，还是你上岸拖吧。撞杀了人不要紧，有我呢。假使船坏，别地方总有船，可以换一只。即使没有船，你亦可以背我们回去，难道这样大船拖得动，我们这几个人反背不动么？"说得大家都笑起来。夸父道："既然如此，亦可。"于是夸父上岸，又用杖拖船上岸，往前便跑。一路百姓看见这种陆路行舟的情形，又是这么快，大家纷纷传说，都以为怪。这一日，路程游得甚远，船破损了六七只，直到半夜方回到平阳，喜得不曾撞坏人。自此以后，一连数日，都是如此，直到帝尧祀礼既毕，方才不敢再出门。但是如此招摇，帝尧和大司农等岂无闻知；再加以沿途强迫借用百姓的船只，虽则仍旧酬他财物，但是岂能适当；因此不免有怨恨之声，渐渐地给帝尧等知道了。

第三十四回

帝尧使大司农放子朱于丹渊
迁都太原　伊献献图　水逆行之
理想　共工免职　四岳举鲧

且说帝尧知道子朱又有无水行舟,昼夜雠雠之事,心中越加忧闷。一日临朝,问百官道:"现在天下洪水,朕实在办它不了。汝等细细想想,有哪一个人可以举他起来,继续朕这个大位的?"那时百官听了,都默默不语。忽然放齐冒冒失失地道:"臣的意思,帝子朱实在是开通的人,资质又很聪明,何妨明诏立他做太子呢!"帝尧听了,叹口气道:"朱儿这个人,口中从没有忠信之言,这个称作嚣;师友劝告他,他总不肯听,反要斤斤争辩,这个称作讼;如此嚣讼之人,可以付他大位的么?天子大位,是天下公器,朕决不敢以私情而害公义,汝不必再说了。"放齐听了,不敢再响,其余群臣亦没有一个赞成,于是就此作罢。到得退朝之后,帝尧又叫了大司农、大司徒两个进去商量道:"朱儿从前朋淫慢游,朕想远窜他出去,经汝二人斡旋,暂且留住察看。一年之内,虽则没有大过,但是近来故态复萌,且更厉害,还能宽恕他么!尤其危险的,今日朝上放齐竟说他好,还要推戴他。放齐这个人虽不是上等人,但还算正直的,他的见解尚且如此,以下同他一般见解的人必定不少。万一朕明朝百年之后,竟有人推戴他起来,拥他做天子,岂不是害了他么!朕的意思,总想择贤而禅位。万一明朝有了可以禅位的贤人,大家又拥戴了朱儿,和他争夺,这事情更糟。所以朕的意思,总以远窜他出去为是。朕并非不爱朱儿,因为如此,才可以保全他,汝等以为何如?"大司农等至此,已无可再说,于是商量安置的地方。帝尧主张远,大司农等主张近,使他可以常常归来定省,以全父子之恩。帝尧也答应了。商决的结果,就在丹水上源的地方,名叫丹渊(现在山西长治市长子县南,即卫水的发源处),离平阳不过几百里,三五日可以往返。帝尧就叫大司农送了他去。帝后散宜氏虽则爱子情切,然而大义所在,亦顾不得了。到了临行的那一日,帝尧又切实训诲了他一番,方才起身。大司农送到丹渊,看看一片山陵,无栖身之地，于是鸠集人夫，替他筑了一座小城，使他居住。（就是现在的长子县，以帝子得名。）从此帝子朱改叫丹朱，然而自此之后，那夸父等倒反可以和丹朱聚在一起，作种种游乐之事，这是后话不提。

且说帝尧放了丹朱之后，正是在位的五十八载。哪知隔不多时，地又大震，连月不止，而且很厉害，山崩石裂，可怕得很。那孟门山上的水，更是滔滔而下，平阳地势低洼，看看要被水浸没，不可居了。帝尧正想搬到那从前预备的都城里去，谁知又有地方官来报道："北面吕梁山上，也开了一口，亦有洪水从山上下来，汩汩地冲到汾水中去。那汾河两岸日涨月高，那一次预备的都城固然不可居，就是第二次预备的都城，虽在上流，但是逼近昭余祁大泽，恐怕亦不可以居了。"帝尧君臣商议，只得在汾水东北的太原地方相度地势，再建新都。（后世叫它唐城，在山西太原故城北一里。）一方面预备新居，一方面先将物件陆续迁移，一方面又要招呼百姓，帮助他们迁移，一方面又要派遣人员，向各州考察调查，真是忙不可解。

过了几月，西北方山上的洪水竟是滔滔而来，平阳之地万万不能再住。幸喜得这时搬到新都去的百姓，已有十分之九，城中所余无几，但还有数百户之多。帝尧的意思，处处以百姓为重，以百姓为先，百姓未迁移完之前，他决不肯先适乐土。哪知这日竟万万不及待了，西北方堤坏，一股洪水直扑平阳，顷刻之间，城内水深三尺。帝尧没法，只得率领了他的皇后散宜氏和子女等仓皇出宫，坐了早已预备的船只向东南而行，到了一座小山之上，暂时休息。此外群臣，除出大部分已往新都经营外，其余大司农、大司徒的眷属等都跟了帝尧逃避。大司农等则乘舟尽量救援百姓，使他们陆续都到小山上居住。回首一望，平阳一邑早已沦浸在水中，连屋顶都看不见了。估量自己所住之小山，并不甚高，而那股洪水的来势则甚为凶猛。大家皆万分担忧，这一夜不但没得吃，并不敢睡，亦无可睡，枯坐于林下草中而已。到了次日，左右较高的大山都已浸没于洪波之中，独有帝尧等所住的这座小山，却依旧兀立在大水的上面，仿佛拔高数十丈，浮起水面似的。大家看了，都不解其故。但是水患虽则不愁，而数百人一无粮食，何以持久？又无不共起忧虑。到了第三日，洪水逐渐向下流退去，左右的大山已多露出在水面之外，但是仔细看自己所住的这座小山,水线仍在原处,并无减退。大家更是奇异,无不说是帝尧盛德之所致,不然,天生成的石山怎能够随时消长呢?因此后人就给这座小山取一个名字,叫作浮山(现在山西临汾市浮山县)。且说洪水既然暂退,帝尧和群臣商议道:"此山无粮,再住势将饿毙,不如趁此往岳阳去吧。"诸臣皆以为然,然而往北是逆水,舟行不便,只能先往东行。到了一座山中,登岸,先猎些禽鸟充饥,然后再翻过两山,才到岳阳。(两山均在浮山县,后人就叫它南北两尧山,都以尧经过得名。)大众至此,都饥疲极了,幸而到了岳阳之后,那里的人民竭诚欢迎,扫除房屋,供给饮食,贡献器具,无不齐备,便是那群臣家属和随同避难的百姓,亦各得其所。大家在此休息数日,方才起身。后世因此将这个地方亦叫作尧都(现在山西岳阳县东北九十里有唐城)。

且说帝尧率领群臣百姓,由岳阳动身,径向新都而来,一路忧念洪水,其心如焚。有一日,忽见路旁一个老者,手拿一张图画,口中连连喊道:"诸山洪水,遇到了这个,就会止了。大家可要看看?"帝尧等听了,无不诧异,不知道他画的究竟是什么。帝尧便命从人叫那老者来,问道:"老父!汝说什么?汝这张图画能够止洪水么?"老人也不言语,就将那图画献给帝尧。帝尧展开一看,只见上面画着许多山,洪水滚滚流下,山下画着许多蔓生的草儿,茎高二尺光景,叶椭圆互生,有花深黄如菊,列为头状花序,亦有些是赤花的,又有些是白花的,又有些形如爵弁的,洪水到此草旁边就没有了。帝尧不认识得此草,便问大司农。大司农道:"这个是舜草,白花的又叫作蓸,赤花的又叫作蘷茅,爵头色的又叫作薞,土名叫作旋覆花。"帝尧就问那老人道:"舜草可以御洪水么?"那老人点点头。帝尧道:"现在洪水滔天,四野之中,舜草到处都有,何以不能抵御呢?"老人道:"那个都不是真正的舜草。果然是真正的舜草出见,洪水早已止了。"帝尧听了更诧异,再问道:"舜草有真假么?真的舜草是怎样的?出在什么地方?"老人道:"我亦不知它此刻在什么地方,大约总在四海之中,请帝自己去寻吧。"帝尧道:"汝叫什么名字?是什么地方人?到此地来做什么事情?"老人道:"我姓伊,名献,扬州东海边人,到此地来专为献图与帝。"帝尧听了这话,实在不能相信，疑心他是有神经病的，便说道："感谢汝的盛意，朕知道了。"说着，将图画还了那老人。那老人接了图，仰天大笑，口中又连连说道："还不觉悟，还不觉悟，莫非数也！莫非数也！"随即舞蹈而去。众人看了，益发疑心他是有心疾的人，不去注意他。一路无语，来到新都。

　　过了几月，各处的奏报都来了，综计起来，大约没有一处不受水灾，远而荆、扬、梁，近而青、兖、徐、豫，都是如此。冀、雍二州，那更不必说了。古书上有几句记这洪水的情形，叫作"江淮流通，无有平原高阜，尽在水中，民皆登木而栖，悬釜而爨"；又有一句，叫作"浩浩怀山襄陵"，照这句看起来，真是空前的大灾了！当时的百姓不知道牺牲了多少！尤其奇怪的，青、徐、兖、扬濒海一带的地方，水势竟会逆行，从东而西，直泛滥到内地，以致荆、徐、梁等州亦大受其影响。这个理由从来没有人说过。凡是水总是顺流的，何以会逆行呢？在下以为就是陆地变动、下沉的缘故。陆地既然下沉，那海水自然上溢，看起来便是水逆行了。但是，证据在哪里呢？欧洲人说，日本群岛本来是亚洲大陆之一部，中间的日本海原是没有的。《山海经》上亦说倭属燕。"倭"字当然是日本，"燕"字就是现在的河北省，燕同倭中间，隔着辽宁省，又隔着日本海，当时航海之术甚不精明，如果不是陆地相连，燕的属地只能到日本海为止，哪里能够超过日本海而到日本群岛？可见日本群岛本系大陆一部，此说中外都有证明了。后来因为地壳破裂，日本海的地方沉陷而为大海，日本地方方才与大陆分离，孤立于海中而成为群岛。所以地理学家将它叫作构造的陆岛，那岛上的动物植物都与大陆相同，这就是一个证据。但是这日本海在什么时候沉陷的呢？古书上却无可考据。在下推想，或者就是洪水横流泛滥中国的帝尧时代了。还有一层，大凡平原总是河水冲积而成的，如果都是河水冲积而成，那么平原旁边河流的河床，总应该在海水平面以上，它所冲积的平原也不能深在海平面以下。但是，细考中国的大平原，高出海面，有的几十尺，有的一百几十尺，而它的冲积层，据北京城深井所看见的，已经深到七百尺，还不见石底，而其他离海较远的地方，还不止此。那么冲积层可以直深到海面以下六百尺，这种道理岂不是有点矛盾么？但是细细研究起来，并不矛盾。河流冲积，从前当然在海平面以上进行的，因为一面河流在那里冲积，一面地盘在那里逐渐低陷，所以冲积层渐积渐厚，而平原面部并不甚高。这种现象到处皆有。印度恒河平原，深到一万尺，还不见石底，就是一个证据。因此，我们谈到中国的地理，可以知道冲积平原生成的时期，在中国东部必定有一种地盘升降的大运动。最可以考见的，就是太行山。山的东面是渐渐下降，山的西面是渐渐上升。我们从河北省到山西省去，只看见迎面的巉岩壁立，雄险难攀，只有找到从高原出来的河流河谷，才得到比较可走的道路。此种嵌在山中之河谷，北方俗语叫作沟，太行山一带的专名叫作"陉"。太行山中共总有八个陉，最为重要。初入陉中，但见两岸悬岩，削如刀截，渐近上流，河床渐高，比较的便见山岭渐低，到了高原顶上，更觉得平原旷衍，目光无阻，几乎忘记了自己已经在冲积平原一二千尺以上了。明明是平原，何以会变成高原？两山之间又何以会有沟有陉？我们知道，这就是地盘上升的缘故。从前太行山东面，都是一片平地，虽有几个山头，相差也不甚多。后来地盘西升东降，高地方的水天然往低地方流去，水流所经，必要将岩石逐渐击碎冲去，高低相差得越多，水流越急，冲刷力亦越大，比如锯解木板，久而久之，自然成为一条缝了，这就是地盘升降的确凿证据。但是太行山以西，升降似乎还不止一回。我们从北京过居庸关，到张家口，在这条路上，就可以看得出许多痕迹。从北平到南口，一片平原。北望燕山，绝壁陡起，形势天然，与太行山相同，就是东西升降的一条大界限。从南口北上，崇山峻岭，愈进愈高，上至二千尺左右，地势却又开旷；到了张家口以北，复见悬岩壁立，隔绝南北，那就又是南北土地升降的一条大界限了。逾过这种山，北入蒙古，高度在二千尺以上，极目平坦，一望无际，又是一个大平原。照这个形势看起来，中国地势的变动可以分作两次。第一次，是蒙古、青海、新疆、西藏，本来都是大海，却升作了几千尺的高原。海中的水，有的干涸净尽，而成沙漠；有的变成草地；有的缩成湖沼。第二次，是从燕山到太行山以西，直至四川，南至福建、广东，那各处的阶级，形状显然。这种上升的时代，据地质学家的考察，并不甚远，第一次与第二次之间，相去尤近。所以在下根据这几种理论学说，敢假定它都是在帝尧时代了。第一次，西北各大山脉隆起，挟其四周之地以上升，是洪水的起源。那时受害最厉害的，是雍、冀二州首当其冲，其他各州尚无水患。但是地内变动之酝酿迄未停止，旋即发生第二次之大变动，西南北各处山脉都发生变化，而日本海地方又同时陷落，它的震荡影响遍及全中国，所以演成逆行泛滥之患。这全是在下凭空的推想，可惜一无证据，只好作小说看看而已，闲话不提。

且说帝尧看到这种情形，那心中的忧愁焦急真是不可以名状。但当时各地的奏报都注重在人。有的请帝速任贤能，有的直说治水的不得其人。这时首先负这个责任的，就是共工。因为共工受命治水，自帝尧十九年起到此刻，已经有四十一年。在职之久，受任之专，可算古今第一，然而洪水之灾，愈治愈甚。虽则这个是地体之变动，决非人力之所能挽回，但是当时科学未曾发明，不能知道这个原理。比如日食、山崩、地震等事情，汉朝的时候，尚且说是大臣不好的缘故，加之以诛戮，可谓冤枉已极。现在共工身当治水之职，又历四十一年之久，应该负责任，这亦是理之当然了。况且共工治水的政策，不外乎"壅防百川，堕高堙卑"八个大字，就这八个大字看起来，亦不是治水的根本办法。因为无源之水，可以壅防遏抑；有源之水，万万不能壅防遏抑，只可宣浚疏导。而且壅防遏抑，只能治之于一时，年深月久，人工做的堤防哪里敌得住不舍昼夜之冲击？至于堕高堙卑，要想使它停蓄不流，尤为无策。所以四十一年之中，未尝没有二十余年之平安，但是壅防得愈甚，则溃败得亦益烈；堙塞得愈久，则弥漫得愈广；这亦是一定之理。所以这次大灾，虽则不是共工之过，而照共工治水的政策看来，亦应该有负责任的必要。还有一层，担任这种重大的职司，应该如何的辛勤小心，黾勉从事，但是考查共工治水的时候，又有八个大字，叫作"虞于湛乐，淫失其身"。如何虞于湛乐、淫失其身的情形，古书上虽则没有详载，但既然有这八个大字之考语，那么当日的腐败荒唐，已可想而知。况且共工本来是个巧言令色、引诱帝挚为不善的小人，一旦得志，任专且久，湛乐荒淫，亦是势所必至，决不会去冤枉他的。如此说来，就是治水仅仅无功，尚且不能逃罪，况且愈治愈甚呢！但是帝尧是个如天之仁，遇到这种大灾，知道共工是万万不能胜任、万万不可再用了，但是亦知道不尽是共工之过，所以当时虽则下诏免了他的职，但并不去治他的罪。

　　这时适值南方的驩兜，按着五年一朝之例，到新都来朝。帝尧临朝而叹，说道："现在的洪水，滔滔到如此，哪一个能够为朕办理这个事呢？"诸大臣未及开言，驩兜不知原委，不问情由，就冒冒失失地大称赞共工道："臣听见说共工，正在那里鸠集人工，办理这件事情。帝有这种奇才，还怕洪水做什么？"帝尧听了，叹口气道："孔壬这个人，只能干了一张嘴。说起话来滔滔汩汩，很像个有经天纬地之才；叫他做起来，实在一点不会做的。外表虽则像个恭顺，而心中实怀叵测。试看朕专任他到四十多年之久，仍旧不免有洪水滔天之患，他的才在哪里？这种人还可用么？"驩兜听了，情知说错，便一声不敢响。过了片时，帝尧又问羲仲等道："现在洪水之害大到如此，高的山已浸到中央，小的陵更冒过了顶，百姓实在困苦昏垫。汝等想想，有哪个能够治理的，赶速保奏。"羲和四兄弟同声说道："臣等看起来，莫过于崇伯鲧。这个人真是奇才，臣等素所佩服，就是大司农等亦知道的。"帝尧听了，叹口气，摇摇头道："这个人哪里可以任用呢！他的坏处，是悻悻然而自以为直，欢喜以方正自命，又自负其才，简单地下一个批评，就是'很而且戾'四个字。担当大事的人，第一要虚怀乐善，舍己从人，才可以集思广益。现在鲧这个人，既然自以为是，哪里肯听受善言？虽有善类，亦要被他败坏了，哪里还可用呢！"羲仲等道："现在既然没有他人可用，就姑且用他试试吧。如其不对，可以立刻免他的职，帝以为何如？"那时大司农、大司徒亦都赞成。帝尧没法，只得说道："那么，就试试看吧。"于是就命和仲前去宣召，和仲领命星驰而去。

第三十五回

石纽村神禹坼背生

窃帝之息壤　鲧受命治水

上古神话演义（第二卷） **五星出东方**

且说崇伯鲧在帝挚时代，虽则与骥兜、孔壬并称三凶，但比较好得多。而且他的性情很戾，自以为是，所以与骥兜、孔壬亦不甚能够合作。帝挚死后，玄元在位，骥兜、孔壬把持大政，他更加参不进去，所以就托故走了。他娶的夫人是有莘氏的女儿，名叫女嬉，亦叫脩己，又叫女志，又叫女狄，人颇贤淑。鲧带了她同到汶山广柔地方一个石纽村中居住，专门研究学问，不问世事。女嬉年过三十，尚无生育。一日薄暮，她到山下去汲水，在水边看见一颗明珠，大如鸡子，形状颇像薏苡。女嬉暗想道：不要是月亮的精华么？遂随手拾起来，细看，越看越爱，不能释手。正要上山，忽听半空嗤嗤一声大响，抬头一看，乃是一颗大流星，从对面山上直飞过来，掠过身畔，忽又腾起直上霄汉，入于昴宿之宫。女嬉吃了一惊，不觉浑身酥软，不由自主，连裙带都松了下来。过了片时，女嬉惊定，觉得不雅，忙将那颗神珠含在口中，用两手来系裙带。哪知这颗神珠似有知觉，一入口中，顿然旋转，直从喉间向腹中而去。女嬉顿觉一股热气，冲入丹田，又浑身酥软，比刚才还要加到百倍，神情如醉如痴，仿佛有人和她交接一般，半晌半晌，才复原状。她又惊又疑，慌忙提了汲筒，急急上山，自去炊爨，因为事涉荒唐，对于鲧不敢说明。哪知这日夜里竟做了一个梦，梦见一个长大男子，虎鼻大口，河目鸟喙，过来和女嬉说道："我是天上金星白帝之精，曾经降生世间，做女娲氏十九代的孙子，名字叫作大禹，寿活到三百六十岁，后来到九嶷山学道，成仙飞去，仍旧上变星精。现在天下洪水厉害得很，我看了不忍，想来治理它一番，所以化为一颗石子，谁与我有缘，我就托生在她肚里。昨日竟被你吞了，你与我有缘，我就做你的儿子吧。"说着，全身向女嬉扑过来，女嬉大惊，不觉大叫。鲧卧在旁边，给她惊醒，就推她道："怎样着魇了？"女嬉醒来，才知道是南柯一梦，定了一定神，才将昨日山下之事和刚才梦境，细细告诉了鲧。鲧道:"果然如此,这个叫作感生帝降,将来生出儿子,一定是非常了不得的,且再看吧。"

过了两月,女嬉果然觉得是有孕了,夫妇大喜,以为必定生一贵子。哪知十月满足之后,竟不生产。女嬉有点担忧。鲧道:"不要紧,当今天子就是十三个月才生呢。"哪知过了十三个月,依旧不生,而女嬉背上常常作痛,仿佛要裂开的样子。时当炎夏,鲧和女嬉都以为是个外症,如发背之类,不禁心慌,到处找医生,因为地方偏僻,总找不到。这日已是六月六日了,女嬉忽然一阵背痛,竟昏晕过去。鲧大惊,拼命叫唤,总是不应,正在手慌脚乱,忽然一想,不要是奇产么?从前听见说,大司徒离是坼胸而生的,现在不要是坼背而生么?后来一想,又自言自语道:"不然不然,没有这个道理,没有这个道理。胸下空虚无骨,小儿尚可以钻出,背上居中是脊骨,旁边都是硬骨包围,从何处可以出来呢?"又想了一回,依旧束手无策。细细看那女嬉,昏迷不醒,状如死人,不过验她的鼻息,尚有呼吸。鲧禁不住将女嬉翻过身来,脱去里衣,验她的背部,并无红肿;用手一按,觉得有点奇怪了,原来那脊骨中部,竟似开了一条裂缝一般,虚软无物;手指按得重些,觉那虚软无物之中,竟有一项圆形的物件,不住地往上乱顶。鲧道:"是了是了。"那鲧的性情,本来是师心自用,自以为是的。到了这个地步,他就决定了主意,说声管他,横竖总是一个死,立刻跑到里间,寻出一柄尖而且薄的匕首,拂拭了一拂拭,即忙跳上床,按着那虚软无物的地位,用匕首轻轻一划,里面顿时冒出热血来,那热血之中,仿佛有小儿的胎发模样。鲧至此,更加相信,说道:"一定是了。"但是既恐怕伤及大人,又恐怕伤及小人,用匕首格外仔细地按着裂缝,横挑上去,直切下去,那时小儿胎发越加显著,只因骨缝狭长,不得出来。鲧忙抛了匕首,用手指嵌进去,向两面轻轻一扳,那小儿就从骨缝中直涌而出,登时呱呱大哭。鲧慌忙一手托住,一手依旧撑着骨缝,接着,小儿全身和胞衣一齐出来了。鲧方才捧过小儿一看,原来是个男的,不禁大喜,且丢在一边,任他啼哭,好在时当炎夏,火伞当空,不怕冻冷的。一面来看女嬉,急切间无法可想,寻出一匹白布,自胸至背,轻轻缠了几转,又将女嬉翻过身来,使她仰面而卧,验了一验她的鼻息,诊了一诊她的脉息，但觉脉息和缓，鼻息亦调匀，略觉放心，又来理值小儿。先将他脐带剪断，又用水周身略略洗了一洗，将预备之儿衣找出来，给他穿裹了，自始至终，都是鲧一个人独任其劳，又不敢轻心，又不敢重手，天气又十分炎热，到得将小儿裹好之后，汗出如浆，疲乏已极，到席上略为偃息，不知不觉已昏昏睡去。

隔了不知多少时候，忽听得女嬉叫喊之声和小儿啼哭之声，不觉惊醒，睁眼一看，但见暝色迷蒙，已近黄昏了，慌忙起来问女嬉："有无痛苦？"女嬉道："我背上已不甚痛，不过身上似觉缚了几重布似的，不知何故？那脚后啼哭的小儿是哪里来的？"鲧道："你竟一无所知么？"女嬉道："我刚才睡醒，一无所知。"鲧便将刚才情形原原本本地告诉了她，女嬉诧异之极，连说道："有这等异事？我为什么竟一点不知道，连疼痛都不觉得呢？真是异常！"说着，就要想坐起来看那男孩。鲧忙按住她道："动不得，动不得。我先去点了火来，再抱给你看吧。"当下鲧点了火，又抱小儿给女嬉。女嬉看了，不胜之喜。（现在石纽村中有地名叫剖儿坪，就是禹生之地，一名剖儿畔。相传这地方百里之内，夷人不敢来居住及畜牧，有罪者逃至此地，亦不敢来捕，过了三年，就赦他的罪，因为怕禹神灵的缘故。又有一个石穴，据说是禹诞生之地，穴甚深邃，人迹不能到，或者是附会的。）到了三朝洗儿，女嬉已能起坐，亲自动手。细看那小儿，胸口有黑子，点点如北斗之形；两足心各有纹路，像个"己"字；耳有三漏；而且长颈、鸟喙、虎鼻、河目、大口，与那日梦中所见的无异，不觉大以为奇。鲧道："这小儿相貌不凡，降生亦异，且大有来历，将来名位功业，一定远在我之上呢。"说到这里，忽然叹口气道："可惜我渐老了。他将来建功立业，我恐怕不会看见了。"歇了一回，又说道："即使不看见，我有这个儿子亦足以自豪。"说到此，又哈哈大笑起来。女嬉看见鲧言语突兀，态度诡异，不觉呆了，但是深知鲧的性情不好，不敢动问，只得用语岔开道："今日三朝，理应给小儿取个名字，你想过了么？"鲧道："还没有想过。"女嬉道："那夜我梦见大禹来托生，就叫他'禹'，如何？"鲧道："重了前人的名字，我不以为然。"女嬉道："当初大司徒是坼胸而生的，先帝因为他类于虫豸的化生，所以取名叫'离'，现在此儿坼背而生，叫他作禹，岂不相类么？"鲧道："大司徒嚳这个人，有什么好？我不佩服，我不愿此儿像他。"女嬉道："那么，你取一个什么名字呢？"鲧想了一想道："哦，有了，名叫文命，字叫高密。"女嬉道："什么用意呢？"鲧道："此儿胸有斗文，足有'己'文，明明是'北斗之下，一人而已'的意思，天之所命，所以叫文命。他的鼻子，你看何等高广！山如堂者，叫作密，所以叫高密，你说不好么？"那女嬉是个极柔顺的妇人，见鲧如此说，自然极口道好。闲话不提。

且说文命生的这一年，正是帝尧五十六载。过了几年，文命六岁了，生得聪明仁圣，智慧非常。鲧夫妇爱如珍宝，亲自教导。鲧本是个博学多才的人，将所学的传授于文命。文命年虽幼稚，颇能领悟，尤其欢喜听讲水利、地理二种，和鲧平日所研究的刚刚相合。鲧因此尤其爱他，时常拍拍他的肩部，笑说道："你莫非真个是大禹转世么？"一日，正在教子，忽然外面有人问道："崇伯家是这里么？"鲧慌忙开门一看，只见外面有三个人，一个是贵官装束，两个仿佛是随从的人，就问他们道："诸位何来？"那贵官装束的说道："某从帝都来，奉圣天子命，特请崇伯入都，商议治水大政，请问崇伯家是这里么？"鲧道："某名叫鲧，从前曾经封过崇伯，却是未曾到过国，现在隐遁久了，未知天子所请的是某不是？"那贵官不等说完，慌忙拱手行礼道："原来就是先生，久仰久仰，失敬失敬。"鲧还礼后，又问道："足下何人？"那贵官道："某名和仲，现任西方之职。"鲧笑道："原来是朝廷达官，小民无知，简慢得很，请里面坐坐吧。"于是让和仲及随从二人到里面，重复行礼。坐定，和仲道："久慕高贤，恨无缘不得拜见，今日甚慰渴望。"鲧道："某自从先帝殡天之后，久厌世事，遁居山僻，不知天子何以谬采虚声，居然访求到某？某有何能，可胜大事？请足下代向天子辞谢吧。"和仲道："先生不要过谦。大司农、大司徒和某等钦慕久了，禀承天子之命，专诚来请，先生何可再事谦让，辜负众望呢？"鲧道："某实无才，岂堪大任？朝廷英才济济，人多得很，平定洪水自有其人，何必下问到某？"和仲道："先生说到此，某等真惭愧极了。某等食天子之禄，受天子之令，数十年洪水之患，曾无补救之策，尸位素餐，实属有罪。现在觉悟了，来请求先生。先生不出，如苍生何？务望以国事民生为重，勿再推却。"说罢，再拜稽首。鲧便改变口调道："既然足下如此说，某为国为民，就牺牲了吧。"和仲大喜，就说道："承先生慨允出山，真是万民之福，某谨当在旅舍恭候，以便随侍同行。"当下又谈了一回闲天，和仲告辞而去。

鲧进内将此事告知女嬉。女嬉道："你一向在家里，读书课子，夫妇团聚，何等快乐！宦海风波，夷险难定，干它做甚？依妾愚见，不如托病辞去它吧。"鲧道："我岂不知道，不过唐尧太不知人了，几十年来，仗着两个阿哥和几个白面书生，自以为能治天下了，究竟天下治在哪里？即如洪水之患，专任一个巧言令色的孔壬，到得现在，不但没有治好，倒反加甚。没奈何才来寻到我，我如再推诿，不去承当，显出我是无能。况且我半世读书，一腔经济，不趁这个时候建些功业，与天下后世看看，未免自己对不起自己，所以我就答应了。托病推辞的话，你休再说，快与我收拾行李。"女嬉终不以为然，说道："古人有大事，问于卜筮。现在家中有归藏易在这里，何妨拿来筮一筮呢。"鲧道："大丈夫心志已决，而且已经答应了人，筮它做什么？假使筮得不吉，难道就不去么？"女嬉再三请求，鲧本来性愎，至此不知如何忽然不愎了，就拿了归藏易来，如法占筮。哪知恰恰得到一个大明之象，有三句繇词道："不吉，有初，无后。"女嬉看了，不禁失色，慌忙再劝鲧不要出去。哪知鲧刚愎的脾气又大发了，越是如此，越说要去。女嬉没奈何，只得问道："那么几时动身？选个吉日吧。"鲧怒道："选什么吉日！明朝就动身。"女嬉道："明朝就动身，不是太急促么？"鲧大声道："有什么急促？大丈夫不答应人则已，既然答应了人，这个责任就负在我身上，愈早动身愈好，在家里偷安几日，算什么呢？"女嬉没奈何，只得懊丧着，忙忙去收拾。文命在旁便问道："父亲这次出去治水，有把握么？"鲧道："没把握怎敢承认？"文命道："父亲治水方法，大略可告诉儿么？"鲧道："我只有四个字，叫作'水来土挡'。"文命吃了一惊，说道："这四个字恐怕治不了洪水吧！"鲧笑道："你怕这个法子不能持久么？"文命道是。鲧道："你小孩子家，尚且知道此理，难道我反不知道么？不过我另有一种神秘的方法，此时不能与你言明。你只需在家侍奉母亲，静听我的好音，就是了。"文命听了这话，非常怀疑，有什么神秘方法，百思不得其解，亦不敢再问，这夜父子夫妇，聚话了半夜，方才安寝。

次日，鲧取出一封信函，交与女嬉，说道："大章、竖亥两人，不论哪一个来，就将此信交给他，叫他快到我那边来。"女嬉答应。鲧又叮嘱了文命几句话，就毅然出门，头也不回，径来到和仲旅馆之中。和仲正要出去游玩山水，看见鲧来，忙说道："先生太客气，还要来答拜。"鲧道："不是答拜，我们今日就动身吧。"和仲道："府上一切都部署完么？"鲧正色道："君子以身许国，顾什么家事？"和仲见他如此气概，深服他赴义之勇，当下急叫从人收拾一切，与鲧立即上道。一路晓行夜宿，自不消说，不过和仲与他谈别种事情，鲧有问必答，独有问他治水方法，他总是唯唯不言，和仲深以为怪。

到了太原，和仲请鲧住在客邸，自去觐见帝尧。那时大司农、大司徒、羲仲等听见鲧到了，个个都来拜访。谈到水患，鲧仰天叹道："某多年蛰居不出门了，这次一路行来，但见民生流离失所，上者为巢，下者为营窟，真乃苦不可言。不想几十年来，天下竟败坏至此！追原祸始，究竟是哪个蹉跎的？可叹可叹！"大司农道："这都是某等荐举非人的缘故，不要说它了。现在唯一的希望就在崇伯。所以某等又在天子前竭力保荐，幸喜崇伯竟惠然肯来，那真是百姓之幸了。但不知大政方针如何？可否示以大略？"鲧道："现在情形，与从前大不同了。从前仅雍、冀二州，现在已泛滥于天下。某任事后，当往各处考察一回，审其轻重缓急，然后再定办法，此时尚无可表示。"羲仲道："从前共工任事，专门堕高就卑，壅遏百川，一时虽安，历久愈甚。先生办起来，必定别有妙法了。"鲧道："这个亦不尽然，水来土挡，不易之理，但看办法何如耳。"众人听了，不知道他葫芦里究竟什么药，探听不出，渐渐辞去。次日，帝尧召见，便问鲧道："汝系先朝大臣，朕以万几纷杂，未及任用。现在诸大臣荐汝治水，不知汝自问能担任否？"鲧拜手稽首道："臣自问能担任，但请帝专心任臣，勿掣臣肘，期以十年，必能收效，否则请治臣罪。"帝尧道："那么汝就去治吧，切须小心谨慎。"鲧答应，稽首而出。回到客邸，早有大司农等派来的一班执事人，前来谒见。这班人都是从前跟着孔壬治水的，孔壬既免职，这班人仍来京都，大司农等所以遣来供鲧的驱策，以资熟手。当下鲧延见之后，问起孔壬历年治水的情形，这班人七嘴八舌地说了些。鲧仰天大笑道："如此治水，焉得不败？"就吩咐这班人道："汝等既来执事，第一，须绝对服从我的命令，无得违拗；第二，一切我自有主张，汝等毋自谓有经验，多言喋喋……"正要再说，忽见外面司阍的领进两个人来，都是身长丈余，仪表甚伟。一个白面长须，一个黑面紫须，见了鲧都稽首参拜。鲧问道："汝等来了，甚好，哪个先到我家？"黑面的说道："小人先到，随后再寻大章同来的。"鲧道："汝二人既来，我今日就动身去考察吧。"说着，就在这班执事人中，选了十二个同行，其余的俟后任用。众人领命，十二人留下，其余都散去。那黑面白面两大汉，就来给鲧收拾一切。原来这黑面的就叫竖亥，白面的就叫大章，都是飞毛腿，一日一夜有一千几百里可走，加紧些，还不止此。鲧前在梁州时，看见他们两个在那里争斗，鲧去解散了，又和他们评判曲直，两人都非常佩服。鲧见两人相貌不凡，又有善走的绝技，是有用之才，遂极意笼络他们，两人亦心悦诚服，愿供鲧的奔走，一切打听事情、考察地理，鲧都是叫他们去的。闲话不提。

且说鲧这次带了竖亥、大章两个，先到吕梁山、孟门山看了一回，又到青、兖二州沿海看了一回，回到都城，向大司农等报告，说道："已有办法了。现在太原是帝都所在，水患甚急，决定先从太原治起。那青、兖二州水势亦甚，亦宜兼修。冀、雍二州之水患是从上而下的，青、兖二州之水患是从下而上的，两处之水如能治好，其余诸州自迎刃而解，这是一定的步骤。"大司农见他说得如此容易，便问他何时动工。鲧道："尚未，尚未，因工料未齐，等某到荆、梁二州去了再来。"大司农等莫名其妙，亦不好再问，只好听他。

次日，鲧带了竖亥、大章及随从人等，向大司农处领了费用，就匆匆动身。到了梁州岷江下游的地方（现在四川省仁寿县西北）住下，召集人夫五千人，锹锄畚笼等五万具，吩咐大章道："汝住在此率领这班人夫。我有一封密函在此，汝到五月五日的早晨打开来看。我函中有图，有说明，有方法，汝须依我而行，勿得丝毫违拗，违者不利，切记切记！"大章喏喏连声。

于是鲧又带了竖亥，翻山越岭，到荆州之南，衡山之阳，湘水之滨（现在湖南省永州市零陵区）住下，召集了人夫五千人，锹锄畚笼五万具，吩咐竖亥道："汝住在此，率领这班人夫。我有一封密函在此，汝到五月五日早晨，打开来看。我函中有图，有说明，有方法，汝须依我而行，不可违拗，违者不利，切记切记！"竖亥亦喏喏连声。于是鲧自己到了荆州中部，云梦大泽之西北（现在湖北省江陵县）住下，召集人夫万人，锹锄畚笼等十万具。到得五月五日午时，鲧召集人夫，指定地方，叫他们发掘，掘的时候切须静默，不得有些微声息，犯者必死。当下万锄齐发，从午时到未时，十万具畚笼都已堆满，而看看那被掘的地方，随掘随长，依旧平坦，略无痕迹。大家诧异之极，但不好问。鲧叫人夫将这十万畚笼的泥用船载至汉水沿岸泊下。过了多日，竖亥押着人夫，将五万畚笼的泥运来了。又过了多日，大章的五万畚笼泥亦运来了。鲧大喜，吩咐从人即刻上道。竖亥、大章二人在路中谈起，才知道密函之中，有图以指定发掘之地，何时发掘，不许有声响，在何处取齐，一切都注得很详细，两函相同，但不知道鲧何以不预先说明，要这样秘密，很不可解。

一日，到了嵩山相近，鲧叫竖亥将泥土押着一半，到大伾山（现在河南省鹤壁市浚县东）歇下等候，自己和大章押着一半，径来京都。这时大司农等听得鲧取到材料归来，不知道是何稀奇宝物，纷纷都来看，哪知却是泥土，不禁诧异，便请问他理由。鲧笑着说道："此非寻常之土，名叫息壤。它能够孳生不穷，如子息一般，是上帝御水的宝物，寻常的水可以用寻常的土去挡它，现在是天降的大灾，非得上帝的宝物决不能治，现在竟被某偷窃来了，这亦人民之幸也。"大司徒笑道："偷窃二字，用得太怪了。"鲧道："不是怪话，确系实情。此物必须偷窃，若预先向人说明，或掘取的时候有了人声，掘的人固然立刻就死，那块地方亦顷刻遇到大灾，所以不能不用偷窃之法了。某从前不能向诸位实说，亦是为此。"大家听了，方才恍然。鲧住了一夜，即便带了众人，挑了息壤，向北方治水去了。

第三十六回

禹师墨如　禹师郁华子　禹受
学于西王国　鲧作九仞之城

第三十六回

且说文命自从他父亲出门之后，依着母亲女嬉在家读书。邻居有一位老先生，名叫墨如，学问渊博。鲧在家时，常和他往来，文命亦以师礼事之。鲧出门之后，文命常常去受业，得益不少。不料过了数月，墨如忽然得病而亡，文命从此只好独自苦攻了。一日，女嬉叫他到后山去拾些薪叶，以供炊爨，忽然遇着一个白须老人，状貌欹奇，坐在一块岩石上，身旁放着行囊，又倚着一根藤杖，在那里休息。文命因他年老，走过他面前，就对他行了一个敬礼。那老者拱手还礼，便问道："孺子，你叫什么名字？到哪里去？"文命恭恭敬敬地说了。那老者欣然笑道："原来就是你，果然名不虚传。你今年几岁了？"文命道："六岁。"老者道："你家在哪里？"文命道："就在山坳里。"老者道："我游历四方，才到这里，粮尽腹饥，要到你家吃一顿饭，可以么？"文命道："家有老母，不敢自专，须问过才可定。"老者道："那么你就领我去。"文命答应。那老者背了行囊，拖着藤杖，就随文命同行。到了门口，文命请老者稍待，先进去禀知女嬉，然后出来，肃客入内，又拜询老者姓名。老者道："老夫姓郁，名华，中原人氏。尊大人在家么？"文命道："出门去了。"遂将帝尧请去治洪水之事说了一遍。郁华子点头叹道："这个洪水，恐怕不容易治吧。"文命道："长者何以知道？"郁华道："水患有两种，一种是限于一个地方的，一种是普遍于世界的。一个地方的水患，其来源不多，范围较狭，浚障疏导，就可以竣事。全世界的水患，其来源无穷，原因复杂，范围甚广，不是有通天彻地的本领、驱神使鬼的手段，往往顾此失彼，无从措手。老夫周游天下，各处考察，知道现在的水患正是全世界的水患，真不容易治呢！"文命道："长者有治水方法么？"郁华道："有是有的，不过施治起来能否有效，却不敢说。"文命听了，大喜道："那么小子修书禀知家父，延聘长者，相助为理，何如？"郁华笑道："老夫耄矣，无能为矣！

不过一生学业,甚愿得到一个英俊之人,传授与他,这就是老夫的志愿了。"文命尚未答言,只听得屏后女嬉唤声,急忙跑进去。过了一会儿,出来布席,又将蔬肴羹汤之类陆续搬出,然后陪了午餐。餐罢,又搬了进去。郁华道:"孺子太辛苦了,你且坐坐。"文命道:"适才家母听见长者说要收弟子,传授道学,如小子这般蠢愚之人,不知道长者肯教诲么,叫小子问问。"郁华笑道:"孺子假使不嫌老夫是个老朽,那是尽可以的。老夫学问虽则简陋,对于孺子或者还有一点益处。"文命听了大喜,当下就拜郁华为师。郁华先考问文命所已经学过的书籍,文命对答如流。郁华叹道:"果然是岐嶷英特,生有自来。"于是就将天下名山大川、路程远近,地势夷险以及各种治水的方法,都传授了文命。他的大要不过两句,乃是"只可顺水之性,不可与水争势"。文命听了,谨记在心。自此郁华就在文命家住下,一切都由文命家供给,文命学问更加长进。

转瞬三年,文命年九岁了。一日,郁华向文命道:"孺子,现在天下未平,水患尤烈,将来孺子总是在治水上建立功绩,留芳万古。汝家所藏的书虽多,但是还缺少一种秘本,可惜老夫此时亦不在行囊中,将来送给你吧。我明日要去了。"文命听了大惊,忙问道:"承老师三年教诲,受益不浅,老母和弟子都非常感激,大德未报,老师怎样就要去呢?"郁华笑道:"孺子,你学问已成,老夫在此亦无谓。天下岂有不散之筵席么?不必留我了,我静听你成功的好音吧。"文命知道无可挽回,不觉泪流满襟,慌忙进内告知女嬉。女嬉听了,亦无法。这日晚上,只得特别治了些盛馔,替老师饯行。席间,文命问郁华道:"老师此刻将往何处,请示知弟子。弟子将来如有机缘,可以前来谒见。"郁华道:"老夫是无家无室之人,萍踪浪迹,没有一定的住址。将来有缘,或者能够晤面,亦未可知,此时实无从说起。"文命听了,益发怏怏。郁华道:"孺子,我看你住在家中,亦没有几时了,不久即需出门,十年之内就要出任艰巨。可是你年龄太轻,一切不能没有人帮助。那供奔走驱使的人尤不可少。老夫有几个人,都可以为你辅佐,现在介绍给你吧。"说着,从怀中取出一块简册,文命忙接来一看,原来是一张名条,上面横开着:真窥、横革、之交、国哀四个人名,下面都注有他们的履历、性质、才技等等。郁华道："这四人都可以用的。"文命拜受了，却不解"就要出门"的话，便问郁华。郁华道："这个不必先说，日后自见分晓。"文命不敢再问。到了次日，郁华背了行囊，拖了藤杖，飘然而去，文命忽忽如有所失。

过了一月，女嬉忽然病了，原来女嬉自从坼背生文命之后，得了一个怯症，羸而且咳，时常多病。石纽村是个僻地，无良医可延，兼以操劳，益觉不支，这次竟卧床不起。文命忧急非常，只得请了两个邻媪来，看护陪伴，然而各家有各家的事务，岂能常常留在己家。因此文命有时，竟井臼亲操起来。那崇伯鲧竟是公而忘私、国而忘家的人，自出门之后，虽则俸禄常有寄来，而对于家务绝不顾问。女嬉病后，文命亦曾修书禀告，但杳无复音。一日，女嬉病笃，文命在旁忧愁焦急，暗中涕泣不止。女嬉忽嘱咐道："孩儿，我的病恐难望好了。你年纪虽小，是个很有作为之人，我倒可以放心。只有你的父亲，……"说到此，忽然大嗽，喘得气都接不上来。文命慌忙捶胸摩背，过了好一会儿，方才喘定，又续说道："你父亲这次去治水，能不能成功，是一个问题。如能成功，最好，否则你父亲是个极负责任的人，到那时恐怕……"说到这里，声音渐渐岔了，泪珠儿也簌簌地下来了，一手拭泪，一面又续说道："恐怕不得其死。你父亲一生刚直，所欠缺的就是一个'愎'字。你务必尽心竭力，将这个水患治平，替父母争一口气，你知道么？"文命听到这里，伤心之至，要哭出来，又不敢哭出来，忙止住女嬉道："母亲，不要过虑了，父亲于治水之道，研究有素，一定会成功的。"女嬉道："那么甚好了。"过了一会儿，又说道："我身后之事，已托邻家几位长者，帮忙费心。但是，我死之后，你一个小孩子在此，不成家室，虽有邻人照顾，总难以过活，赶快替我葬了，你不必拘定守制居丧之礼，等父亲处有人来时，和他同去，在父亲身边阅历阅历，可以帮助的地方帮助帮助，亦是好的，你知道么？"文命含泪答应，又劝阻道："母亲太劳神，歇歇吧，不要说了。"女嬉说完，亦觉得虚火上升，两颧火热，咳嗽不止，自己知道不妙，也就不说了。过了两日，女嬉奄然而逝，文命哀毁尽礼，自不必说。遵女嬉遗命，七日之后就出殡安葬，一切都是邻人帮助。

自此之后，文命只剩了独自一人，伶仃孤苦，家中实在站不住，盼望帝都便人，两眼欲穿，竟没得人来。既而一想，决计道："我自己寻去吧，道路虽远，总是人走的，怕什么？"于是将所有家计什物并父亲的书籍等，细细开了一篇清账，拜托邻人代为照管。邻人都答应了，但虑他年幼，孤身远行，恐有危险，不免竭力劝阻。文命正要申说，忽见两条大汉沿门来问道："崇伯家是这里么？"文命忙问他是何处来的。那大汉道："真行子先生叫我们来的，有书信在此。"文命诧异道："某素不认识真行子，不要是误投了么？"那大汉道："足下且看了信再说。"说着，将信递与文命。文命接来一看，是郁老师的亲笔书，不觉大喜，原来信上说："知道足下丁内艰，即欲往帝都省亲，路远无伴，特遣真窥、横革二人，前来听指令。此二人忠实勇敢，途中有此，可以无虑。将来足下得意时，此二人亦可效微劳，千秋万祀，附足下而不朽矣。"末了又有数行，说："足下过雍州时，可迂道华山。彼处有西王国先生者，其学诣道行，不在老夫之下，足下可师事之。又有大成挚者，如将来遇到时，亦可以执贽受业。此二人皆帝者之师，不世出之奇才也。"文命看毕，非常感激老师的厚意。既而一想，老师有真行子的别号，我却没有知道，但是我丁忧至今，不到一月，老师在远方何以知之，不要就隐居在近地么？再看信后所注的日子，正是母亲去世的那一天，心中尤为奇怪，不禁问那两大汉道："汝等哪个叫真窥，哪个叫横革？"一个较矮的道："小人叫横革。"又指较长的道："他叫真窥。"文命道："都是真行先生遣来扶助某的么？"二人齐应道："是。"文命道："真行先生此刻在何处？"真窥道："真行先生遣某等来的时候在荆州。但他是游行无定的人，此刻却不知到何处去了。"文命听了，真是疑惑不解，暗想：老师不要是仙人么？不然，路远千里，何以如同目见一般呢？不言文命怀疑，且说邻舍之人，见文命有老师遣人来扶助护送，也就不阻止他远行了，各自散去。这里文命就指挥真窥、横革二人，收拾行李。晚间互相闲谈，谈起郁华，二人都说他是仙人，未卜先知，灵验如响，所以二人是倾心信仰的。但只知道他叫真行子，不知道他叫郁华，却又奇怪了。

次日，文命拜别了女嬉之墓，又辞别邻人，与真窥、横革起身上道，向东北而行。文命是从未出过门的人,这次路上全亏真窥、横革二人照料。但是,沿路都是灾象,低洼之地尽成泽国,只有高处可行,而无情的鸷鸟、猛兽,亦受了洪水的袭击,平原不能存身,都逃到高原地方来,与人争夺住处。可怜那时的百姓,避了水灾,又逢到禽兽之害,真是不幸呢!文命一路留心,但见有几处悬着文告,大略谓:"民以食为天。尔等平日积聚的米粟,务须注意收藏,不可轻易委弃,尤不可使之受潮霉烂。须知三年耕,必有一年之积;九年耕,必有三年之积。国家教导稼穑,于今六十余年。汝等百姓,如能注意收藏,那么二十余年之粮食,足可支持。洪水之害虽烈,尚不足惧,全在民众自己之努力觉悟。除饬各诸侯有司随时随地协助外,合行令知"等语,这是大司农的通饬命令。又有几处,悬挂文告,大致谓:"现在水患甚深,又受禽兽之逼,凡尔民众,务须制备武器,勤加练习,仍复互相救护,以免为禽兽所乘。晨出宜迟,归休宜早,出门必须结伴,妇孺尤勿轻出,除沿途邮亭饬各诸侯有司招募勇士,联络保卫外,合行令知。"这是大司马、大司徒合并通饬的命令。文命看了,不胜叹息,暗想:朝廷对于百姓,亦可谓能尽心了,但如此洪水,不知何日得平,我父不知何日可以成功。想到此间,忧危之至。

一日,横革向文命道:"过去就是华山了。"文命道:"郁老师信上说,那边有一位西王先生,叫我去见见,拜他为师,但不知住在何处。"横革道:"既有名姓,总可以打听的。"次日,到了华山脚下,三人沿途访问,杳无消息。文命道:"我们且上山游玩一巡吧,或者住在山上呢。"二人答应,于是一同上山。文命暗想,这华山的雄峻真是与众山不同。三人贪看山色,行迟了些,不觉日已平西。行人本来稀少,至此只剩了三人,想起谨防禽兽的告示,心中顿有戒心。文命就问真窥道:"天色晚了,我们何处住呢?"真窥道:"山上总有人家,不要忧虑。"虑字还未说完,只听得一阵风声,嗅嗅看,有点腥气。横革不禁叫道:"不好不好,有虎!有虎!"说时,和真窥两个都丢了行李,掣出武器,真窥来保护文命,横革便来迎敌猛虎。猛虎看见有人,已从树林中直扑出来。横革将木棍猛力向上一迎,打在猛虎腹上,猛虎大吼一声,窜了开去,转身又扑过来。横革闪开,又用棍迎头痛击。真窥见了,不敢怠慢，正要上前帮助，谁知树林中又窜出一只斑斓猛虎，直扑文命。幸喜文命便捷，绕在一棵大树之后，未曾扑着。真窥叫声不好，疾忙来救文命。哪知猛虎忽然大吼一声，霍地向后山逃去。那边横革抵敌猛虎，正有点支不住，那猛虎亦大吼一声，向左逃去。三人正在不解，但见岩石后面转出一个人，张弓执箭而来，说道："你们好大胆呀！这个时候还要行路，不看见官府的告示么？快跟我来。"说着，转身便走。文命等至此，才知道两只猛虎都是给他射走的，心中感激不尽。这时天已昏了，跟着那人，曲曲折折走到一座土室之中，那人叫他们坐下，一言不发，径自去了。文命等莫名其妙，只好暂住，时已向夜，一物无所见。隔了一会儿，三人倦极，不觉都沉沉睡去。忽然听见人语之声，文命陡然惊醒，见天已大亮，昨日那个驱虎之人，立在面前，生得彪状赳赳，一表非凡。文命慌忙起立，唤醒真窥、横革，同声致谢。那人问文命："如此年幼，为什么薄暮山行？"文命就将寻西王国之事说了。那人道："西王国先生，我知道住在山北，第五个盘曲处。此地是山南，路走错了，你们要寻西王先生做什么？"文命就将自己的历史略说一遍。那人拱手道："原来是崇伯公子，失敬失敬。小人姓国，名哀。当日有位仙人，名叫真行子，他曾对小人说，将来崇伯公子如果居官治水，叫小人投效效劳，不想今日在此相遇。"真窥、横革二人听见他亦是真行子提拔的人，就和他攀谈起来，非常投契。真窥便劝国哀跟文命同去。国哀踌躇一回道："我是有职守的人，一时还不能，且待将来吧。"文命问他有何职守，国哀道："官府因为现在禽兽逼人，为行旅患，所以募了几百个武勇之人，沿途驻守，分班巡逻，小人便是其中之一。因为应募不及三月，遽尔辞职，近于畏怯，所以只好待诸异日了。"当下国哀又取出些野味，供给文命等早餐，又指示到西王国处之路径，又向真窥、横革道："二公武艺，力敌猛虎，真不可及。但是某的意见，对于这种猛兽，与其力敌，不如智取，二位以为何如？"横革道："某等何尝不知，只因出门时，未曾虑到这层，所以没有预备，又因当时出于不意，虎已近身，只好以短兵相接了。"国哀道："原来如此。"遂在土室里面取了两张弓、许多箭，分赠二人，又送了一阵，方才别去。

这里文命等翻过华山，到了第五个盘曲处，见有人家三五。横革上前询问,果有西王先生,五绺白须,飘拂过膝,巾冠丝带,气宇肃穆。文命料想是了,急登草堂,趋跄下拜。那西王国慌忙还礼,问道:"足下何人?访老夫做甚?"文命便将郁华子介绍的话说了。西王国笑道:"足下是郁先生的弟子么?那便错了。郁先生才德,千古少双。某比起来,譬如萤火比月。足下拜某为师,岂不是下乔入幽么?"文命道:"郁老师对小子,决无谬语,请老师不惜教诲。"西王国道:"既如此,暂屈住下。如有所知,当相商榷。"文命大喜,从行李中取出许多物品来,作为贽仪,就在他家中住下。原来西王先生之学,与郁华又是不同,纯是正心、修身、齐家、治国之道。文命钦佩莫名,一住二十多日。文命省父心切,不敢再留,约见了父亲之后,再来受业,西王国亦不勉强。

当下文命别了西王国,过了华山,已到雷首,已是冀州境界了。一路人民都说自从崇伯治水之后,水患已平得多,再过几年,可以安居享太平了。文命听了这类颂扬之声,知道老父治水有功,不胜愉快。沿岳阳到了帝都,探听鲧的住址,都说总在水次,帝都不常来的。文命遂同真窥等寻到吕梁山下,哪知鲧已到沿海去了。文命一路考察老父的工作,不禁大惊,原来鲧自从得到息壤之后,沿着孟门山,直到吕梁山,竟大筑起城墙来,长逾数百里,实做一个"障"字。估量起来,约有三四丈高,上面之水障住,下面的水流自然条畅,不泛滥了。文命暗想,这个方法,真与郁老师所讲背道而驰了。万一溃决,将如之何?看罢之后,隐忧无已。随即与真窥等再到海边来寻老父。

一日,到了兖州界上,细考那老父工作,原来仍旧是障之一法,从大伾山起直往东北,大约亦有几百里。立在堤上一看,堤外的洪涛海水不住向堤冲击,文命更是心忧。后来见到了鲧,鲧见文命满身素服,便问:"你母亲死了么?"文命哭应道:"是。"便将如何病情,如何安葬及自己如何出来的事迹,统统说了一遍,又问鲧道:"儿前后所发的许多函禀,父亲都没有收到么?"鲧道:"都收到了,不过我重任在身,顾了这边,又要顾那边,哪里有闲工夫再顾家事?"说到此,又仰起头,想了一想道:"我记得去年曾有信和俸金寄家的。"文命应道:"是,有的。但是今年大半年,没有接得父亲之信了。"鲧道:"我没得闲,没有写。现在好了,汝母既死,汝又来此,跟了我学习,亦可长长见识。我从前和你讲的水利地理,你还记得么?现在可以实验了。"文命亦答应道是。从此文命就住在鲧身边,有时跟着鲧跑来跑去,有时带了真窥、横革到处去考察,但是越看鲧的方法,越觉不对。一日,禁不住乘机劝谏。鲧笑道:"你以为我要蹈孔壬的覆辙么?孔壬的堤防是呆的,我的堤防是活的,水高一尺,堤就增高二尺,水高三尺,它就会增高四尺,这是天地间的灵宝,怕它做甚?"文命道:"儿总有点忧心,恐怕总有不能支持之一日。"鲧发怒道:"依你看怎样?"文命道:"依儿的意思,最好是在下流者疏,在上流者凿……"鲧不等他说完,就骂道:"呸!真是孩子话。疏是掘地么?凿是开山么?你看得这样容易!这两件事,做得到么?几年不见,我以为你从什么郁老师受业,学问必定大有进步了,哪知道还是如此!你给我回去,再读书研究,不许你再来开口。"骂得文命默默不敢作声。

第三十七回

舜以陶器化东夷　仰延论瑟
舜耕第八历山　渔于濩泽
陶于河滨　舜与禹相遇

上古神话演义（第二卷） 五星出东方

且说虞舜自从在雷泽与七友、皋陶及八元、八恺等大会之后，即想在附近寻一点生业做做。细细考察，那雷泽南岸陶邱地方（现在山东菏泽市定陶区西南）的泥质，很宜于制器，于是就住在那里做陶人。这时元恺及七友等均已散去，舜独自一人，烘焙煅炼，造胚饰色之法，务必求其坚实，经久耐用，不肯苟且，所以那制成的陶器，个个欢迎，人人争买。舜一人制造，满足不了大众之需要，因此竟忙得不得了。后来渐渐推销，连远道都闻名，来定货的不少。舜更加忙碌，请了许多伙友帮忙，但是舜仍旧实事求是，丝毫不苟，而且连价钱亦不肯抬高，只求十一之利而已。一日，有一个远道客人来定货。舜问他住在何处，客人道："住在羽山相近（现在江苏省连云港市东海县西八十里）。"舜道："这样远道来买陶器，莫不是便道么？"客人道："不是，是专诚来的。"舜诧异道："难道贵处没有陶人么？"客人叹道："不瞒足下说，敝地接近东夷，陶器亦很多。起初比较还好，后来有人作伪，将陶器外面形式做得很好，而实质非常脆薄，一用就坏，一碰就碎。大家不知道，还以为自己用得不小心，再去向他买，那个人竟大发其财了。他同业的人见他如此得利，争相模仿，弄得无器不窳，是陶皆劣，但是陶器又是寻常日用所不可缺的东西，遇到如此，岂不是苦极呢！现在听说足下的货色价廉而物美，所以不远千里专诚来买了。盘缠水脚加上去，虽则不免消耗，但是比较起来，还是便宜。"舜听了，不胜喟然。客人去后，舜暗想：一个人达而在上，可以化导万方；穷而在下，亦应该化导一乡，方算尽到人生的责任。现在东夷之人既然欺诈到如此，我何妨去设法化导他们呢。想罢之后，便将陶业统统托付伙友，叫他们仍旧切实制造，自己却只身往东方而来。细察那边陶器，果然甚坏，舜于是选择了一块场所（现在山东济宁市泗水县东南名叫桃墟），要想制起坚实的陶器，矫正这个恶俗。哪知被当地的陶人知道了，以为有心来夺他们的生计,就纷纷齐来与舜为难。舜正要想陈说理由,忽然人丛中有人大叫道:"诸君且慢动手!这个人不要就是都君么?"众人听了,暂且让开,不动手。只见那大叫的人走到舜面前一看,就说道:"原来果然是都君,你为什么跑到这里来?叫我好想念呀!"说着,拜了下去。舜慌忙还礼,并问他姓名。那人道:"我的姓名,问了亦不会就知道。历山之下,因敬慕都君而从各处迁来相依的人多得很呢!我就是其中之一。都君哪里记得这许多!"说罢,就将舜的道德学问以及在历山的情形,向大家详细演说了一遍。众人听了,像亦都有点知道,渐渐止住喧哗,不想闹了,陆续散去。舜上前再问那人姓名。那人道:"某姓仰,名延,前数年都君在历山时,某闻到都君大名,便约了几个亲朋都搬到那边去,以便瞻聆都君的言论丰采,又可亲炙都君的道德品格,不想不到一月,都君就回家去了,叫我们好想呀!不知都君何以来此东夷之地?"舜便将来意说了一遍。仰延太息道:"此地风俗确系太刁薄了。难得都君肯来化导,真是地方之幸。"舜道:"足下向住何处?"仰延道:"向住此地,所以和本地人都认识。现在虽迁往历山,但是因为祖宗丘垄关系,仍来看看,不想又得与都君相遇。"舜听了大喜,又闲谈了一回,仰延作别而去。

　　于是舜就在此地做他的陶人。出货之后,大家纷纷购买,弄得那旧陶人个个生意清淡,门可张罗。大家气忿不过,又来和舜滋闹。舜道:"诸位以为我夺诸位的生意么?但是制货之权在我,买货之权不在我。人家不来买,我不能强。人家来买,我不能推。诸位试想想,同是一个陶器,何以诸位所做的,大家不喜买;我所做的,大家都喜买;这是什么缘故呢?"一个人说道:"你所做的坚牢,价又便宜;我们所做的松脆,价钱又贵;所以大家买你的,不买我们的了。这岂不是有意和我们反对,夺我们的生意么?"舜道:"原来如此。试问诸位,对于人生日用之物,都要它松脆,不要它坚牢么?"众人听了,一时都回对不出。内中有一个勉强说道:"是的。"舜道:"那么,诸位所穿的衣裳是布做的,假使诸位去买布,卖的人给你松脆的,不给你坚牢的,你要它么?又比如买履买冠,给你松脆的,不给你坚牢的,你要它么?"那人听了无话可说。舜道:"我知道诸位一定不要它的。别人所做松脆的物品，我既然不要，我怎样可以做了松脆的物品去卖给人？这个岂不是不恕么？"众人道："向来我们所做的，大家都要买；现在你来做了，大家才不要买；可见是你之故，不是货色松脆之故了。"舜道："这又不然。从前大家要买，是因为除出诸位所做者之外，无处可买，是不得已而买，并非欢喜要买。比如凶荒之年，吃糠吃草，是不得已而吃，并非欢喜去吃。现在诸位硬孜孜拿了松脆之物，强卖给人，与拿了草根、糠屑去强人吃无异，岂不是不仁么？"众人道："我辈做手艺的人，只知道求富，管什么仁不仁。"舜道："不是如此。仁字之中才有富字，除去仁字之外，哪里还有富呢？"众人忙问何故。舜道："人与禽兽不同的地方，就是能互助。互助二字，就是仁。我不欺人，人亦断不欺我。我欺了人，人亦必定欺我。现在诸位因为求富的缘故，拿松脆的物品去欺人，但是欲富者，人之同心。百工之事，假使都和诸位一样的窳陋起来，无物不劣，无品不恶，试问诸位还能够富么？诸位所做的，只有一种陶器；诸位所不做而需向他人去买的，不可胜计；以一种敌多种，哪里敌得过！在陶器上虽则多得了些利益，但是消耗于他种的，已不知道有多少倍！真所谓间接地自己杀自己，不仁而仍不富，岂不是不智么？"众人听到此，似乎都有点感悟，说道："是呀，这几年来，各项物件似乎都有些不耐用，不要就是这个缘故么？"舜道："诸位既然感觉到此，何妨先将陶器改良起来，做个榜样呢！"众人听了，无语而去。

一日，仰延跑来望舜，看见壁上挂着一张琴，就问道："都君琴理极佳，可否弹一曲，使我增长见识么？"舜答应，就取下来奏了一阕。仰延击节称赏不已。舜道："足下必是知音，何妨亦弹一曲，我们可以互相观摩，交换知识。"仰延道："某只能鼓瑟，不能鼓琴。"舜道："亦好，琴瑟音本相通，不过弦有多少，弹法稍有变换而已。"过了几日，仰延果然取了瑟来，为舜弹了一曲，非常动听。舜亦大加称赏，便问他系从何处学得。仰延道："自幼耽此，不觉成癖，并无师傅，实在不能说学问，只好说自己遣兴而已。现在某所知道的音乐大家，只有两个。一个是在天子处做乐官的质，他的音乐真可以惊天地、感鬼神，可惜年纪大了。还有一个名字叫夔，是个寻常百姓，他的音乐之学与质差不多，到底谁优谁劣，一时真不能定，只是夔吃亏一点。"舜忙问为什么吃亏。仰延道："他生出来只有一只脚，走起路来趔趄而行，非常不便。这种人万万不能列于朝廷，就万万不能与质比较，岂不是吃亏么？"舜道："那亦不妨，只要音乐果能精妙，这种人才决不会埋没的。"过了几日，仰延事毕，要回历山去，问舜何时回历山。舜答以未定。仰延去了，舜独自一人住了多月，那东夷之人受了舜的化导，果然器不苦窳了。各种什物都是如此，坚固耐久，不为欺诈，风气为之一变。舜颇满意，暗想，我志愿既遂，不如归去省亲吧。

这时适值雪融水涨，舜不能西行，只得绕道向南。路上遇见雒陶，刚从姚墟来，询知父母弟妹都安好，颇为放心，因此又变计，暂时且不归去，与雒陶盘桓了几日。雒陶问道："仲华！你到历山去么？"舜道："我不打算再去。"雒陶听了诧异道："为什么不打算再去？"舜道："现在那边的人，无端叫我做都君。我是一个匹夫，敢当此称号么？所以不打算再去。我想，就在此地左近，找一块地耕种吧。"雒陶听了，点点头。过了一日，雒陶别去，舜就选了一块地方住下，操他的耕稼旧业。（现在山东费县西一百二十里有历山，相传为舜耕处。）过了几个月，忽然雒陶、秦不虚、伯阳三人匆匆寻来，向舜说道："我们看这个时局不对呢！"舜道："怎样？"不虚道："当今天子任命崇伯治水，已有好几年了，可是那崇伯的政策，仍旧是孔壬的故智，以土挡水。听说他从大伾山以东，筑了一道长堤，直通到海，在它后面大陆泽相近，又筑一道长堤，要想拦阻海水的上溢与山水的下注。你想这种工程，哪里能持久呢！前两年水势稍退，大家方且颂他的功，我就知道这是侥幸一时，要闯大祸了。果然，前月堤决了一角，海水直灌进堤来，人民财产淹没不少。幸而抢护得快，赶紧合龙，较远的地方未遭波及。然而崇伯的技能只有这一种，依旧是筑他的堤，万一明朝大决起来，我们住的姚墟地势不高，接着雷泽，又是低下之地，恐怕要大受其害。所以我们寻来和你商量，怎样想个方法才好。"伯阳道："我刚才到冀州去，经过从前的旧居，那边水已尽退，并没有受什么灾害，我想还是搬回旧居去吧。"舜道："姚墟地势不好，我早虑及。为今之计，自以伯阳兄的话为不错。事不宜迟，我们就此回去吧。"当下舜就舍弃了他未竟之耕业，与雒陶等即刻起身。舜道："我们且慢归家,先去看看那崇伯的堤工形势,再定方法。"三人都以为然,于是直到北方,沿堤察看。那堤足足有五六丈高。雒陶道:"仲华!你看如何?"舜摇头道:"危险危险!我们且快回去吧。"于是四人沿堤而行,自东北而西南,恰是到姚墟之路。哪知性急,反走过头了,计算已在姚墟之西。当下改道而东行至一处,舜忽指着一地,向三人道:"此处地势,比前数年低得多了,莫不是地陷么?"三人忙问:"何以知之?"舜道:"我前数年经过的时候,没有这许多湖泊,现在沮洳纵横,而且很深,不是地陷是什么?此地离姚墟甚近,此地既陷,姚墟难保不受影响,可怕可怕!"

于是四人急急而行,到了姚墟,舜和雒陶等说道:"某不孝,不能见信于父母。这次搬家之事,倘由某去和家父家母说,是一定不能相信的。最好请三位府上联合其他邻居的人先迁移起来,再将这番情形和家父家母说明,方才有效,某只好种种奉托了。"说着,向三人深深行礼。三人慌忙还礼,说道:"我等自应效劳,仲华何必多礼呢!"说时,已到家门,舜别了三人,即进去叩见父母。瞽叟夫妇虽不拒绝,待遇却很冷淡。独有小妹敤首,问长问短,非常亲热。这时敤首已过及笄之年,聪明秀美,兼以慈祥,而且善画,瞽叟夫妇极钟爱她。隔了一会儿,象从田间归来,舜忙叫"三弟",象似理不理地应了一声,即忙转身,走到后面,他母亲亦跟踪进去。象道:"往回他来,必在秋收之后,现在正在长夏,他就跑来,我想必有道理。"他母亲点头道:"我亦如此想,我们留心就是了。"这日晚上,既不叫舜做事,亦不与他谈话,又不给他备饭,又不指定寝处。舜料知父母之心仍未转移,想在此亦站不住,胡乱过了一夜。次日,将供给父母的甘旨和分赠弟妹的物品统统取出献送了,便叩辞父母,别了弟妹,出门来访不虚等。不虚道:"你如何便来了?"舜道:"昨夜我想想,这事甚急,我早走为是,一切务请兄等代为进行。"不虚道:"你现在到何处去?"舜道:"尹老师家在王屋山上,多年不见,想先去访他,再作计较。"

是日午后,舜别了不虚等,就向冀州而来。上得太行山,走了两日,只见路旁一个大坟,隆然高起,坟前树着一块大碑,碑上大书"炎帝神农氏之陵"七个大字。舜看了诧异,暗想,炎帝的坟听说在衡山之南,荼陵地方,如何这里又有一个陵？正在不解，后来问到土人，才知道炎帝从前曾经在此播种五谷，后人感激他的恩德，所以在此地又造一个陵，以留敬仰，并不是真的。现在山下还有黍田二畔（现在山西省高平市北羊头山）：一畔在水南阴地，所种的黍都是白色；一畔在水北阳地，所种的黍都是红色；就是炎帝的遗迹了。舜听了这话，不禁肃然敬仰，可惜此时正是大暑时候，黍正在播种，无从实验它的颜色，不免怅怅。一日，炎威有点难当，遥见前面一个大泽，询之旁人，知道名叫濩泽（现在山西晋城市西北十里）。泽边大树参天，非常凉爽，就在那树下石上休息一回。细看那大泽中，波光潋滟，将旁边的山影倒蘸其中，时有小舟荡漾，风景颇堪入画。舜暗想，如此炎威，奔走不易，不如在此渔钓几日再走吧。想罢，就从行李中取出鱼钩，又在道旁折了一支小竹作为钓竿，于是就在此钓了多日，方才起身。到得王屋山，寻访尹寿，据土人说，多年前早已搬去了；当今天子亦屡次来访，但是总不知道下落。舜听了，不胜惆怅。于是又到诸冯山来访他的旧居，但见一片茫茫，都在水浸之中，只是东面高地，并没有水浸，如今还有几户人家住在那里。舜暗想，当时我可惜不在家，否则迁徙何必这样远，寻点较高之地就好了。又想那洪水的来源，是在孟门壶口山上，究竟不知怎样情形，我且去看看。当下决定主意，就向稷山而来。那时稷山除出东部与霍山相连外，其余可说全在水中。北面的汾水下流与西南的山海连成一片，已看不出河流湖水了。舜想到孟门山去，但是陆路不通，水路呢，因为孟门山上的水冲激得太厉害，舟子都不肯去，舜只得望洋而叹。雇舟南渡，到了一个高阜之下泊住了，细看那高阜，南接雷首山，东西北三面兀立于水中，人户甚多，可怜都是从洪水中逃来的，米谷等虽有官厅支配接济，而器具很感缺乏。舜于陶业本来极有经验，至此就择地土，制造陶器，以利民用，自己亦可得什一之利（现在山西永济市北三十里有陶城，即舜遗迹），一面再设法去考察孟门山的水势。

一日，舜在制造之余，出外闲走，只见两条大汉随着一个童子，向水滨而来，意欲雇船到孟门山去望望。舟子执意不肯去，说道："那边甚是危险，而且无可游玩。"童子道："我并非要去游玩，我是去考察水势的，我多给你些酬劳吧。"那舟子道："考察水势，莫不是想治水么？这个水灾，闹了几十年,前回共工,现在崇伯,这班大人先生都治不好,何况你这个童子!我看不如省省吧,性命要紧,酬劳要它做甚?"那童子听了,叹口气,向同行的两个大汉说道:"此地的船又不肯行,我们走哪里呢?"那两个大汉沉思了一回,一时亦答不出来。舜看那童子,年纪不过十岁以外,生得虎鼻、河目、骈齿、鸟喙,相貌不凡,不觉有点诧异,便上前去向他施礼,请教姓名,并问他要考察水势的原因。那童子将舜上下一看,亦觉非常震惊,便说道:"某名叫文命,字高密,因为家父崇伯身膺治水之职,累载无效,不揣愚陋,要想帮帮家父之忙。适才从霍太山那边考察了一回,觉得水患之源不在那边,所以想到孟门山上去考察一番,究竟此洪水是从何处来的。不料各处舟人都不敢渡,真是苦死了!敢问先生,高姓大名?"舜听了,便拱手道:"原来是崇伯公子,失敬失敬!某姓姚,名舜,字仲华,某到此地来,亦为想考察水势,但是几个月来,亦正没法过去。现在公子与某宗旨相同,真可谓同志。茅屋不远,何妨请过去谈谈呢。"文命大喜,就跟了舜走。舜问文命,后面跟的两个大汉是何人。文命便将真窥、横革二人亦介绍了。后来到了茅屋中,舜与文命两人就细谈起来,舜就问文命治水的方法。文命道:"包围在群山里面的这许多水,总要给它一个出路,最好的出路就是海了。泛滥在平地上面的这许多水,总要给它一个贮藏的所在,最好的贮藏所在就是地中了。但是放去山中之水,必须将山凿开;要将地上面的水贮藏于地中,必须掘地;这二事是否可行,有无流弊,均须切实研究过才有把握。不过某现在的意见是如此,还请指教。"舜听了这番话,与自己平日的理想相合,非常佩服,便说道:"极是极是!天下非常的大灾,必须用非常的方法去救治它,才可成功;墨守旧时古法,是无益的。"当下舜又逐一考问他各种的政见,文命对答如流,舜觉得他的才力远在皋陶、柏翳等之上,暗想,我前番所说可以总揽全局之人,这个人真可当之而无愧了!于是倾心吐胆,两人遂结为至交。

第三十八回

帝尧一日遇十瑞　祇支国贡重明鸟
帝尧梦长人与之论治　四岳举舜

且说帝尧自即位以来,不知不觉已是七十载了。此七十载之内,可说他无日不在忧勤之中。初则以天下之难治为忧,续则以洪水之难平为忧,要想寻一个贤人,将这副万斤重担交付于他。可是大家亦很乖巧,没有人肯上这个当,而寻常的人希望大位的,帝尧亦决不肯轻易将天下让他,只能仍旧自己担任,他的苦处真是不可胜言。到得七十载的这一年,水患虽则仍旧未平,但是以他的至德化导,与大司农、大司徒、四岳、百官之勤求治理,天下实在已经太平之至,不过到处汪洋大水,人民不能得平土而居,留有这个缺点罢了。虽则如此,人民衣食仍是绰乎有余,除几个不幸的人民为大水所淹,为猛兽所噬外,其余都是熙熙皞皞,绝无愁苦之容,更无怨咨之事。民心既和,感应自懋,这时上天所降的祥瑞,真不可以数计。前面所载:蓂草生庭,屈轶生庭,麒麟游郊,獬豸游郊等等,还是陆续发现的,这年头的祥瑞真多了,最要紧的记它几个,就是:

（一）景星出于翼 景星状如半月,生于每月晦朔之时,因为那时没有月亮,它就出来替代,可以给人民夜作,其益甚大。做君主的能够有不私于人的德行,景星方才出现。黄帝时曾经出现过一次,帝尧四十二载亦出现过一次,这次又是一次了。翼星是二十八宿之一,共有二十二颗,在南方,色赤。尧是翼星之精,所以两次景星都出于翼。

（二）凤凰止于庭 自从帝喾崩逝之后,凤凰久已不见,这时又来飞集于庭。那旁边有一座阿阁,阁旁有一株欢树,凤凰就作巢在欢树之上,飞鸣不去。当时百姓就做了几句歌词,称道这事,其歌曰:"凤凰秋秋,其翼若干,其鸣若箫,有凤有凰,乐帝之心。"

（三）历草生于阶 帝都在平阳时,曾生蓂荚历草,但是帝都迁移,那蓂荚亦随水而湮没了。现在又复生于阶，旁边又添生一种朱草，是个百草之精，其状如小桑，长三四尺，枝叶皆丹如珊瑚，其汁如血，其叶生落随晦朔，与蓂荚无异。这两种并生在阶下，真是奇异之至！

（四）神龙见于沼　帝尧宫中有一沼，畜养鱼类，忽有神龙栖息其中，变化隐现，有时蟠曲如秋蛇，有时飞起空中，夭矫数百丈，鳞甲耀日，真是奇观。

（五）箑脯生于厨　帝尧庖厨之中，忽生一肉，其薄如箑，其状如蓬，大枝小根，根细如丝，摇动起来，习习风生，满厨清凉。虽在夏天，食物寒而不臭，而且能够杀蝇。一名叫作倚扇，亦叫作霎脯。大概做帝王的孝道至，则箑脯出，真是不常有之异物。

（六）刍化为禾　宫中储藏的刍草，忽然尽化为禾，每枝七茎，连三十五穗。民间所种的禾苗亦是如此，大家都叫它嘉禾。大概做帝王的恩德下沦于地，则嘉禾生。

（七）乌化为白　宫中树上，乌巢甚多。乌初生时，母乌哺它六十日，等到小乌大了，它反哺其母，也是六十日，因此人都叫它慈乌，亦叫它孝乌。帝尧不许人去驱捕它，但嫌它色黑不好看。哪知一夜之间，乌色尽化为白，真是异闻！

（八）禽变五色　凤凰来后，又有鸾鸟飞来。那鸾鸟出在女床山，它的声音合于五音之节，其形如鸡，其色如翟，备具五彩，而以赤色为多，是个南方火离之鸟。帝尧兼是火星之精，所以感召鸾鸟。凤凰飞来，是普通圣主之感应；鸾鸟飞来，是帝尧特有之感应。鸾鸟来后，留下一对鸾雏，岁岁来集，而宫中所有之禽，亦就此统统化为五色，仿佛受了鸾鸟的感化所致，这亦是异事。

（九）神木生莲　宫中有一株大木，忽然开花，仿佛夏日之莲，香闻四远。当初尧在黟山时，看到木莲，甚为赏爱，曾有重来之意，但是水患如此，尧哪里有工夫去重游！天或者可怜他的境遇，特地使木莲生于宫中，以慰其心，亦未可知。不然，哪里会有此种异事呢！

（十）甘露润泽，醴泉出山　甘露是神露之精，其味甘，其色有青，有黄，有玄，有朱，有丹。大概人主恩及于物，则甘露下降，这是历代不常有的祥瑞。醴泉就是美泉，其甘如醴，其生无源。大概人君德茂，世界清平，则醴泉溢出，亦难得之物也。

以上各种，同时并集，所以当时有一日十瑞之称，但是还不止此。一日，羲和考察天文，奏知帝尧，说道："某月某日某时，日月如合璧，五星如联珠。"这亦是极难得的祥瑞。从前天地开辟的时候，逆算起来，这日正是甲子冬至日，曾经有过一次，这回才是第二次呢。于是，大小臣工以及百姓得到这许多嘉祥，莫不对于帝尧讴歌颂祝，但帝尧仍是谦让不居。

一日，和仲来奏，说祇支国遣使来进贡了。帝尧忙命照着礼仪招待。这次祇支国所进贡的，是一只异鸟，其状如鸡，两只翅膀的羽毛脱落殆尽，只剩了两只肉翻，形状甚为难看。帝尧料他远道来贡，必有特异之处，便问那使者道："此鸟叫什么名字？有什么特异的功能？"那使者道："此鸟两目都有两个眼珠，所以叫作重明鸟，亦叫重睛鸟。它的力气很大，能够搏逐猛兽。它鸣起来，其声如凤，一切妖灾群恶都远远避去，不能为害，实在是一种灵鸟。所以小国之君，特遣陪臣前来贡献，望乞赏收。"帝尧道："它的羽毛尚不完全，哪里还能搏逐猛兽呢？"使者正欲开言，哪知这重明鸟竟像有知识似的，听了帝尧之言，顿时引吭长鸣，声音果然似凤；忽而闪起两只肉翅，腾举空中，绕殿飞了一匝，直出庭中，且飞且鸣。那时巢在阿阁的凤凰和飞集的鸾鸟，听了它的鸣声，亦一齐飞鸣起来，与它唱和，声音和谐，非常悦耳。这时叔均在殿上，看见重明鸟出殿而去，不禁叫道："啊哟！逃去了！"那使者笑道："不会不会，就要来的。"歇了一回，果然仍飞回来。此时在阶上的侍卫，忽然看见空中有无数群鸟向北而飞，非常迅速。后来打听，才知道都是枭鸥之类，大约听见了重明鸟的鸣声而逃到绝漠去的。从此，重明鸟所在数百里之内，竟无鸥枭恶鸟，真是奇怪之事。且说帝尧看到重明鸟如此情形，知道它果是灵鸟了，便问使者道："它的羽毛终年如此么？"使者道："不是。它的羽毛时长时落，此时适值它解翻之时，所以如此。"帝尧道："那么它吃什么？"使者道："通常它在外面，不知道吃什么。如若人喂饲它起来，须用琼玉之膏饴之。"帝尧道："朕素来不宝远物，不尚珍异。念贵国君殷殷厚意，又承贵使者万里而来，朕却之不恭，不能不受了。请贵使者归国，代朕致谢，是所至感。"当下款待使者，优礼有加，报礼亦从厚。使者勾留多日，归国而去。这里帝尧君臣商量留养重明鸟之法。帝尧道："它是灵鸟，与鸾凤一般，不可以樊笼屈之，任其来去可也。况且养它起来，须用琼膏，未免太奢，朕哪里有这许多琼玉来供给它呢！"群臣听了，都以为然，于是就将重明鸟安放在树林之中，听其自由。那重明鸟从此飞来飞去，总在帝都附近，几百里之内，所有豺狼虎豹都给它搏击殆尽，人民往来便利不少。民间人家，偶有妖异或不祥之事，只要重明鸟一到，妖异立刻潜踪；不祥之事，化为大吉。假使山林川泽，猛兽为患，只要听见重明鸟的鸣声，猛兽无不遁逃，因此人人将这重明鸟奉若神明，没有一家不洒扫门户，延颈跂足地望它飞来。那重明鸟在帝都，住了几时，忽然飞去。后来，一年之中总来一次，又后来，几年之中才来一次。大家盼望得急了，有人想出方法，将木头雕出一个重明鸟之像，或用金铸出一个重明鸟之像，安放在门户之间。哪知亦竟有灵，一切魑魅丑类居然亦能够退伏。所以后世的人，于每年元旦这日，或者刻木，或者铸金，或者绘画一只鸡的形状，放在窗牖之上。这就是重明鸟的遗像故事。闲话不提。

且说帝尧虽则得到如许的嘉祥懿瑞，但是他的心仍旧欿然，不自满足，一定要想求到一个贤人，将这个大位禅让给他，方才如愿。一日夜间，做了一梦，梦见果然得到一个贤人了。那贤人生得甚长，两只眼睛仿佛和重明鸟一般，都有两个乌珠的。帝尧和他讨论治道，觉得他的见识、议论、学问非常超卓，梦中不觉大喜，慌忙要将天下禅让与他。哪知这长人一定不受，说道："你要我接受你的天下，还有一件事没有做呢！"帝尧问他何事，那长人亦不答话，竟起身向帝尧宫中而去。帝尧急急跟进去，哪知长人已走进帝尧两个女儿的房中去了。帝尧梦中诧异之极，不觉蘧然而醒，暗想，这个梦荒唐得很，或者是心记梦吧！但是我这两年精力差了，没有出去巡守、访求贤人，那贤人怎样会得自己跑来呢？贤人不跑来，我这个志愿怎样能够偿到呢？又想了一回，说道："罢罢！我明朝问问群臣吧。"

次日视朝,帝尧就向四岳等说道:"朕在位已经七十载了。这七十载之中,所贻害百姓的事件,不知道有多少。即如洪水一项,五十年来没有平治,而且加甚,这都是朕之不德所致。现在年已九旬,精力日差,再如此恋栈下去,贻误苍生,更非浅鲜,罪戾更甚。现在朕急求交卸,亦不再向外边去求人,就是汝等百官之中,哪个自问能胜这个大任的,朕就将天下让给他,这是以天下为公之意,并无丝毫私意存乎其间,汝等宜自己老实着想,不要客气。"帝尧说完,将眼睛四面一望,只见群臣个个面面相觑,不作一声。过了一会儿,大家才说道:"臣等实在没有这个德行,可以担任这个大位。"帝尧道:"那么,汝等再想想,除出汝等之外,或是在职的官吏,或是在野的贵族,或竟是在草野中微贱之人,只要他的才德可以治平天下,不拘资格,都可以保举,待朕裁察。"大众听到这话,便不约而同地说道:"有一个鳏夫,在畎亩之中,名字叫作虞舜……"刚说到此,帝尧不等他们说完,便道:"是呀是呀!我曾经听见人说起过的,究竟这个人如何?"四岳道:"他是个瞽者的儿子。父是顽的,母是嚚的,弟是傲的。他处在这种家庭之中,总是以和顺侍奉他的父母,以和气接待他的兄弟。他自己虽历尽困苦艰难,仍旧将他所得的财帛尽数献之于父母,一次两次十次百次的,奉养不倦。他又知道父母兄弟常有杀他之心,千方百计地避开,不使父母陷于不义之罪,这种用心真是千难万难的。"帝尧听了,沉吟一回,说道:"原来如此,我姑且先试试他看。"当下退朝,不提。

且说帝尧要想用什么方法去试舜呢,原来尧有十个儿子,两个女儿,除出丹朱不肖为帝所逐之外,其余九男二女都在宫中。那两个女儿,大的名叫娥皇,小的名叫女英,年纪都在二十左右,相貌既美,德性亦良,是帝尧向来所钟爱的。九个儿子,虽则没有怎样杰出之才,亦没有和丹朱那样的不肖,不过寻常中人而已。那日帝尧退朝之后,心想:虞舜这个人,我从前曾听见方回来荐过。不过方回是个修道玩世之士,他的说话是否可信,殊不敢必,所以那时并没有注意。现在四岳百官既然都是这样说,可见有大半可信了。不过有一点可怕的,有些人善于作伪,善于沽名,外面虽是做得切切实实,而里面纯然是假的,这种人如果拿天下让给他,一定偾事。还有一种人,内行非常纯笃,宅心非常仁厚,种种至行确系出于本真,但是才干不足,度量不宏,骤然加之以非分,他就要震惊局促,而手足无所措,这种人如果拿天下让给他,亦是一定要偾事的。如今虞舜这个人,究竟是怎样一种人呢?我用什么方法去试他呢?想了一回,说道:"有了!他不是一个鳏夫么,我这样一来,他的内行可以给我看到了,我那样一来,他的外行亦可以给我看到了;内外都看到,岂不是明确之至么!"主意决定,当下就进宫来,与散宜氏商议。散宜氏听了,很有点为难,踌躇半晌,方说道:"依妾的愚见,这两事恐怕都不可行呢。"帝尧问道:"怎样?"散宜氏道:"天子之子,虽说亦是个平民百姓,但是要叫他到畎亩之中,去服侍一个农夫,似乎有点难堪,恐怕他们不肯。"帝尧笑道:"这个真是势利之见了。人的贵贱在品格、德行,不在职业。古人说得好:'仁义忠信,乐善不倦,此天爵也;公卿大夫,此人爵也。'人爵之尊,哪里敌得过天爵之尊!况且九个孩儿现在都未有封爵,更谈不到贵贱二字。朕为天子,到处奔走,无论遇到什么人,只要他道德高尚,学问深邃,朕就拜他为师。服侍农夫,有什么难堪不难堪呢!朕叫他们去,他们可说不肯去么?朕不但要九个孩儿去,并且叫百官都同去,更有什么难堪?这一层汝且放心。"散宜氏道:"第二项最难。两个女儿,不是帝所钟爱的么?应该好好地为她们择配,怎样拿她们来做试验人的器具呢?假使虞舜这个人,试验起来是好的,固然是好;如果不好,那么怎样?九个孩子呢,服侍一场空,走开就算了;两个女儿,既嫁了他,万万不能离婚,岂不是害了她们的终身么!这项事情,还请帝三思才是。"帝尧叹道:"汝所虑亦有理,但是朕所虑的二层:第一层作伪盗名,或者尚不至于如此。因为虞舜果然作伪盗名,不能如此地长久不败,而四岳百官和那些历山的百姓,何以个个都相信他,没有一个疑心他?所以这一层,朕要试他的意思还浅;独有那才不胜德的这一层,必须如此,方才可以试出。朕通盘想过,亦是不得已的一种办法。如果虞舜德行是好,即使才具差了些,女儿嫁了他,亦不为辱。朕在位七十载,时时想以天下让人,历年以来寻不到人,固然烦闷,现在居然有这样一个人,但是不考察仔细,轻轻将天下让给他,万一不对,朕的罪岂不甚大!所以现在这回事,只能尽我们的心,听我们的命。如果试来果然好,真是如天之福;如果不好,朕为天下而牺牲二女,二女为朕而牺牲一生,在朕对于天下,不失为忠,在二女对于朕,不失为孝,只好如此着想了。"当下散宜氏见帝尧说到如此,亦不好再说,便问吉期定在何时,礼节如何。帝尧道:"且慢且慢,这些不过是朕的计划。实则虞舜这个人此刻住在何处,是否确系鳏夫,尚没有叫人去探听过呢。"

次日,帝尧视朝,再向四岳等问虞舜现在究居何处。四岳道:"从前知道他在泰山之北,后来又知道他在雷泽一带,此刻究在何处,已饬人去探询了。"帝尧无语。过了几日,探询的人归来,四岳便奏知帝尧,说虞舜此刻在雷首山北、汭汭二水之间的一座山畔躬耕。帝尧听了,便将想给二女配他的意思向群臣说了一遍,并说要烦篯铿前往执柯。篯铿问道:"先到他父母家中去?他父母却不知住在何处。"帝尧听说,沉吟一回,才说道:"朕看且慢向他父母说,先到虞舜那边,和虞舜自己说,看他的意思如何,再行定夺。"篯铿诧异道:"臣记得古诗上有两句,叫'娶妻如之何,必告父母。'虞舜是个大孝之人,这种婚姻大事,他总要告诉他父母才敢答应的。与其和他自己说了之后,再等他父母的回信,还不如此刻先和他父母说,较为便利。"帝尧叹口气道:"朕岂不知,不过,朕知道他的父母待他是极不好的,万一他父母竟不答应,那么怎样?虞舜难道自己还好再答应么?到那时恐怕事情倒反弄僵,不如先和虞舜自己说为是。"篯铿道:"臣的愚见,为父母的总希望儿子好。即使平日失爱,他儿子果然能够飞黄腾达起来,父母见他显亲扬名,未有不回心转意的。况且临以天子之命,天子的女儿给他做子妇,何等有体面!臣看起来,不至于不答应。或者他恶子之心,至此转而爱怜其子,亦未可知,帝意以为何如?"帝尧摇摇头道:"朕看起来,总有点难。他的父称为顽,他的母称为嚚。心不则德义之经称为顽;口不道忠信之言称为嚚;顽嚚的人,平日常有杀子的意思,这种人岂是寻常情理所可测度的吗?临之以天子之命,归之以天子的女儿,万一他反生起嫉妒之心来,有意破坏,决决绝绝不答应,并且吩咐虞舜不许娶,那么岂不是倒反弄糟,没有挽回之余地了么!所以朕看起来,还不如谨慎些、迂曲些,先和虞舜说了,察看情形,再行定夺为是。"篯铿听了,亦不再言,即日动身,竟向汭汭而去。

第三十九回

舜渔雷泽　耕第九历山　梦击鼓
得玉版受历数　梦眉与发齐
帝尧相攸　舜不告而娶

且说舜自从与文命订交之后,极为得意。文命勾留多日,自回太原而去,舜仍旧做他的陶业,后来又到雷首山畔一个雷泽中去钓鱼。(现在山西永济市南四十五里,据明万历时李之藻的考察,说泽底有巉石深壑,冬至前水吸而入,如巨雷之鸣,所以叫作雷泽,和山东之雷泽不同)。那雷泽的西南,受了孟门山下之水浸灌泛滥,已与山海连通,界限辨不分明。舜初到此,并不想做渔人的生涯,后来看见当地的渔人互相争夺优美的场所,时有斗殴之事,舜要想化导他们,就羼入他们里面,与他们共同渔钓。起初亦很受他们的排挤,仗着他的恭敬忠信和口才,向他们委曲劝导,不到半年,那些渔人受了感化,个个跑到那湍濑的地方去渔钓,而拿了曲隈深潭让给他人,这亦可算得是舜之成功。

后来舜又南行,看见离雷泽不远的地方有两条水,东西相离约二里。一条南流,名叫沩水;一条北流,名叫汭水,都流到山海中去。其地肥美,可以耕种。舜于是又在此处住下,干他的农夫事业。(这个地方后来又叫历山。)有一夜,忽然做了一梦,梦见得到一面大鼓,手中拿着鼓槌,不住地击,其声嘭嘭,震动远近。醒了之后,想道:"我向来不做梦。昨夜忽梦击鼓,必有应兆,但是应兆什么呢?"后来一想,恍然道:"是了是了:鼓声横可以震动远近,直可以震动上下,从前方回说,已将我的名字荐之于天子,不要此刻又有人荐我么?好在我此刻,一切人才都已经有了预备,果真有人荐我,天子果然用我,我亦不怕。"

过了几日,舜正拿锄头在一个岩畔掘地,忽然掘出一物,晶光照眼。舜拾起一看,原来是一块大玉,那玉上又有无数文字刻着。舜仔细研究,却是说天的历数的。舜暗想:这个玉历究竟是哪里来的呢?如是前人无意中所遗落,不会在岩石之中;如是有意埋藏的,那埋藏的用意究竟为什么?况且这玉历所载，都是近代及以后之事，埋藏的人何以能前知？想起来或者是"天命"在我，要我出来治平这个天下，亦未可知。我前日那个梦，恐怕要应验了。想了一回，便将玉历藏下，口中说道："管它什么天命在我不在我，我总是体道不倦，尽我的责任做去就是了。"

哪知过了两日，舜忽然又做了一梦，梦见抖散了头发，在那里栉沐，但觉两道眉毛亦渐渐地长起来，竟长得和头发一样齐，拖在地上。醒后想道："人的百体，发居最上，仿佛是国家的最高地位一般。其次便是眉毛，它的位置亦不低。现在我梦眉与发齐，不要是天子听了人的荐举，竟来叫我，使我代行天子之职权，和天子一样么？"既而又想了一想，口中说道："妄想妄想！哪有此事！照常工作。"哪知就在这日，舜披了袯襫正在田里耕作，忽见有一辆车子来到田亩边停下。车上立着一个官员，方面大耳，正笏垂绅，气象尊严，慢慢地跳下车来。那随从的人早提起嗓子叫道："那一位是虞仲华先生么？"舜答应道："某便是虞仲华。"那官员听了，不顾脚下的涂泥，忙走过来，拱手作礼，躬身说道："久仰久仰。"舜一面还礼，一面问道："贵官何人？访某何事？"那官员道："先生尊寓在何处？可否偕往小坐，以便承教？"舜答应道："亦好。"于是荷锄先行，那贵官及随从人等步行相随，转过桑林，到了一间茅舍，前临小溪。舜道："贵官且稍待，容某洁身。"于是临溪将两足洗濯了一回，又入茅屋中，放下锄头，然后再出来，请客人入内，坐定，再请教姓名。那官员道："某姓篯，名铿。圣天子钦仰高贤，本想亲来造访，现因事阻，特遣某先来致意。先生大德，敬慕久了。"舜听了，竭力谦抑。篯铿细看那茅屋，纵横不到两丈，炉灶、器皿等都拥挤在一处，向南一门，向东一牖，虽有天光透入，而时当新霁，天气阴晦，屋中仍是昏暗异常。暗想：帝女之尊，如果住到这里来，真是屈没了！当下就问虞舜道："先生一人住在此间么？"舜应道是。篯铿道："宝眷呢？"舜道："某尚未娶，家父母又远在他方，所以一人在此。"篯铿道："先生今年贵庚？"舜道："今年正三十。"篯铿道："正是古人受室之年了，现在有人替先生作伐么？"舜道："没有。"篯铿道："某此番来造访，正为此事。天子仰慕大德，兼知道先生中馈尚虚，特遣某来为先生作伐。天子有两个女公子，才貌固然俱全，德性尤属温良,长者今年二十,少者十八,意欲附为婚姻,不知先生肯允许否?"舜道:"某草野微贱,何敢上婚天家!帝室之女,下嫁农夫,亦觉辱没,这事何敢当!请贵官为某婉谢,费神费神。"篯铿道:"先生此言,未免世俗之见,怎样分出什么上下贵贱来了!天子不过是万民之公仆,贵在哪里?先生道德参天地,贱在哪里?如虑到帝室之女,或有骄奢之习,恐怕不能安于畎亩,那么某可以代为证明,决无此事。圣天子持躬以俭,齐家以礼,本来宫中奉养与小民差不多。两位女公子秉承庭训,熏陶涵育,性质纯良。某系懿戚,宫中之事大略知道,请先生放心吧。"

舜刚要再说,忽见外面走进三个人,有一个看见了篯铿哈哈大笑,拱手说道:"久违久违!幸遇幸遇!你怎样跑到这里来?"篯铿一看,原来是方回,不禁大喜,另看那两个却不认识。舜起来代为介绍,说道:"这位是雒陶,这位是秦不虚,都是敝友。"篯铿一一相见,大家坐下,一间茅屋几乎挤满。方回向篯铿道:"某刚才来访仲华,看见车马盈门,从者杂遝,以为是个贵官,草野之人理应回避,后来向贵从人探听,才知道是你,所以拉了他们两个,大胆地竟闯进来,冒犯贵官,尚乞饶恕。"说罢,又哈哈大笑。篯铿道:"你一向在哪里?叫我好想。你丢了官不做不打紧,怎样连朋友都不来望望!"方回道:"你是贵官,我怕来望你,望了你之后,你又要荐我到天子那里去,叫我做什么官,我前次上你的当,幽囚了几年,现在我已解放了,好不自在,再来上你的当么!"篯铿发急道:"不要说这话了,我何尝要恋这个官做呢!不过我是天子的懿亲,天子以大义责我,我一时辞不脱,没奈何。再歇几年,我一定来和你把臂入林,你不要再奚落我了。"方回道:"你现在来找仲华做什么?"篯铿便将来意说了一遍。方回向舜道:"这个有什么别的话讲,答应他就是了,难道还是害羞不成!"说得大家都笑起来。方回又向篯铿道:"我当年早将仲华荐给天子,并且托你亦随时进言,不想天子偏偏不听。直到今日,才来做媒,想他做女婿,岂不是已经耽误了多年么!现在此事不必再议,我们三个代仲华答应,你请回去,复命圣天子,择日纳采便了。"舜忙道:"且慢且慢!容某再作计较,迟日再报命吧。"方回道:"仲华,我看不必再计较了。"雒陶道:"这个不然。二姓之好,百年之合,况且又有等级之殊。二女偕来，这事何等重大！岂可草草答应，我看还是依着仲华为是。"篯铿道："雒先生之言极是，某再静候大教吧。"当下又谈了些闲天，篯铿起身兴辞。方回又向他道："你那云母粉服食得如何了？"篯铿道："这几年来总是照法服食，不过事冗，不能亲自去采，不免间断。"方回道："你既有志学道，切须努力，不可自误。烹调滋味，虽则可口，还以戒之为是。"篯铿听了，喏喏连声而出。

　　舜送他上车后，仍入内与雒陶等纵谈，开口便问道："家父家母迁居之后，近况如何？"秦不虚道："甚好甚好。不过那迁居的时候，伯父母果然又疑心到你，后来经我们大家解释，方才肯搬，但是搬不几日，听说那姚墟左近果然陷没成为大湖了。（现在河北大名城区东有五鹿墟，墟之左右，有陷落之城名叫袭邑。）我们真运气呀！"舜拱手致谢道："这事全仗诸位大力，某实在感激不尽。"方回道："仲华，刚才篯铿来做媒，你为什么不答应？"舜道："某意拟禀过家父母，再行定见。"秦不虚听了，连连摇手道："不行不行！仲华，你如果要禀承父母，再办此事，保管是不答应的。我和你府上是邻居，这十年来，给你说媒的人不知道有多少，然而伯父伯母没有一个答应。不然，你何至于到三十之年，还没有妻室呢？近来令弟年亦逾冠了，竟没人给他来做媒。伯父母谈起，总是非常不高兴。如若你再去禀知，又是天子的女儿又不止一个，相形之下，必定难堪，我看一定不答应的，还不如不去说吧。"雒陶道："我所虑的，不在禀命不禀命，倒是帝室之女嫁给仲华，能否相安，是一个问题。"方回道："不打紧。我从前在帝都，知道天子的家教非常之好，他的女儿决不会怎样地出乎轨道之外。"雒陶道："这亦难说。你看丹朱，岂不是帝的元子么！岂不是同一样受家教么！何以如此不肖呢？俗语说：娶妻先看舅。我总有点怀疑。"方回道："不是如此，当今圣天子的圣德，我们大家知道的、佩服的。天子这次对于仲华来相攸，一定是钦佩仲华的才德，要想大用他，所以先申之以婚姻，可料天子必定纯是一片美意，而决无恶意。以天子之明，知道丹朱之不肖，难道不明了他女儿的性情么？难道明了他女儿的性情不是柔顺，而故意要嫁给仲华，使仲华再添一种家庭之困难么？以情理二字推起来，决无此事，我说可以放心。"雒陶道："这层我亦知道，不过家庭中的关系很复杂，所对付的不止一方面，仲华又是失爱于伯父母的人，成婚之后，仲华夫人能否弃舅姑而不侍？侍奉起来，能否得舅姑之欢心？万一姑妇之间又发生问题起来，仲华夹在当中，岂不是更加左右做人难么！况且富贵贫贱，阶级悬殊，言语、行动、礼貌，一切种种，容易发生误会，往往本人出于无心，而旁观者以为有意。所以我说，帝之二女，即使都是贤淑非常，而事变之来，亦正不能逆料。仲华，你看何如？"舜未及答言，秦不虚道："我看这种以后之事，还在其次。仲华的盛德，刑于寡妻，当然不成问题，况有圣天子帮同主持策划，必有善法可以解除这种困难。我所虑的，就是现在究竟禀命不禀呢？"舜道："我所虑的，亦正在此。"方回、雒陶听舜说到这句话，知道舜对于帝女已有允许之意，就齐声说道："我看只有不禀命，万一禀命之后，伯父母竟不答应。仲华，你莫非竟鳏居终身么？鳏居无后，是谓不孝；不告而娶，亦是不孝；现在告而不得娶，日后再不告而娶，那个更是不孝；所以还不如此刻先不告而娶为是。古人处事，有经有权，仲华，你是极有辨别、极有决断的人，为什么忽然迟疑起来了？"舜听到此处，不禁心伤泪落，说道："那么，竟是如此决定了罢！我不孝之罪，已上通于天，也不在乎这一遭了。"不虚道："既然如此，事宜从速，恐怕伯父母那面或有风闻，反生波折。"雒陶道："好在有我们三人，可以帮忙。"当下就推定方回前往接洽，因为方回和籛铿是极投契的，有些话可以磋商直说。

到了次日，方回去访籛铿，就将姻事答应了，并将昨日种种辩论亦大略述了一遍。籛铿道："那么我就回都复命，请老哥等暂在仲华先生家多住几天，以便帮忙。"方回道："这个自然，不过请你和圣天子说，仲华一贫如洗，历岁勤劳所得，都以供养父母，厚聘是办不到的，一切婚礼只可从简，你以为何如？"籛铿道："圣天子崇尚俭德，决不铺排，况且仲华先生的情形，圣天子是知道的，尽可放心。"当下又谈了一时，方回回到舜处，与雒陶等计划结婚办法，静等好音。

籛铿回到帝都，将舜已允许及各种情形向帝尧说明。帝尧大喜，就向籛铿道："既然如此，这事就从速举办，劳汝再往沩汭走一遭。因为照例，二姓之好,男先于女,是要男家先来求亲的,汝就叫他倩媒妁来吧,一切礼节,且当商议。"当下篯铿又将舜居处寒陋情形说了一遍。帝尧道:"朕另有处置,汝且去吧。"篯铿领命,再向汭汭而来。这里虞舜便请方回为全权代表,与篯铿一同偕至帝都,先行"纳采"之礼(纳采的意思,是承女家相攸,得其采择,表示一种感谢的意思),用雁一对,径往帝尧宗庙而来。用雁的意思,因为雁是随阳之鸟,往来南北,取其不失节的意思。这时帝尧先在宗庙之中、两楹之间布起几筵来。因为女儿亦是父母的肢体,与儿子一样,所以也在宗庙之中行礼,可见古人,男女并没有什么不平等。方回是男家的媒妁,待以大宾之礼。帝尧是主人,在大门之外拜迎。然后进门,一路作揖,推让,升堂,又交拜了,然后方回就了宾位,帝尧就了主位,两方都说了一套照例的话,然后大宾告辞,主人拜送,这一幕纳采的戏,总算做过了。隔了几日,又行"问名"之礼,那仪节和纳采一样。问名的意思,却有两个解释:一说,是问新人生母的姓氏。因为娶妻不娶同姓,母的姓氏或者相同,于理亦不应娶,而古人多妻,新娘究竟是哪一个母所出的,或妻或妾,不易清楚,所以必须一问,这是一说。又一说,问的是新娘名字。因为古时候男女界限极严,非有行媒,不相知名,现在要缔姻了,当然要知道新娘的名字,所以须问,这又是一说。二说之中,似乎以第二说为是,但究竟如何,已不可考了。又隔了几日,行"纳吉"之礼。纳吉的意思,是男家得到新娘名字之后,就去卜之于鬼神,卜而得吉,则人意与天心都已齐备美满,便去告知女家,说道是吉的,那个姻事才算是成议了。此次尧和舜的结亲,本来用不着再卜,不过古礼所定,不便废弃,所以仍旧照行,一切礼节也和前次无异。又过了几日行"纳征"之礼。纳征就是行聘,是伏羲、女娲两人指定下来的大礼,起初不过俪皮两张,后来踵事增华,辨别等级,庶人用缁帛五两,就是十匹;卿大夫则玄色的帛三两,纁色的二两,外加俪皮;诸侯则上项之外,再加以大璋;至于天子,则上项之外,再加以榖圭。舜是个庶人,又是个贫民,只好仅用俪皮两张,以存古礼。此种办法,都是方回和篯铿二人商量定的。这次的礼节,与上三次亦相同,不过不用雁而已。过了纳征之后,这项姻事已算成功,的确而不可更改了,只要商量迎娶的日期,便可完竣。

迎娶的日期，照例是要男家择定的，但是以两方面便利的关系，不能不与女家接洽。帝尧说："两女出嫁，虽则无多奁具，然而荆钗布裙，亦总必须预备一点，时间太匆促，恐有为难。况且就仲华而言，他是一个寒士，一无所有。朕已饬人到妫汭地方，代他制备些器具，营造几间房屋，大约亦总非两三个月不能了。朕看请他择吉在三月之后吧。"篯铿拿了这番话，告诉方回，方回遂归妫汭而来。那时伯阳、灵甫两个适值亦来访舜，听到此事，大为欢喜，就一同留住在舜处，等方回的好音。因为舜的茅屋太小，容不了这许多人，于是七手八脚，又在旁边添构一座小茅屋。一日，方回到了，报告一切，大众知道姻事已成，无不满意，齐向舜道贺。伯阳道："怪不得前面隙地上，都在那里营造大屋，原来是天子饬人来造的。看它的图样，宫室之外，连仓廪、牛栏、羊圈都有，圣天子可谓想得周到了。"秦不虚道："这个房屋，造得很古怪。东边一所，西边一所，南边一所，北边一所，零零落落，都不联络，究竟不知哪一所是给仲华住的？"灵甫道："想来都是给仲华的。二女并嫁，将来仍旧分居，或许预备仲华迎养，亦未可知。"众人听了，都以为然。雒陶道："闲话少说，我们且去找一个卜人，请他择一个吉日才是。"原来古人择日，并不如后世有黄道、黑道、星宿、生肖、冲克的讲究。他的方法极为简单，就是先择定了某日，再用龟卜卜看，如其是吉的，那就用了，如其不吉，再更换过。当下秦不虚便说道："何必外求，就请方回是了。"方回道："我不是客气推托，我以为这是仲华百年之事，须得仲华自己去卜为是。"众人都赞成，于是舜就斋戒沐浴起来。过了几日，大家拟定了一个日子，如法卜之，果然大吉。众人从此，就将应该预备的事情排定了，大家分工担任，却嫌人手太少。灵甫道："东不訾现在豫州，此刻时候还早，我去邀他来吧。"众人道好，于是灵甫就动身而去。这里雒陶等三人仍留着帮舜耕田。方回再到帝都来，通告日期，这个名目叫作"请期"。明明是通告，反说是请，表明男家不敢自专，虽则选定了，仍旧要女家承认，方才作准之意，这亦是六礼中之一礼。一切礼节，与纳采等差不多，无须细说。

第四十回

帝尧降二女于沩汭
舜率二女归觐父母

时光迅速,吉期渐近。照六礼所定,舜应该迎亲的,但帝尧体恤舜是个寒士,变通办法,在沩汭所造的几所大屋之中,指定一所命舜居住,又指定一所作为二女之居,亲迎的时候,舜只要就近亲迎,那么费用极省,而亦不至于废礼,所以舜不必来,而帝尧倒要送女过去。但是帝尧并不亲送,命大司徒代送,九个儿子亦随同而去。篯铿是媒人,当然同行,其余大小官员又派遣了多人。说到此处,在下要代帝尧声明一句,嫁女是私事,百官是为国家办事的人,叫为国家办事之人去替皇帝做私事,未免与后世专制君主的作威作福相似了。帝尧号为千古第一圣君,何至于公私不分如此!其不知帝尧这次的嫁女,是为天下而嫁的,他因为要将天下让给舜,所以将二女嫁他,叫九男去养他,叫百官都去事他,这正是公事,不是私事,大家不可不知,闲话不提。

到了二女下嫁的前一日,帝尧备了两席盛馔,叫二女坐了首席,正妃散宜氏亲自与她们把盏。席罢之后,帝尧问二女嘱咐道:"为人之道,为妻为妇之道,朕与汝母常常和汝等说过。现在汝等将出嫁,朕不能不再为汝等嘱咐;大凡为妻为妇之道,总以'柔顺'二字为最要。男子气性,刚强的多;女子气性,假使亦刚起来,两刚相遇,其结果一定不好。人心之不同如其面,夫妇之间,哪里事事都能够同心协意呢?到得不能同心协意之时,为妻的总要见机退让,不可执拗、一意孤行,这是最要的。还有一层,汝等是天子之女,汝婿现在是个农夫,汝舅汝姑,亦都是个平民,汝等一切,须格外谦和卑下,恪尽其道,万不可稍稍疏忽,致使人家疑心汝等有骄贵之气。汝婿盛德,天下闻名,将来事功,未可限量;即使终于田亩,汝等亦须始终敬重,切不可稍有叹穷怨命之声,使丈夫听了难受。要知道天下无数失节堕落的男子,大半都是被他妻子逼迫出来的。汝婿素来失爱于父母,将来汝等亦未必即能见爱于舅姑。但是做人的方法，首先在自尽其道，无论舅姑怎样不爱，甚或怎样凌虐，总要忍耐顺受，尽我为妇之道。对于小姑娣姒，亦是如此。总而言之，柔顺二字之外，一个敬字而已。汝等有过，就是父母之耻，切记切记！"二女听了，唯唯答应。帝尧又叫了九个儿子来，吩咐他们好生服侍虞舜，亦将大道理切实教训一番。到了次日，二女拜辞父母，挥泪而出。帝尧和散宜氏等送至门外，亦觉难堪，禁不住亦洒下泪来，正是天下"黯然神伤者，别而已矣"。

且说大司徒等送二女动身，一路晓行夜宿，看看到了汭汭，岂知那地方因为回避洪水之故，高险回曲，非常难行。帝尧九子是素来不曾出过门的，心想：帝王之女，什么人家不可嫁，偏要嫁到这种穷乡僻壤，而且要叫我们送来，真是难堪之事！所以每到险处，往往怃然长叹，共总经过三个险阻，叹了三回，所以现在那个地方，还有上、中、下三忾之名，就是这个原因。到了汭汭之后，大司徒等就在帝尧所指定的房屋中住下，静候虞舜的亲迎，按下不表。

且说虞舜那边，帝尧早遣人来通知，请移住到新屋中去，那草舍不要住了。这时灵甫已从豫州将东不訾寻到，一同帮忙，共总是六个人。秦不虚叹道："我们八个好朋友，现在仲华大喜，只有我们六个在此，续牙不知到何处去了？"伯阳道："他是二位新人的胞叔，应该请他来会会亲，可惜他不知现在何处。"当下决定，方回是媒人，雒陶作引赞，秦不虚代主人，伯阳指挥一切，灵甫、东不訾招待宾客。到了吉期的清晨，方回先到女宅招呼。舜穿了礼服，亲自御了花车，前面一座采亭，亭中安着两只雝雝鸣雁，径向女宅而来。进门升堂，先将两雁安放在上方，然后朝着当中恭恭敬敬地拜了八拜，早有大司徒等前来招待。须臾，两新人出来，由引赞者招呼舜上前，对着她们每人作了两个大揖，旋即出门，一同登车。舜居中执御，娥皇在左，女英在右，那辆车子是个安车，可以坐的，因为妇人不立乘的缘故。帝尧九子等随后送亲。到了家门，舜先下车，然后二女齐下，雒陶上前引赞，升降拜跪，行了百年夫妇大礼，送入洞房，共牢而食，合卺而饮，一切礼节自不消说。这里灵甫、东不訾来招待帝尧九子等。过了多时，九子辞去，大司徒亦回太原复命,这桩姻事总算完结了。

到得第三日,舜与秦不虚等商议道:"某这番亲事,从权的不告而娶,但是为人子的,不能一辈子不见父母,为人子妇的,亦不能一辈子不见舅姑。今天第三日,本是应该见舅姑的日子,现在某拟带了两新人,即日前往拜见家父家母,并且乘便迎养到此地来居住,兄等以为何如?"雒陶道:"这个是极应该的。"秦不虚道:"万一伯父、伯母有点不以为然,那么怎样?我看不如再过几日,别图良法,或者由弟前往,将此事委曲说明,看伯父母辞色如何再定行止,如何?"伯阳、灵甫都叫道:"好,好!"东不訾道:"某的意见料起来,伯父母知道这个消息,一定要发怒的。儿子做错了事,父母一时盛怒,处以重罚,亦是当然之事。做儿子只有顺受,仲华是禁惯了,倒亦不必虑。我只怕仲华夫人,是帝室之女,加以新婚未几,万一伯父母盛怒起来,连两个夫人都加以重责,使之难堪,那时候会不会闹僵?这是可虑的。"舜连忙说道:"大概不要紧。某连日已将家庭状况向贱内等说明,并谕以大义,幸喜彼等尚能听受,料想尚不至于怎样。"方回道:"那么好极了,我看就此去吧,不必再迟延,使不孝之罪更大。"众人都以为然,于是舜和二女即日动身去觐父母,按下不表。

且说瞽叟夫妇,自从那一年舜出门之后,随即有秦不虚等来劝搬家。象和他的母亲果然大起其疑心,说道:"我们住在这里几年好好的,何以要劝我们搬?一定是舜那个孽障,在那里串哄,不要去上他的当。"不虚劝了几回,终是不理,不虚等大窘。后来邻舍有好几家,听了雒陶等的劝导,陆续都搬了,便是秦不虚、雒陶、伯阳三家,亦都整装待发。象打听明白,又见舜不在此地,料想与舜没有关系,方才和他父母商量,决定与不虚等同搬,就一径迁回诸冯山旧居。那时水势渐平,从前舜所耕的历山旧壤,象就去耕种,倒亦安乐自适。舜的消息存亡,置之于不问。

一日,忽有邻人之母来访瞽叟之妻,深深贺喜道:"恭喜恭喜!令郎发迹了,做到天子的女婿,是很不容易的。"瞽叟之妻不解所谓,忙笑着问道:"究竟什么事?我没有懂呢。"那邻人之母道:"就是你的二令郎舜呀!他现在已经被天子招赘做了女婿,听见说两个帝女都嫁给他,而且给他造了许多

第四十回

大屋，有宫，有殿，有花园，有马房，啊呀！讲究呀！两个帝女，听说相貌个个美如天仙。啊呀！大嫂，你有这个令郎，你着实风光，要享大福呢！"瞽叟之妻听说舜有这种际遇，不由得又是疑心，又是妒意，便问道："我没有知道，你从哪里得知的？"那邻人之母道："是我小儿讲的。我小儿的朋友，刚才从一个什么地方回来，他说，亲眼看见两个帝女已经到那里了，择个吉日，就要做亲了；那赠嫁的奁具，尽是珍珠金玉，抬了一里路，还抬不尽呢！那朋友因有要事，不能看他们做亲，就跑了回来，现在心里着实懊悔呢！"瞽叟之妻听到此处，那心中说不出的难过，口中却仍是"咿！哦！嗳！是！哪里！岂敢！"地乱敷衍了一阵，等那邻人之母去后，瞽叟之妻送毕转身，就指着瞽叟大骂道："你生得好儿子！你生得好孝顺儿子！连婚姻大事都不来禀告父母一声，竟是娶了！他心中还有父母两个字么！我平常说说，你口气之间总有点儿帮着，说他心地是还好的。现在你看，好在哪里？你这个瞎子，生得好儿子！尽够耻辱了！"原来刚才邻母那番话瞽叟已是听见了，心中将信将疑，却并没有十分生气，现在给他后妻一激，那怒气不觉直冲上来，但亦无话可说，不过连声叹气而已。过了片时，象回来了，他母亲便将这事告诉他。象听了，摇摇头道："哪有此事！这老婆子本来有点昏耄了，信口胡说。我想天子的女儿即使多得臭出来，亦不会拿来嫁给一个赤脚爬地、贫苦不堪的农夫；即使要嫁，一个也够了，哪里会一嫁就是两个！况且天子果然选中了他，要他做女婿，应该先叫他到帝都里去，封他一个官，然后再拿女儿嫁给他，这是顺的，断没有嫁到农家村舍来的道理。这个是诳话、谣言，我不相信。"瞽叟夫妇听了，亦以为然，便也不再生气。

过了两日，象忽然气冲冲地跑回来，告诉父母道："前日那老太婆的话竟是真的，现在儿已探听明白，即刻他们就要来见父母了。父母见不见他们，请速定生意。"瞽叟听了，便道："我不见他！我没有这个儿子！你给我拦住他，不许他们进门。"正说时，那舜等已到门前，随从的人却不少，舜都止住，叫他们站在门外。须臾，二女车子亦到了，三人一同进内。象受了父亲的命令，正要来拦阻，连舜叫他亦不理，蓦然看见两个绝色的嫂子，不禁一呆，仿佛魂灵儿都给她们勾去了，要拦阻也拦阻不动。舜问他父亲，母亲在哪里,他亦不作声,尽管两只眼睛盯在两嫂脸上,恨不得一手一个搂在怀中,吞在肚里。原来这时象的年纪已在二十以外,正是情欲炽盛的时候,偏偏亲邻之中,因为他品性不好,没有人肯要他做女婿,并且没有人给他做媒,他正是饿荒的人,此次突然看见两个帝女,所以现出这副丑相。舜见问他不理,只得率领二女径入后堂,象亦跟了进去。瞽叟是瞎的,不能看见,那后母一见了舜,不等舜叫,就放下脸骂道:"哪里来的坏人,擅自闯到人家内室里来,快给我滚出去!"舜此时早已高叫父亲母亲,率领二女跪下,认罪乞饶。瞽叟大骂:"畜生孽子!你既然没有我父母在眼睛里,你今朝还要跑来做什么呢?快给我滚出去!"说着,用杖在舜头上、身上悉力地敲了几下。舜连连叩头,伏地不动。二女亦跟着,跪伏不动。瞽叟夫妇虽则蛮横,倒亦无可奈何,只得不去理他,由舜夫妇长跪不起,足足有半个时辰。那舜的女弟敤首看不过,出来解劝道:"请父母息怒,饶了二哥这一次吧。二哥以后,总须改过,不要再使父母生气了。"那后母就骂敤首道:"谁是你的二哥?谁是你的二哥?我没有这个儿子,你的二哥从哪里来?"敤首赔笑道:"母亲息怒,饶了他们吧,他们跪得已经吃力极了。"瞽叟道:"谁叫他们跪?我并没有叫他们跪。他们是天子的女儿女婿,我们是贫家小百姓,哪里当得起他们的大礼,快叫他们给我滚出去!"敤首趁势便来推舜道:"二哥!父亲叫二哥去,二哥且听父亲之命,出去了吧,不要再违拗了。有话,明朝再说。"说着,又来搀二嫂。那娥皇、女英是天子之女,平日虽则并不十分养尊处优,然而总是金枝玉叶,生平何解此苦!跪了半个时辰,筋骨都酸,两膝骨几乎碎裂,脸色涨得同血球相似,虽则敤首去搀,但是哪里立得起来。象在旁呆看,至此忘了神,忽而走过来,要想来搀。敤首忙推开他,说道:"三哥!动不得!男女有别。"象方才走开。后来还是舜帮同将二女搀起,但是足已麻木,不能行动,停了好一会儿,方才血脉有点流通,叫声:"君舅,君姑!子妇去了。"仍由舜和敤首搀扶而出。到了外间,敤首低低地叫一声:"二哥!两位嫂嫂!今日受委屈了,但是明朝务须再同来,这里妹子一定设法疏通,兄嫂但请放心。"说着,不敢停留,一瞥眼就进去了。舜扶了二女,自登车而去,一路安慰劝导,果然二女受了这种磨难,绝无怨言,并眼泪亦并不抛一滴,真不愧为尧之女、舜之妻了！

且说敤首自送了兄嫂之后，回到内室，她母亲便责骂她道："要你这样多事，去搀扶她们做甚！"敤首笑道："儿亦不知道什么缘故，看见了这两个女子，跪了半日，怪可怜的，不由得不去搀扶了。"说时，只见象垂头丧气地立在旁边，连连顿足，不住叹气。敤首忙问道："三哥！为什么烦恼？"象亦不语。瞽叟道："今朝他们去了，明朝难保不再来。象儿！你给我设法，将门堵住了。"象仍是不语。敤首道："父亲！现在二哥事情做错了，父亲母亲责备他，挫折他，是应该的。不过，一定不许他们上门，女儿看起来有点不好，而且倒反便宜他们了。"瞽叟道："为什么反便宜他们？"敤首道："二哥这个人，依他平日的情形想起来，不至于如此糊涂。这次不告而娶，或者是天子方面用势力压迫他，使他不告的，亦未可知。不然，二哥固然不来告，天子方面为什么亦不来告呢？想来平日之间，有人来给二哥做媒，父亲母亲总是不答应，这种情形给天子知道了，所以不来告，并且不许二哥来告。如今木已成舟，叫他离婚，是万无此事。第一次来不去理他，第二次来拒绝不见，他们夫妇从此有词可借，倒反可以逍遥自在地回去享福了，岂不是便宜他们么？"母亲道："依你说，怎样呢？"敤首笑道："依女儿的意思，做子妇的，照理应该侍奉舅姑。她们明朝来时，父亲母亲竟容留他们，责成她们尽子妇之道。她们是天子的女儿，受不住这种辛苦，做不惯这种事务，当然站不住，要走，那时候再责备他们的不孝，显见得前次不答应二哥成亲，并不是父母有心为难，岂不是好么！"象听到此处，忽然大叫道："好好！两个女的都叫她们来，只有那个男的，不准他来。"敤首笑道："没有这个道理，留子妇而逐去儿子，父母对人哪里说得出呢？"母亲道："虽然如此，我不能以子妇之礼相待。没有父母之命，和没有媒妁之言的一样，不过淫奔婢妾之类而已！我自有方法。"

到得次日黎明，舜夫妇三人果然又来了。那时不但瞽叟夫妇未起来，连象亦没有起身，因为象这一夜，千方百计地想那两嫂，前半夜失眠，所以更起迟了。独有敤首，猜到舜等一定早来，所以起身甚早，梳洗毕，开了门，果见兄嫂已在门外等候，慌忙上前行礼、相叫。舜夫妇极道感谢。敤首道：

"昨日父母处妹已疏通过,今日大概可以容留,不过两位嫂嫂在此,一月之内,务须耐劳耐苦,小妹定当设法维持。"说到这里,听见象房中有咳嗽之声,随即不说,匆匆进去了。隔了一会儿,象跑出来,看见了舜夫妇,非常恭敬地叫了两声,又作了三个大揖,说道:"兄嫂大喜,我没有来道贺,抱歉得很。"说着,两只眼睛总是射在二嫂脸上。娥皇、女英给他看得来下不去,只好将头低了。舜道:"三弟!愚兄做错了事,昨日父亲母亲生气,务恳三弟代为讨情,不胜感激。"说着,也对象作了两个揖。象道:"放心放心,包管在我身上。"那时敤首又跑出来,说道:"这事三哥也应该做的。一则,可使父母不生气;二则,兄弟手足之情,总要大家帮忙。"正说之间,瞽叟夫妇已起身了,敤首忙进去通知。只听她母亲厉声说道:"叫她们来伺候!"于是敤首再出来,同舜夫妇一齐进去,见了礼,问了安。瞽叟夫妇理也不理。过了片时,瞽叟说道:"这个不孝子,我早已不承认了。现在你们两个,说道是天子的女儿,我们做小百姓的,食天子之毛,践天子之土,受天子的恩惠,看天子面上,不能不暂时承认。但是国有法,家有礼,既然要嫁到我们这种穷家小户来,不能再谈到'帝女之尊'四个字,总要依我家的法度,遵我家的礼节,扫地、揩桌、洗衣、煮饭、挑水、劈柴种种事,都要做的。世界上只有子妇事舅姑,没有舅姑事子妇之理。你们两个自己想想,吃不吃得下这种苦?如若吃得下,那么在此;如若吃不下,还不如同了不孝子赶快去吧,不必在此假惺惺地胡缠。还有一层,我家寒素,一切均须亲自上场,不能假手下人。富贵人家的排场,我家都用不着。现在都先和你们约定,将来见到天子,不可说我们有意虐待。"娥皇、女英二人听完,一齐跪下叩首。娥皇说道:"谢两大人收留之恩,子妇等情愿在此,竭力侍奉。舜儿种种不孝,子妇等知道之后,已对他非常埋怨,现在舜儿已知愧悔,望两大人如天之恩,再饶恕他一次,以后子妇等当互相规劝,孝顺双亲,倘再违忤,情愿一同受罚。家父知道,亦不肯轻易饶恕他的。"哪知后母听了,又厉声道:"你以后不许再给我称子妇,要知道你是什么子妇!没有父母之命,就是没有经父母承认的,不过淫奔苟合的婢妾之类,哪里算得来子妇呢!"娥皇、女英听了,虽则仍旧喏喏连声,但是这句话太重,有点受不住,脸上都红涨起来了。敤首在旁笑道:"母亲这话不对,二哥没有奉父母之命,她们两个是奉父母之命的,怎样说她们淫奔起来呢?"后母亦不答言,再问二女道:"你们两个叫什么名字?"二女说了。后母道:"那么,女英先给我铺床,娥皇给我舀脸水去。"二女答应。敤首道:"新来初到,厨房在哪里都没有知道呢,我领你去吧。"说着,领了娥皇出去,过了片刻时,捧了两盆水进来,恭恭敬敬地安在舅姑面前,女英亦将床铺好。后来进早膳,炊午膳,做羹汤,一切都是二女所为,不过敤首以带领指点为名,随处帮助。那时象早已出去了,独有舜仍旧侍立在旁,一动不敢动,父母亦不理他。直到午膳搬进时,敤首故意问舜道:"外面门口堆积的什么东西?"舜道:"是两嫂带来孝敬堂上的菲物,适因大人盛怒,未敢进献。"敤首道:"快去拿来。"于是舜出去,将物件陆续搬进。敤首一一打开,原来锦绣皮裘之外,还有棋榛、脯脩、枣栗之类。舜一一说道:"这是献堂上的,这是送三弟的,这是送吾妹的。"说着,将一份先送至父母面前。敤首笑道:"承兄嫂惠赐,谢谢!不过献父母的太少了。帝尧之富,何物没有!二嫂只带这点来,不太小器么?"舜道:"不是不是!这次来,一则谢过,二则领见,三则专请两大人及弟妹到沩汭去居住。因为那边已有天子赐兄的房屋,各种器具都齐,两大人到那边之后,起居一切可以舒服些,兄亦可以尽点孝养之道,稍补前过。这次带来的,不过妇人之挚仪而已。"说着,就请父母同去。瞽叟不应,他母亲道:"我们没有这样福气。"话虽如此,已经和舜答话了,两手已去翻动锦绣了。敤首见有机可乘,遂又替舜解释一阵。瞽叟夫妇饭毕,象亦回来,与舜同席,敤首与二嫂同席。饭罢之后,后母又叫二女做各种杂务,甚至敲背搥腿亦是做的。直到更深,敤首等安寝,方才回去。次日一早又来,一连半月,二女绝无倦容,有时受舅姑斥骂,亦小心顺受。独有象,如饿虎伺羊似的,眈眈逐逐,状颇难堪,幸有敤首随时维护,尚不敢公然无礼。一日,敤首趁空,劝父母搬到沩汭去。她母亲一定不答应。敤首道:"母亲又要执拗了,有福享,落得享,何苦自己生气!三哥现在还没有人说媒,料想人家嫌我们穷之故。如果搬到那边去,体面起来,不要说父母享福,就是三哥的亲事亦容易成功了。"她母亲听了这话,不觉有点动心了。原来象的心事他母亲亦有点知道,那是悖礼犯刑,万万做不得的事。后母正在踌躇,听敤首之言有理,遂说道:"那么你同他说,我们就去。"敤首忙去告诉舜,舜大喜,预备迎养之事。计算二女在舅姑处,足足苦了二十多日。

图书在版编目（CIP）数据

上古神话演义.第二卷，五星出东方 / 钟毓龙著.—北京：中国国际广播出版社，2019.7（2021.5重印）
ISBN 978-7-5078-4504-4

Ⅰ.① 上⋯ Ⅱ.① 钟⋯ Ⅲ.① 神话—作品集—中国 Ⅳ.①I277.5

中国版本图书馆CIP数据核字（2019）第131772号

上古神话演义（第二卷） 五星出东方

著　　者	钟毓龙
责任编辑	张娟平
版式设计	国广设计室
责任校对	张　娜

出版发行	中国国际广播出版社 ［010-83139469　010-83139489（传真）］
社　　址	北京市西城区天宁寺前街2号北院A座一层 邮编：100055
网　　址	www.chirp.com.cn
经　　销	新华书店
印　　刷	天津市新科印刷有限公司

开　　本	710×1000　1/16
字　　数	260千字
印　　张	22
版　　次	2019年8月 北京第一版
印　　次	2021年5月 第二次印刷
定　　价	49.00元